辽宁省高校创新人才支持计划项目（编号WR2019019）阶段性成果

中国书籍学研丛刊

《昭明文选》新探

高明峰 | 著

中国书籍出版社
China Book Press

图书在版编目（CIP）数据

《昭明文选》新探/高明峰著．——北京：中国书籍出版社，2021.10
ISBN 978-7-5068-8708-3

Ⅰ.①昭… Ⅱ.①高… Ⅲ.①《文选》—古典文学研究 Ⅳ.①I206.2

中国版本图书馆 CIP 数据核字（2021）第 197073 号

《昭明文选》新探

高明峰 著

责任编辑	云 爽　王 淼
责任印制	孙马飞　马 芝
封面设计	中联华文
出版发行	中国书籍出版社
地　　址	北京市丰台区三路居路97号（邮编：100073）
电　　话	（010）52257143（总编室）　（010）52257140（发行部）
电子邮箱	eo@chinabp.com.cn
经　　销	全国新华书店
印　　刷	三河市华东印刷有限公司
开　　本	710 毫米×1000 毫米　1/16
字　　数	254 千字
印　　张	16
版　　次	2021 年 10 月第 1 版
印　　次	2021 年 10 月第 1 次印刷
书　　号	ISBN 978-7-5068-8708-3
定　　价	95.00 元

版权所有　翻印必究

序

傅刚

  高明峰教授寄来他的新著《〈昭明文选〉新探》，让我给他写序。明峰教授2017年来北京大学做访问学者，我们因此结识。他毕业于扬州大学，长期研究经学，出版过《北宋经学与文学》等专著，他是南方人，毕业后去了辽宁师范大学工作，现在是辽宁师大文学院教授，在学术界已经具有了较好的影响力。他文质彬彬，待人诚恳而谦和，学业上甚为用功。他具有南方人的细腻和多思，但工作去了东北，南北治学之长，可谓兼得。

  《文选》研究自1988年恢复以来，经过三十多年，已经成为当代中国学术的重要部分。尤其是一大批年轻学者的加入，使得这门专学更具有了生命力。中国《文选》学会每两年召开一次，每届会议都会出现一批年轻学者的面孔，是让人非常高兴的事。高明峰教授是《文选》学会会员，多次参加学会，他对《文选》学研究的进展有较为深入的了解，对研究的问题也比较清楚，即如本书所论的《文选》的编纂和《文选》的选录标准，他能够把前人讨论的基本观点以及讨论进展一一梳理，从而加以个人评判，就是要有很全面的了解和很清楚的判断才能做得到的。

  《文选》研究涉及到很多问题，自1988年中国全面开展《文选》研究时起，经过几代学者的努力，已经将这门古老的专学推向了新阶段。最为重要的是，1988年以后，《文选》学冲破了上世纪初将它视为封建社会文学余孽的桎梏，恢复了它作为中国古代文学经典总集的本来面貌。20世纪80年代以来中国学术发生了翻天覆地的变化，研究的观念和方法都迥异于往前，因此有学者将这一时期与过去传统的《文选》学区分开来，名之曰"新《文选》学"。所谓"新"，主要是指研究的观念和方法，此外，研究的范围和关注点也有很大不同。比如我们并不仅把《文选》视为一本专书之学，而是将其视为勾连汉魏六朝文学的文学材料，这样就将《文选》学研究与中国文学史研究、文学批评史研究，以及文学文献的研究结合了起来。因此，当我们讨论《文选》的编纂问题时，就与古代学者的着眼点和讨论的深度、广度都有不同。故此，虽然说《文选》的编纂、选录的标准，古代学者已经关注并加以讨论，但新《文选》学的讨论明显在使用材料和考察的范围上，要远远超过了古代学者。这种讨论在1988年长春《文选》学国际学术讨论会上就已经开始了，随着研究的深入开展，以及问题的不断深化，《文选》学编纂中的一些基本问题，没有趋于一致，反而更加分化，观点愈加分歧。这当然是好事，是百家争鸣的表现。当然，有些问题有价值，有意义，有些则出现了偏颇和过激。因此，作为一门具有千年以上的专学，《文选》学研究更需要研究者保持客观的态度和追求真理的科研精神。

高明峰教授是在新《文选》学研究背景中成长进来的学者，他的视野和方法都显示出新一代研究者的特征，所以他将这部专书研究与文学史和文学批评史结合起来。本书涉及到的文体问题和文学批评问题，反映的正是当前《文选》学研究的新面貌。本书对《文选》和《文心雕龙》中的"论""赞"诸文体作了深入的比较研究，其内容已经不局限于《文选》和《文心雕龙》二书，而是爬梳材料，对这些文体的产生和发展作了深入细致的梳理，这是作者将文体学研究与《文选》和《文心雕龙》综合比较的新成果。我们期待着高明峰教授在这个基础上，对《文选》诸文体作更进一步更深入的研究，形成更有特色的《文选》学研究专著。

目 录
CONTENTS

第一章 《文选》编纂考论 1
  一、《文选》编纂过程说略 1
  二、关于《文选》编纂问题的辨析 7

第二章 《文选》体类研究 15
  一、《文选》"赞"体源流考论 15
  二、《文选》"史论""史述赞"二体发微 41
  三、画赞即题画诗吗——与周锡䪖商榷 52

第三章 《文心雕龙》与《文选》比较研究 59
  一、《文心雕龙》与《文选》"颂""赞"二体评录论略 59
  二、《文心雕龙》与《文选》"论"体评录小议 65
  三、《文心雕龙》与《文选》哀祭类文体探究 78

第四章 《文选》研究的回顾与反思 87
  一、《文选》研究的现状与问题——第五届"文选学"国际学术研讨会侧记 87
  二、《文选》研究的新进展——第八届"文选学"国际学术研讨会综述 95

三、《文选》研究的新面貌——第十二届"文选学"国际学术
　　研讨会之一瞥 ………………………………………… 106

四、回顾选学史，展望新未来——第十三届"文选学"国际学术
　　研讨会综述 …………………………………………… 108

五、昭明文苑，增华学林——《文选》与《文心雕龙》国际学术
　　研讨会综述 …………………………………………… 118

第五章　他山之石：《文心雕龙》研究 ………………………… 126
一、浅析《文心雕龙》的小说观 ……………………………… 126
二、从《文心雕龙·辨骚》看六朝文学批评的两个特点 ……… 132

第六章　缀文者情动而辞发，观文者披文以入情
　　　　——《文选》等诗词赏读举隅 …………………… 139
一、诗词中的家国情怀 ………………………………………… 139
二、诗词中的节日节气 ………………………………………… 147
三、诗词中的壮丽河山 ………………………………………… 157

附录　《文选》学学位论文撷英 ………………………………… 167
一、述评 ………………………………………………………… 167
二、《文选》与宋初诗歌（选录）……………………………… 169
三、《文选》李善注引《淮南子》研究（选录）……………… 197
四、吴淇《六朝选诗定论》研究（选录）……………………… 215
五、梁章钜《文选旁证》研究（选录）………………………… 229

主要参考文献 ……………………………………………………… 245

后　记 ……………………………………………………………… 247

第一章 《文选》编纂考论

一、《文选》编纂过程说略

《昭明文选》是现存最早也是极为重要的一部诗文总集。对它的研究，自隋代萧该著《文选音义》始即已广泛而深入地开展起来，并由此而形成一门专门的学问——"文选学"。近半个世纪以来，在海外"新文选学"的影响下，《文选》研究取得了可喜的进展，在《文选》的版本、注释、批评等领域都有了较为深入的研究。但对于《文选》的编纂问题，目前学术界仍存在着较大的分歧。笔者拟对此续加探讨，以期有裨于"选学"研究。

以普通七年（526）为界，《文选》的编纂可以分为前后两个时期。前期从普通三年（522）到普通六年（525）。据刘孝绰《昭明太子集序》记载："粤我大梁二十一载，盛德备乎东朝……"则是文作于普通三年，由此可知《昭明太子集》亦遍成于此时。在《答湘东王求文集及〈诗苑英华〉书》一文中，萧统并未提到《文选》，可知此时《文选》的编纂尚未开始。所以，《文选》的编撰不得早于普通三年。另一方面，普通七年对萧统东宫而言，是由盛而衰的转折点。据《南史》本传记载，是年，萧统母丁贵嫔去世，萧统为此水浆不入，恸哭欲绝。在礼节甚严的梁代，于此丁忧之年，萧统当不可能再从事《文选》的编纂。其后，又发生了影响深远的"蜡鹅事件"①，萧统因此而羞惭愤慨，在他死后，其长子萧欢也不能立为储君。终日生活在忧惭之中的萧统，很快在五年

---

① 根据《资治通鉴》《二十二史札记》的有关材料，笔者认为，"蜡鹅事件"当可确信。

之后，即中大通三年（531）就去世了。可见，普通七年之后，一系列的事件使萧统感伤羞惭，身心俱疲①，再也无心撰集《文选》了。

仔细考察一下《梁书》，我们不难发现，昭明太子的东宫比较繁盛的时期有三个，分别为天监六七年间、天监十四年间和普通三四年间。同时，《文选》"远自周室，迄于圣代"（《文选序》），选录一百三十位作家，四百七十六个篇题的作品②，可以说是一部卷帙浩繁的总集。如此繁重的工作，由一人在一两年之内完成，困难极大。考虑到东宫的盛衰情况，认为《文选》的编纂始于普通三年③，是较为可信的。萧统《答湘东王求文集及〈诗苑英华〉书》云："又往年因暇，搜采英华，上下数十年间，未易详悉，犹有遗恨，而其书已传。虽未为精核，亦粗足讽览。集乃不工，而并作多丽。"对于《诗苑英华》，萧统很不满意，"未易详悉，犹有遗恨"，这实际上是在为后来编撰《文选》张本。此时当在萧统《昭明太子集》成书后不久，即普通三年。是为编纂《文选》始于普通三年之一旁证。在普通七年之后，东宫学士已日见凋落。普通七年到大通元年（527）间，刘孝绰免官，陆倕、到洽、明山宾、张率等先后去世，《文选》的编纂于此暂告停滞。

《文选》编纂的前期，从普通三年到普通六年，历时四载。这一时期东宫才士云集，最利于《文选》的撰集，故而《文选》在此时当已初具规模。毫无疑问，《文选》是成于众人之手的。一般认为，《文选》是由萧统和刘孝绰等东宫学士编纂的。史料对此有所记载，如日释空海的《文镜秘府论·南卷·集论》云："或曰：晚代铨文者多矣。至如梁昭明太子萧统与刘孝绰等撰集《文选》，自谓毕乎天地，悬诸日月。"④又如宋王应麟《玉海》卷五十四引《中兴书目》所说："《文选》昭明太子集子夏、屈原、宋玉、李斯及汉迄梁文人才士所著赋、

---

① 穆克宏先生在《萧统研究三题》提出"心丧三年"之说："昭明太子母丁贵嫔去世，因其父尚在守孝一年，而心丧必至二年。心丧除了不穿丧服服饰外，一切与守丧相同。"（《文学遗产》2002年第3期）颇有道理，可备一说。

② 据汪师韩《文选理学权舆·撰人》统计，作家未计无名氏，作品未计首数。

③ 饶宗颐先生亦认为"是时乃东宫全盛时期，《文选》之编纂或始于此时"。（《读〈文选序〉》，载《文辙》，台湾学生书局1991年版。）

④ ［日］弘法大师撰，王利器校注《文镜秘府论校注》，中国社会科学出版社1983年版，第354页。

诗、骚、七……行状等为三十卷。"文末自注云："与何逊、刘孝绰等选集。"①在这一时期，萧统亲自主持了《文选》的撰集。《梁书》《南史》本传及《隋书·经籍志》都著录《文选》的编者为萧统，即是对昭明太子在《文选》编纂过程中的核心地位和主导作用的认定。另外，在《答湘东王求文集及〈诗苑英华〉书》一文中，萧统明言："又往年因暇，搜采英华，上下数十年间，未易详悉，犹有遗恨，而其书已传。"这里，萧统对《诗苑英华》深表不满。据考证，《诗苑英华》的主要编者是刘孝绰②，故而颜之推在《颜氏家训·文章》中指出刘孝绰"又撰《诗苑》"。傅刚认为，"《古今诗苑英华》的编成大概在天监年间"③。(《古今诗苑英华》即上文之《诗苑英华》或《诗苑》) 如果确然，则其时萧统二十岁不到，将编纂《诗苑英华》的重任委托给他最器重的刘孝绰，也是可以理解的。而普通三年时萧统已二十余岁，并且已具备了较为丰富的创作和编纂经验④。所以，在其后因不满《诗苑英华》而旨在"略其芜秽，集其清英"的《文选》的编纂过程中，萧统必定会牢牢掌握编纂的主导权，以免"遗恨"重现。此外，萧统除主持编纂《文苑英华》《正序》外，还亲自搜集、整理了《陶渊明集》，并为之作《序》、作《传》。"由此可以从侧面证明：萧统编纂《文选》，绝不会只挂空名，让刘孝绰作弊舞私。"⑤

近有日本学者清水凯夫先后发表了《〈文选〉编辑的周围》《〈文选〉中梁代作品的选录问题》《昭明太子〈文选序〉考》《〈文选〉撰者考》《〈文选〉编辑的目的和选录标准》⑥等一系列文章，其中心论点正如他本人所言："一言以蔽之，《文选》是刘孝绰以沈约在《宋书·谢灵运传论》中阐述的文学观为标准选录的。"⑦ 此种过分夸大刘孝绰的作用而完全抹杀萧统在《文选》编纂过程

---

① 王应麟《玉海》，江苏古籍出版社、上海书店1987年版，第1017页。
② 傅刚《昭明文选研究》，中国社会科学出版社2000年版，第156－158页。
③ 傅刚《昭明文选研究》，中国社会科学出版社2000年版，第169页。
④ 傅刚先生认为，天监十四年后"萧统组织东宫学士王筠、刘孝绰等开展文学活动，《正序》及《诗苑英华》很可能在其时编成。"(《〈昭明文选〉研究》第165页) 又萧统《答湘东王求文集及〈诗苑英华〉书》云："又往年因暇，搜采英华"，可知他本人也参与了《诗苑英华》的撰集。
⑤ 中国文选学研究会、郑州大学古籍研究所合编《文选学新论》，中州古籍出版社1997年版，第57页。
⑥ 以上诸篇均收入清水凯夫《六朝文学论文集》，重庆出版社1989年版。
⑦ 清水凯夫《六朝文学论文集》，重庆出版社1989年版，第15页。

中的主导权的观点,笔者是不敢苟同的。清水此论的一大依据是,赋体中宋玉《高唐赋》《神女赋》《登徒子好色赋》及曹植《洛神赋》等以"情"为主题的作品,"由于都是以靡丽之文表现女性的艳丽风姿,可说是在内容上全无讽谏的作品。撰录这些作品与其取文之标准在于兼文质而无伤风教的昭明太子的文学观是极不吻合的",与萧统在《陶渊明集序》中对《闲情赋》的批评更是完全矛盾的。易言之,"如果《文选》的撰录是遵循昭明太子的意向,则从他对《闲情赋》的见解及其文学观来看,《文选》是不可能采用这种赋的"①。

对于《陶渊明集》中的《闲情赋》,萧统批评为"白璧微瑕"。原因在于,"事实上陶渊明在沿着由《登徒子好色赋》所开创的借止欲写情欲的路子上写《闲情赋》时,想象实在细致入微而且过于大胆,这就超出了萧统所能接受的范围"②。其实,其他四赋都还略有讽谏的意思,如《高唐赋》之"讽谏淫惑",《神女赋》"神女亦有教也",《登徒子好色赋》"讽于淫也"(均李善注中语),自可入选。曹植《洛神赋》写人神恋爱,其中的男主人公最终"申礼防以自持",合乎儒家"发乎情,止乎礼义"的规范,所以亦可入选。况且,《文选序》云"譬陶匏异器,并为入耳之娱;黼黻不同,俱为悦目之玩"。在风教之外,萧统也注意到了文学的娱乐性,故而《文选》在赋类专设"情"一栏,也不足为奇。总之,选这四篇,无伤风教。正如陈向春所指出的,"萧统并非将其生活中对艳情的冷漠态度彻底地贯彻到情赋艳诗的编选和创作上去,对于那些能维持讽喻门面,且言情节制的'翰藻'美文他还是接纳和欣赏的"③。

《文选》编纂的后期,在大通元年(527)至萧统去世的中大通三年(531)期间,具体可认定为大通元年至大通二年(528)。

这一时期也是《文选》的修订、成书时期。前文已述,普通七年之后,东宫发生了一系列变故。萧统丁母忧,又因"蜡鹅事件"失宠,谨小慎微,并羞惭而终。所以此时萧统于编纂《文选》已力不从心,只得放手给那些尚在东宫的学士去处理。但由于时间仓促,尽管东宫学士们尽了一些努力,还是未能竟全功。

---

① 清水凯夫《六朝文学论文集》,重庆出版社1989年版,第8页。
② 俞绍初、许逸民主编《中外学者文选学论集》,中华书局1998年版,第502页。
③ 赵福海主编《文选学论集》,时代文艺出版社1992版,第278页。

譬如，在《文选》的"公宴""咏史""招隐""哀伤""赠答""行旅""杂诗"等小类中关于魏晋一些代表作家的排列，杂乱无章，兹列表为示：

类别	《文选》作家排列顺序	正确顺序①
公宴	曹植　王粲　刘桢	刘桢　王粲　曹植
咏史	王粲　曹植　左思	同左
招隐	左思　陆机	陆机　左思
哀伤	曹植　王粲	王粲　曹植
赠答	陆机　潘岳	潘岳　陆机
行旅	潘岳　陆机	同左
杂诗	王粲　刘桢　曹植　陆机　左思	刘桢　王粲　曹植　陆机　左思

另外，《文选》中的部分作品，或者是题目，或者是文字，往往与作家的别集或史书的载录有所出入，甚至有明显的错误②。例示如下：

1. 卷二十六范彦龙《古意赠王中书》，李善注："《集》曰《览古赠王中书融》。"

2. 卷二十四曹子建《赠丁仪》，李善注："《集》云：《与都亭侯丁翼》，今云仪，误也。"

3. 卷二十九李斯《上书秦始皇》"并国三十，遂霸西戎"，"三十"，《史记·李斯列传》作"二十"；"而赵卫之女不充后庭"，《史记》作"而郑卫之女充后庭"。

4. 卷四十一司马子长《报任少卿书》"若望仆不相师，而用流俗人之言"，《汉书·司马迁传》作"若望仆不相师，而流俗人之言"，等等。

据何融考证，普通七年后尚在东宫且有可能参与《文选》后期编纂的学士有刘孝绰、王筠、陆襄、阴芸、阴钧、王锡、张缅、谢举、孔休源、何思澄、

---

① 《文选序》规定的体例是："凡次文之体，各以汇聚。诗赋体既不一，又以类分。类分之中，各以时代为次。"故当以时代先后排序。
② 详细论证可参王晓东《〈文选〉系仓促成书说》，收于《文选学新论》，中州古籍出版社1997年版。

刘杳、萧伟、何敬容等。① 其中，刘孝绰在大通元年至大通二年之间复任太子仆②。据此，我认为，在《文选》编撰的后期居主导地位的东宫学士有刘孝绰。同时，何思澄、王芸、刘杳等也起了重要作用。

先说刘孝绰。《梁书》本传记载："太子起乐贤堂，乃使画工先图孝绰焉。太子文章繁富，群才咸欲撰录，太子独使孝绰集而序之。"又《梁书·王筠传》云："太子独执筠袖抚孝绰肩而言曰：'所谓"左把浮丘袖，右拍洪崖肩"。'其见重如此。"可见，萧统最为赏识刘孝绰。同时，刘孝绰又是当时的文坛领袖，且有过撰集《昭明太子集》与《诗苑英华》的经验，故而成为萧统委以修订《文选》重任的最佳人选。另外，日本所传古抄卷子本《文选》，在萧统的《文选序》有旁注说："太子令刘孝绰作之云云。"尽管材料的来源有待考辨，但足以引起我们对刘孝绰在编纂《文选》过程中所处重要地位的重视。

由此，我们就可以解释为什么《文选》会收入刘峻、徐悱的作品。清水凯夫认为《文选》收录刘峻《辨命论》及《广绝交论》、徐悱《古意酬到长史溉登琅琊城》，是出于实际担任编撰《文选》的中心人物刘孝绰的私意，颇有道理。其分析也较为可信③，此处从略。正是着眼于刘孝绰在撰集《文选》过程中的特殊作用，笔者才把刘孝绰复任太子仆的大通元年至大通二年视为《文选》编纂的后期。但需要指出的是，这些恰好证明了此时的主导编纂者是刘孝绰，却并不能由此夸大刘孝绰在撰集《文选》全过程中的作用，更不能因此否认萧统是《文选》的主要撰集人这一事实。

在另一方面，正如傅刚所指出的，"协助萧统编撰《文选》的又不仅限于刘孝绰一人"④，如刘孝绰的父亲刘绘是永明文学的后进，文章为时人所称道，诗歌亦进入钟嵘《诗品》，但《文选》不录一字。可见《文选》的编纂绝非刘孝绰一人所能决定。所以，我们也不能忽略其他东宫学士的作用，尽管刘孝绰此时处于主导地位。

刘杳、何思澄均入《梁书·文学传》，享有文名，王筠亦见重于萧统，为东

---

① 何融《〈文选〉编撰时期及编者考略》，《国文月刊》1949年第76期。
② 清水凯夫《〈文选〉编辑的周围》，收于《六朝文学论文集》，重庆出版社1989年版。
③ 清水凯夫《〈文选〉编辑的周围》，收于《六朝文学论文集》，重庆出版社1989年版。
④ 傅刚《昭明文选研究》，中国社会科学出版社2000年版，第161页。

宫文坛领袖。他们在编纂《文选》过程中的作用是不言而喻的。在这里，我们尤其要关注的是何思澄。据《梁书》本传记载，他曾被举为《华林遍略》五撰人之一，是编纂高手，并著文集十五卷。同时，"初，思澄与宗人逊及子朗俱擅文名，时人语曰：'东海三何，子朗最多。'思澄闻之，曰：'此言误耳。如其不然，故当归逊。'思澄意谓宜在己也"。（《梁书·何思澄传》）可见，何思澄久擅文名，且自负甚高。前引宋王应麟《玉海》卷五十四引《中兴书目》云："《文选》昭明太子萧统集子夏、屈原、宋玉、李斯及汉迄梁文人才士所著赋、诗、骚、七……行状等为三十卷。"文末注云："与何逊、刘孝绰等选集。"对于此注文，当前学术界有两种说法。一为何刘齐名，故连带而误；一为何逊当指何思澄，"思澄"快读即为"逊"。愚意以为后一说更为可信。若此，则正说明了何思澄在编撰《文选》过程中的重要地位。

综上所述，《文选》的编纂过程可以分为前后两期。在这前后两期里，萧统和刘孝绰、何思澄等分别起到了主导作用。同时，鉴于《文选》在前期已基本完成，我们不得不强调萧统在编纂《文选》过程中的核心地位。因此，笔者认为，《文选》是经过前后两个时期，在萧统主持下，由刘孝绰、何思澄等东宫学士协助而得以成书的。

二、关于《文选》编纂问题的辨析

《文选》的编纂，是现代《文选》学中的一大课题，涉及《文选》的编者、编纂时间、编纂过程、材料来源、编选标准等，所以一直以来为学界所关注，成为研究的热点。从研究现状来看，既取得了显著的成绩，但也存在着不小的分歧，仍有进一步讨论的必要。上文主要就《文选》编纂过程提出一孔之见。此处再选取其中争议较多的三个问题作出辨析，求正于方家。

（一）《文选》乃据前贤总集的再选本

学界有一种看法，认为《文选》乃依据前贤总集再加选编而成的。首倡此说者为日本学者冈村繁先生①。其后中国学者力之先生《关于〈文选〉的编者

---

① 冈村繁《〈文选〉编纂的实际情况与成书初期所受到的评价》，载《日本中国学会报》第38集（1986），后载郑州大学古籍研究所编《中外学者文选学论集》，中华书局1998年版。

问题》①　在论及《文选》的编纂时，也以挚虞《文章流别集》等总集为例，推论《文选》为再选本。②　尤为值得注意的是，王立群先生撰有《〈文选〉成书考辨》③　一文，先阐明朱彝尊《文选》成书两阶段说难以成立，继而指出南朝总集编纂多据前贤总集再编纂，最后从五个方面披露了《文选》据前贤总集再编选之内证。可以说，此文在冈村繁、力之的基础上将《文选》据前贤总集的再选本之说论析得更为透彻。在此，拟针对此文作些讨论。

清人朱彝尊《书〈玉台新咏〉后》曰："昭明《文选》初成，阅有千卷，既而略其芜秽，集其清英，存三十卷。"其一，王先生认为朱氏之说出自宋人吴棫《宋本韵补·书目》："《类文》，此书本千卷，或云梁昭明太子作《文选》时所集，今所存止三十卷。本朝陶内翰榖所编。"且认为《韵补》所载乃传言之辞，并无明确的证据，进而否认朱氏《文选》成书两阶段说。力之先生认为朱彝尊之说实出自元末赖良《〈大雅集〉序》之"《昭明文选》初集，至一千余卷。后去取不能十一，今所存者三十卷耳"④。尽管朱彝尊之说依据的吴棫或赖良之说并无确凿的文献来证实，但其说由来已久，仍值得重视。退一步讲，即便朱氏之说不能成立，也不能必然地推断出《文选》据前贤总集编纂而成。

其二，王先生认为南朝总集编纂多据前贤总集再编纂，并举南朝总集、南朝选集据前贤总集抄撰编纂之例以及《隋志》据前贤目录著录来加以证明。诚然，南朝总集包括选集有前贤总集抄撰编纂之先例，文中所举《流别集》《集林》《七志》诸家均误将史孝山之文载于史子孝之集确有说服力，但并不能由此证明《文选》也必然据前贤总集再编纂。据《文选》卷四十七史岑《出师颂》作者史孝山下李善注可知，《流别集》《集林》《今书七志》将后汉史岑字孝山的《出师颂》误署为王莽末史岑字子孝作，《流别集》《集林》又把后汉史岑字

---

① 力之《关于〈文选〉的编者问题》，刊《文学评论》1999 年第 1 期。
② 当然，后来力之又提出《文选》乃合初选与再选为一体之书，见其《关于〈文选〉所录诗文之来源问题——兼论〈文选〉乃合首选与再选为一体之书》，刊《广西师范大学学报》2007 年第 4 期。
③ 王立群《〈文选〉成书考辨》，刊《文学遗产》2003 年第 3 期。另见王著《〈文选〉成书研究》第二章《〈文选〉成书过程研究》，商务印书馆 2005 年版。
④ 力之《朱彝尊"〈文选〉初成，闻有千卷"说不能成立辨——兼论何融"〈文选〉非一人所能完成"说之未为得》，刊《黄冈师范学院学报》2006 年第 5 期。

孝山的《和熹邓后颂并序》误署为王莽末史岑字子孝作。然而《文选》不误，诸如胡克家本李善注《文选》、四部丛刊本《六臣注文选》及《文选集注》等，所录《出师颂》均题为"史孝山"作。这种情况表明，《文选》极有可能非录自总集而采自别集，否则，当会出现如同《流别集》《集林》等总集造成的张冠李戴的错误。此外，据力之先生研究，从李善注与五臣注来看，《文选》选文的篇题，有些与各家别集相异，有些则相同，此间的差异，实际上也反映出《文选》之所据不会仅有总集，尤其是那些卒于孔逭编《文苑》后的作家之作，在《文选》编纂时尚无相关的诗文总集，故其作品之入选途径极有可能是该作家之别集。①

其三，王先生从《文选》作品已为挚虞《文章流别集》、李充《翰林》等总集所选录，《文选》部分作品的篇题与该作家别集之篇题有别，《文选》某些作品本有序文但未收录，《文选》个别作品与原作家别集所载同作详略不同，《文选》有的作品编序有误等五个方面披露了《文选》据前贤总集再编选之内证。这些论据，也可以进一步推敲。譬如选录作品相同，也可以理解为这是《文选》编者与挚虞、李充等受到时代共识的影响而作出的选择②；《文选》有的作品编序有误，也可能是《文选》编纂后期仓促所致。至于《文选》部分作品的篇题与别集之篇题有别、《文选》某些作品序文未收，或许能够说明《文选》编纂参了《文章流别集》等总集。至于王先生引述六臣注《文选》诗类赠答（二）将张华《答何劭》诗二首列于何劭《赠张华》之前，刘良注曰："何劭，字敬祖。赠华诗，则此诗之下是也。赠答之体，则赠诗当为先。今以答为先者，盖依前贤所编，不复追改也。"③正如王先生所言，张华（232—300），何劭（232—302），按照《文选序》"类分之中各以时代为次"的编序原则，依卒年列序，华当居劭前，《文选》赠答（二）所列不误，则刘良所言"盖依前贤所编，不及追改"之论当谨慎对待，况且，所谓"盖依前贤所编"云云，显

---

① 力之《关于〈文选〉所录诗文之来源问题——兼论〈文选〉乃合首选与再选为一体之书》，刊《广西师范大学学报》2007年第4期。
② 曹道衡《〈文选〉对魏晋以来文学传统的继承和发展》，刊《文学遗产》2000年第1期。通过大量举例证明《文选》所录多历代公认的名作。
③ 萧统编，六臣注《文选》，中华书局1987年版，第449页。

然是推测之辞。更为重要的是，结合《文选》编者"略其芜秽，集其清英"的编选旨趣，"事出于沉思，义归乎瀚藻"的选文取向以及弥补往年编辑《诗苑英华》之"遗恨"来看，《文选》之编纂必然不会仅仅依靠《文章流别集》《翰林》等总集作简单的筛选。一方面，这些前贤总集本身就带有编选的性质，《隋书·经籍志》云："晋代挚虞苦览者之劳倦，于是采摘孔翠，芟剪繁芜，自诗赋以下，各为条贯，合而编之，谓之《流别》。"仅仅在此基础上筛选，恐难达成编者的旨趣、体现选家的眼光。另一方面，《文选》编者创设"史述赞"等体类①、编选陶渊明之作品，都体现出独到的识见，并非仅仅依托前贤总集就能办到。

综上所述，《文选》乃据前贤总集的再选本之说恐难成立。但毫无疑问，挚虞《文章流别集》等前贤总集，是《文选》编者可资利用的重要资源。事实上，《文选》的选文来源，应该是多元的，除了前代总集之外，别集、史书都是其重要来源。其工作方式，除了选篇以外，还有编次、剪截，编次着重于体类，剪截体现于文本，均是把握《文选》不可忽略的方面。

（二）《文选》选文标准的再讨论

《文选》的选录标准，是《文选》研究中争议较大的一个问题。主要的看法有以下数种：

1. 以《文选序》"翰藻""沉思"为昭明选录的标准。清代阮元首倡此说，其云："《选序》之法，于经、史、子三家不加甄录，为其以'立意''记事'为本，非'沉思''翰藻'之比也。"（《与友人论文书》）又说："必'沉思''翰藻'，始名为'文'，始以入《选》也。"（《书昭明太子文选序后》）后朱自清《〈文选序〉"事出于沉思，义归乎翰藻"说》续加阐扬。这一见解为多数学者赞同。但是，对"事出于沉思，义归乎翰藻"二句的理解又不尽相同。朱自清认为："'事出于沉思'的事，实当解作'事义''事类'的事，专指引事引言，并非泛说。'沉思'就是深思。""'翰藻'，昭明借为'辞采''辞藻'之意。'翰藻'当以比类为主""而合上下两句浑言之，不外'善于用事，善于用

---

① 高明峰《"赞"文分类与〈文选〉录"赞"》，刊《河北科技大学学报》2012年第3期。高明峰《〈文选〉"史论""史述赞"二体发微》，刊《广西师范大学学报》2013年第6期。

比'之意。"骆鸿凯《文选学·义例第二》指出"事出于沉思"即性灵摇荡，"义归乎翰藻"即绮縠纷披。郭绍虞认为，"事出"二句，"上句的'事'，承上文的'序述'而言，下句的'义'，承上文的'赞论'而言，意谓史传中的'赞论'和'序述'部分，也有'沉思'和'翰藻'，故可作为文学作品来选录。沉思，指作者深刻的艺术构思，翰藻，指表现于作品的辞采之美。二句互文见义"①。殷孟伦认为，"事出"二句直译即是"写作的活动和写成的文章是从精心结构产生出来的；同时，文章的思想内容终于要通过确切的语言加工来体现的"②。

2. 黄侃认为《文选序》"若夫姬公之籍"一段所论是《文选》的选录标准，《金楼子》与《文心雕龙》则是《文选》选录标准的翼卫。他指出"若夫姬公之籍"至"杂而集之"一段，"选文宗旨、选文条例皆具，宜细审绎，毋轻发难端。《金楼子》论文之语，刘彦和《文心》一书，皆其翼卫也"③。萧绎《金楼子·立言》有文笔之辨，认为"文"应当辞藻富丽，音节谐美，语言精准，情韵悠长，与"沉思""翰藻"有相通之处。刘勰在《文心雕龙》中倡导守真酌奇，华实相谐，也近于萧统所追求的"文质彬彬"。

3. 日本多数研究者如铃木虎雄、小尾郊一等都把萧统《答湘东王求文集及诗苑英华书》"夫文典则累野，丽亦伤浮，能丽而不浮，典而不野，文质彬彬，有君子之致"作为昭明太子的文学观，并认为《文选》是以此为标准撰录的。大陆学者沈玉成等也持同样看法。

4. 日本学者清水凯夫认为《文选》的选录标准就是沈约的《宋书·谢灵运传论》。他在《〈文选〉编辑的目的与撰录标准》一文中指出《文选》根据《宋书·谢灵运传论》所论文学发展和声律理论来选录作品。

对于《文选》选文标准的探讨，直观和主要的依据，当然还在于《文选序》中。通览《文选序》全篇，作者首先梳理了文学发展踵事增华之演进，提出了《文选》编纂之宗旨——"略其芜秽，集其清英"，接下来阐明《文选》编纂条例，为便于说明，引述原文如下：

---

① 郭绍虞《中国历代文论选》，上海古籍出版社2001年版，第一册，第333页。
② 殷孟伦《如何理解〈文选〉编选的标准》，刊《文史哲》1963年第1期。
③ 黄侃《文选平点》，上海古籍出版社1985年版，第1页。

若夫姬公之籍，孔父之书，与日月俱悬，鬼神争奥，孝敬之准式，人伦之师友，岂可重以芟夷，加之剪截？老、庄之作，管、孟之流，盖以立意为宗，不以能文为本，今之所撰，又以略诸。若贤人之美辞，忠臣之抗直，谋夫之话，辩士之端，冰释泉涌，金相玉振。所谓坐狙丘，议稷下，仲连之却秦军，食其之下齐国，留侯之发八难，曲逆之吐六奇，盖乃事美一时，语流千载，概见坟籍，旁出子史。若斯之流，又亦繁博。虽传之简牍，而事异篇章，今之所集，亦所不取。至于记事之史，系年之书，所以褒贬是非，纪别异同，方之篇翰，亦已不同。若其赞论之综缉辞采，序述之错比文华，事出于沉思，义归乎翰藻，故与夫篇什杂而集之。远自周室，迄于圣代，都为三十卷，名曰《文选》云耳。凡次文之体，各以汇聚。诗赋体既不一，又以类分；类分之中，各以时代相次。

从引文可提炼出《文选》之编纂条例，包括三个方面：从文本性质而言，不选经史子，只选篇章（篇翰、篇什）；从文本选录的时间而言，起自周代，迄于梁朝；从文本选录的编排而言，据体编排，体下分类，类中以时代相次。那么，《文选》的编选标准是否没有涉及呢？其实，它是隐含在上文对文本性质的区分之中的。引文所言"能文""篇章""篇翰""篇什""辞采""文华""沉思""翰藻"透露出《文选》编选的标准，即性属篇章，别于经史子书，且"能文"，富有文采。换言之，《文选》只选富有辞采的单篇作品。笔者曾撰文《〈文选〉与〈文心雕龙〉"论"体评录发微》[1]《"赞"文分类与〈文选〉录"赞"》[2]，专门讨论《文选》对"论""赞"体的选录，指出"萧统则多选辞义精美之作，具有强调词采、重视近代的倾向"。"入选萧统《文选》的赞文，从类型上讲分属画赞、人物杂赞、史述赞和史论赞，分类尚属明晰，但并不全面；其选文标准，首重情辞之美，而非体制特征。"如此一来，"事出于沉思，义归乎翰藻"就并非《文选》选文标准之关键，而其重心结合上下文来看，也只在"翰藻"上面。由此，我们也才能更好地理解，为何萧统在《文选序》中叙述

---

[1] 高明峰《〈文选〉与〈文心雕龙〉"论"体评录发微》，刊《中国文学研究》2017年第2期。

[2] 高明峰《"赞"文分类与〈文选〉录"赞"》，刊《河北科技大学学报》2002年第3期。

文学的发展流变时，指出文学的踵事增华，"譬陶匏异器，并为入耳之娱；黼黻不同，俱为悦目之玩"，此入耳之娱、悦目之玩，显然主要是针对文采而言的。当然，这是从《文选序》中流露出的选文标准。我们还应该看到，《文选》的编纂必然受制于编者的文学思想以及历代作品的复杂面貌。所以，萧统《答湘东王求文集及诗苑英华书》所言"夫文典则累野，丽亦伤浮，能丽而不浮，典而不野，文质彬彬，有君子之致"的文学追求也是我们考察《文选》编选标准应该兼顾的①。也正因此，萧统在"论"体文选录中，固然强调辞采，也"注重那些具有政治教化意义的论文"②；而《毛诗序》《尚书序》《春秋左传集解序》三篇辞采平平的经学传注序得以入选《文选》，其背后可能隐含着深层意蕴。③

（三）"事出于沉思，义归乎翰藻"别解

长期以来，"事出于沉思，义归乎翰藻"二句被视作《文选》选文的标准，备受重视。有必要指出，一方面，此二句仅针对史书之赞论、序述而言，并非针对《文选》全书，所以此二句不能指认作对《文选》选文标准的依据。另一方面，对于此二句的理解，分歧甚多，前引朱自清、殷孟伦等人的看法堪为代表，近来吴晓峰先生又专门撰文研讨，结合《文选》所选"赞论"与刘勰《文心雕龙》对"事""义"的论述，指出"'事出于沉思，义归乎翰藻'二句可解释为：凭借渊博的历史知识，并用优美的语言文字来表达深刻的思想"④。其核心，即是认为萧统所谓事、义，相当于刘勰所言"援古以证今""举人事以征义"，换言之，即是用事、用典，以事典来见义。这一看法，还有商榷的余地。

由于此二句针对史书而言，所以笔者以为，更应从史学的角度加以考虑。

---

① 顾农师《风教与翰藻——萧统的文学趣味及〈文选〉的选文趋向》，刊《扬州大学学报》1992年第3期，后收入《文选论丛》，广陵书社2007年版。
② 高明峰《〈文选〉与〈文心雕龙〉"论"体评录发微》，刊《中国文学研究》2017年第2期。
③ 台湾清华大学朱晓海《〈文选〉所收三篇经学传注序探微》（第八届文选学国际学术研讨会会议论文，后载于《古代文学理论研究》2010年第2辑），认为《毛诗序》《尚书序》《春秋左传集解序》三篇经学传注序得以入选《文选》，是因为它们对那些经传取材、编撰方式、目的等方面的阐释，以及研读历史的评述，可供选编比附，并可以借此补充《文选序》不便言明的部分。
④ 吴晓峰《〈文选序〉"事出于沉思，义归乎翰藻"新解》，刊《江苏大学学报》2010年第6期。

众所周知，吾国的史学高度发达，且拥有一个"笔削"的悠久传统。较早的记述出自《孟子》。《孟子·离娄下》有云："王者之迹熄而《诗》亡，《诗》亡然后《春秋》作。晋之《乘》，楚之《梼杌》，鲁之《春秋》，一也。其事则齐桓晋文，其文则史，孔子曰：'其义则丘窃取之矣。'"赵岐注："此三大国史记之异名。……其事，则五伯所理也。桓公，五伯之盛者，故举之。其文，史记之文也。孔子自谓窃取之，以为素王也。"孙奭疏曰："此章言时无所咏，《春秋》乃兴，假史记之文，孔子正之以匡邪也。"朱熹集注曰：

> 春秋之时，五霸迭兴，而桓文为盛。史，史官也。窃取者，谦辞也。《公羊传》作"其辞则丘有罪焉耳"，意亦如此。盖断言之在己，所谓笔则笔，削则削，游夏不能赞一辞者也。尹氏曰："言孔子作《春秋》，亦以史之文载当时之事也，而其义则定天下之邪正，为百王之大法。"①

由此可知，史书中事、文、义密不可分，事即史事，文即文辞，义即褒贬以定邪正，所谓"笔削"传统，即是文辞纪事而义在其中。《春秋公羊传》有一段记载可旁证："（昭公十二年）春，齐高偃帅师纳北燕伯于阳。伯于阳者何？公子阳生也。子曰：'我乃知之矣。'在侧者曰：'子苟知之，何以不革。'曰：'如尔所不知何？《春秋》之信史也，其序则齐桓、晋文，其会则主会者为之也，其词则丘有罪焉耳。'""序""会""词"，正与"事""文""义"相对应。《释名·释言语》曰："文者，会集众采以成锦绣，会集众辞以成词谊，如文绣然也。"笔削文辞，因词见义，亦可理解。"序"通于"叙"，即叙事、纪事也。再回到《文选序》中，结合选文而言，其所谓赞论、序述皆叙事以见义。如"《文选》在'史述赞'下收录班固《述高纪第一》《述成纪第十》《述韩彭英卢吴传第四》及范晔《后汉书·光武纪赞》等四篇，内容均是概述相关纪传的大意，词兼褒贬"。② 故而，"事出于沉思，义归乎翰藻"之事、义，从上下文语境，结合选文实际和史籍传统，似不宜理解为使事用典，而更切近于纪事褒贬，此二句大意即为通过精思熟虑，文采斐然地纪事褒贬。

---

① 朱熹《四书章句集注》，中华书局1983年版，第295页。
② 高明峰《〈文选〉"史论""史述赞"二体发微》，刊《广西师范大学学报》2013年第6期。

第二章　《文选》体类研究

一、《文选》"赞"体源流考论

萧统编《文选》是现存最早的诗文总集，收录从东周至南朝梁代的名篇佳作，涵盖了赋、诗、骚等37种文体①。因此，《文选》的文体研究应成为"文选学"的重要组成部分。观《文选》分体中有"赞"体，选录夏侯湛《东方朔画赞并序》、袁宏《三国名臣序赞》各一首；又另列"史述赞""史论"二体，分别以《汉书·述高纪赞》一首、《述成纪赞》一首、《述韩彭英卢吴传赞》一首与《后汉书·光武纪赞》一首为史述赞类，以班固《汉书·公孙弘传赞》《后汉书·二十八将论》等八首为史论。其关系错综，欲明其故，需详考"赞"之源流。

梁刘勰《文心雕龙·颂赞》较早对赞体源流有细致的分析，明吴讷《文章辨体序说》、徐师曾《文体明辨序说》也有专门评述，然均有疏漏之处，近人刘师培《文心雕龙讲录二种》收有《文心雕龙·颂赞篇》，黄侃有《文心雕龙札记·颂赞》，对赞体考辨更为深入。今人钟嘉芳《汉魏赞文研究》②、李成荣《先唐赞体文研究》③、郗文倩《汉代图画人物风尚与赞体的生成流变》④、高华

---

① 一说38体或39体。
② 钟嘉芳《汉魏赞文研究》，广西师范大学2004年硕士学位论文。
③ 李成荣《先唐赞体文研究》，辽宁师范大学2006年硕士学位论文。
④ 郗文倩《汉代图画人物风尚与赞体的生成流变》，刊《文史哲》2007年第3期。

平《赞体的演变及其所受佛经影响探讨》①、张立兵《赞的源流初探》②，对赞的源流作了较系统的考察，然亦有可商可补之处。故此笔者草成此文，祈请指正。

"赞"，《说文解字》云："赞，见也，从贝，从兟。"段玉裁注曰："此以叠韵为训，疑当作所以见也，谓彼此相见必资赞者。士冠礼'赞冠者'，士婚礼'赞者'注皆曰：'赞，佐也'。《周礼·大宰》注曰：'赞，助也'，是则凡行礼必有赞，非独相见也。""铉曰：'兟音诜，进也。'锴曰：'进见以贝为礼也。'"③《玉篇》："賛（赞），子旦切，佐也，遵也，助也，具也。"④可见"赞"字本义当是"进见以贝为礼"，引申为"助也，佐也"。

考察有关文献记载，"赞"字释义又由"佐也""助也"进一步引申为"明也""告也"。

《周易·说卦》云："昔者圣人之作易也，幽赞于神明而生蓍。"王弼注："赞，明也。"孔颖达正义："赞者，佐而助成，而令微者得著，故训为明。"⑤

郑玄有《尚书赞》，关于其篇名题"赞"之原由，孔颖达云："《易》有《序卦》，子夏作《诗序》，孔子亦作《尚书序》，故孔君因此作序名也。郑玄谓之赞者，以序不分散，避其序名，故谓之赞。赞者，明也，佐也。佐成序义，明以注解故也。"⑥

《尚书·皋陶谟》载皋陶向禹陈古人九德，认为顺于古道，可致行。禹赞同并嘉许之，重其言以深戒帝。皋陶因而谦之曰："予未有知思，曰赞赞襄哉！"孔颖达正义引郑玄注云："赞，明也。襄之言畅，言我未有所知，所思徒赞明帝德，畅我忠言而已。"⑦

---

① 高华平《赞体的演变及其所受佛经影响探讨》，刊《文史哲》2008年第4期。
② 张立兵《赞的源流初探》，刊《文学遗产》2008年第5期。
③ 段玉裁《说文解字注》，江苏广陵古籍刻印社1997年版，第280页。
④ 顾野王《玉篇》卷二十五，《四库全书》本。
⑤ 王弼注，孔颖达疏《周易正义》，《十三经注疏》标点本，北京大学出版社1999年版，第323页。
⑥ 孔安国传，孔颖达疏《尚书正义》，《十三经注疏》标点本，北京大学出版社1999年版，第1页。
⑦ 孔安国传，孔颖达疏《尚书正义》，《十三经注疏》标点本，北京大学出版社1999年版，第111页。

《书序》载："伊陟赞于巫咸,作《咸乂》四篇。"孔颖达正义云:"礼有赞者,皆以言告人,故赞为告也。"①

《尚书·皋陶谟》载皋陶因受禹嘉许后谦之曰:"予未有知思,曰赞赞襄哉!"孔安国传云:"言我未有所知,未能思致于善,徒亦赞奏上古行事而言之。"②

值得注意的是,上引《尚书·皋陶谟》"予未有知思,曰赞赞襄哉"一句,郑玄和孔安国分别训"赞"为"明也""告也"(即"赞奏"),故知此二义可互通。

故刘勰《文心雕龙·颂赞》云:"赞者,明也,助也。"③ 刘师培《文心雕龙·颂赞篇》称:"赞之训诂:(一)明也;(二)助也。本义惟此而已。"④ 所言甚是,唯此二义并非"赞"字本义,皆是其引申义,引申过程如上所述。

与"赞"相关的,是上古出现的大量"赞辞":

《尚书大传》载乐正的赞辞:"舜为宾客,而禹为主人,乐正道赞曰:'尚考大室之义,唐为虞宾,至今衍于四海;成禹之变,垂于万世之后。'于时,卿云聚,俊士集,百工相和而歌《卿云》。"郑玄注:"舜既使禹摄天子之事,于祭祀避之宾客之位……乐正,乐官之长,《周礼》曰大司乐。"⑤ 刘师培《文心雕龙·颂赞篇》认为"此为赞字见于古书之最早者。当为赞礼之赞,有助字之义,犹言相礼也"。⑥ 这是祭祀时由乐正唱诵的赞辞,内容主要是赞颂舜仿效尧禅位于禹,在祭祀时避居宾位。形式上则采用四六句式,骈散兼行,"尚考大室之义"为单句,"唐为虞宾,至今衍于四海;成禹之变,垂于万世之后"则属偶句双行。

《尚书·顾命》载康王受册命后又祭祀先王:"受同、瑁,王三宿,三祭、

---

① 孔安国传,孔颖达疏《尚书正义》,《十三经注疏》标点本,北京大学出版社1999年版,第219-220页。
② 孔安国传,孔颖达疏《尚书正义》,《十三经注疏》标点本,北京大学出版社1999年版,第110页。
③ 刘勰著,詹锳义证《文心雕龙义证》,上海古籍出版社1989年版,第338页。
④ 陈引驰编校《刘师培中古文学论集》,中国社会科学出版社1997年版,第153页。
⑤ 伏胜《尚书大传》,《丛书集成初编》本,中华书局1985年版,第27-28页。
⑥ 陈引驰编校《刘师培中古文学论集》,中国社会科学出版社1997年版,第154页。

三咤。上宗（即大宗伯）曰：'飨！'"。孔安国注云："祭必受福，赞王曰：'飨福酒。'"然后太保又祭祀先王："太保受同，降，盥以异同，秉璋以酢。授宗人同，拜，王答拜。太保受同，祭，啐，宅，授宗人同，拜。王答拜。太保降，收。"孔颖达正义云："太保受同，降自东阶……祭讫，乃受福。祝酌同以授太保，宗人（小宗伯）赞太保曰：'飨福酒。'……"① 由此可知，因"祭必受福"，故"飨"（"飨福酒"）成为祭祀中固有的赞辞，唱诵赞辞的有大、小宗伯。②

《仪礼·士冠礼》载加冠行礼时"始加，祝曰：'令月吉日，始加元服。弃尔幼志，顺尔成德。寿考惟祺，介尔景福。'再加，曰：'吉月令辰，乃申尔服。敬尔威仪，淑慎尔德。眉寿万年，永受胡福。'三加，曰：'以岁之正，以月之令，咸加尔服。兄弟具在，以成厥德。黄耇无疆，受天之庆。'"③ 这些祝辞（即赞辞）提出了对冠者德行方面的严格要求，并表达了对其福寿的美好祝愿。形式上均为四言句，除"以岁之正，以月之令，咸加尔服"外，都是两句一韵，通篇押韵，适于唱诵。

以上所列均为仪式赞辞。它们是整个仪式的组成部分，由专门之人即"赞者"负责唱诵。《书序》载："伊陟赞于巫咸，作《咸乂》四篇。"孔颖达正义云："礼有赞者，皆以言告人，故赞为告也。"④《仪礼注疏》"宰自右少退，赞命"一句下郑玄注云："赞，佐也。"《尚书正义》载："益赞于禹曰……"孔安国传云："赞，佐也。"孔颖达正义曰："《礼》有赞佐，是助祭之人，故赞为佐也。"⑤ 这些材料指出了"赞者"在仪式中的作用是佐助仪式的完成，主要任务是以言告人，即唱诵赞辞，当然也有仪式导引的职责。唯认为赞佐乃助祭之人，仅限于祭祀，则不尽然，因为除祭祀外，"赞者"还出现在诸如冠礼、昏礼、朝

---

① 孔安国传，孔颖达疏《尚书正义》，《十三经注疏》标点本，北京大学出版社 1999 年版，第 513–514 页。
② 孔安国传，孔颖达疏《尚书正义》第 513 页载孔安国注云："太宗供王，宗人供太保。"
③ 郑玄注，贾公彦疏《仪礼注疏》，《十三经注疏》标点本，北京大学出版社 1999 年版，第 49–50 页。
④ 孔安国传，孔颖达疏《尚书正义》，《十三经注疏》标点本，北京大学出版社 1999 年版，第 219–220 页。
⑤ 孔安国传，孔颖达疏《尚书正义》，《十三经注疏》标点本，北京大学出版社 1999 年版，第 99–100 页。

觐礼等各类仪式场合中,《仪礼·士冠礼》《仪礼·士昏礼》均详细记载了"赞者"如何导引仪式的完成,朝觐会同亦离不开傧、相(即赞礼者)①。上引祭祀之礼中乐正、宗伯担当了"赞者"的角色。此外担当"赞者"的角色还有"大宰""小宰"等,《周礼注疏》载大宰"及祀之日,赞玉币爵之事。祀大神示,亦如之。享先王,亦如之,赞玉几、玉爵。大朝觐会同,赞玉币、玉献、玉几、玉爵。大丧,赞赠玉、含玉。作大事,则戒于百官,赞王命。王眡治朝,则赞听治;眡四方之听朝,亦如之",小宰"凡祭祀,赞玉币爵之事、祼将之事。凡宾客,赞祼,凡受爵之事、凡受币之事。丧荒,受其含襚、币玉之事"。② 这里还要特别提一下"祝"。《说文解字》:"祝,祭主赞词者。"③《周礼注疏·大祝》载:"大祝掌六祝之辞,以事鬼神示。祈福祥,求永贞。一曰顺祝,二曰年祝,三曰吉祝,四曰化祝,五曰瑞祝,六曰筴祝。"郑玄引郑众注云:"顺祝,顺丰年也。年祝,求永贞也。吉祝,祈福祥也。化祝,弭灾兵也。瑞祝,逆时雨、宁风旱也。筴祝,远罪疾也。"④ 据此可知赞辞内容之丰富。

值得注意的是,上古赞辞除仪式赞辞外,还有非仪式赞辞。

《尚书·大禹谟》载苗民叛乱,舜命禹领兵征讨,益劝告禹修德致远的赞辞:"惟德动天,无远弗届。满招损,谦受益,时乃天道。帝初于历山,往于田,日号泣于旻天,于父母。负罪引慝,祗载,见瞽瞍。夔夔斋栗,瞽亦允若,至诚感神,矧兹有苗。"⑤

《书序》载:"伊陟相大戊,亳有祥,桑谷共生于朝。伊陟赞于巫咸,作

---

① 《仪礼注疏·觐礼》多次提到"傧",其"啬夫承命,告于天子"下郑玄注云:"啬夫,盖司空之属也。为末傧,承命于侯氏。下介传而上,上傧以告于天子。天子见公,傧者五人;见侯伯,傧者四人;见子男,傧者三人。皆宗伯为上傧。"《周礼注疏·大宗伯》载:"朝觐会同,则为上相。"郑玄注云:"相,诏王礼也。出接宾曰傧,入诏礼曰相。相者五人,卿为上傧。"秦汉以来,设有专属职官以佐朝觐,《汉书·百官公卿表》:"典客,秦官……武帝太初元年更名大鸿胪。"应劭注曰:"郊庙行礼,赞九宾,鸿声胪传之也。"
② 郑玄注,贾公彦疏《周礼注疏》,《十三经注疏》标点本,北京大学出版社1999年版,第48-51页;第61-63页。
③ 段玉裁《说文解字注》,江苏广陵古籍刻印社1997年版,第6页。
④ 郑玄注,贾公彦疏《周礼注疏》,《十三经注疏》标点本,北京大学出版社1999年版,第658页。
⑤ 孔安国传,孔颖达疏《尚书正义》,《十三经注疏》标点本,北京大学出版社1999年版,第99页。

《咸乂》四篇。"孔颖达正义云:"伊陟辅相太戊,于亳都之内,有不善之祥,桑谷二木共生于朝。朝非生木之处,是为不善之征。伊陟以此桑谷之事告于巫咸,史录其事,作《咸乂》四篇。'乂'训治也,言所以致妖,须治理之,故名篇为《咸乂》也。伊陟不先告太戊而告巫咸者,《君奭》云:'在太戊,时则有若巫咸乂王家。'则咸是贤臣,能治王事,大臣见怪而惧,先共议论而后以告君。下篇序云:'太戊赞于伊陟。'明先告于巫咸而后告太戊。"至于如何治理以除妖,则如皇甫谧所云:"太戊问于伊陟,伊陟曰:'臣闻妖不胜德,帝之政事有阙。'白帝修德。太戊退而占之曰:'桑谷野木而不合生于朝,意者朝亡乎?'太戊惧,修先王之政,明养老之礼,三年而远方重译而至七十六国。"① 据此可知,伊陟乃是以妖不胜德,修德勤政来辅相太戊。伊陟所言"臣闻妖不胜德,帝之政事有阙"等可视为其赞太戊之辞。

《尚书·皋陶谟》,在篇题后孔安国传云:"谟,谋也。皋陶为帝舜谋。"② 在正文中皋陶向禹陈古人九德,认为顺于古道,可致行。禹赞同并嘉许之,重其言以深戒帝。皋陶因而谦之曰:"予未有知思,曰赞赞襄哉!"孔安国传云:"言我未有所知,未能思致于善,徒亦赞奏上古行事而言之。"③ 据此可知,皋陶是以信实践行古人之德来为帝王谋划谏言。

以上所论赞辞,均关乎治国理政。《周礼注疏》载大宰"王眡治朝,则赞听治",郑玄注云:"治朝在路门外,群臣治事之朝。王视之,则助王平断。"④ 指出了大臣有为君王谋划、平断的职责,上引益、伊陟、皋陶进赞,均是在履行这一职责。因为是谋划、平断之言,要言之成理,故这些赞辞篇幅较长,且用散体,带有议论成分,显示出与仪式赞辞不同的面貌。

要之,上古"赞辞"在各种仪式及治国理政中是经常出现的。它们成为了

---

① 孔安国传,孔颖达疏《尚书正义》,《十三经注疏》标点本,北京大学出版社1999年版,第219—220页。
② 孔安国传,孔颖达疏《尚书正义》,《十三经注疏》标点本,北京大学出版社1999年版,第102页。
③ 孔安国传,孔颖达疏《尚书正义》,《十三经注疏》标点本,北京大学出版社1999年版,第110页。
④ 郑玄注,贾公彦疏《周礼注疏》,《十三经注疏》标点本,北京大学出版社1999年版,第51页。

后世赞文的最早发源。这些赞辞在形式上有散句、有骈句、有韵语；仪式赞辞为骈句或韵语，篇幅短小，以合唱诵之需；非仪式赞辞则多为散句，且篇幅较长。赞辞内容则与应用场合密切相关，或称颂，或祝福，或劝勉，或议论，不一而足，这些都为后世赞文的发展奠定了基础。

考察现存的赞文，可以说它们都是在"赞"字"助也""明也"的意义上因应不同的场合与对象而衍生的。

我们不妨先来看一下前人对赞的分类。明代徐师曾《文体明辨序说》将之分为三类："一曰杂赞，意专褒美，若诸集所载人物、文章、书画诸赞是也。二曰哀赞，哀人之没而述德以赞之者是也。三曰史赞，词兼褒贬，若《史记索隐》（案司马贞《史记索隐》在《史记》每篇后皆附《述赞》）、东汉、晋书诸赞是也。"[①] 吴讷《文章辨体序说》将之分为二体："若作散文，当祖班氏史评；若作韵语，当宗《东方朔画象赞》。"[②] 近代刘师培亦把赞分为有韵无韵两大类，无韵之赞包括孔子赞《周易》之《十翼》、班固《汉书》之赞、郑玄《尚书赞》等，而有韵之赞则包括哀赞、像赞、史赞、杂赞四类：

> 赞文之有韵者，可分为四：（一）哀赞——以蔡中郎《胡公夫人哀赞》为准则。（二）像赞——李充《翰林论》云："图象立而赞兴。"知东汉时，此体至为盛行；《后汉书·赵岐传》云："图季札、子产、晏婴、叔向四像居宾位，又自画其像居主位，皆为赞颂。"（卷九十四）可证。《东方朔画赞》即属此类。（三）史赞——此类以范蔚宗《后汉书》纪传后之赞为最佳。（大抵撮其人大略，为之作赞者，不出此三类。特东汉之时，有为当时具令德之人作赞者，如蔡中郎《焦君赞》；亦有为古人作赞者，如王仲宣《正考父赞》是也。）（四）杂赞——以上三者，皆为对人而作。至于为一切品物作赞者，则属此类。如郭璞《山海经图赞》《尔雅图赞》，皆据图而为物所作赞者；又有不据图而为物作赞者，如繁钦《砚赞》等是。[③]

在这三种分类中，徐师曾是按照赞的具体作用或褒美或褒贬或哀人之没而

---

① 徐师曾著，罗根泽校点《文体明辨序说》，人民文学出版社1998年版，第143页。
② 吴讷著，于北山校点《文章辨体序说》，人民文学出版社1998年版，第48页。
③ 陈引驰编校《刘师培中古文学论集》，中国社会科学出版社1997年版，第155-156页。

述德以赞之来划分的，吴讷则按照赞的形式或为散文或为韵语来区分的，而刘师培则综合了前二者的分类法，先分为有韵无韵两大类，然后对作为赞文主体的有韵之赞作详细分类。应该指出，刘氏的分类更为可取，但仍有不足，譬如，他忽略了上古仪式赞辞的承传。在此，就以刘氏的分类为基础，对赞文的流变作一考察。

赞文在上古赞辞的基础上，为用日广，品类亦繁。要之，可以分为两大类，一类是无韵的散体之赞，另一类则是与之相对而言的韵语之赞。

散体之赞主要有两类，一类是"经赞"，为某儒经而发，主旨在阐明其义，起辅助说明的作用。① 如相传孔子赞《周易》而作《十翼》②、东汉郑玄撰《尚书赞》《易赞》等。《十翼》即《易传》，包括《彖》上、下，《象》上、下，《文言》，《系辞》上、下，《序卦》，《说卦》，《杂卦》。《易纬·乾凿度》称其为《十翼》，"言其为《易经》之羽翼，有辅助之意，表示是专门用来解释《易经》的"，"《易传》的主要部分是解释《周易》经文和筮法的……其内容包括两个方面，一是对卦爻辞的意义及其凶吉辞句的解释；一是论揲蓍求卦的过程"③ 故知《十翼》是用来辅助和阐明《易经》的，其在形式上采用的是散体。刘师培指出："文之主赞明者，当推孔子作《十翼》以赞《周易》为最古；乃知赞者，盖将一书之旨为文融会贯通以明之者也。"④ 所论有一定道理，尽管今人一般认定《十翼》非孔子所作，但它产生于战国时期⑤，仍是目前所见最早的"经赞"。郑玄《易赞》，其文不长，引述如下：

> 易之为名也，一言而函三义。简易，一也；变易，二也；不易，三也。故《系辞》云："乾、坤，其易之缊耶"，又曰："易之门户耶"，又曰："夫乾，确然示人易矣。夫坤，隤然示人简矣"，"易则易知，简则易从"，

---

① 当然，另有为佛经作赞者，因其旨在称颂，且为韵文，所以我们将之归入杂赞类，详见后文。

② 《史记·孔子世家》载："孔子晚而喜《易》，序《彖》《系》《象》《说卦》《文言》。读《易》，韦编三绝。曰：'假我数年，若是，我于《易》则彬彬矣。'"孔安国《尚书序》云："先君孔子，生于周末，……删《诗》为三百篇，约史记而修《春秋》，赞《易》道以黜八索，述职方以除九丘。"

③ 刘起釪等著《经史说略——十三经说略》，北京燕山出版社2002年版，第12－13页。

④ 陈引驰编校《刘师培中古文学论集》，中国社会科学出版社1997年版，第153页。

⑤ 刘起釪等《经史说略——十三经说略》，北京燕山出版社2002年版，第3页。

此言其易简之法则也。又曰："其为道也屡迁，变动不居，周流六虚，上下无常，刚柔相易，不可为典要，唯变所适。"此言从（一作顺）时变易，出入移动者也。又曰："天尊地卑，乾坤定矣。卑高以陈，贵贱位矣。动静有常，刚柔断矣。"此言张设布列"不易"者也。据兹三义而说，易之道广矣大矣。①

据此可知，郑氏《易赞》以散体行文，重在阐明易之一名而涵三义，"据兹三义而说，易之道广矣大矣"，换言之，其主旨在于强调如何来阐说易道，故有辅助阐明《周易》之功。至于郑玄《尚书赞》，刘师培称其"叙尚书之源流；文亦散行，有类于后世之序"②，所论甚是，唯在郑玄之前已有书序存在。孔安国《尚书序》篇题后孔颖达正义云："序者，言序述《尚书》起讫、存亡注说之由，序为《尚书》而作，故曰《尚书序》。《周颂》曰：'继序思不忘。'《毛传》云：'序者，绪也。'则绪述其事，使理相胤续，若茧之抽绪。但《易》有《序卦》，子夏作《诗序》，孔子亦作《尚书序》，故孔君因此作序名也。郑玄谓之赞者，以序不分散，避其序名，故谓之赞。赞者，明也，佐也。佐成序义，明以注解故也。安国以孔子之序分附篇端，故已之总述亦谓之序。事不烦重，义无所嫌故也。"③ 由此可知，郑玄《尚书赞》之所以名之为"赞"，是因孔子《尚书序》"不分散，避其序名，故谓之赞"，其主旨在"佐成序义，明以注解"，亦即"序述《尚书》起讫、存亡注说之由"。而孔安国之所以称其所撰为序，乃是"以孔子之序分附篇端，故已之总述亦谓之序。事不烦重，义无所嫌故也"。易言之，郑玄《尚书赞》与孔安国《尚书序》是名异而实同，与概述各篇作意的孔子《尚书序》④ 在内容上略有区别，在实质上则颇为接近。

以上所论"经赞"，后世几无续者。东晋谢道韫有《论语赞》，为赞明《论语》之作，惜已散佚。《艺文类聚》卷五十五存其一篇，其文曰："卫灵公问陈于孔子，孔子对曰：俎豆之事，则尝闻之，军旅之事，未之学也。庶则大矣，

---

① 王应麟辑，惠栋考补《增补郑氏周易》卷首附，《四库全书》本。
② 陈引驰编校《刘师培中古文学论集》，中国社会科学出版社1997年版，第154页。
③ 孔安国传，孔颖达疏《尚书正义》，《十三经注疏》标点本，北京大学出版社1999年版，第1页。
④ 《汉书·艺文志》载："《书》之所起远矣，至孔子纂焉，上断于尧，下讫于秦，凡百篇，而为之序，言其作意。"

23

比德中庸。斯言之善，莫不归宗。粗者乖本，妙极令终。嗟我怀矣，兴言攸同。孔子曰：'民之于仁也，甚于水火。水火吾见蹈而死者，未见蹈仁而死者矣。'"文之首尾是出自《论语·卫灵公第十五》的引文，"庶则大矣，比德中庸。斯言之善，莫不归宗。粗者乖本，妙极令终。嗟我怀矣，兴言攸同"云云，则是作者赞语，为四言韵文，通篇押韵，重在对孔子言论进行阐发评述。唐孔颖达等撰有《五经正义》，初名《义赞》①，则是针对"五经"作赞，内容亦重在阐明其义。

散体之赞的另一类则是"史论赞"，重在对人物史事予以评论说明。这类"史论赞"主要出现在史书中，附在纪传或书志之后。《史记》"太史公曰"和《汉书》"赞曰"等均是。刘勰《文心雕龙·论说》："详观论体，条流多品；陈政，则与议说合契；释经，则与传注参体；辨史，则与赞评齐行；铨文，则与叙引共纪。"② 指出"论"之品类众多，在辨析史事时，与赞、评并驾齐驱。郭晋稀《文心雕龙注译》加注云："《颂赞》篇：'及迁史固书，托赞褒贬，约文以总录，颂体而论辞，又纪传后评，亦同其名。'足赞评与论同也。"③ 刘知几《史通·论赞》有更充分的阐述：

> 《春秋左氏传》每有发论，假君子以称之。二《传》云公羊子、穀梁子，《史记》云太史公。既而班固曰赞，荀悦曰论，《东观》曰序，谢承曰诠，陈寿曰评，王隐曰议，何法盛曰述，常璩曰撰，刘昺曰奏，袁宏、裴子野自显姓名，皇甫谧、葛洪列其所号。史官所撰，通称史臣。其名万殊，其义一揆。必取便于时者，则总归论赞焉。④

这里指出史书论赞是从《春秋左氏传》"君子曰"发展而来的，其称名众多，有序、诠、评、议、论、赞等，而"取便于时，则总归论赞"。黄侃亦云："班孟坚《汉书赞》，亦由纪传意有未明，作此以彰显之，善恶并施。故赞非赞美之意。（太史书每纪传世家后称太史公曰，亦同此例。荀悦改名为论。自是以后，

---

① 《新唐书·孔颖达传》云："初，颖达与颜师古、司马才章、王恭、王琰受诏撰《五经》义训，凡百余篇，号《义赞》，诏改为《正义》云。"
② 刘勰著，詹锳义证《文心雕龙义证》，上海古籍出版社1989年版，第669页。
③ 刘勰著，詹锳义证《文心雕龙义证》，上海古籍出版社1989年版，第670页引。
④ 刘知几撰，浦起龙释《史通通释》，上海古籍出版社1978年版，第81页。

或名序，或名诠，或名评，或名议，或名述，或名奏，要之皆赞体耳）。"① 这类史书中的论赞皆以散体行文，重在评论说明，所谓"辩疑惑，释凝滞"（刘知几《史通·论赞》）。萧统《文选》以班固《汉书·公孙弘传赞》《后汉书·二十八将论》等八首为史论，即此处所言史书中之论赞。即以班固《汉书·公孙弘传赞》为例。其全名应是《汉书·公孙弘卜式倪宽传赞》，全文如下：

> 赞曰：公孙弘、卜式、倪宽，皆以鸿渐之翼困于燕爵，远迹羊豕之间，非遇其时，焉能致此位乎？是时，汉兴六十余载，海内艾安，府库充实，而四夷未宾，制度多阙。上方欲用文武，求之如弗及，始以蒲轮迎枚生，见主父而叹息。群士慕响，异人并出，卜式拔于刍牧，弘羊擢于贾竖，卫青奋于奴仆，日䃅出于降虏，斯亦曩时版筑饭牛之朋已。汉之得人，于兹为盛，儒雅则公孙弘、董仲舒、倪宽，笃行则石建、石庆，质直则汲黯、卜式，推贤则韩安国、郑当时，定令则赵禹、张汤，文章则司马迁、相如，滑稽则东方朔、枚皋，应对则严助、朱买臣，历数则唐都、落下闳，协律则李延年，运筹则桑弘羊，奉使则张骞、苏武，将帅则卫青、霍去病，受遗则霍光、金日䃅，其余不可胜纪。是以兴造功业，制度遗文，后世莫及。孝宣承统，纂修洪业，亦讲论六艺，招选茂异，而萧望之、梁丘贺、夏侯胜、韦玄成、严彭祖、尹更始以儒术进，刘向、王褒以文章显，将相则张安世、赵充国、魏相、邴吉、于定国、杜延年，治民则黄霸、王成、龚遂、郑弘、召信臣、韩延寿、尹翁归、赵广汉、严延年、张敞之属，皆有功迹见述于后世。参其名臣，亦其次也。②

此"赞"以散体行文，间用偶句，重在说明公孙弘、卜式、倪宽等人虽有大才却为俗所薄，最终身居高位、建功立业而名垂后世，其原因在于"遇于时"，即适逢武帝时期经济兴盛、政治安定而边患未除、制度阙失，故广纳文武，求贤若渴。于是君臣相谐，建立盛世之业。宣帝时期士人建功，亦缘于君臣相遇，是为进一步补证。要之，此"赞"以汉武帝、宣帝时期君臣相遇、开创盛世为例，论说士人要想建功立业，能否"遇于时"至关重要。

---

① 黄侃《文心雕龙札记》，上海古籍出版社2000年版，第74页。
② 班固《汉书》，中华书局1962年版，第2633—2634页。

当然,"史论赞"除了出现在史书中之外,还有其他不依附史书者。

文献记载较早的如司马相如《荆轲赞》。《文心雕龙·颂赞》:"至相如属笔,始赞《荆轲》。"① 刘师培在其下有注云:"《汉书·艺文志·杂家》有《荆轲论》五篇。班固原注曰:'轲为燕刺秦王,不成而死;司马相如等论之。'彦和之言,当本于此。惟究为论为赞,今不可考,或即如《后汉书》之论,而在司马相如时,尚称为赞耶?"② 李详《文心雕龙补注》云:"《汉书·艺文志》杂家有《荆轲论》五篇。班固自注:'轲为燕刺秦王,不成而死;司马相如等论之。'案王氏应麟《汉书艺文志考证》引彦和论系于《荆轲论》下,而未辨论与赞歧分之故;详疑彦和所见《汉书》本作《荆轲赞》,故采入《颂赞》篇。若是论字,则必纳入《论说》篇中,列班彪《王命》、严尤《三将》之上矣。"③ 由此可知,对司马相如《荆轲赞》尚有称名为"赞"或"论"的争论,然不论究竟为何,其实质是一致的,其主旨都是在对"轲为燕刺秦王,不成而死"予以评论。惜其词已亡,今已无从详论,不过根据题名推测,其文当为散体。司马相如《荆轲赞》在赞的发展过程中占有的重要地位亦值得注意。刘勰《文心雕龙·颂赞》将之视为上古赞辞与《史记》《汉书》"论赞"的重要过渡,徐师曾《文体明辨序说》亦云:"昔汉司马相如初赞荆轲,其词虽亡,而后人祖之,著述甚众。"④ 此外,史书"论赞",尤其是班固《汉书》在纪、传、志后附以"赞曰"之文的形式,影响到文人在为亲友或僚属等作传时也多喜附录"赞曰"一段文字以作评论。如陶渊明为其外祖孟嘉作《晋故征西大将军长史孟府君传》,传后"赞曰:孔子称:'进德修业,以及时也。'君清蹈衡门,则令闻孔昭;振缨公朝,则德音允集。道悠运促,不终远业,惜哉!仁者必寿,岂斯言之谬乎"⑤,在称颂外祖孟嘉德行的同时对其生命短暂而未及建立丰功伟业表示惋惜,对圣人所谓的"仁者必寿"发出诘问。陶渊明又有《五柳先生传》,传后附赞文如下:"赞曰:黔娄之妻有言:'不戚戚于贫贱,不汲汲于富贵。'极

---

① 刘勰著,詹锳义证《文心雕龙义证》,上海古籍出版社1989年版,第342页。
② 陈引驰编校《刘师培中古文学论集》,中国社会科学出版社1997年版,第154页。
③ 刘勰著,詹锳义证《文心雕龙义证》,上海古籍出版社1989年版,第342页引。
④ 徐师曾,罗根泽校点《文体明辨序说》,人民文学出版社1998年版,第143页。
⑤ 陶渊明著,逯钦立校注《陶渊明集》,中华书局1979年版,第171页。

其言兹若人之俦乎？酣觞赋诗，以乐其志，无怀氏之民欤，葛天氏之民欤？"①此赞乃是在《五柳先生传》叙其为人品性、人生旨趣的基础上作进一步概括性的评论，强调其人有甘于贫贱、淡泊名利的古朴之风。

韵语之赞则品类众多，蔚为大观，成为赞文的主流。刘勰《文心雕龙·颂赞》谈到赞的文体特征时所云"古来篇体，促而不广，必结言于四字之句，盘桓乎数韵之词。约举以尽情，昭灼以送文，此其体也"，即是就韵语之赞而言。考察韵语之赞的品类，可以将之分为仪赞、画赞、史述赞以及杂赞。兹略作阐述。

（一）仪赞

仪赞即为仪式赞文，乃是上古仪式赞辞的承传产物。如婚礼赞文。东汉初郑众的《婚礼谒文赞》可视为其代表，它也是严可均辑《全上古三代秦汉三国六朝文》中收录最早的赞，尽管只剩残言片语，亦可见一斑。古代婚俗要送聘礼，这些赞文即是与谒文一并书写于木简上，随同相应的礼物送与女方的。从这些赞文可知，其所写对象分别是婚礼中所用的雁、粳米、稷米、卷柏、嘉禾、长命缕、九子墨、金钱、舍利兽、鸳鸯鸟等礼物，通过揭示这些礼物的特性来寄寓对新人的祝福与劝勉，主旨与上文所引上古婚礼祝赞辞相类。如其文云："九子之墨，藏于松烟。本性长生，子孙图边"（《初学记》卷二十），"金钱为质，所历长久。金取和明，钱用不止"（《太平御览》卷八百三十六），"舍利为兽，廉而能谦。礼义乃食，口无讥愆"（《太平御览》卷九百十三），此三章分别写九子墨、金钱和舍利兽，取其长生、长久、廉谦等品质，以此祝福新人子孙满堂、婚姻长久，勉励新人廉而能谦，奉礼守义。其文取四言韵语、隔句押韵的形式，便于在婚礼中唱诵。

再如宗教偈赞。先看佛教偈赞。古印度佛教中有偈颂②，用于礼佛、诵佛等佛事活动，亦见于佛经。后秦时西域高僧鸠摩罗什指出："天竺国制，甚重文制，其宫商体韵，以入弦为善，凡觐国王，必有赞德；见佛之仪，以歌叹为贵。经中偈颂，皆其式也。"③慧皎《高僧传·经师·论》云："东国之歌也，则结

---

① 陶渊明著，逯钦立校注《陶渊明集》，中华书局1979年版，第175页。
② 偈，是偈陀（梵文Gatha）的简称，义译为颂，故往往偈颂联称。
③ 慧皎撰，汤用彤校注，汤一玄整理《高僧传》，中华书局1992年版，第53页。

韵而成咏；西方之赞也，则作偈以和声。虽复歌赞为殊，而并以协谐钟律，符靡宫商，方为奥妙。"① 自东汉末佛教输入中土后，伴随着佛经的传译，佛教偈颂也与中国传统的韵文，包括上古的仪式赞辞结合形成新兴的佛教偈赞。这类偈赞多用于法事道场中礼佛、诵佛等佛事活动。为便于唱诵，其形式多采用韵文体，"两晋南北朝时佛教赞文多集中于对佛、菩萨的咏赞，在形式上多采用四、五言韵文体。到了隋唐以后，佛教赞文从内容到形式都日益丰富起来，在敦煌文献中我们就可以看到大量唐、五代、宋初的佛教赞文，如赞佛功德的……赞颂高僧的……赞叹佛子出家的……赞美佛教圣地的……其形式则既有以往传统的四言、五言，又有新兴的七言、杂言等多种形式。"② 中唐法照编撰有《净土五会念佛诵经观行仪》三卷和《净土五会念佛略法事仪赞》一卷，所收录的即是佛教净土五会念佛道场中使用的赞文。据学者研究，这些赞文具有丰富性、音乐性、通俗性和文学性四个特点，而其文学性主要表现在两个方面，一是主要普遍采用押韵形式以追求韵律，二是运用排比、顶真连珠、比喻等多种修辞方法。③ 这些都可以视为对仪赞的丰富和发展。当然，有的偈赞只为诵佛，并不用于法事。如东晋支遁有《文殊师利赞》《善思菩萨赞》《阇首菩萨赞》等（《广弘明集》卷十六），分别赞颂文殊、善思诸菩萨的体性与功业。体式上皆用五言，篇幅长短不一，短者八句或十二句，长者十八句甚或二十二句，通篇押韵，一韵到底。至于道教偈赞，其性质同于佛教偈赞，在内容与形式上两者亦颇相似，此不赘述。

此外，还有"哀赞"也值得一提。前人如徐师曾、刘师培等均将之单列为赞体之一类。实际上，我们可将之归于"仪赞"。今存哀赞仅有蔡邕《议郎胡公夫人哀赞》一篇（《蔡中郎集》卷六），为代人之作，其文分两部分，前为序文，叙议郎胡公夫人赵氏的德行，后为赞文，感念养育之恩，寄托伤悼之情。其赞文句式整齐，两句一韵，或四句或八句一换韵，前半部分均为四言句，后

---

① 慧皎撰，汤用彤校注，汤一玄整理《高僧传》，中华书局1992年版，第507页。
② 张先堂《敦煌本唐代净土五会赞文与佛教文学》，刊《敦煌研究》1996年第4期，第3－4页。
③ 张先堂《敦煌本唐代净土五会赞文与佛教文学》，刊《敦煌研究》1996年第4期，第8－10页。

半为骚体，除一句四言，一句七言外，皆为六言句。① 就其渊源来讲，乃是由上古祝赞辞演变而来。《说文解字》："祝，祭主赞辞者。"② 《周礼》在谈到"大祝"职能时云："大祝掌六祝之辞……作六辞，以通上下亲疏远近，一曰祠，二曰命，三曰诰，四曰会，五曰祷，六曰诔。"③ 祭祝在后世有所变迁，刘勰《文心雕龙·祝盟》："若乃礼之祭祝，事止告飨；而中代（按：詹锳义证："这里是以'中代'指汉魏时期"。）祭文，兼赞言行。祭而兼赞，盖引神（伸）而作也。……太史所读之赞，固周之祝文也。"④《文心雕龙校证》："'太史所读之赞，故周之祝文也'，唐写本作'太祝所读，固祝之文者也'。汪本以下作'太史所读之赞，因周之祝文也。'今参订如此。言汉之哀策，即周之祝文耳。"⑤《文体明辨序说·祭文》："按祭文者，祭奠亲友之辞也。古之祭祀，止于告飨而已。中世以还，兼赞言行，以寓哀伤之意，盖祝文之变也。其辞有散文，有韵语，有俪语；而韵语之中，又有散文、四言、六言、杂言、骚体、俪体之不同。"⑥ 据此可知，哀祭文乃由上古祝赞之辞承传而来，其重要变化是"兼赞言行，以寓哀伤之意"。再结合以下材料：

《文体明辨序说·哀辞》："按哀辞者，哀死之文也，故或称文……其文皆用韵语，而四言骚体，惟意所之。"⑦

《文体明辨序说·诔》："按诔者，累也，累列其德行而称之也……其体先述世系行业，而末寓哀伤之意。"⑧

《文章辨体序说·诔辞、哀辞》："大抵诔则多叙世业，故今率仿魏晋，以四言为句；哀辞则寓伤悼之情，而有长短句及楚体不同。"⑨

可知蔡邕《议郎胡公夫人哀赞》亦属哀祭文之一类，其先叙德行，后寄哀思的

---

① "兮"字句中，"兮"字语气词不计。
② 段玉裁《说文解字注》，江苏广陵古籍刻印社1997年版，第6页。
③ 郑玄注，贾公彦疏《周礼注疏》，《十三经注疏》标点本，北京大学出版社1999年版，第661页。
④ 刘勰著，詹锳义证《文心雕龙义证》，上海古籍出版社1989年版，第373页。
⑤ 刘勰著，詹锳义证《文心雕龙义证》，上海古籍出版社1989年版，第375页引。
⑥ 吴讷著，于北山校点《文章辨体序说》，人民文学出版社1998年版，第154页。
⑦ 徐师曾著，罗根泽校点《文体明辨序说》，人民文学出版社1998年版，第153页。
⑧ 徐师曾著，罗根泽校点《文体明辨序说》，人民文学出版社1998年版，第154页。
⑨ 吴讷著，于北山校点《文章辨体序说》，人民文学出版社1998年版，第53-54页。

体例仿于诔文,赞文前半四言韵语,后半以六言骚体为主,兼有四、七杂言的形式则吸收了诔文四言、哀辞长短句及骚体等体式特点。

(二) 画赞

所谓画赞,即是就图画而赞文,主要针对人物图像而作,故刘师培特别标举出"像赞",并将之列为有韵之赞的一类。考察画赞源流,可知"画赞"在最初是指以图画来赞明人事。唐张彦远《历代名画记》云:"汉明帝画宫图五十卷,第一卷起庖牺,第五十卷杂画赞。汉明帝雅好画图,别立画室,诏博洽之士班固、贾逵辈取诸经史事,命尚方画工图画,谓之画赞。至陈思王曹植为赞传。"[①] 这里说得很清楚,汉明帝让班固、贾逵等人选取经书史事,然后由画工据之作画,是为"画赞"。其后,才有后世所谓的据画而赞文,曹植所作赞文即是如此。两汉时期绘画之风盛行,据画而作的"画赞"亦随之兴起。刘师培指出:"李充《翰林论》云:'图象立而赞兴。'知东汉时,此体至为盛行;《后汉书·赵岐传》云:'图季扎、子产、晏婴、叔向四像居宾位,又自画其像居主位,皆为赞颂。'(卷九十四) 可证。《东方朔画赞》即属此类。"[②] 所论甚是。观这类画赞,依画而作,旨在辅助阐明图画。略如黄侃所说:"夏侯孝若《东方朔画赞》,则赞为画施;郭景纯《山海经、尔雅图赞》,则赞为图起,此赞有所附者,专以助为义者也。"[③] 其人物图像,由于选取的图画对象多为三皇五帝、古圣先贤及今世德行可称之人,抑或佛教中的菩萨高僧、道教中的天师真人等,故画赞多为赞颂之辞;至于图画事物之类,则径取辅助阐明之义,并不以褒贬为重。如曹植就汉明帝《画赞》而作的赞文,分别是称颂庖羲、女娲、神农、周公等古时帝王圣贤的德行功绩,在形式上均为四言韵文,多为八句,偶有六句或十二句。就图画事物而作的赞文,如郭璞《山海经图赞》《尔雅图赞》等,主要是辅助说明。如《尔雅图赞·比目鱼》:"比目之鳞,别号王余。虽有二片,其实一鱼。协不能密,离不为疏。"(《艺文类聚》卷九十九)《山海经图赞·象》:"象实魁梧,体巨貌诡。肉兼十牛,目不逾豕。望头如尾,动若丘徙。"(《艺文类聚》卷九十五) 分别在阐明比目鱼和象的体态特征,并不以褒贬为

[①] 张彦远著,秦仲文、黄苗子点校《历代名画记》,人民美术出版社1963年版,第77页。
[②] 陈引驰编校《刘师培中古文学论集》,中国社会科学出版社1997年版,第155页。
[③] 黄侃《文心雕龙札记》,上海古籍出版社2000年版,第74页。

意。至于有的篇章词兼褒贬①，其重点仍在辅助说明。在形式上，《山海经图赞》多为四言六句，偶有四言四句或四言八句者，两句一韵，通篇押韵。《尔雅图赞》在形式上与《山海经图赞》基本一致。至于为佛经神变故事的图画即所谓"变相"而作的赞文，如王齐之撰《萨陀波仑赞》《萨陀波仑入山求法赞》《萨陀波仑始悟欲供养大师赞》《昙无竭菩萨赞》四篇②（《广弘明集》卷三十九）、苏颋《净信变赞》（《全唐文》卷二百五十六）等，在辅助说明图画的同时多褒扬之词。其体式不一，王齐之所撰四篇皆属短篇，为四言八句，两句一韵，一韵到底，苏颋《净信变赞》则为长篇，前三十六句皆四言句，后四句为骚体，通篇押韵，或四句、八句一换韵。

在画赞中，称颂德行功绩的像赞蔚为大观，占据主流地位。李充《翰林论》云"容像图而赞立"（《太平御览》卷五百八十八），又"按字书云：'赞，称美也……'"③，或与此不无关系。《文选》列有"赞"体，收录了夏侯湛《东方朔画赞并序》和袁宏《三国名臣序赞》两首。前者乃就东方朔画像而作赞称颂之，后者虽不依托画像，然亦据其人其事，取赞美之义，称颂三国名臣，可归入下文所述"杂赞"之"赞人"一类。兹举《东方朔画赞》作一分析。

夏侯湛《东方朔画赞并序》，前有序文，在序中叙写了东方朔"诙谐以取容。洁其道而秽其迹，清其质而浊其文，弛张而不为邪，进退而不离群"的处世态度及赡智宏材、倜傥博物、雄节高气、弃俗登仙等为人品性与旨趣，同时点出了作赞的缘由："大人来守此国，仆自京都，言归定省。睹先生之县邑，想先生之高风；徘徊路寝，见先生之遗像。逍遥城郭，观先生之祠宇。慨然有怀，乃作颂焉，其辞曰……"据此可知，夏侯湛睹东方朔故乡，观其祠堂，见其遗像，乃作赞文。其称"乃作颂焉"表明，颂赞二体已趋合流。其赞文如下：

> 矫矫先生，肥遯居贞。退不终否，进亦避荣。临世濯足，希古振缨。涅而无滓，既浊能清。无滓伊何，高明克柔。能清伊何，视汙若浮。乐在

---

① 刘勰《文心雕龙·颂赞》称郭璞《尔雅图赞》"动植必赞，义兼美恶"。
② 在第一篇《萨陀波仑赞》题下有小字注："因画般若台，随变立赞。"
③ 徐师曾著，罗根泽校点《文体明辨序说》，人民文学出版社1998年版，第143页。

必行,处沧周忧。跨世凌时,远蹈独游。瞻望往代,爰想遐踪。邈邈先生,其道犹龙。染迹朝隐,和而不同。栖迟下位,聊以从容。我来自东,言适兹邑。敬问墟坟,企伫原隰。墟墓徒存,精灵永戢。民思其轨,祠宇斯立。徘徊寺寝,遗像在图。周旋祠宇,庭序荒芜。榱栋倾落,草莱弗除。肃肃先生,岂焉是居?是居弗形,悠悠我情。昔在有德,罔不遗灵。天秩有礼,神监孔明。仿佛风尘,用垂颂声。①

此赞皆用四言,共四十八句,近200字,其篇幅之长在画赞中较为少见,而与颂体接近。在声韵上,两句一韵,基本是通篇押韵,每八句一换韵,故颇有声调跌宕之趣。在内容上,前半部分称颂东方朔"跨世凌时,远蹈独游"与"和而不同、从容自得"的人生取向与追求,后半部分通过作者对东方朔祠堂荒芜所发的感慨"墟墓徒存,精灵永戢""仿佛风尘,用垂颂声"来强调对东方朔品行的赞美与企慕,亦寄寓对东方朔品行高洁却身后荒凉的感伤。由此,作者的称颂之情与感慨伤悼相融合,再辅以跌宕的声韵、整饬的句式,就具有了情韵兼胜的特点。所以,尽管《东方朔画赞》的篇幅之长在画赞中诚属少见,萧统《文选》仍以之为赞体之代表作,这当与其情辞之美颇有关系。吴讷《文章辨体序说》亦认为:"大抵赞有二体:若作散文,当祖班氏史评;若作韵语,当宗《东方朔画象赞》。"②

(三) 史述赞

所谓史述赞,是指带有"述""赞"等标记符号的四言韵文,其内容以概述篇章大意为主,词兼褒贬,后渐以评论褒贬为主,多见于史书中,亦可用于品读或注解史书。

对于"史述赞"的源流,刘知几《史通·论赞》有一段重要论述:

马迁《自序传》后,历写诸篇,各叙其意。既而班固变为诗体,号之曰述。范晔改彼述名,呼之以赞。寻述赞为例,篇有一章,事多者则约之使少,理寡者则张之令大,名实多爽,详略不同。且欲观人之善恶,史之褒贬,盖无假于此也。然固之总述,合在一篇,使其条贯有序,历然可阅。

---

① 萧统编,李善注《文选》,中华书局1977年版,第669页。
② 吴讷著,于北山校点《文章辨体序说》,人民文学出版社1998年版,第48页。

蔚宗《后书》，实同班氏，乃各附本事，书于卷末，篇目相离，断绝失次。而后生作者，不悟其非，如萧、李《南、北齐史》，大唐新修《晋史》，皆依范《书》误本，篇终有赞。夫每卷立论，其烦已多，而嗣论以赞，为黩弥甚。亦犹文士制碑，序终而续以铭曰；释氏演法，义尽而宣以偈言。苟撰史若斯，难以议夫简要者矣。①

这里有两点值得注意：一是指出"述赞"的由来。作者认为是班固仿司马迁《史记·太史公自序》撰《叙传》，其中"历写诸篇，各叙其意"的文字由司马氏的散体变为诗体，并名之为述，随后范晔《后汉书》又改"述"为"赞"，并"各附本事，书于卷末"。其后"述赞为例，篇有一章"。二是指出"述赞"内容上的特点。刘知几认为述赞本为叙写各篇大意，后变为约事彰理，遂"名实多爽"。这两点看法都有其道理，亦颇具启发意义。惜限于篇幅，未及深论。兹申论之。

关于"述"字，许慎《说文解字》云："述，循也。从辵，术声。"②"述"亦是一种文体。《文体明辨序说·述》载："按字书云：'述，譔也，纂譔其人之言行以俟考也。'其文与状同，不曰状，而曰述，亦别名也。"③述与赞并称，较早见于东汉孔安国《尚书序》："先君孔子，生于周末，睹史籍之烦文，惧览之者不一，遂乃定《礼》《乐》，明旧章，删《诗》为三百篇，约史记而修《春秋》，赞《易》道以黜八索，述《职方》以除九丘。"孔颖达正义云："修而不改曰'定'，就而减削曰'删'，准依其事曰'约'，因而佐成曰'赞'，显而明之曰'述'，各从义理而言……云'述'者，以定而不改即是遵述，更（浦镗云：'更'前疑脱'非'字）有书以述之。"④据此可知，人们认为赞、述其义相近，甚至可以互通。东汉班固《汉书》在纪、传、志、表后有赞文予以评论，即上文所言无韵之论赞，在仿司马迁《太史公自序》所撰的《叙传》中，则有叙写《汉书》各篇大意的"述"，词兼褒贬，如"述《成纪》第十"云："孝成

---

① 刘知几撰，浦起龙释《史通通释》，上海古籍出版社1978年版，第83页。
② 段玉裁《说文解字注》，江苏广陵古籍刻印社1997年版，第70－71页。
③ 徐师曾著，罗根泽校点《文体明辨序说》，人民文学出版社1998年版，第148页。
④ 孔安国传，孔颖达疏《尚书正义》，《十三经注疏》标点本，北京大学出版社1999年版，第8－10页。

煌煌，临朝有光。威仪之盛，如圭如璋。壸闱恣赵，朝政在王。炎炎燎火，亦允不阳。"① 其文变司马氏之散体为四言韵文，短则四句，长则三十句（指《述高祖纪第一》），另有六句、八句、十句、十二句、十四句等体式，多数能押韵，或一韵到底，或四句、六句一换韵。由此可知，在《汉书》中，述和赞性质不同，其内容与形式互异。西晋挚虞《文章流别集》还曾将班固《叙传》之"述"集为一卷，谓之"汉书述"。汉末杨修较早将"述""赞"连称，作有《司空荀爽述赞》（《艺文类聚》卷四十七）前为散体"述"文，后为韵语"赞"文。曹魏卞兰有《赞述太子赋》（《艺文类聚》卷十六），一赋一赞，以赋为主，附以赞文。东晋陶渊明有《读史述九章》②，其第一章《夷齐》、第八章《鲁二儒》、第九章《张长公》，《艺文类聚》分别作《夷齐赞》《鲁二儒赞》《张长公赞》。这些情况反映出述、赞趋于合流。

南朝刘宋范晔《后汉书》将班固《汉书》中的"赞"改称为"论"，而将《叙传》中叙写各篇作意的"述"改称为"赞"，并分散置于各篇。此类性质同于"述"的赞文，更具声辞之美。体式上多为八句体，短则四句，长则达三十句（指《光武纪赞》），亦有六句、十句、十二句、十四句等体式。在韵律上，两句一韵，或一韵到底，或四句一换韵，亦偶有六句一换韵者。内容上则是概括各篇内容，兼寓褒贬，如其名篇《后汉书·光武纪赞》，除概述大意外，极尽褒扬之能事。刘勰《文心雕龙·颂赞》亦认为《汉书》之"述"应名之为"赞"。其云："及迁《史》固《书》，托赞褒贬，约文以总录，颂体以论辞；又纪传后评，亦同其名。而仲治（挚虞字）《流别》，谬称为述，失之远矣。"③"托赞褒贬"之"赞"，即《史记》"太史公曰"和《汉书》"赞曰"等论赞之文，"纪传后评"则指《太史公自序》《叙传》中叙写各篇大意的文字，就《汉书》而言即是挚虞所谓"汉书述"。其"纪传后评，亦同其名"一语，以及对挚虞称"述"的做法提出的批评，反映出刘勰主张将《叙传》中叙写各篇作意

---

① 班固《汉书》，中华书局1962年版，第4239页。
② 陶渊明著，逯钦立校注《陶渊明集》，中华书局1979年版，第179-185页。
③ 刘勰著，詹锳义证《文心雕龙义证》，上海古籍出版社1989年版，第342页。

的"述"称为"赞",当然此赞乃指韵文之赞,与散体的史论赞不同。① 这一意见在刘勰自身的实际创作中也得到了体现,其《文心雕龙》每篇后均附以"赞曰"之文,其内容亦是概述大意以辅助说明,其形式则皆为四言八句,两句一韵,或一韵到底,或四句一换韵。这些与挚虞所称的"汉书述"是基本一致的。随后,梁代萧统编《文选》时将"述"与"赞"连称,提出"史述赞"一名。《文选》"目录"中列有"史述赞"一体,其下收录《汉书·述高纪赞》一首、《述成纪赞》一首、《述韩彭英卢吴传赞》一首及《后汉书·光武纪赞》一首,共四篇。据此可知,萧统亦将《汉书》之"述"视为"赞",并在篇题上自加"赞"字,因所收《汉书》三篇"述",在班固《汉书》中本题作《述高纪第一》《述成纪第十》《述韩彭英卢吴传第四》,《文选》选文之篇题亦同于此。

由于范晔《后汉书》的深远影响,后之史书多有依仿其例者,如由齐入梁的萧子显撰《南齐书》、唐李百药撰《北齐书》及唐代新修《晋书》等,包括梁释慧皎所撰佛教传记《高僧传》,均在篇末附四言的"赞曰"之文,内容除概括大意外,兼重评论褒贬。譬如,《南齐书·豫章文献王列传》:"赞曰:堂堂烈考,德迈前踪。移忠以孝,植友惟恭。帝载初造,我王奋庸。邦家有阙,我王弥缝。道深日用,事缉民雍。爰传余祀,声流景钟。"②《北齐书·李元忠卢文伟李义深列传》:"赞曰:晋阳、大夏,抱质怀文。蹈仁履义,感会风云。卢婴货殖,李厌嚣氛。始终之操,清浊斯分。义深参赞,有谢忠勤。"③ 均属概述中有褒贬。再如《北齐书·暴显皮景和鲜于世荣綦连猛元景安孤独永业傅伏高保宁列传》:"赞曰:唯此诸将,荣名是保。不愆不忘,以斯终老。傅子之辈,逢兹不造。未遇烈风,谁知劲草。"④ 概述中寓评论。《南齐书·孝义列传》:"赞曰:孝为行首,义实因心。白华秉节,寒木齐心。"⑤ 则偏于评论矣。此外,

---

① 关于"托赞褒贬""纪传后评"的具体所指,学界尚有不同看法。此据黄侃《文心雕龙札记·颂赞第九》。周振甫《文心雕龙注释》所持看法则与之相反。然不管所指究竟为何,并不妨碍我们作出这样的判断,即刘勰将《叙传》之"述"视同于"赞",甚或名之为"赞"。
② 萧子显《南齐书》,中华书局1972年版,第420页。
③ 李百药《北齐书》,中华书局1972年版,第325页。
④ 李百药《北齐书》,中华书局1972年版,第548页。
⑤ 萧子显《南齐书》,中华书局1972年版,第967页。

更有甚者，作为《史记》注书的唐司马贞《史记索隐》在《史记》每篇后皆附"述赞"，其内容已不重概述大意，而是褒贬评论，这点与上文所言散体的论赞已渐趋同。在首篇《五帝本纪述赞》后，司马贞作了说明："右述赞之体，深所不安。何者？夫叙事美功，合有首末；惩恶劝善，是称褒贬。观太史公赞论之中，或国有数君，或士兼百行，不能备论终始，自可略申梗概。遂乃颇取一事，偏引一奇，即为一篇之赞。将为龟镜，诚所不取，斯亦明月之珠，不能无颣矣。今并重为一百三十篇之赞云。"① 据此可知，司马贞作《述赞》，其目的在补太史公赞论之不足，"略申梗概"，其内容则是"颇取一事，偏引一奇"，以作评论褒贬，兼具"叙事美功"与"惩恶劝善"两个方面。在《淮阴侯列传》后，司马迁以"太史公曰"的方式作论赞，指出韩信若能"学道谦让，不伐己功，不矜其能"，则将功勋比于周公、召公、姜太公等，而不至于"夷灭宗族"。而司马贞《淮阴侯列传述赞》云："君臣一体，自古所难。相国深荐，策拜登坛。沉沙决水，拔帜传餐。与汉汉重，归楚楚安。三分不议，伪游可叹。"② 则在简述韩信为汉王刘邦立下赫赫功绩的同时，对其功高盖主，又不能采纳蒯通之计三分天下，而终致君臣不和，遭刘邦猜忌，以至亡身灭族的命运予以评论和感慨。这与司马迁在《太史公自序》中概述该篇大意的文字"楚人迫我京索，而信拔魏赵，定燕齐，使汉三分天下有其二，以灭项籍"③，在性质上的区别极为明显。再就《史记索隐述赞》的形式而言，亦极为整饬。具言之，其《十二本纪述赞》，除《孝文本纪述赞》为四言十六句外，其余皆为四言二十句，两句一韵，通篇押韵，多数为一韵到底或十句一换韵，偶有四句一换韵者；《十表述赞》，多为四言十六句，偶有十二句或十四句者，押韵为一韵到底；《八书述赞》，皆四言十二句，一韵到底；《三十世家述赞》，皆四言十六句，一韵到底；《七十列传述赞》，皆四言十句，一韵到底。

从以上论述可知，"史述赞"初见于史书"自序"，后渐分散附于各篇，内容上主要是概述大意，或评论褒贬，形式上为四言韵文，多为四句、八句或十句、十二句，篇幅多者亦有十四、十六、二十句者。至于长达三十句的《汉

---

① 司马迁《史记》，浙江古籍出版社1998年影印百衲本《二十四史》第一册，第11页。
② 司马迁《史记》，中华书局1959年版，第2630页。
③ 司马迁《史记》，中华书局1959年版，第3315页。

书·述高祖纪第一》《后汉书·光武纪赞》，为数甚少，不足为式，依照刘勰《文心雕龙·颂赞》所言"赞"之体式"古来篇体，促而不广，必结言于四字之句，盘桓乎数韵之词"①，可称变体。在押韵上，两句一韵，多为通篇一韵到底，或是每四句抑或每六句一换韵。

《文选》"史述赞"体共收录《汉书·述高纪赞》《述成纪赞》《述韩彭英卢吴传赞》及《后汉书·光武纪赞》四篇，内容均是概述相关纪传的大意，词兼褒贬。《述成纪赞》为四言八句，两句一韵，通篇押阳韵。《述韩彭英卢吴传赞》为四言十四句，两句一韵，前四句押虞韵，后十句押阳韵。其体制符合"四言数韵"的要求。《汉书·述高纪赞》和《后汉书·光武纪赞》则都是三十句，两句一韵，但押韵较为复杂。《汉书·述高纪赞》前十二句为语、麌、有通押，中间十二句，纪、晷押纸韵，汉、怨为瀚、元通押，秦、民押真韵，最后六句为青、庚通押。《后汉书·光武纪赞》，前六句押职韵，紧接十句为真、文通押，随后八句为筱、皓通押，最后六句为翰、旱通押。从篇幅、押韵来讲，此二篇都不具代表性，其得以入选《文选》，主要在于情辞之美。如《后汉书·光武纪赞》，主要写光武帝除莽平乱之事，称颂其光复汉祚之功，情韵跌宕，文采斐然。其前六句"炎政中微，大盗移国。九县飚回，三精雾塞。民厌淫祚，神思反德"，概写汉室中衰，王莽篡国，民生困顿。"九县飚回，三精雾塞"，兼用对偶、比拟。紧接十句："世祖诞命，灵贶自甄。沉机先物，深略纬文。寻邑百万，貔虎为群。长毂雷野，高旗彗云。英威既振，新都自焚"，写光武承天受命，雄才伟略，一举除莽，匡复汉室。其中"寻邑百万，貔虎为群。长毂雷野，高旗彗云"云云，铺写莽军之盛，然"英威既振，新都自焚"，在对比中表现光武帝的英明神武，势不可当。随后八句："虔刘庸代，纷纭梁赵。三河未澄，四关重扰。神旌乃顾，递行天讨。金汤失险，车书共道"，叙写王莽灭后豪强割据，光武替天征讨，一统天下。"三河未澄，四关重扰"，"金汤失险，车书共道"，对偶严整，精练地揭示了乱世之情形，征伐之结果。最后六句："灵庆既启，人谋咸赞。明明庙谋，赳赳雄断。于赫有命，系我皇汉"，作一总结，集中颂扬对光武帝的明谋雄断、赫赫功绩。全篇共四层意思，层层推进，并且一层

---

① 刘勰著，詹锳义证《文心雕龙义证》，上海古籍出版社1989年版，第338页。

文意一换韵，故显情韵跌宕，文辞注重对偶、精练，兼用比拟、对比，故觉文采斐然。黄侃云，"赞之精整可法，以范蔚宗《后汉书赞》为最"①，《后汉书·光武纪赞》尤然。

（四）杂赞

所谓杂赞，是指除以上仪赞、画赞、史述赞之外，不用于特定场合、不依附特定对象，随地取材、因材作赞、内容驳杂的赞文。具体说来，其内容可以是赞人、赞物、赞事等。

先说赞人。此类作品与像赞相仿，只是无所依附，其对象亦多为古代圣君先贤以及当世德行可称者，包括宗教中的佛祖菩萨、天师真人等，内容主要是称颂其品行或功绩，亦可兼行褒贬。如据严可均辑《全上古三代秦汉三国六朝文》、董诰等纂修《全唐文》可知，蔡邕有《太尉陈公赞》《焦君赞》等，左九嫔有《虞舜二妃赞》《周宣王姜后赞》《孟轲母赞》《班婕妤赞》等，湛方生有《老子赞》《孔公赞》《北叟赞》等、沈约有《高士赞》《千佛赞》等、李隆基有《颜子赞》《张天师赞二首》等、司空图有《三贤赞》《香岩长老赞》《兵部恩门王贞公赞》等，篇目众多，不胜枚举。其体式多为四言体，亦有五言体者，篇幅短的如四句、六句、八句、十句、十二句等，篇幅长的则二十句、三十句不等。押韵上，两句一韵，通篇押韵，或一韵到底，或每四句或六句、八句一换韵。四言体如孙楚《庄周赞》："庄周旷荡，高才英俊。本道根贞，归于大顺。妻亡不哭，亦何所欢？慢吊鼓缶，放此诞言。殆矫其情，近失自然。"（《艺文类聚》卷三十六）既称颂庄子旷达委顺的人生哲学，又微讽其妻亡不哭，击缶而歌的矫情失真。体式上为四言十句，俊、顺押震韵，欢、言、然为寒、元、先通押。五言体如陶渊明《尚长禽庆赞》："尚子昔薄宦，妻孥共早晚。贫贱□（何注本作与）富贵，读易悟益损。禽生善周游，周游日已远。去矣寻名山，上山岂知反。"② 五言八句，两句一韵，通篇押阮韵。内容主要是称颂尚长与禽庆二人淡泊名利、归隐山林之人生旨趣。

次说赞物。诸如神器异物、日用器物、自然景物等，皆可入赞。赞神器宝

---

① 黄侃《文心雕龙札记》，上海古籍出版社2000年版，第74页。
② 陶渊明著，逯钦立校注《陶渊明集》，中华书局1979年版，第179页。

物者，如缪袭《神芝赞》、程猗《柳谷石文赞》、刘骏《清暑殿薨嘉禾赞》《景阳楼庆云赞》、刘义恭《华林四瑞桐树甘露赞》、无行《荆南戒坛舍利赞》等，内容多是赞其神异，称其功德。赞日用器物者，如繁钦《砚赞》，戴逵《酒赞》，白居易《酒功赞》，卞范之、卞承之有同题之《无患枕赞》，支昙谛、江总有同题之《灯赞》，嵇康、殷仲堪、戴逵、谢惠连、李白有同题之《琴赞》，柳宗元《霹雳琴赞》等，内容多是赞其品性，颂其功用。赞自然景物者，如庾肃之《雪赞》《山赞》《水赞》《松赞》、戴逵《山赞》《水赞》《松竹赞》、卞承之《沟井赞》《乐社树赞》《甘蕉赞》《怀香赞》、萧统《蝉赞》、庾信《鹤赞》、苏颋《双白鹰赞》等，内容多是明其形貌，称其品性。赞物之作的体式多用四言，如繁钦《砚赞》（《艺文类聚》卷五十八）、缪袭《神芝赞》（《艺文类聚》卷九十八）等；亦有五言或杂言体，如张说有《蓝田法池寺二法堂赞》《蒲津桥赞》（《全唐文》卷二百二十六），前者为五言十二句，后者为杂言，多四言、五言句。至于其篇幅、押韵等，大致同于上述赞人之作，兹不赘述。

　　再次赞事。主要包括赞史事和赞时事。赞史事者，如王绩《子推抱树死赞》《荆轲刺秦王赞》《项羽死乌江赞》《蔺相如夺秦王璧赞》《陈平分社肉赞》《君平卖卜赞》《甯戚扣牛角歌赞》《老莱养亲赞》《蛇衔珠报隋侯赞》《嵇康坐锻赞》《伯牙弹琴对钟期赞》《太公钓渭滨赞》（《全唐文》卷一百三十二）、柳宗元《伊尹五就桀赞》（《全唐文》卷五百八十三）等，其内容为咏叹史事，多褒扬之词。所举王绩之作，除《荆轲刺秦王赞》首二句为三字句外，均为四言八句，两句一韵，一韵到底。柳宗元《伊尹五就桀赞》则属杂言体，以四言为主，兼有五言、六言，通篇押韵，但较为复杂，两句或三句为一韵，前九句民、亲、因、殷为真、文通押，中间十一句观、残、端、安、完押寒韵，紧接八句偶、母、首、久押有韵，最后四句大、诲为泰、队通押。赞时事者，如谢灵运《侍泛舟赞》、王俭《竟陵王山居赞》、张说《皇帝马上射赞》（十三篇）等，内容多是赞咏其事，体式不一，多为四言，亦有骚体者。谢灵运《侍泛舟赞》："泛画鹢兮游兰池，渚相委兮石参差。日隐云兮月照林，风辽泠兮水涟漪。"（《初学记》卷二十五）显为骚体。王俭《竟陵王山居赞》为四言十二句，两句一韵，通篇押养韵。张说《皇帝马上射赞》（十三篇）则均为四言四句，两句一韵，一韵到底。此外，另有在史事和时事之外者，如戴逵有《闲游赞》，据赞前序文

39

可知，共有八首，其内容多是歌咏闲游隐逸的高情远趣，惜已散佚，《艺文类聚》卷三十六载其一篇，四言二十二句，两句一韵，前十二句押霁韵，后十句为遇、鱼通押。

此外，杂赞还可以赞书体、书家、诗赋、佛经等，内容驳杂，不一而足。赞书体者，如崔瑗《草书势》（《晋书·卫恒传》）、蔡邕《篆势》①《隶势》（《蔡中郎集》卷四），分别赞明草书、篆书、隶书的由来及特点，词多褒扬，其体式皆为杂言，以四言为主，杂有五言、六言、七言，通篇押韵，两句一韵，灵活换韵，黄侃称其"似赋"②；张怀瓘《书断赞》（十篇）（《全唐文》卷四百三十二），主要阐明古文、大篆、籀文等十种书体的特点，兼赞其功用。其体式，《飞白赞》为四六杂言体，《八分赞》则是前四句为四言，后三句为骚体，其余皆为四言体，篇幅为八句、十句或十二句。两句一韵，或通篇一韵到底，或偶一换韵。赞书家者，如李嗣真《书后品赞》（四篇）（《全唐文》卷一百六十四），赞颂所品书家，皆为四言八句，两句一韵，一韵到底；李约《壁书飞白萧字赞》（《全唐文》卷五百十四），赞颂梁萧子云壁书飞白的绝妙，四言四十句，两句一韵，灵活换韵。赞诗赋者，如唐司空图《诗赋赞》（《全唐文》卷八百八），描述诗赋的种种风貌。四言二十八句，两句一韵，每四句一换韵，司氏另有《二十四诗品》，用赞体描述雄浑、冲淡等二十四种诗歌风格，皆四言十二句，两句一韵，一韵到底。赞佛经者，如王僧孺《慧印三昧及济方等学二经序赞》（《释藏》迹七）、张君祖《道树经赞》《三昧经赞》（《广弘明集》卷四十）、了空《金刚般若石经赞》（《常山石志》卷八）、希宁《金刚经赞》（石刻。见《唐文续拾》卷八）等，其内容多为叙其由来，阐其义理，赞其功德。体式为四言或五言韵文。其篇幅少则十二句，多则四十二句，两句一韵，或一韵到底，或灵活换韵。至于谢灵运《维摩经十譬赞》（八首）（《释藏》肥九），内容为描述维摩经之譬物聚沫泡合、焰、芭蕉等的性状，阐发其所蕴佛理。均为五言体，除《焰》为六句外，其余每首八句，两句一韵，通篇押韵，一韵到底。

---

① 张怀瓘《书断》节引《篆势》，分为两篇，题作《大篆赞》和《小篆赞》。
② 黄侃《文心雕龙札记》，上海古籍出版社2000年版，第75页。

综上所述，"赞"字本义当是"进见以贝为礼"，引申为"助也""明也"。其引申义在上古赞辞以及由之演变而来的赞文中得到充分体现。上古赞辞可以分为仪式赞辞和非仪式赞辞，在社会生活中应用广泛，其内容或称颂，或祝福，或劝勉，或议论，不一而足；其形式或散或骈或韵语，长短随宜，灵活多样，这些都成为了后世赞文发展的基础。汉魏以来，因应不同场合与不同需要，赞文创作渐趋繁盛，蔚为大观，大致可以分为散文之赞和韵语之赞两大类。散文之赞主要有经赞和史论赞，文行散体，长短不一，分别重在阐明与评论；韵语之赞主要有仪赞、画赞、史述赞和杂赞，品类丰富，作品众多，成为赞文的主体。其文或与仪式活动相关，或阐明图画、赞颂人像；或用于史书中概述大意、兼行褒贬；或无所依附，随地取材，人、事、物乃至书法技艺、诗赋佛典皆可入赞。形式上皆用韵文，以四言体为主，兼有五言、七言、杂言，甚至融合骚、赋诸体，通篇押韵，多为隔句用韵，或一韵到底，或每四句、六句抑或八句、十句一换韵，或无一定之规，通篇灵活换韵。入选萧统《文选》的赞文，从类型上讲分属画赞、人物杂赞、史述赞和史论赞，分类尚属明晰，但并不全面；其选文标准，首重情辞之美，而非体制特征。

二、《文选》"史论""史述赞"二体发微

《文选》是现存最早的一部诗文总集。它按照文体分类编排，"凡次文之体，各以汇聚。诗赋体既不一，又以类分；类分之中，各以时代相次"，计赋、诗、骚等37体①。其中，"史论""史述赞"是单列的两种文体。然《文选》中与之并列的又有论、赞等文体。彼此间是何关系？如此分类的成因何在？这些问题值得深入研讨。

（一）"史论""史述赞"与"论""赞"之关系

《文选》在"史述赞"下收录班固《述高纪第一》《述成纪第十》《述韩英彭卢吴传第四》② 以及范晔《后汉书·光武纪赞》等四篇；在"史论"下收录班固《公孙弘传赞》、干宝《晋武帝革命论》《晋纪总论》、范晔《后汉书·皇

---

① 一说38体或39体。
② 据《汉书》，当作《述彭英卢吴传第四》。《文选》"目录"作《述韩彭英卢吴传赞第四》，或有编者加工的成分在内。

后纪论》《后汉二十八将论》《宦者传论》《逸民传论》、沈约《宋书谢灵运传论》《恩幸传论》等九篇。《文选》另列"赞"体，收录夏侯湛《东方朔画赞》与袁宏《三国名臣序赞》两篇；列"论"体，收录贾谊《过秦论》、东方朔《非有先生论》、曹丕《典论·论文》等十三篇。其间关系较为错综。

检索有关文献，在《文选》产生之前，人们在辨析文体时，对以上四种文体，较多提及的是"论"体，亦见"赞"体，而"史论""史述赞"则难得一见。试看如下资料：

奏、议宜雅，书、论宜理，铭、诔尚实，诗、赋欲丽。（《典论·论文》）

诗缘情而绮靡，赋体物而浏亮。碑披文以相质，诔缠绵而凄怆。铭博约而温润，箴顿挫而清壮。颂优游以彬蔚，论精微而朗畅。奏平彻以闲雅，说炜晔而谲诳。（《文赋》）

容象图而赞立，宜使辞简而义正，孔融之赞杨公，亦其义也。（《太平御览》五百八十八引李充《翰林论》）

研核名理，而论难生焉，论贵于允理，不求支离，若嵇康之论，成文美矣。（《太平御览》五百九十五引李充《翰林论》）

在《文章流别集》和《文章流别论》中，还提及了"述"（指"汉书述"）体。① 特别值得注意的，是《文心雕龙》。该书列"论"体与"赞"体，并有如下两段重要论述：

圣哲彝训曰经，述经叙理曰论。论者，伦也；伦理无爽，则圣意不坠。昔仲尼微言，门人追记，故抑其经目，称为《论语》；盖群论立名，始于兹矣。自《论语》以前，《经》无论字；《六韬》《二论》，后人追题乎！详观

---

① 力之《论〈文章流别集〉及其与〈文章志〉的关系》（《韶光学院学报》2008年第5期）云："《流别集》已全佚，今从其《论》的佚文及刘勰和颜师古说（详后）看，其所论及的问题有颂、赋、诗、七、箴、铭、诔、哀辞、哀策、对问、碑、图谶、述（汉述）13体。不过，这显然只是部分，甚至是小部分，而远非全部。"现存署名任昉著《文章缘起》列论、赞、传赞等体式，然真伪杂糅，杨赛《〈文章缘起〉的真伪问题》（《北京科技大学学报》2009年第2期）认为"今本《文章缘起》中那些与此体例不合的文体，都是张绩所补，计有34种：四言诗、歌、离骚、诏奏、论、议、反骚、荐、白事、移书、笺、颂、碣、誓、乐府传、上章、解嘲、旨、诫、吊文、告、传赞、谒文、祈文、祝文、悲文、哀词、七发、离合诗、连珠、歌诗、约等"。

论体，条流多品：陈政，则与议说合契；释经，则与传注参体；辨史，则与赞评齐行；铨文，则与叙引共纪。故议者，宜言；说者，说语；传者，转师；注者，主解；赞者，明意；评者，平理；序者，次事；引者，胤辞；八名区分，一揆宗论。论也者，弥纶群言，而研精一理者也。（《文心雕龙·论说》）

赞者，明也，助也。昔虞舜之祀，乐正重赞，盖唱发之辞也。及益赞于禹，伊陟赞于巫咸，并扬言以明事，嗟叹以助辞也。故汉置鸿胪，以唱拜为赞，即古之遗语也。至相如属笔，始赞《荆轲》。及迁《史》固《书》，托赞褒贬，约文以总录，颂体以论辞；又纪传后评，亦同其名。而仲洽《流别》，谬称为述，失之远矣。及景纯注《雅》，动植赞之，义兼美恶，亦犹颂之变耳。（《文心雕龙·颂赞》）

通过以上文献可知，"论""赞"二体是发源甚早、较为成熟的，且类型多样，不拘一格。"辨史，则与赞评齐行"云云，意味着在辨析史事时论、赞、评是异名同体的。刘勰所云"及迁《史》固《书》，托赞褒贬，约文以总录，颂体以论辞；又纪传后评，亦同其名。而仲洽《流别》，谬称为述，失之远矣"，则是对史赞（论）的详细说明，此"托赞褒贬"之"赞"，即《史记》"太史公曰"和《汉书》"赞曰"等论赞之文，"纪传后评"则指《太史公自序》《叙传》中叙写各篇大意的文字，就《汉书》而言即是挚虞所谓的"汉书述"。正是基于"论""赞"二体在辨析史事时有所交集，刘知几才顺势提出"论赞"之名，其云：

《春秋左氏传》每有发论，假君子以称之。二《传》云公羊子、穀梁子，《史记》云太史公。既而班固曰赞，荀悦曰论，《东观》曰序，谢承曰诠，陈寿曰评，王隐曰议，何法盛曰述，常璩曰撰，刘昺曰奏，袁宏、裴子野自显姓名，皇甫谧、葛洪列其所号。史官所撰，通称史臣。其名万殊，其义一揆。必取便于时者，则总归论赞焉。①

指出史书论赞是从《春秋左氏传》"君子曰"发展而来的，其称名众多，有序、诠、评、议、论、赞等，而"取便于时，则总归论赞"。黄侃亦云："班孟坚

---

① 刘知几著，浦起龙释《史通通释》，上海古籍出版社1978年版，第81页。

《汉书赞》，亦由纪传意有未明，作此以彰显之，善恶并施。故赞非赞美之意。（太史书每纪传世家后称太史公曰，亦同此例。荀悦改名为论。自是以后，或名序，或名诠，或名评，或名议，或名述，或名奏，要之皆赞体耳）。"① 需要指出的是，这类史书中的论赞皆以散体行文，重在评论说明，所谓"辩疑惑，释凝滞"（刘知几《史通·论赞》）。如《文选》所录班固《公孙弘传赞》。其全名乃《汉书·公孙弘卜式倪宽传赞》，以汉武帝、宣帝时期君臣相遇、开创盛世为例，论说士人要想建功立业，能否"遇于时"至关重要。再看《文选》中"论"体下所收录的贾谊《过秦论》、班彪《王命论》等篇，用散体行文，或辨析秦朝之过失，或论述帝王与天命之关系，与《公孙弘传赞》同属"辨史"的范畴，其主要区别只是载于史籍与否。

此外，刘知几还考察了"史述赞"的源流，其云：

> 马迁《自序传》后，历写诸篇，各叙其意。既而班固变为诗体，号之曰述。范晔改彼述名，呼之以赞。寻述赞为例，篇有一章，事多者则约之使少，理寡者则张之令大，名实多爽，详略不同。且欲观人之善恶，史之褒贬，盖无假于此也。然固之总述，合在一篇，使其条贯有序，历然可阅。蔚宗《后书》，实同班氏，乃各附本事，书于卷末，篇目相离，断绝失次。而后生作者，不悟其非，如萧、李《南、北齐史》，大唐新修《晋史》，皆依范《书》误本，篇终有赞。夫每卷立论，其烦已多，而嗣论以赞，为黩弥甚。亦犹文士制碑，序终而续以铭曰；释氏演法，义尽而宣以偈言。苟撰史若斯，难以议夫简要者矣。②

这里有两点值得注意：一是指出"述赞"的由来。作者认为是班固仿司马迁《史记·太史公自序》撰《叙传》，其中"历写诸篇，各叙其意"的文字由司马氏的散体变为诗体，并名之为述，随后范晔《后汉书》又改"述"为"赞"，并"各附本事，书于卷末"。其后"述赞为例，篇有一章"。二是指出"述赞"内容上的特点。刘知几认为述赞本为叙写各篇大意，后变为约事彰理，遂"名实多爽"。这两点看法都有其道理，从《文选》的分体与选文中亦可得到印证。

---

① 黄侃《文心雕龙札记》，上海古籍出版社 2000 年版，第 74 页。
② 刘知几著，浦起龙释《史通通释》，上海古籍出版社 1978 年版，第 83 页。

笔者认为,"史述赞"初见于史书"自序",后渐分散附于各篇,内容上主要是概述大意,或评论褒贬,形式上为四言韵文,多为四句、八句、十句或十二句,篇幅多者亦有十四、十六、二十乃至三十句者。在押韵上,两句一韵,多为通篇一韵到底,或是每四句抑或每六句一换韵。《文选》在"史述赞"下收录班固《述高纪第一》《述成纪第十》《述韩彭英卢吴传第四》及范晔《后汉书·光武纪赞》等四篇,内容均是概述相关纪传的大意,词兼褒贬。其体制符合《文心雕龙·颂赞》所谓"四言数韵"的要求。尤其是《后汉书·光武纪赞》,颇具情辞之美。该述赞主要写光武帝除莽平乱之事,称颂其光复汉祚之功,情韵跌宕,文采斐然。黄侃云:"赞之精整可法,以范蔚宗《后汉书赞》为最"[①],《后汉书·光武纪赞》尤然。再看《文选》"赞"体所收录的袁宏《三国名臣序赞》。此文先有序后有赞。在序中,作者简要叙述了三国时名臣的品性行迹,为赞文作一铺垫。在赞文中,首尾各有一段,分别起导引和总结作用,中间部分则是主体,就二十位三国名臣一一作赞。故此赞合则属一篇,分则可视作二十篇。就整篇而言,皆是四言韵文,两句一韵,押韵较为严整,多为八句或四句一换韵。再看具体赞二十位名臣的赞文,长则二十句,短则四句,多为八句、十二句或十六句,两句一韵,多是通篇押韵,或是一韵到底,或是四句或八句一换韵。就其内容而言,多是对这些三国名臣的称颂,尤其是最后一段,可谓极称颂之能事:"诜诜众贤,千载一遇。整辔高衢,骧首天路。仰挹玄流,俯弘时务。名节殊涂,雅致同趣。日月丽天,瞻之不坠。仁义在躬,用之不匮。尚想重晖,载挹载味。后生击节,懦夫增气。"至于具体称颂名臣的赞文,如赞袁涣:"郎中温雅,器识纯素。贞而不谅,通而能固。恂恂德心,汪汪轨度。志成弱冠,道敷岁暮。仁者必勇,德亦有言。虽遇履虎,神气恬然。行不修饰,名迹无愆。操不激切,素风愈鲜。"主要是赞美袁涣温雅纯素、固守正道、仁勇有德、名迹可述。再如赞诸葛亮:"堂堂孔明,基宇宏邈。器同生民,独禀先觉。标榜风流,远明管乐。初九龙盘,雅志弥确。百六道丧,干戈迭用。苟非命世,孰扫雰雺。宗子思宁,薄言解控。释褐中林,郁为明栋。"称颂诸葛孔明器识高远、先知先觉,自比管仲乐毅,为靖宇之栋梁。其他赞文亦多是对所赞名臣的

---

① 黄侃《文心雕龙札记》,上海古籍出版社2000年版,第74页。

德行功绩的称颂褒扬。由此看来，《文选》所收录的"史述赞"，与"赞"体下所录袁宏的《三国名臣序赞》，都符合赞文的体制特征，即刘勰《文心雕龙·颂赞》所言"古来篇体，促而不广，必结言于四字之句，盘桓乎数韵之词"①；从内容而言，都与史事人物相关，寄寓褒贬评论之旨。

通过以上分析可知，"史论""史述赞"二体是"论""赞"体在辨史时的产物，或者说是"论""赞"体下的一个品类。"史论"用散体，"史述赞"乃韵文。若就文体形式来细分的话，"史论"归于"论"，而"史述赞"则属于"赞"；若从内容出发，则"史论""史述赞"都与史事人物相关，都有褒贬评论之意，都可涵盖在"论"体下的"史论赞"一类中。值得注意的是，《文选》编者将"史论""史述赞"与"论""赞"并列，一个显见的原因是所收录的"史论""史述赞"均来自史籍，而与其他来自子书或别集的"篇什"有别。

(二)《文选》单列"史论""史述赞"的成因

《文选》为何要单列"史论""史述赞"，且将之与论、赞等文体并列？其成因主要来自两个方面。一是《文选》编者自我的主体意识；二是前人对有关文体的认识。

《文选》编者目睹"自姬汉以来，眇焉悠邈。时更七代，数逾千祀。词人才子，则名溢于缥囊；飞文染翰，则卷盈乎缃帙"，志在"略其芜秽，集其清英"，其主体意识自然会贯穿在《文选》一书的编辑过程中。编者在《文选序》中声明了不选"经""史""子"部典籍的理由：

> 若夫姬公之籍，孔父之书，与日月俱悬，鬼神争奥，孝敬之准式，人伦之师友，岂可重以芟夷，加之剪截？老、庄之作，管、孟之流，盖以立意为宗，不以能文为本，今之所撰，又以略诸。……至于记事之史，系年之书，所以褒贬是非，纪别异同，方之篇翰，亦已不同。若其赞论之综缉辞采，序述之错比文华，事出于沉思，义归乎翰藻，故与夫篇什杂而集之。

编者认为"经"书神圣，不可剪截；"子"书讲求立意，不重文采，故而略之；"史"书辨是非，别异同，与词人才子"飞文染翰"之作不同，而其中的赞论、序述，因其"事出于沉思，义归乎翰藻"，所以与那些"篇什"杂而集之。编

---

① 刘勰著，詹锳义证《文心雕龙义证》，上海古籍出版社1989年版，第338页。

者排除"经""史""子"部典籍而专取集部，可见其"文学自觉"的意识相当强烈；其不因史籍中赞论、序述与"篇什"的不同而一概排斥，而是激赏其议论的精审、文辞的雅丽进而加以选录，这一做法更加凸显编者对文采的重视与推崇。一个值得注意的现象是，司马迁《史记》乃"史论""史述赞"的奠基之作，《文选》的"史论""史述赞"却不选《史记》，而是选录其后的《汉书》《后汉书》，其原因恐怕也只有结合彼此文辞的差异才能更好地予以解释。关于《史记》，班彪《史记论》称《史记》"善述序事理，辩而不华，质而不俚，文质相称，盖良史之才也"①。刘勰《文心雕龙·史传》称《汉书》"《十志》该富，赞序弘丽，儒雅彬彬，信有遗味"。至于《后汉书》，正如范晔《狱中与诸甥侄书》自评所云："吾杂传论，皆有精意深旨，既有裁味，故约其词句。至于《循吏》以下及《六夷》诸序论，笔势纵放，实天下之奇作。其中合者，往往不减《过秦》篇。……赞自是吾文之杰思，殆无一字空设，奇变不穷，同含异体，乃自不知所以称之。此书行，故应有赏音者。"② 由此，偏好文采的《文选》编者取《汉书》《后汉书》而弃《史记》当不足为怪了。

《文选》单列"史论""史述赞"，且将之与论、赞等文体并列，即是《文选序》"若其赞论之综缉辞采，序述之错比文华，事出于沉思，义归乎翰藻，故与夫篇什杂而集之"的自觉实践。正如上文所指出的，单列的"史论""史述赞"，所收录的作品均来自史籍，而其他文体及作品多来自别集③，并列一处，正可谓是"杂而集之"。这一做法，可议之处甚多④，故未能得到后人的认同。

---

① 范晔《后汉书》，中华书局1965年版，第1325页。
② 沈约《宋书》，中华书局1974年版，第1830页。
③ 当然，还有来自子书的作品，章学诚《文史通义·诗教下》指出："贾谊《过秦》，盖《贾子》之篇目也。因陆机《辨亡》之论，规仿《过秦》，遂援左思'著论准《过秦》'之说，而标体为论矣。魏文《典论》，盖犹桓子《新论》、王充《论衡》之以论名书耳。《论文》，其篇目也。今与《六代》《辨亡》诸篇，同次于论；然则昭明自序，所谓'老庄之作，管孟之流，立意为宗，不以能文为本'，其例不收诸子篇次者，岂有以取斯文，即可裁篇题论，而改子为集乎？"（章学诚著，叶瑛校注《文史通义校注》，中华书局1985年版，第81页。）
④ 《文史通义·诗教下》即指出："班固次韵，乃《汉书》之自序也，其云《述高纪》第一，《述陈项传》第一者，所以自序撰书之本意，史迁有作于先，故已退居于述尔。今于史论之外，别出一体为史述赞，则迁书自序，所谓作《五帝纪》第一，作《伯夷传》第一者，又当别出一体为史作赞矣"，见章学诚著，叶瑛校注《文史通义校注》，中华书局1985年版，第81页。

在后世编纂的总集、选集以及评论著作中,"史述赞"极少被提到①,即便提到也多归并到"史论"中,而"史论"也不再成为单独的一体,而是作为"论"或者"论辩"等体式下的一类。如徐师曾《文体明辨序说·论》指出"论"有八品,"四曰史论(有评议、述赞二体)"。② 在后人认为续编《文选》的《文苑英华》一书中,卷七百三十九至七百六十为"论",其中卷七百五十四至七百五十七为"史论"。清姚鼐编《古文辞类纂》分文体为十三类,首列"论辩类",收录贾谊《过秦论》、欧阳修《五代史宦者传论》等。然而,正是《文选》自身的这种可议或矛盾之处,彰显了《文选》编者在魏晋六朝这一文学自觉时期辨析文体的自主性以及偏好文采、集其清英的旨趣。当然,如果我们再对照前人对有关文体的辨析,这一认识将更加深刻。

自曹丕《典论·论文》以来,人们对文体的辨析日趋深入,一直到刘勰《文心雕龙》的出现,标志着文体论的集大成。通过上引《典论·论文》《文赋》《翰林论》《文章流别集》《文章流别论》《文心雕龙·论说》《文心雕龙·颂赞》等文献,不难看出"论""赞"等文体是较为成熟的,人们的认识也较为深入。一般而言,"论"体涵盖甚广,"史论"乃其中的一个品类,而"史述赞"未见提及,属于《文选》编者的首创。

《文心雕龙·论说》指出"论"用途甚广,可以陈政、释经、辨史、铨文,且"辨史,则与赞评齐行",可以看出"史论"乃是"论"之一体,且"史论""史赞""史评"乃名异而实同。《文选》编者在"史论"下收录班固《公孙弘

---

① 唐司马贞《史记索隐》在《史记》每篇后皆撰作"述赞",可看作对《文选》"史述赞"的呼应。但司马贞作"述赞"更多的是受到史学传统的影响。由于范晔《后汉书》的深远影响,后之史书多有依仿其例者,如由齐入梁的萧子显著《南齐书》、唐李百药著《北齐书》及唐代新修《晋书》等,包括梁释慧皎所撰佛教传记《高僧传》,均在篇末附四言的"赞曰"之文,内容除概括大意外,兼重评论褒贬。而司马贞所作"述赞",其内容已不重概述大意,而是褒贬评论。在首篇《五帝本纪述赞》后,司马贞对撰作"述赞"作了说明:"右述赞之体,深所不安。何者?夫叙事美功,合有首末;惩恶劝善,是称褒贬。观太史公赞论之中,或国有数君,或士兼百行,不能备论终始,自可略申梗概。遂乃颇取一事,偏引一奇,即为一篇之赞。将为龟镜,诚所不取,斯亦明月之珠,不能无颣矣。今并重为一百三十篇之赞云。"据此可知,司马贞作"述赞",其目的在补太史公赞论之不足,"略申梗概",其内容则是"颇取一事,偏引一奇",以作评论褒贬。

② 徐师曾著,罗根泽校点《文体明辨序说》,人民文学出版社1998年版,第131页。

传赞》、干宝《晋武帝革命论》等九篇，已有将"史论""史赞"视同一体的意味，这与刘勰《文心雕龙·论说》所论有一致的一面。在另一方面，《文选》不仅将"史论"单列一体，且将之与"论"体并列，显示出突出"史论"的效果，这又显示出《文选》编者立异的一面。当然，《文选》编者突出"史论"，除了缘于编者的主体意识外，也与长期以来"史论"创作的发达以及"史论"作者的自觉意识有关。我国有着悠久的史官文化，"史论"创作早在先秦时期就已萌芽，而《史记》《汉书》则奠定了"史论"的规范。影响所及，文人笔下也时有议论史事、褒贬人物之作，如陶渊明作有《晋故征西大将军长史孟府君传赞》《五柳先生传赞》等。尤为值得注意的是"史论"作者日益强烈的自觉意识。如《后汉书》作者范晔，在《狱中与诸甥侄书》自言其不屑于作一文士，反对为文"其事尽于形，情急于藻，义牵其旨，韵移其意"，而主张"情志所托，故当以意为主，以文传意。以意为主，则其旨必见；以文传意，则其词不流。然后抽其芬芳，振其金石耳"；又不满于古今史籍方面的著述及评论，创为体大思精的《后汉书》，自诩其传论"皆有精意深旨，既有裁味，故约其词句"、序论"笔势纵放，实天下之奇作。其中合者，往往不减《过秦》篇。尝共比方班氏所作，非但不愧之而已"、赞"自是吾文之杰思，殆无一字空设，奇变不穷，同含异体，乃自不知所以称之"，并断言"此书行，故应有赏音者"。范晔无意于作一文士，却又强调抒情言志以意为主，以文传意；在结撰《后汉书》之序例论赞时力求裁断精审，文辞熨帖。这表明范晔对史书论赞的文体特征有着自觉而充分的关注和体认，并身体力行地贯彻到实践中。而且，范晔《后汉书》的论赞曾脱离史书而单行于世，《隋书·经籍志》载有范晔《后汉书赞论》四卷，《旧唐书·艺文志》载有范晔《后汉书论赞》五卷，这也从一个侧面反映出范晔撰作史书论赞的自觉意识及其所具有的独特的文学魅力。

再看"史述赞"。"赞"是一种文体，发源于上古"赞辞"[1]，按体式可分为散体之赞和韵文之赞，其大旨在辅助或阐明，正所谓"赞者，明也，助也"[2]。关于"述"字，许慎《说文解字》云："述，循也。从辵，术声。"[3]

---

[1] 高明峰《上古"赞"义与"赞辞"考述》，刊《常熟理工学院学报》2012年第5期。
[2] 刘勰著，詹锳义证《文心雕龙义证》，上海古籍出版社1989年版，第338页。
[3] 段玉裁《说文解字注》，江苏广陵古籍刻印社1997年版，第70-71页。

"述"亦是一种文体。《文体明辨序说·述》载:"按字书云:'述,譔也,纂譔其人之言行以俟考也。'其文与状同,不曰状,而曰述,亦别名也。"① 然"述""赞"并称,却无取于"述"这一文体意蕴。如果考察"述""赞""述赞""史述赞"之间的流变,颜师古的一段话值得注意:

> 自"皇矣汉祖"以下诸叙,皆班固自论撰《汉书》意,此亦依放史记之叙目耳。史迁则云为某事作某本纪,某列传。班固谦,不言作而改言述,盖避作者之谓圣,而取述者之谓明也。但后之学者,不晓此为《汉书》叙目,见有述字,因谓此文追述《汉书》之事,乃呼为"汉书述",失之远矣。挚虞尚有此惑,其余曷足怪乎!②

上文引刘知几《史通·论赞》也已指出"述赞"的由来乃是班固仿司马迁《史记·太史公自序》撰《叙传》,其中"历写诸篇,各叙其意"的文字由司马氏的散体变为诗体,并名之为述,随后范晔《后汉书》又改"述"为"赞",并"各附本事,书于卷末"。一直到《文选》编者列"史述赞"体,并选录《汉书》《后汉书》有关述赞作品。由此可知,"述""赞"连称含有一定的误解成分,尤其是班固《汉书》叙目不当称"述"。刘勰《文心雕龙·颂赞》曾批评说:"及迁《史》固《书》,托赞褒贬,约文以总录,颂体以论辞;又纪传后评,亦同其名。而仲治(挚虞字)《流别》,谬称为述,失之远矣。"③ 黄侃《文选平点》进一步指出:"然则昭明承仲洽【治】之误者也。"④

然而,值得注意的是,"述""赞"二字本义相近,时而相提并论,亦可互通。东汉孔安国《尚书序》:"先君孔子,生于周末,睹史籍之烦文,惧览之者不一,遂乃定《礼》《乐》,明旧章,删《诗》为三百篇,约史记而修《春秋》,赞《易》道以黜八索,述《职方》以除九丘。"孔颖达正义云:"修而不改曰'定',就而减削曰'删',准依其事曰'约',因而佐成曰'赞',显而明之曰'述',各从义理而言……云'述'者,以定而不改即是遵述,更(浦镗云:

---

① 徐师曾著,罗根泽校点《文体明辨序说》,人民文学出版社1998年版,第148页。
② 班固《汉书》,中华书局1962年版,第4236页。
③ 刘勰著,詹锳义证《文心雕龙义证》,上海古籍出版社1989年版,第342页。
④ 黄侃《文选平点》,中华书局2006年版,第572页。

'更'前疑脱'非'字）有书以述之。"① 据此可知，人们认为赞、述其义相近，"显而明之"与赞之训诂"明也"无异。汉末杨修较早将"述""赞"连称，作有《司空荀爽述赞》②，前为"述"文，散体，概述荀爽体性与学说，后文"赞"文，称颂荀爽德行与功绩，四言十八句，两句一韵，前八句为庚、青通押，后十句为支、职、真通押。这种情形，与班固《汉书》在纪、传、志、表后有赞文予以评论，在《叙传》中有所谓的"述"来叙写《汉书》各篇大意、词兼褒贬，并无二致。曹魏卞兰有《赞述太子赋》③，一赋一赞，以赋为主，附以赞文，计四言二十二句，两句一韵，灵活换韵。其篇题"赞述"，取其显明之义。东晋陶渊明有《读史述九章》④，值得注意的有两点：一是篇题，其第一章《夷齐》、第八章《鲁二儒》、第九章《张长公》，《艺文类聚》分别作《夷齐赞》《鲁二儒赞》《张长公赞》；二是各篇内容及形式。陶渊明自称"读《史记》有所感而述之"，各篇皆褒贬历史人物的言行举止、气节操守，间以寓感。其形式皆是四言八句，两句一韵，通篇一韵到底。南朝刘宋范晔《后汉书》将班固《汉书》中的"赞"改称为"论"，而将《叙传》中叙写各篇作意的"述"改称为"赞"，并分散置于各篇。此类性质同于"述"的赞文，更具声辞之美。体式上多为八句体，短则四句，长则达三十句（指《光武纪赞》），亦有六句、十句、十二句、十四句等体式。在韵律上，两句一韵，或一韵到底，或四句一换韵，亦偶有六句一换韵者。内容上则是概括各篇内容，兼寓褒贬，如其名篇《后汉书·光武纪赞》，除概述大意外，极尽褒扬之能事。《文心雕龙》每篇后均附以"赞曰"之文，其内容亦是概述大意以辅助说明，其形式则皆为四言八句，两句一韵，或一韵到底，或四句一换韵。这些与挚虞所称的"汉书述"是基本一致的。

以上这些情形，反映出"述"与"赞"连称是有着相当基础的。其本义的相近，创作上的积累以及人们对这种文体的认识，都为后来《文选》编者提出

---

① 孔安国传，孔颖达疏《尚书正义》，《十三经注疏》标点本，北京大学出版社1999年版，第8—10页。
② 欧阳询《艺文类聚》，上海古籍出版社1965年版，第840页。
③ 欧阳询《艺文类聚》，上海古籍出版社1965年版，第294—295页。
④ 陶渊明著，逯钦立校注《陶渊明集》，中华书局1979年版，第179—185页。

"史述赞"这一体类作出了铺垫。

三、画赞即题画诗吗——与周锡䪖商榷

画赞与题画诗，两者并非仅仅是称名的不同。这是一个值得我们关注，但却长期以来一直被忽略的一个学术命题。近有周锡䪖发表了一篇题为《论"画赞"即题画诗——兼谈〈先秦汉魏晋南北朝诗〉与〈全唐诗〉的增补》(《文学遗产》2000年第三期)的论文，将这一问题着重提出，并以翔实的资料予以论述。周先生认为颂赞乃诗之一体，故"画赞"应属于题画诗，并进一步指出：《先秦汉魏晋南北朝诗》与《全唐诗》须补入颂赞、箴铭类作品。这一观点发人深省，但笔者认为还是有进一步商榷的必要。

周先生持论的依据主要有以下三条："颂、赞"乃诗之一体；《晋书·束皙传》中的一段记载；画赞与题画诗在体制特点上完全吻合。笔者拟就此做些探讨，一并求正于周先生与诸位方家。

（一）颂、赞未必即诗之一体

关于颂体①，就渊源而言，实出于"诗颂"。刘勰《文心雕龙·颂赞》云："四始之至，颂居其极。颂者，容也，所以美圣德而述形容也。"挚虞《文章流别论》亦指出："颂，诗之美者也。古者圣帝明王，功成治定而颂声兴。于是史录其篇，工歌其章，以奏于宗庙，告于鬼神。"② 故知颂之一体源于称颂帝王功德以告于鬼神之"诗颂"。降及汉魏，为用日广，品类至繁。诸如赞、祭文、铭、箴、诔、碑文、封禅文等，其实皆与颂相类似。值得注意的是，在三代之际，颂乃诗之一体，而在后世，颂常常被视为文之一类。如刘勰在《文心雕龙》中列"颂赞"一篇而与"明诗""乐府""诠赋"等篇并列。又如梁代萧统编《文选》分赋、诗、骚、七……序、颂、赞……吊文、祭文共三十八类。其实，我们不难发现，颂体在后世的流变中，有一部分继续保持了诗赋类的特色，有的甚至与赋混而为一。如马融《长笛赋》称为"颂曰"，此直与《长笛颂》相同，足证赋颂二体之混淆。另有一部分则逐渐向文类靠拢。如秦刻石之文，多

---

① 关于颂、赞二体的流变与体制特征，高明峰《试论〈文选〉与〈文心雕龙〉对"颂""赞"二体评录之异同》，刊《绥化师专学报》2004年第1期，第66-68页。
② 李昉等编《太平御览》卷第五百八十八，上海书店1985年版。

三句为韵,且极力铺叙功德,与"诗颂"相异①;又如王褒《圣主得贤臣颂》,多用散语。我们知道,《诗三百》是入乐的诗歌。《史记·孔子世家》云:"三百五篇孔子皆弦歌之,以求合韶、武、雅、颂之音,礼乐自此可得而述。"② 王国维在《释乐次》篇中亦云:"凡乐以金奏始以金奏终。金奏者,所以迎宾客亦以优天子诸侯及宾客以为行礼及步趋之节也。……金奏既阕,献酬之礼毕则工开歌。歌升者,所以乐宾(祭祀则乐尸,尸亦宾类也)也。升歌之诗以雅颂,大夫、士用小雅。"③ 可见,这些诗歌是用来配合礼乐的,其功能在于祭祀、娱宾等。在另一方面,颂诗内容多为称颂功德,故多铺叙,而就诗文的体制特征而言,诗便于抒情而文利于叙事,故而颂诗一旦脱离了礼乐而独立发展时,也就必然地趋向于文类了。

因此,从渊源上我们可以认为颂乃诗之一体,但如果从后世的流变来看,这种观点就未免有点简单化了。

至于赞体,刘勰在《文心雕龙·颂赞》篇中指出"赞"乃源于上古"唱发之辞","嗟叹之助辞"。此论颇有道理。它与"赞"之训诂"佐也""明也"④正相吻合。至春秋之际,孔子作《十翼》以赞《易》,乃是阐明义理的无韵之赞。降及汉魏,赞体趋繁,有所谓"像赞""史赞"等类别。汉代以来,"像赞""史赞"得以兴盛。李充《翰林论》云:"容象图而赞立,宜使辞简而义正。孔融之赞杨公,亦其义也。"⑤ 可为一证。至于"史赞",自太史公书每纪传后称"太史公曰"以下,或名论,或名序,或名诠,或名评,或名述,或名奏,实际上都是赞体。梁代萧统在所编《文选》中单列的"史论"和"史述赞",即属于我们所说的"史赞"。黄侃在《文心雕龙札记·颂赞第九》一文中指出:"盖

---

① 刘师培在《文心雕龙·颂赞篇》一文中认为:"然三代之诗皆可入乐,颂为诗之一体,必可被之管弦。秦刻石则恐皆不能谱入乐章。故三代而后,颂与诗分,此其大变迁也。"(见陈引驰编校《刘师培中古文学论集》,中国社会科学出版社1997年版),诚为卓见。
② 司马迁《史记》,中华书局1959年版,第1936页。
③ 《王国维遗书》第一册,上海书店1983年版,第98-104页。
④ 有关资料如下:《尚书·大禹谟》载:"益赞于禹曰……"孔安国传云:"赞,佐也。"孔颖达疏云:"礼有赞佐,是助祭之人,故'赞'为佐也。"又《尚书·皋陶谟》载:"予未有知思,曰赞赞襄哉!"孔颖达疏引王、郑二人之说:"王肃云:'赞赞犹赞奏也。'……郑玄云:'赞,明也。'"
⑤ 严可均辑《全上古三代秦汉三国六朝文》,中华书局1958年版,第1767页。

义有未明,赖赞以明之。故孔子赞易,而郑君复作《易赞》,……至班孟坚《汉书赞》,亦由纪传意有未明,作此以彰显之,善恶并施。……郭景纯《山海经、尔雅图赞》,则赞为图起,此赞有所附者,专以助为义者也。若乃空为赞语以形状事物,则是颂之细条,故亦与颂互称。"① 可见,赞乃是辅助以阐明义理或事物,抑或进行褒贬之一体。它的流变大致是这样的:初为唱发之辞,后本于阐明之旨将对象由书经扩展至历史人物或当代功臣,甚或物类之画像,进而对之予以褒贬。

由此,无论从渊源还是从流变上讲,恐怕均不能笼统地视"赞"体为诗之一体。所以,周先生视"颂赞乃诗之一体"为当然,从而很轻易地认为"画赞完全属于题画诗",此论是值得进一步推敲的。

(二) 画赞与题画诗之异同

画赞与题画诗是有着内在的联系的,它们都可视为题画文学的一部分。青木正儿这样指出:"中国题画文学自其演变之过程来看,大别可分为画赞、题画诗、题画记、画跋四类。前二类属于韵文,后二者属于散文。画赞以题在画像上面的'像赞'为主,还包括其他形式相类似的文字,以四言的韵文写成的。题画诗则为一般画幅上所题之五言、七言、古、今各种体裁的诗歌。"② 此论颇为精当。但需要指出的是,画赞与题画诗的区别也是极为明显的,它们在体制上的差异是多方面的。

一般说来,画赞是四言之作,而题画诗则有五言、七言等多种形式。因此,周先生认为"画赞一般是四言的题画诗,而题画诗则是五言(唐代又发展为七言)的画赞。"此论有一定道理,但未免过于简单。从内容上讲,画赞多为咏叹画中人事或景物,而题画诗的范围更广,它不局限于画中景物或人事,还可用于评骘画者的技艺,而后者在画赞中几乎看不到。正如青木正儿所云:"反观魏晋间的画赞,人物'赞'以叙事为主,物品'赞'则为咏物","可是到题画诗,不仅有说明文字,更加进了议论,又往往赞美或评论画者的艺术成就。"

---

① 黄侃《文心雕龙札记》,上海古籍出版社 2000 年版,第 74 页。
② 此段引文,连同下引青木正儿文字,见其所著《题画文学及其发展》(魏仲佑译,载台湾东海大学主编《中国文化月刊》1980 年第 9 期),第 76、82 和 81 页,转引自周锡䪖《论"画赞"即题画诗——兼谈〈先秦汉魏晋南北朝诗〉与〈全唐诗〉的增补》一文,载《文学遗产》2000 年第 3 期,第 18–24 页。

更为重要的是，画赞与题画诗在押韵方式上也存在着显著的差异。我们知道，《诗经》中多为四言句式，其押韵方式有换韵与不换韵两种。而画赞多为四言之作，自然地其押韵方式也继承了《诗经》。汉魏六朝以来，五言诗趋于成熟并成为通行之诗体。这种新兴的诗体影响了赞体的写作，使它不仅在句式上逐渐由四言变为五言，体制由长短皆具变为短制，更重要的是押韵方式由换韵与不换韵两种渐变为通篇不换韵的体式。尤为突出的是，齐梁以来人们所作的五言诗多为不换韵之作。刘跃进曾对以沈约、谢朓、王融等为代表诗人的永明诗体进行过细致研究，认为永明诗体的一大特征为"押本韵甚严，押通韵多已接近唐人、转韵之诗应摈除在永明诗体之外"。并进一步指出，"在所统计的永明诗人的全部作品中通韵只占很小的比例。沈约不过11首，谢朓14首，王融6首。其余大部分是严格押本韵，很少出韵"[①]。在这样一种不换韵的五言诗一时风行的创作风气影响下，画赞押韵方式的转变也就很自然了。当然，这种押韵方式的转变或许有其篇幅上的原因，因为题画诗比较短小，多为四句或八句，不大需要像有些长赞那样换韵。但这样一种题画诗不换韵的事实毕竟是存在的，不容我们忽视。[②] 于是，"画赞"之名逐渐地被题某某画、题某某图之类所代替了。故而台湾许丽玲在《唐朝题画诗研究》中将魏晋画赞视为"题画诗的滥觞"，自是卓见。兹举例为证。

如萧统《文选》中所收录之《夏侯孝若东方朔画赞》《袁彦伯三国功臣序赞》则皆为换韵之作，文长不录。

又如晋代郭璞《山海经图赞》：

华岳灵俊，削成四方。爰有神女，是挹玉浆。其谁游之，龙驾云裳。（《华山》）

昆仑月精，水之灵府。惟帝下都，西老之宇。山桀然中峙，号曰天柱。（《昆仑丘》）

争神不胜，为帝所戮。遂厥形天，脐口乳目。仍挥干戚，虽化不服。（《刑天》）

[①] 刘跃进《门阀士族与永明文学》，三联书店1996年版，第135、137页。
[②] 当然，也有极少数题画诗是换韵的，如杜甫《韦讽录事宅观曹将军画马图歌》《天育骠图歌》等，但这些都是歌行体，自可不必受严格的诗律约束。

《尔雅图赞》：

> 惟金三品，扬越作贡。五材之珍，是谓过用。务经军农，爰及雕弄。(《金银》)

> 芒芒地理，灿烂天文。四灵垂象，万类群分。眇观六诊，咎征惟君。(《星》)

都是通篇押韵且不换韵之作。《山海经图赞》和《尔雅图赞》中多为此类不换韵之作，正表现出此种趋势在加强。

再如陶渊明《扇上画赞》：

> 三五道邈，淳风日尽，九流参差，互相推陨。形逐物迁，心无常准，是以达人，有时而隐。四体不勤，五谷不分；超超丈人，日夕在耕。辽辽沮溺，耦耕自欣，入鸟不骇，杂兽斯群。……饮河既足，自外皆休。缅怀千载，托契孤游。

此为换韵之作。值得注意的是，陶渊明又写了《读山海经十三首》，如：

> 翩翩三青鸟，毛色奇可怜，朝为王母使，暮归三危山。我欲因此鸟，具向王母言：在世无所须，唯酒与长年。(其五)

> 逍遥芜皋上，杳然望扶木。洪柯百万寻，森散覆旸谷。灵人侍丹池，朝朝为日浴。神景一登天，何幽不见烛？(其六)

> 精卫衔微木，将以填沧海。刑天舞干戚，猛志固常在！同物既无虑，化去不复悔。徒设在昔心，良辰讵可待。(其十)

皆为通篇不换韵之作。需要指出的是，古《山海经》有文又有图，郭璞撰《山海经图赞》即可为证。况且陶渊明《读山海经十三首》第一首云："……泛览周王传，流观山海图。俯仰终宇宙，不乐复何如？"可见，陶渊明是看到《山海经》之图的。① 因此，陶渊明的《读山海经十三首》当视为题画诗。周先生在

---

① 逯钦立在"流观山海图"一句下加注云："山海图，指《山海经图》。丁注：'毕沅曰：《山海经》有古图，有汉所传图。十三篇中，《海内》《海外》所说之图，当是禹鼎也。《大荒经》已下五篇所说之图，当是汉时所传之图也。汉时所传，亦有《山海经图》，颇与古异。刘秀又依之为说，即郭璞、张骏见而作注者也。'"见陶渊明著，逯钦立校注《陶渊明集》，中华书局1979年版，第133页。

论文中指出："《读山海经十三首》实为上承郭璞《画赞》，下开唐宋题画诗先声的佳什，也是现存可确知之五言题画诗首篇。"亦可谓有识之论。

再如以往被公认为"最早成熟之题画诗"的北齐萧悫的《屏风》：

> 秦皇临碣石，汉帝幸明庭。非观重游豫，直是爱长龄。读记知州所，观图见岳形。晓识仙人气，夜辨少微星。服银有秘术，蒸丹传旧经。风摇百影树，花落万春亭。飞流近更白，丛竹远弥青。逍遥保清畅，因持悦性情。

北周庾信的《咏画屏风二十五首》：

> 侠客重连镳，金鞍被桂条。细尘郭路起，惊花乱眼飘。酒醺人半醉，汗湿马全骄。归鞍畏日晚，争路上河桥。（其一）

> 徘徊出桂苑，徙倚就花林。下桥先劝酒，跂石始调琴。蒲低犹抱节，竹短未空心。绝爱猿声近，惟怜花径深。（其九）

这些则都是不换韵之作。其后，题画诗之押韵方式亦基本与此相类。

（三）余论

另外，周先生还在文中引用《晋书·束皙传》中的一段记载："太康二年，汲郡人不准盗发魏襄王墓，或言安厘王冢，得竹书数十车。其……《大历》二篇，邹子谈天类也。《穆天子传》五篇，言周穆王游行四海，见帝台、西王母。《图诗》一篇，画赞之属也。又杂书十九篇：《周食田法》《周书》《论楚事》《周穆王美人盛姬死事》。大凡七十五篇。七篇简书折坏，不识名题。"由此，周先生认为"既然《图诗》等同于画赞，而图即画，故赞便是诗"。此论看似有理，其实不然。因为这是极个别的例子，还有更多的人仍然是把赞与诗分别看待的。如晋代的陶渊明，他既写有《读山海经十三首》等通篇不换韵的题画诗，又作有《扇上画赞》这样换韵的长篇赞文，逯钦立校注的《陶渊明集》将《读山海经十三首》归入五言诗类，而将《扇上画赞》收入"记传赞述"一类，是有一定道理的。即便是到了唐代，如李白、杜甫等也仍然将诗与赞视为二途：李白有《莹禅师房观山海图》《壁画苍鹰赞》等，杜甫则有《戏题画山水图歌》《画马赞》等，从其题名亦可见一斑。即以李白所作而言，其《莹禅师房观山海图》云："真僧闭精宇，灭迹含达观。列嶂图云山，攒峰入霄汉。丹崖森在目，清昼疑卷幔。蓬壶来轩窗，瀛海入几案。烟涛争喷薄，岛屿相凌乱。征帆飘空中，瀑水洒天半。崝嵘若可陟，想像徒盈叹。杳与真心冥，遂谐静者玩。如登赤城里，揭步沧洲畔。即事能娱人，从兹得消散。"显而易见，此为五言古诗，通篇押去声"翰"韵；《壁画苍鹰赞》则曰："突兀枯树，傍无寸枝。上有苍鹰独立，若愁胡之攒眉。凝金天之杀气，凛粉壁之雄姿。觜铦剑戟，爪握刀锥。群宾失席以腭眙，未悟丹青之所为。吾尝恐出户牖以飞去，何意终年而在斯！"此篇皆押上平声"支"韵，句式参差，四言、六言、七言、九言交错跌宕，视为赞文亦甚妥当，故为《全唐文》所收录。顺便值得一提的是，周先生在文中还特别指出杜甫《画马赞》应归入诗集内，笔者以为未必稳妥。《画马赞》云"韩干画马，毫端有神。骐骝老大，腰袅清新。……但见驽骀，纷然往来。良工惆怅，落笔雄才"，是为四言换韵之作，这与杜甫所作题画诗如《题壁画马歌》"韦侯别我有所适，知我怜君画无敌。戏拈秃笔扫骅骝，欻见骐驎出东壁。一匹龁草一匹嘶，坐看千里当霜蹄。时危安得真致此，与人同生亦同死"之类不换韵的七言诗有明显区别，故其入编《全唐文》亦属恰切。

其实，《晋书·束皙传》这一材料，正好透露出了画赞向题画诗演变的一点信息。上文已经谈到，晋代郭璞的《山海经图赞》等在押韵方式上已开始有所转变，而《晋书》为房玄龄等撰修，此时有人视画赞为"诗"已不足为奇了。

以上，我们对颂赞体的流变，画赞与题画诗的异同等进行了探讨。由此，我认为，将画赞与题画诗等同起来或者认为画赞完全属于题画诗的看法，是不够恰当的，认为两者间仅仅存在四言与五言、七言的差别更是过于简单化了。或许，周先生是从广义的题画诗这一角度来看待画赞与题画诗的，但这种宏观之见似乎值得进一步推敲。因为这样做的结果只能是抹杀两者的区别，甚至于混淆画赞与题画诗的流变。同时，也应该承认，画赞与题画诗有着密切联系，周先生把题画诗的源头上溯至画赞也是极有见地的。最后，周先生指出《先秦汉魏晋南北朝诗》与《全唐诗》应补入颂赞、箴铭类作品。此论亦有道理。因为像周先生在文中提到的南梁江淹所作的《云山赞四首》，确实与诗体无甚差异。但需要指出的是，这种补入应该是有选择的，尤其是秦石刻文、多用散语的王褒《圣主得贤臣颂》、班固《汉书》中的无韵之传赞、郭璞的《尔雅图赞》（此赞旨在阐明《尔雅》之图，故多说明性文字而较少诗意）等就不宜补入。

第三章 《文心雕龙》与《文选》比较研究

一、《文心雕龙》与《文选》"颂""赞"二体评录论略

颂和赞是两种重要的文体,其流变和体制特征较为复杂。《文心雕龙》与《文选》都将颂和赞放在一起,并进行专门的评录。《文选》是一个文学作品的选本,其选目可以从某个侧面反映出编选者的批评,而《文选序》又可以集中地表现出作者对某些文体的看法,这为我们将作为选本的《文选》和作为批评专著的《文心雕龙》进行比较研究提供了可能性。同时,《文选》与《文心雕龙》产生时代相近,它们作为当时最重要的选本和批评专著,其看法可以反映出整个时代的批评见解。因此我们也就有必要将二书结合起来研究,尤其是当我们在研究颂和赞这两种历来混淆不清的文体时更是如此。这为我们进行比较研究提供了必要性。因此,笔者拟对《文心雕龙》与《文选》就"颂""赞"二体的评录进行比较研究,着重分析其异同,并对"颂""赞"二体的流变和体制特征作一揭示。

(一)《文心雕龙》与《文选》对"颂"体的评录

刘勰在《文心雕龙·序志》篇中指出,他是按照"原始以表末,释名以章义,选文以定篇,敷理以举统"的原则来"论文叙笔"的。那么自然地,在《文心雕龙·颂赞》篇中也是如此。关于"颂"体,刘勰在该篇中有这样的论述:"四始之至,颂居其极。颂者,容也,所以美圣德而述形容也。"此论认为颂之一体起源于称颂帝王功德以告于鬼神之"诗颂"。事实上也是如此。从训诂上讲,许慎《说文解字》云:"颂,貌也,从页公声。"① 段玉裁《说文解字注》有注云:"貌下曰。颂仪也。与此为转注。……古作颂貌。今作容貌。古今字之异也。容者,盛也,与颂义别。六诗,一曰颂。周礼注云。颂之言诵也,容也。诵今之德广以美之。……则知假容为颂其来已久,以颂字专系之六诗,而颂之本义废也。《汉书》曰徐生善为颂,曰颂礼甚严,其本义也。曰有罪当盗械者皆颂系,此假颂为宽容字也。"② 可见,颂的本义是"貌也""颂仪也"。但由于"假容为颂其来已久",故而"以颂字专系之六诗"。因此,就渊源而言,颂之一体实出于"诗颂"。对于这一看法,萧统也是认同的。他在《文选序》中指出:"颂者,所以游扬德业,褒赞成功。吉甫有'穆若'之谈,季子有'至矣'之叹。舒布为诗,既言如彼;总成为颂,又亦若此。"在此,萧统亦认为颂体旨在歌功颂德,其源出于"诗颂"。

值得注意的是,由于《文心雕龙》是一部批评专著,它以"原始以表末,敷理以举统"的方式来对"颂体"的流变及其体制特征作了详尽的揭示,因而它具有更高的理论价值。刘勰在《文心雕龙·颂赞》篇中对颂体的流变进行了深入的剖析,并提出了"变体""谬体""讹体"等概念。他以"颂必主神,义必纯美"的"宗庙之正歌"为正体,以"浸被乎人事""覃及细物"之作为"变体",以"变为序引""雅而似赋"之作为"谬体",以"褒贬杂居"之作为"讹体"。由此可见,颂体在后世的流变是颇为复杂的,它逐渐由"义必纯美"变为义兼褒贬,由歌功颂德变为叙事体物。而萧统所编选之《文选》,由于是一个选本,就决定了它不可能对颂体的流变作深入揭示,至于《文选序》,也只是点到即止。但这并不是说《文选》对颂体流变一点也没有反映。从其选目中,我们可以看出刘勰所论颂体流变的迹象。兹列表为示:

《文心雕龙》提及的"颂"	《文选》和《文选序》提及和选录的"颂"
鲁颂、商颂、周颂	周颂、鲁颂
屈原橘颂	王子渊圣主得贤臣颂
秦政石刻文	扬子云赵充国颂

① 许慎《说文解字》,中华书局1963年版,第181页。
② 段玉裁《说文解字注》,江苏广陵古籍刻印社1997年版,第416页。

续表

《文心雕龙》提及的"颂"	《文选》和《文选序》提及和选录的"颂"
惠景之颂	史孝山出师颂
扬雄赵充国颂	刘伯伦酒德颂
班固安丰戴侯颂	陆士衡汉高祖功臣颂
傅毅显宗颂	
史岑和熹邓后	
班固车骑将军都窦北征颂	
傅毅西征颂	
马融上林颂、广成颂	
崔瑗南阳文学颂	
蔡伯喈京兆樊惠渠颂	
陈思王皇太子生颂	
陆机高祖功臣颂	

很显然，对于刘勰高度评价的扬雄《赵充国颂》、陆机《高祖功臣颂》，萧统都已选入。另外，萧统还增选了刘勰未曾提及的王子渊《圣主得贤臣颂》、史孝山《出师颂》、刘伯伦《酒德颂》，表现出萧统独到的眼光，可看作是对刘勰所论的一种补充，同时对保存文献也有一定的价值。可以这样认为，从《文选》的这些选目中，我们是不难看出颂体在后世逐渐由"义必纯美"变为义兼褒贬，由歌功颂德变为叙事体物这一流变的。至于刘勰所评述的颂体之体制特征，在《文选》所选入的颂体中亦可反映出来。刘勰在《文心雕龙·颂赞》篇中指出："原夫颂惟典雅，辞必清铄；敷写似赋，而不如华侈之区；敬慎如铭，而异乎规戒之域。揄扬以发藻，汪洋以树义。惟纤曲巧致，与情而变，其大体所底，如斯而已。"所论极为精要。即以《文选》所选之《史孝山出师颂》为例，全篇极力称颂邓骘出师征伐之功勋，言辞典雅清丽，铺写汪洋恣肆，与刘勰所论非常切合。

（二）《文心雕龙》与《文选》对"赞"体的评录

关于赞体，刘勰在《文心雕龙·颂赞》篇中认为它起源于上古"唱发之辞""嗟叹之助辞"。此论极为正确，它可以从"赞"字的训诂上得到证明。

"赞"之一词,较早地见诸《尚书》。如《尚书·大禹谟》云:"益赞于禹曰……"孔颖达注云:"礼有赞佐,是助祭之人,故'赞'为佐也。"又如《尚书·皋陶谟》云:"予未有知思,曰赞赞襄哉!"孔颖达《尚书正义》引王、郑二人之说:"王肃云:'赞赞犹赞奏也。'……郑玄云:'赞,明也。'"① 所以赞之古义当是"佐也""明也",正如刘勰《文心雕龙·颂赞》所说:"赞者,明也,助也。"至于萧统,在《文选序》中他这样认为:"图像则赞兴。"这种看法很可能是袭用了前人的成见。如李充《翰林论》云:"容象图而赞立,宜使辞简而义正。孔融之赞杨公,亦其义也。"② 此论亦将赞体起源归于"容象图"。其实这些都是就"象赞"(或称"图赞")而言的,而实际上"象赞"仅仅是赞体的一种。刘勰即曾指出"赞"有"史赞"与"图赞"之分。至明代徐师曾更是进行了详尽的归纳。他指出:"其体有三:一曰杂赞,意专褒美,若诸集所载人物、文章、书画诸赞是也。二曰哀赞,哀人之没而述德以赞之者是也。三曰史赞,词兼褒贬,若史记索隐、东汉、晋书诸赞是也。"③ 所以,我认为,刘勰对赞体起源的考察是较为精审的,而萧统所论则过于简单且有欠推敲。当然,在谈到赞体的流变时,刘勰也有所疏忽。他忽略了那些为经书所作的赞,如孔子作《十翼》以赞《易》,郑玄作《易赞》《尚书赞》等。但不可否认的是,从《文心雕龙·颂赞》篇,我们还是可以大体勾勒出赞体的流变:初为唱发之辞,后本于阐明之旨将对象由书经扩展至历史人物或当代功臣,甚或是物类之画像,进而对之予以褒贬。

尤其值得注意的是,《文选》与《文心雕龙》在赞体的分类和选录上是存在很大差异的。上文已经提到,刘勰分"赞"为"图赞"和"史赞",而萧统在《文选》中将"赞"单列,同时还列有"史论"和"史述赞"。关于史书中的赞,是极为复杂的。刘勰和萧统对此有不同看法。④ 刘勰认为史书中的赞,

---

① 孔颖达《尚书正义》,《十三经注疏》标点本,北京大学出版社1999年版,第100、110-111页。
② 严可均辑《全上古三代秦汉三国六朝文》,中华书局1958年版,第1767页。
③ 徐师曾著,罗根泽校点《文体明辨序说》,人民文学出版社1962年版,第143页。
④ 陈学举《〈文选〉与〈文心雕龙〉对史部文章评录标准之差异》,刊《南京社会科学》1998年第12期,第40-43页。

称之为"史赞"或"史论"就已足够了①，没必要再另立名目曰"述"，正如他在《文心雕龙·颂赞》篇中所云："及迁史固书，托赞褒贬。约文以总录，颂体以论辞，又纪传后评，亦同其名。而仲洽流别，谬称为述，失之远矣。"而萧统则不然，他一方面袭用了挚虞的观点，将班固的叙目称为"述"，并将由述发展而来的范晔的"赞"与之归入一类，名之曰"史述赞"；另一方面又将从《史记》的"太史公曰"演变而来的班固的"赞"与其他史书中的"论"合在一起②，称之为"史论"。应该说，萧统对史书中的"赞"体的区分比刘勰所论更为具体，也大体符合"史赞"称名的变化。③ 因此，从某种程度上讲，萧统所论更为清晰，更加切合编选的需要。至于二书在"赞"体选录上的差异，也是显而易见的。兹亦列表为示：

《文心雕龙》提及的"赞"	《文选》和《文选序》提及和选录的"赞"④
唱发之辞	夏侯孝若东方朔画赞
嗟叹之助辞	袁彦伯三国名臣序赞
唱拜之辞	班孟坚公孙弘传赞
司马相如荆轲赞	干令升晋纪总论晋武帝革命
司马迁、班固等的史书论赞	晋纪总论
郭璞尔雅图赞	范蔚宗后汉书皇后纪论
	宦者传论
	逸民传论
	沈休文宋书谢灵运传论
	恩悻传论

---

① 刘勰《文心雕龙·论说》篇在谈及"论"时说："辨史则与赞评齐行"，说明"论"与"赞"的性质相同。
② 荀悦将班固《汉书》的"赞"改名为"论"，其后干宝、范晔等作史书时均沿用了"论"这一名称。
③ 详见刘知己《史通·论赞》篇。
④ "史论"与"史赞"大体上可算是名异而实同，刘知己《史通·论赞》篇亦持相同看法；并且萧统将班孟坚《公孙弘传赞》一文收录于"史论"中，可见他也认为"史论"与"史赞"无大异。故而此处兼列出"史论"诸篇。

63

续表

《文心雕龙》提及的"赞"	《文选》和《文选序》提及和选录的"赞"
	班孟坚述高纪第一
	述成纪第十
	述韩英彭卢吴传第四
	范蔚宗后汉书光武纪赞

从上表我们可以看出,萧统主要选了像赞和史赞,且都是赞"人",而刘勰所选更为全面,他还提到了郭璞《尔雅图赞》这样的赞"物"之作。另外,此二书都表现出了对史赞的重视。如萧统在《文选序》中明示选入史赞的原因,"若其赞论之综缉辞采,序述之错比文华,事出于沉思,义归湖翰藻,故与夫篇什,杂而集之",诚可谓推崇有加。在《文选》的选录上,"史赞"与"赞"体分列,且在篇目上占有绝对优势。而刘勰对史赞也有较高评价,他在《文心雕龙·颂赞》篇中认为:"及迁史固书,托赞褒贬。约文以总录,颂体以论辞。"但需要指出的是,在"史赞"具体篇目的选录上,刘勰和萧统存在着较大的差异。如范蔚宗《后汉书皇后纪论》一文,《文选》收录于"史论"一类;而就刘勰而言,他极力反对为帝后立纪。在《文心雕龙·史传》篇中,刘勰有这样的论述:"及孝惠委机,吕后摄政,班史立纪,违经失实。何则?庖牺以来,未闻女帝也。……二子可纪,何有于二后哉?"设若让刘勰来编个文学选本,那么,像《后汉书皇后纪论》一类专纪帝后之文定然不会入选。另外,由于刘勰反对将"纪传后评"称为"述",那么,在刘勰看来,《文选》所列之"史述赞"一类就根本不存在,并且收于该类的班孟坚《述高纪第一》《述成纪第十》《述韩英彭卢吴传第四》等篇,也就根本不可能以"述"的面目出现。

至于赞体的体制特征,刘勰在《文心雕龙·颂赞》篇中有过这样精辟的评论:"古来篇体,促而不广:必结言于四字之句,盘桓乎数韵之辞;约举以尽情,昭灼以送文,此其体也。"其后,隋代的刘善经有进一步的补充,他指出赞体宜"清典":"语清典,则铭赞居其极。"(《四声指归》"论体")而萧统在《文选》中所选入之赞体,实际上均可与此相发明。兹以范晔《后汉书光武纪赞》为例予以说明。文录于下:

> 赞曰：炎政中微，大盗移国。九县飚回，三精雾塞。民厌淫祚，神思反德。世祖诞命，灵贶自甄。沉机先物，深略纬文。寻邑百万，貔虎为群。长毂雷野，高旗彗云。英威既振，新都自焚。虔刘庸代，纷纭梁赵。三河未澄，四关重扰。神旌乃顾，递行天讨。金汤失险，车书共道。灵庆既启，人谋咸赞。明明庙谋，赳赳雄断。于赫有命，系我皇汉。

它通篇为四言有韵，并且言辞简约清丽，情感昂扬动人，音律铿锵而文采斐然。在简短的一百二十字中，作者范晔既铺写了汉室中微的纷乱，又称扬了光武帝以"明谋雄断"光复汉祚的不朽功绩，抒情酣畅而词采飞扬，诚可谓之"约举以尽情，昭灼以送文"。（刘勰《文心雕龙》）

综上所述，《文心雕龙》与《文选》在"颂赞"的评录上可谓是有同有异。我们不能否认《文心雕龙》对萧统编选《文选》时的影响，同时也要看到萧统在选录时也有他自己的去取标准。一方面，我们必须清楚地认识到，作为文学批评专著的《文心雕龙》，其对某一文体的考察，对其体制特征的揭示，可以让我们对某一文体有一个较为理性化的认识，足以弥补作为文学选本的《文选》在这方面的不足；但在另一方面，《文选》所选入的文学作品，能为我们提供丰富的材料，并有可能使我们对某一文体的流变与体制特征作出感性的把握，从这个意义上说，《文选》也可以对《文心雕龙》作出某种补充。以上两点，就是通过《文心雕龙》与《文选》二书的比较研究得出的重要结论。

二、《文心雕龙》与《文选》"论"体评录小议

论是古代一种重要的文体。《文心雕龙》与《文选》都极为重视，前者有《论说》篇专门探讨，后者列有"论"体，并有与之相关的"设论""史论"二体。辨析二者的异同，不仅有助于深入把握"论"体，更能增进对刘勰与萧统文学观念的理解。骆鸿凯《文选学》专设"文选分体研究举例"一节，即以"论"为例予以解析，嗣后王运熙《〈文选〉所选论文的文学性》（《古籍研究》1997年第7期）、赵俊玲《〈文选〉与〈文心雕龙〉论体观辨析》（《郑州大学学报》2014年第3期）等续有研讨。在此基础上，笔者展开进一步的论析，祈请方家指正。

（一）关于论之名义与体制

《文心雕龙》论文叙笔，往往遵循"原始以表末，释名以章义，选文以定

篇，敷理以举统"之原则。关于论体，《文心雕龙·论说》云："圣哲彝训曰经，述经叙理曰论。论者，伦也；伦理无爽，则圣意不坠。昔仲尼微言，门人追记，故抑其经目，称为《论语》。盖群论立名，始于兹矣。自《论语》以前，经无'论'字。《六韬》二论，后人追题乎！"① 此处，刘勰用声训之法来定义论，或本于《释名·释典艺》："论，伦也，有伦理也。"但其将经论并提，则稍嫌突兀。范文澜以为："凡说解谈议训诂之文，皆得谓之论；然古惟称经传，不曰经论；经论并称，似受释藏之影响。"② 然究其实，更与其浓郁的原道宗经思想有关，故刘勰进而将论之源头追溯到《论语》，致显失允当。正如蒋祖怡《文心雕龙论丛·文心雕龙内容讲评》所云："《论语》之'论'，是'论纂'之'论'，不是'议论'之'论'或'辩论'之'论'。其实，论说之体，并不始于《论语》，而且《论语》中大半是记言记事，不纯粹是议论。刘氏因为'尊圣宗经'，把《论语》作为论说文的始祖，这种说法显然是很勉强的。"③ 刘勰称述经叙理曰论，与圣哲彝训之经相对而言，又称论者，伦也；伦理不爽，则圣意不坠。这样一来，就把所论之理限定为"伦理"或曰经书义理，界域未免狭隘。考《说文解字》析"论"字云："论，议也，从言仑声。"段玉裁注云："论以仑会意。亼部曰'仑，思也。'仑部曰：'仑，理也。'此非两意。思如玉部角思理，自外可以知中之角思。"④ 所言思或理，显然都是广义的。或许刘勰也意识到此中问题，在面对大量论体文、细究论体文品类之后，他又指出："详观论体，条流多品：陈政则与议说合契，释经则与传注参体，辨史则与赞评齐行，铨文则与叙引共纪……八名区分，一揆宗论。论也者，弥纶群言，而研精一理者也。"⑤ 论体品类繁杂，实基于其所论之"理"包罗万象，其中就包括刘勰在后文极力褒赞的魏晋玄学论文之玄理。故而，其"论也者，弥纶群言，而研精一理者也"之"理"，已不再局限于所谓的"伦理"。关于这一点，前人已着先鞭，如曹丕《典论·论文》云，"书论宜理"，李充《翰林论》载，"论贵

---

① 刘勰著，詹锳义证《文心雕龙义证》，上海古籍出版社1989年版，第665-666页。
② 刘勰著，范文澜注《文心雕龙注》，人民文学出版社1958年版，第329页。
③ 刘勰著，詹锳义证《文心雕龙义证》，上海古籍出版社1989年版，第667页。
④ 许慎著，段玉裁注《说文解字注》，江苏广陵古籍刻印社1997年版，第91-92页。
⑤ 刘勰著，詹锳义证《文心雕龙义证》，上海古籍出版社1989年版，第674页。

于允理,不求支离"。在这些论述中,所言之"理"亦都是广义的。萧统在《文选序》中指出:"论则析理精微",与刘勰所谓"研精一理"较为一致。故而,从论之名义而言,刘勰与萧统均能认识到论体析理的特质,这也是魏晋以来人们的共识。但由于刘勰浓厚的宗经思想,其将经论相提,以述经叙理为论,并突出伦理的内涵,则并不符合论体文之实际。

关于论之体制,陆机《文赋》有云,"论精微而朗畅",李充《翰林论》强调"论贵于允理,不求支离"。刘勰《文心雕龙》则后来居上,有更为深入的阐发,其云:"原夫论之为体,所以辨正然否;穷于有数,究于无形,迹坚求通,钩深取极;乃百虑之筌蹄,万事之权衡也。故其义贵圆通,辞忌枝碎,必使心与理合,弥缝莫见其隙;辞共心密,敌人不知所乘。斯其要也。"[①] 从内容而言,即辨正是非,义贵圆通;从形式而言,即论述精密,文辞畅达。与之相应,刘勰在谈到释经之论时又强调:"若夫注释为词,解散论体,杂文虽异,总会是同。若秦延君之注《尧典》,十余万字;朱普之解《尚书》,三十万言,所以通人恶烦,羞学章句。若毛公之训《诗》,安国之传《书》,郑君之释《礼》,王弼之解《易》,要约明畅,可为式矣。"[②] 所谓"要约明畅",意即"义贵圆通,辞忌枝碎"。此外,刘勰又从反面批驳嘲戏辞费之论,其云:"至如张衡《讥世》,颇似俳说;孔融《孝廉》,但谈嘲戏;曹植《辨道》,体同书抄。言不持正,论如其已。"又否定巧辞曲论之作,有云:"是以论如析薪,贵能破理。斤利者,越理而横断;辞辨者,反义而取通;览文虽巧,而检迹知妄。唯君子能通天下之志,安可以曲论哉?"所以,关于论之为文体制,刘勰从大量作品,尤其是魏晋玄学论文出发,"敷理以举统",提出"义贵圆通,辞忌枝碎"的总体要求,又拈出论体写作需要规避的嘲戏辞费、巧辞曲论等毛病,可谓将"为文之用心"敷写殆尽。相对而言,萧统《文选》作为一部选集性质的作品集,主要通过选录作品来彰显其体制规范,那么这种体现无疑是隐微的,更何况,这种体现是否准确、充分,还受制于选家的眼光和喜好。萧统在《文选序》中指出:"论则析理精微",可以理解为选家对论体体制之说明,即内容在析理,

---

① 刘勰著,詹锳义证《文心雕龙义证》,上海古籍出版社1989年版,第696—697页。
② 刘勰著,詹锳义证《文心雕龙义证》,上海古籍出版社1989年版,第701—705页。

形式在精微，包括论述周密和文辞精当。结合《文选》论体选文如《过秦论》《养生论》等，可得一明确认识。这与刘勰所论大体相同，但显然要简略得多。如果细究二者的篇目选录和体类划分，则其差异处还有大可注意者，此处不赘，详见下文分说。

（二）关于论之品类

论体应用既广，品类亦繁。刘勰《文心雕龙·论说》指出：

> 详观论体，条流多品：陈政则与议说合契，释经则与传注参体，辨史则与赞评齐行，铨文则与叙引共纪。故议者宜言，说者说语，传者转师，注者主解，赞者明意，评者平理，序者次事，引者胤辞：八名区分，一揆宗论。论也者，弥纶群言，而研精一理者也。①

这里，刘勰从题材方面将论体分为四大类，一是陈述政治，二是训释经书，三是辨析史事，四是铨评文辞。在这四类论体之中，论体可与议说、赞评、叙引诸体相等同，亦可与传注之体相交互。八名区分不一，然都有研精一理之共性。范文澜指出："彦和此篇，分论为二类：一为述经，传注之属；二为叙理，议说之属。八名虽区，总要则二。二者之中，又侧重叙理一边，所谓'论也者，弥纶群言，而研精一理者也。'"② 从《论说》篇的实际而言，刘勰所论主要是谈玄之论和释经之论，兼及班彪《王命论》、严尤《三将论》等辨史陈政之论，其共性在析理，不过玄理、义理、事理之别而已。故而，范先生所论，并不完全符合刘勰本意。当然，有必要指出，刘勰将论体依照题材析为四大类，再加上魏晋时期蔚为大观的玄学论文，基本涵盖了论之主体，显示出卓越的批评眼光。如此，依刘勰之意，将论体按题材析为议说哲理、训释经义、辨析政史、铨评文辞四类，或许更为贴切允当。

下面，我们再来看萧统《文选》对论体的划分。《文选》卷四十五列"设论"，收东方朔《答客难》等三篇，卷四十九、五十列"史论"，收班固《汉书·公孙弘传赞》等九篇，卷五十一至五十五，列"论"体，收贾谊《过秦论》等十四篇。

---

① 刘勰著，詹锳义证《文心雕龙义证》，上海古籍出版社1989年版，第674页。
② 刘勰著，范文澜注《文心雕龙注》，人民文学出版社1958年版，第330页。

就《文选》所收录的"论"体而言,其分类情况可列表如下:

议说哲理	训释经义	辨析政史	铨评文辞	针砭风俗
嵇康《养生论》	无	贾谊《过秦论》	曹丕《典论·论文》	韦曜《博弈论》
李康《运命论》		东方朔《非有先生论》		刘峻《广绝交论》
刘峻《辨命论》		王褒《四子讲德论》		
		班彪《王命论》		
		曹冏《六代论》		
		陆机《辩亡论》上下、《五等诸侯论》		

从上表可知,《文选》论体所收基本不出刘勰所析之四大类,仅缺训释经义之论而增针砭风俗之论。

《文选》又列"史论",收录班固《汉书·公孙弘传赞》、干宝《晋纪总论》、范晔《后汉书·皇后纪论》、沈约《宋书·谢灵运传论》等九篇,这些论文本与《过秦论》《辩亡论》一样,均属辨史之论,只不过前者出自史籍,有点特殊。萧统在《文选序》中指出史书"所以褒贬是非,纪别异同,方之篇翰,亦已不同",然"若其赞论之综缉辞采,序述之错比文华,事出于沉思,义归乎翰藻",故"与夫篇什杂而集之"。可知编者选录出自史书中的"史论",乃在其"沉思""翰藻",而将其与"论"体并列,则主要缘于其依附于史籍。尽管《文选》编者有其自身的考虑,但这一"史论"与"论"分列的做法,从论体分类上讲是不可取的。这些出自史籍的论体文亦可归于辨史之论,只是"论"之一体。从后世的总集分体来看,萧统的做法并未得到认可。如在后人认为续编《文选》的《文苑英华》中,卷七三九至七六〇为"论",其中卷七五四至七五七为"史论",清代姚鼐编《古文辞类纂》分文体为十三类,首列"论辨类",收录贾谊《过秦论》、欧阳修《五代史伶官传论》等。

在"论""史论"之外,《文选》又专列"设论"一体。所谓"设论",乃假设问答以阐明意旨。《文选》所录东方朔《答客难》、扬雄《解嘲》、班固《答宾戏》三篇,皆采用假设主客问答之方式结构全篇,发抒怀才不遇、清贫自守之志。故而,其独特之处主要在假设问答,着眼于形式结构,其内容多为自

69

明心志。刘勰从题材划分上涵盖甚广,而萧统着眼于特殊的形式及内容,设立"设论"一体,体现出选家独到的眼光。当然,《文选》单列"设论"一体,亦是基于汉魏以来此体创作的丰富。《隋书·经籍志四》卷三十五著录有"《设论集》二卷,刘楷撰。梁有《设论集》三卷,东晋人撰。《客难集》二十卷,亡"。《新唐书·艺文志四》著录"刘楷《设论集》三卷,谢灵运《设论集》五卷"。明代冯琦、冯瑗编《经济类编》卷五十三《文学七·设论》更是编录了宋玉《对楚王问》、东方朔《答客难》《非有先生论》、扬雄《解嘲》《解难》、班固《宾戏》、崔骃《达旨》、张衡《应间说》、蔡邕《释诲》、夏侯湛《抵疑》、皇甫谧《释劝论》、郤正《释讥》、束皙《玄居释》、陈琳《应讥》、嵇康《卜疑集》、郭璞《客傲》、曹毗《对儒》、韩愈《进学解》十八篇代表性的作品,足以体悟"设论"体之风貌。而其中的某些作品,东晋的挚虞早就予以肯定,其《文章流别论》云:"若《解嘲》之弘缓优大,《应宾》之渊懿温雅,《达旨》之壮厉忼慨,《应间》之绸缪契阔,郁郁彬彬,靡有不长焉矣。"① 故而,萧统以大量作品为支撑,基于特殊的形式及内容,将"设论"独立出来,单列一体,是值得肯定的。更何况,晋人已有《设论集》之编订。所以后人在分体时,仍析"设论"为一体,如宋王霆震《古文集成》卷七十七《前癸集八·设论》,收东方朔《答客难》等五篇,上文引明人编《经济类编》卷五十三《文学七·设论》则录有十八篇,而清代曾国藩《经史百家杂抄》在著述门辞赋类著作下亦列有设论,与符命、颂、赞等并举。值得注意的是,另有对问(或曰问对)一体。《文选》卷四十五先列"对问"一体,收宋玉《对楚王问》一篇,紧接着列"设论"体,收东方朔《答客难》等三篇。应该说,这两种体式较为接近,皆以假设问答之形式成文。任昉《文章缘起》列"对问"体,并以宋玉《对楚王问》为首篇。明陈懋仁注云:"诗云对扬。王休书曰好问则裕。盖对问者载主客之辞以著其意也。"② 吴讷《文章辨体序说》、徐师曾《文体明辨序说》均列"问对"体,前者云:"问对体者,载昔人一时问答之辞,或设客难以著其意者也。《文选》所录宋玉之于楚王,相如之于蜀父老,是所谓问对

---

① 严可均辑《全晋文》卷七十七,中华书局1958年版,第1908页。
② 任昉撰,明陈懋仁注,清方熊补注《文章缘起》,《四库全书》本。

之辞。至若《答客难》《解嘲》《宾戏》等作,则皆设辞以自慰者焉。"① 后者云:"按问对者,文人假设之词也。其名既殊,其实复异。故名实皆问者,屈平《天问》、江淹《邃古篇》之类是也(今并不录);名问而实对者,柳宗元《晋问》之类是也。其它曰难,曰谕(宋刘敞有《谕客》,今不录),曰答,曰应(宋柳开有《应责》,今不录),又有不同,皆问对之类也。古者君臣朋友口相问对,其词详见于《左传》《史》《汉》诸书。后人仿之,乃设词以见志,于是有问对之文;而反复纵横,真可以抒愤郁而通志虑,盖文之不可缺者也,故采数首列之。若其词虽有问对,而名入别体者,则各从其类,不复列于此也。"② 所谓"文人假设之词""设词以见志",揭示了对问(或曰问对)体的特质。至于吴讷《文章辨体序说》区分问对体为两类,一是载昔人一时问答之辞,二是设客难以著其意者,并分别举宋玉《对楚王问》、东方朔《答客难》等为例,实并无必要。因为从具体问对作品而言,多是假设问答,即便真有问答之实,如吴讷所举宋玉之于楚王、相如之于蜀父老,也并非实录,而带有修饰成分。这样一来,有一个问题就值得我们思考,那就是既然都是假设问答以见志,那么《文选》将对问与设论分列是否合理?我们可以先来看看刘勰的分析。

实际上,刘勰亦注意到"对问"体,并评述了《文选》"设论"一体所收录的三篇作品,只不过他将这些作品归于"对问"体。《文心雕龙·杂文》篇依次论述了对问、七发、连珠三体。关于对问,其云:

> 智术之子,博雅之人,藻溢于辞,辞盈乎气。苑囿文情,故日新殊致。宋玉含才,颇亦负俗,始造对问,以申其志,放怀寥廓,气实使之……凡此三者,文章之枝派,暇豫之末造也。自对问以后,东方朔效而广之,名为《客难》,托古慰志,疏而有辨。扬雄《解嘲》,杂以谐谑,回环自释,颇亦为工。班固《宾戏》,含懿采之华;崔骃《达旨》,吐典言之裁;张衡《应间》,密而兼雅;崔寔《客讥》,整而微质;蔡邕《释诲》,体奥而文炳;景纯《客傲》,情见而采蔚:虽迭相祖述,然属篇之高者也。至于陈思《客问》,辞高而理疏;庾敳《客咨》,意荣而文悴:斯类甚众,无所取裁

---

① 吴讷著,于北山校点《文章辨体序说》,人民文学出版社1998年版,第49页。
② 徐师曾著,罗根泽校点《文体明辨序说》,人民文学出版社1998年版,第134-135页。

矣。原夫兹文之设，乃发愤以表志。身挫凭乎道胜，时屯寄于情泰，莫不渊岳其心，麟凤其采，此立本之大要也。①

刘勰称宋玉《对楚王问》意在申志，东方朔《答客难》旨在慰志，此类作品皆发愤以表志，大体符合实际。刘勰之所以将其归于一类，主要在于内容上的共性，即"发愤以表志"，而其形式上假设问答之特质却并未加以强调。

就《文选》"设论"所收《答客难》《解嘲》等而言，"难"本与"论"相通，李充《翰林论》云："研核名理则论难生焉。"刘勰称《答客难》"疏而有辨"，"辨""辩"相通，"盖执其言行之是非真伪而以大义断之矣"（《文体明辨序说》），可知亦近于"论"。"解"，"释也，因人有疑而解释之也。扬雄始作《解嘲》，世遂仿之。其文以辩释疑惑、解剥纷难为主，与论、说、议、辨盖相通焉"（《文体明辨序说》）。刘勰评《解嘲》"回环自释"，释亦解也。总而言之，这些作品皆通于"论"，又因其形式上假设问答以成文，本乎徐师曾"若其词虽有问对，而名入别体者，则各从其类"之做法，将其从对问中独立出来，另立"设论"一体，亦是合乎情理的。上引《隋志》《新唐书艺文志》著录之《设论集》，或有这方面的考虑。萧统在直面"设论"专集的基础上，将"设论"与"对问""论"分列，既符合"设论"创作之实际，又能突显"设论"既通于"论"，又假设问答以明志之特质。故而，萧统的做法也得到后人一定的认同。譬如，宋人王霆震《古文集成》就将"论""问对""设论"分列，其卷三十一至四十六为"论"，收欧阳修《为君难论》等数十篇；其卷七十五、七十六为"问对"，收录宋玉《对楚王问》、韩愈《对禹问》、柳宗元《晋问》八首、程晏《齐司寇对》、陆龟蒙《寒泉子对秦惠王》、柳宗元《设渔者对智伯》、胡宏《假陆贾对》、孙定斋《惰农者对》、曾搏斋《穷客达主人问答》等十六篇，卷七十七为"设论"，收录东方朔《答客难》、班固《答宾戏》、扬雄《解嘲》、元结《恶圆》《恶曲》等五篇。当然，像刘勰那样将《对楚王问》与《答客难》《解嘲》等视作一体，不作区分的做法，后世亦有仿效，如明代冯琦、冯瑗《经济类编》卷五十三编录有宋玉《对楚王问》、东方朔《答客难》《非有先生论》等十八篇，只不过题作"设论"体。

---

① 刘勰著，范文澜注《文心雕龙注》，人民文学出版社1958年版，第254–255页。

（三）关于论之佳作

《文心雕龙》"选文以定篇"，《文选》"略其芜秽，集其清英"，二者均评录了论体的佳作名篇，为便于比较，兹列表为示：

表一（相同者用△标示）

时代\作品	文心雕龙·论说		文选		
	褒扬之论	批评之论	论	史论	设论
春秋	《论语》				
战国	庄子《齐物论》				
	吕不韦《吕氏春秋》"六论"				
西汉	毛公《诗传》				
	贾谊《过秦论》		△		
	孔安国《书传》		东方朔《非有先生论》		东方朔《答客难》
			王褒《四子讲德论》		扬雄《解嘲》
东汉	《石渠议奏》	秦延君《尧典注》		班固《汉书·公孙弘传赞》	班固《答宾戏》
	王充《论衡》	朱普《尚书解》			
	《白虎通义》	张衡《讥世论》			
	班彪《王命论》	孔融《孝廉论》	△		
	严尤《三将论》				
	郑玄《三礼注》				
三国	傅嘏《才性论》	曹植《辨道论》	曹丕《典论·论文》		
	王粲《去伐论》		曹冏《六代论》		

续表

时代\作品	文心雕龙·论说		文选		
	褒扬之论	批评之论	论	史论	设论
三国	嵇康《声无哀乐论》		韦曜《博弈论》		
	夏侯玄《本无论》		嵇康《养生论》		
	王弼《易老略例》《易注》				
	何晏《道德二论》				
	李康《运命论》		△		
晋	陆机《辩亡论》		△	干宝《晋武帝革命论》《晋纪总论》	
	宋岱《周易论》		陆机《五等诸侯论》		
	郭象《庄子注》				
	王衍《难崇有论》				
	裴頠《崇有论》				
宋				范晔《后汉书·皇后纪论》《后汉书·二十八将论》《宦者传论》《逸民传论》	
梁			刘峻《辨命论》《广绝交论》	沈约《宋书·谢灵运传论》《恩幸传论》	

74

表二（相同者用△标示）

时代 \ 作品	文心雕龙·杂文/对问 褒扬之作	文心雕龙·杂文/对问 批评之作	文选·设论
战国	宋玉《对楚王问》		
西汉	东方朔《答客难》		△
东汉	扬雄《解嘲》		△
东汉	班固《答宾戏》		△
东汉	崔骃《达旨》		
东汉	张衡《应间》		
东汉	崔寔《客讥》		
东汉	蔡邕《释诲》		
三国		曹植《客问》	
晋	郭璞《客傲》	庾敳《客咨》	

通过上列图表的比较，我们可以得出如下认识：

1.《文心雕龙》与《文选》选篇相同者较少，仅有四篇，若加上《文心雕龙》归入"对问"之作，也才有七篇。而《文心雕龙》肯定的论有二十五篇（部）之多，《文选》选录的论则有二十一篇。这一差异，反映出刘勰与萧统的认识存在较大不同。这与上文所论二者关于论之名义、体制、品类的比较，是相呼应的。

2. 从选篇的时代而言，《文心雕龙》上溯至春秋《论语》，至晋代结束；而《文选》则从汉代起，迄于梁代。这反映出刘勰"原始以表末"的文体意识，有着崇古的倾向，与其征圣宗经的思想一脉相承；而萧统则本着"集其清英"之旨，多选史有定评、辞义精美之作[1]。萧统对宋、梁作品的选录，在一定程度上反映其强调词采、重视近代的倾向，这与其《文选序》所言"（斯文）踵其事而增华，变其本而加厉""（史书）赞论之综缉辞采，序述之错比文华"相一致。

---

[1] 赵俊玲《〈文选〉与〈文心雕龙〉论体观辨析》（《郑州大学学报》2014年第3期）指出："《文选》则有意避开了能反映一代学术的玄学论文，重在选取那些在学史上得到评论家一致公认的篇章。"

3. 从选录作品的体式而言，《文心雕龙》不仅录《齐物论》《去伐论》等论理之文，而且选毛公《诗传》《白虎通义》等释经之书，且后者多达八部，几占三分之一。所以尽管刘勰依据题材区分论体为陈政、释经、辨史、铨文四类，范文澜认为："彦和此篇，分论为二类：一为述经，传注之属；二为叙理，议说之属。八名虽区，总要则二。"① 这可以表明，刘勰对于文学的观念是比较宽泛的，也就无怪乎他会将"史传""诸子"与诗、赋等并列为文体。而《文选》所录多是单篇作品，偶有出自子书的《典论·论文》及出自史籍的《汉书·公孙弘传赞》等，这与萧统在《文选序》中言明不录经、史、子之书，而仅取能文为本之篇翰，且强调因辞采出众而选录史书之论赞相呼应，也足以反映出萧统已有近于今人理解的纯文学的概念。有学者进一步指出，"《文选》所收论体文以华美称"。② 笔者在探究《文选》对赞体文的选录时也曾指出："入选萧统《文选》的赞文，从类型上讲分属画赞、人物杂赞、史述赞和史论赞，分类尚属明晰，但并不全面；其选文标准，首重情辞之美，而非体制特征。"③

4. 从选录作品的内容而言，《文心雕龙》所选主要有两大类，一为训释经书，二是辨析哲理。就其所选魏晋论文而言，除去李康《运命论》、陆机《辩亡论》两篇外，皆为谈玄之论，有十篇之多，占六分之五。这反映出刘勰对玄学论文的偏好，而这种偏好亦是基于玄学论文在魏晋论体文占据主流这一事实。有学者指出，"即如严可均《全上古三代秦汉三国六朝文》所辑录，今存魏晋论体文200余篇，而玄学论文则占其中的四分之三强"。④ 而《文选》选文，则内容丰富，贴近生活。亦就所选魏晋论文而言，仅录嵇康《养生论》一篇谈玄之论，占七分之一，其他如《典论·论文》权衡辞章之机理，《六代论》总结六代之得失，《博弈论》针砭博弈放佚之风俗，《运命论》陈述治乱、穷达、贵贱之理，《辩亡论》解析孙吴亡国之因，《五等诸侯论》倡言五等诸侯之制。此外，《文选》还选录倡导仁政的《过秦论》、冀望统治者纳言图治的《非有先生论》、宣扬德治的《四子讲德论》、指斥交道失守的《广绝交论》等，以及指明

---

① 刘勰著，范文澜注《文心雕龙注》，人民文学出版社1958年版，第330页。
② 赵俊玲《〈文选〉与〈文心雕龙〉论体观辨析》，刊《郑州大学学报》2014年第3期。
③ 高明峰《赞体分类与〈文选〉录赞》，刊《河北科技大学学报》2012年第3期。
④ 赵俊玲《〈文选〉与〈文心雕龙〉论体观辨析》，刊《郑州大学学报》2014年第3期。

士人建功需遇其时的《汉书·公孙弘传赞》等"史论"、怀才不遇、托辞慰志的《答客难》等"设论"。这些足以表明,身为储君、信奉儒学的萧统在选录作品时,不仅会措意其辞采,也会重视其内容,正如王运熙所言,"作品的思想内容方面,他(指萧统)颇重视政治教化内容及其功能作用","《过秦论》《四子讲德论》《王命论》《六代论》《辩亡论》《五等诸侯论》等,均与政治教化、皇朝命运攸关"[1]。

综上所述,我们通过比较《文心雕龙》与《文选》对论体的评录,可以看到,从论之名义而言,刘勰与萧统均能认识到论体析理的特质,但刘勰受其浓厚的宗经思想影响,其经论相提,以述经叙理为论,并突出伦理的内涵,实不符合论体文的实际。关于论之为文体制,刘勰提出"义贵圆通,辞忌枝碎"的总体要求,又拈出论体写作需要规避的嘲戏辞费、巧辞曲论等毛病,准确而具体。萧统亦强调论体文重在析理,要做到论述周密和文辞精当。相比刘勰所论,要简略得多。从论体品类而言,刘勰将论体按题材析为议说哲理、训释经义、辨析政史、铨评文辞四类,涵盖较为广泛。萧统则分列"设论""史论""论"三类。其"论"体所选基本不出刘勰所析之四大类,仅缺训释经义之论而增针砭风俗之论。萧统将"史论"与"论"分列的做法,并不可取,这些出自史籍的"史论"可归于辨史之论,只是"论"之一体。从后世的总集分体来看,萧统的做法也未得到认可。刘勰将萧统归于"设论"的作品编入"对问"一体,而萧统在直面文坛出现"设论"专集的基础上,将"设论"与"对问""论"分列,既符合"设论"创作之实际,又能突显"设论"既通于"论"又假设问答以明志之特质。故而,萧统的做法得到了后人一定的认同。在论体佳作的选录上,《文心雕龙》与《文选》选篇相同者较少,反映出二者认识存在较大差异。刘勰注重辨析源流,体现出崇古的倾向,而萧统则多选辞义精美之作,具有强调词采、重视近代的倾向;刘勰对于文学的观念比较宽泛,而萧统已有近于今人理解的纯文学的概念;刘勰选文反映出其对玄学论文的偏好,体现了魏晋时期玄学论文占据主流的事实,而萧统选文内容丰富,贴近生活,尤其注重

---

[1] 王运熙《汉魏六朝唐代文学论丛》(增补本),复旦大学出版社2002年版,第349—350页。

那些具有政治教化意义的论文。

三、《文心雕龙》与《文选》哀祭类文体探究

在注重生死的古代，人们给予了哀祭类文体较高的地位，再加上哀祭类文体较强的实用性，使其可以源远流长而不衰败。特别是在六朝时期，动荡的社会环境，人们对于死亡有了更为切身的体会。在多种文化和思想的碰撞和融合之下，哀祭类文体被赋予了新的内涵与功能。身处南朝的刘勰和萧统都十分重视，有关思想在《文心雕龙》与《文选》中均有体现。但由于多种原因，两书在哀祭类文体的体类划分和篇目选择上既有相似也有不同。

（一）哀祭类文体释义及演变

从哀祭类文体的起源看，清人姚鼐《古文辞类纂序》指出："哀祭类者，诗有颂，风有《黄鸟》《二子乘舟》，皆其原也。"《二子乘舟》是《诗·邶风》的最后一篇，诗序云："《二子乘舟》，思伋、寿也。卫宣公之二子争相为死，国人伤而思之，作是诗也。"将因哀悼逝者所作的诗作为哀祭文的源头。刘勰与姚鼐的观点稍有不同，他在《文心雕龙·宗经》中说道："铭诔箴祝，则《礼》总其端。"表明《礼》是铭、诔、箴、祝等哀祭类文体的开端。

从哀祭类文体的功用看，它最早用于先人的祭祀活动，后逐渐演变用于祭祀神明、思念祖先、哀悼逝者等。以祝文为例，《文心雕龙·祝盟》指出，"昔伊耆始蜡，以祭八神"，认为最早的功用是祭祀神明。而刘勰同时又称赞《楚辞·招魂》为祝辞祖丽者，王逸指出《楚辞·招魂》为宋玉哀屈原而作①，从中可知哀祭类文体渐渐被用于哀悼逝者。

在汉晋时期，随着文学地位的提高，哀祭类文体在文学史上取得了独特的地位。曹丕在《典论·论文》中把文章提高到"经国之大业，不朽之盛事"的地位，挚虞《文章流别论》也说文章能"宣上下之象，明人伦之序，穷理尽性，以穷万物之宜"，《文心雕龙》与《文选》均选录或评论了哀祭类文体，使人们对之有了新的认识。

另一方面，随着人们对孝道的重视，哀祭类文体的地位也得以迅速提升。

---

① 关于《楚辞·招魂》的作者有司马迁的屈原作说、王逸的宋玉作说，本文取宋玉作说。

魏晋时期的士大夫谈话间注意避开"家讳",特别是避免提到对方已去世的尊长的名字或同音字。《世说新语·纰漏》第二则:"元皇初见贺司空,言及吴时事,问:'孙皓烧锯截一贺头,是谁?'司空未得言,元皇自忆曰:'是贺劭。'司空流涕曰:'臣父遭遇无道,创巨痛深,无以仰答明诏。'元皇愧惭,三日不出。"因为不小心提及贺循死去的父亲,身为皇帝的晋元帝竟羞愧得多日不出门。及至南朝梁代,更为重视孝道,梁武帝亲自为群臣讲授《孝经》,并且主持编纂《孝经义疏》十八卷,还专令人为太子萧统讲授《孝经》。在这样的氛围之下,作为缅怀死者的哀祭类文体的地位自然提高,在魏晋南北朝取得巨大发展。

(二)《文心雕龙》与《文选》哀祭类文体之相似性

魏晋以来,文体意识逐步清晰,文体思想趋于成熟。《文心雕龙·序志》篇说:"若乃论文叙笔,则囿别区分,原始以表末,释名以章义,选文以定篇,敷理以举统",其《明诗》以下二十篇文体论,体现出集大成的文体成就。《文选序》云:"凡次文之体,各以汇聚。诗、赋体既不一,又以类分,类分之中,各以时代相次。"可以看出,萧统也有着清晰的辨体意识,其三十九类的划分总体上合理可取。尽管萧统与刘勰关系密切,观念接近,但受制于身份地位、个人学养等因素,二人在评录哀祭类文体时,既有较多的相似性,也有值得关注的差异性。

《文心雕龙》将哀祭类文体划分为诔、碑、哀、吊、祭文、哀策文、行状、祝文。《文选》将哀祭类文体划分为诔、哀、碑文、墓志、行状、吊文、祭文。可以看出,诔、碑、哀、吊四种文体是二书皆有的。

《文心雕龙》与《文选》都十分重视诔文这一类文体。《文心雕龙》先对诔文下了定义:"诔者,累也;累其德行,旌之不朽也。"之后作了详尽论述。《文选》共选取了8篇诔文,其数量在哀祭类文体的选文数量中是最多的。《文心雕龙》在综述诔文流变时,将潘岳作为重点作家,《文选》在选文中也表示了相同的意向。① 《文心雕龙》称赞潘岳的诔文:"潘岳构意,专师孝山,巧于序悲,易入新切,所以隔代相望,能徵厥声者也。"称赞其很会表达悲伤的情绪且多有

---

① 魏亚婧《〈文心雕龙〉与〈文选〉哀祭类文体比较研究》,郑州大学 2012 年硕士学位论文。

创新，因此得到了极高的声誉。在《文选》选取 8 篇诔文中有 4 篇选自潘岳，分别为《杨荆州诔》《杨仲武诔》《夏侯常侍诔》《马汧督诔》，足可见萧统对潘岳文章称赏的态度。

　　碑文是古代的一种应用文体。在对待历代的碑文上，萧统和刘勰皆重视东汉时期的碑文。这与碑文在东汉时期的发展颇有关系。这一时期的碑文相比前代，文章结构更为成熟，并且碑文序的重要性大大超过了铭。对于重视文章的叙述和情感的表达的刘勰和萧统来说，这一点更为符合其选文的标准。在对碑文的选择上，刘勰和萧统皆推崇蔡邕的碑文。《文心雕龙·诔碑》给予蔡邕的碑文极高的评价："自后汉以来，碑碣云起，才锋所断，莫高蔡邕"，同时称赞"孔融所创，有慕伯喈；张陈两文，辨洽足采：亦其亚也"，直言孔融仿蔡邕所作的碑文明辨巧捷，富有文采。在《文选》所收三篇碑文中，就有蔡邕的《陈太丘碑文》《郭有道碑文》两篇，亦可见选家对蔡邕碑文的器重。

　　哀体表达对逝者的深切哀悼和对生命的真挚赞颂。《文心雕龙》与《文选》皆将哀体细分为哀辞和哀策两种文体。在哀体这类文体上达成一致的，主要体现在对潘岳都有着极高的评价。《文心雕龙》评价潘岳的哀体文"及潘岳继作，实踵其美。观其虑善辞变，情洞悲苦，叙事如传，结言摹诗，促节四言，鲜有缓句"，称赞其文富有真情实感，义直文婉。《文选》则选录潘岳的《哀永逝文》，全文情感真挚，极力抒发哀悼之情，可见其对潘岳文章的认可。故从二人对潘岳的认可来看，二人皆强调哀体的创作要具有真情实感。

　　《文心雕龙》与《文选》皆将吊文列一体。吊文具有其他文体不具备的特点，即作者"自喻"的特质。贾谊《吊屈原赋序》云"屈原，楚贤臣也。被谗放逐，作《离骚》赋，其终篇曰：'已矣哉！国无人兮，莫我知也。'遂自投汨罗而死。谊追伤之，因自喻"，借凭吊屈原以托喻自己。《文心雕龙·哀吊》云："自贾谊浮湘，发愤吊屈，体同而事核，辞清而理哀，盖首出之作也。"将贾谊的《吊屈原赋》作为吊文最早出现的作品，称赞这篇作品事情核实，文辞清丽，情感哀痛。《文选》将吊文列出并选取有代表性的《吊屈原文》《吊魏武帝文》两篇文章。《文心雕龙》与《文选》都认为贾谊的作品十分重要，刘勰将贾谊的《吊屈原赋》列为吊文之祖，萧统则将《吊屈原赋》列为吊文的首篇。

　　除了名称相同的文体之外，还存在着名称不同但功用、范围、选文相似的文体。《文心雕龙》中的"状"与《文选》中的"行状"两种文体只有一字之差,这两种文体的功用和作文目的极为相似。《文心雕龙·书纪》篇:"状者,貌也。体貌本原,取其事实,先贤表谥,并有行状,状之大者也。"状文主要叙述死者的生平事迹,作为立传或表谥的凭据。《文选》选文《齐竟陵文宣王行状》,对萧子良一生功过作了盖棺定论,清晰地记述了他的经历和功绩。

在《文心雕龙》中没有提及《文选》中设立的祭文这类文体,但经过对比发现《文心雕龙·祝盟》篇提及的祝这类文体和祭文十分相似。《文心雕龙·祝盟》介绍祝义时先提及祭祀中多使用祝文,《文体明辨·祝文》指出,"祝文者,飨神之辞也"。后逐渐演变为一种文体。《文心雕龙·祝盟》:"祭而兼赞,盖引神而作也。"从此可知祭文亦本源于祭祀之祝词,后来才演变为祭奠亲友或先贤①,故祝文、祭文具有相似的功用。刘勰在叙述祝文时说:"班固之《涿邪山》,祈祷之诚敬也;潘岳之《祭庾妇》,奠祭之恭哀也:举汇而求,昭然可鉴矣。"《文选》中则列出《祭古冢文》《祭屈原文》两篇代表性的文章。从篇题可以看出,《文选》所收祭文与刘勰提及的祝文在功用、性质上十分接近。

(三)《文心雕龙》与《文选》哀祭类文体之差异性

《文心雕龙》与《文选》哀祭类文体二者具有相似性,但也存在不同。《文心雕龙·序志》篇指出:"盖文心之作也,本乎道,师乎圣,体乎经,酌乎纬,变乎骚,文之枢纽,亦云极矣。"《文心雕龙》在选文和品评文章上遵从其论文纲领:原道、征圣、宗经、正纬、变骚;《文选》则遵从"事出于沉思,义归乎瀚藻"的选文理念。二者的文学观念有着隐微的差异。这必然导致在具体的哀祭类文体的评录上呈现差异。

在"情"与"文"方面,《文心雕龙》强调"情固不繁,辞运不滥",注重文章的真情,在《文心雕龙·情采》篇指出"情者文之经,辞者理之纬;经正而后纬成,理定而后辞畅:此立文之本源也",要做到"为情造文、述志为本,志思蓄愤,吟咏情性",批评矫揉造作、文辞浮华的文章;《文心雕龙·神思》篇提出"神用象通,情变所孕",提出精神活动与事物的现象相接触是内心产生活动才能写出好的文章。从这几个方面来看,《文心雕龙》注重文章的"自然"

---

① 刘涛《南朝哀祭文考论》,刊《北方论丛》2013年第1期。

的特点，且强调文章要在"情真"的前提下适当地用文采加以修饰。譬如，《文心雕龙》评蔡邕碑文说道："其叙事也该而要，其缀采也雅而泽。清词转而不穷，巧义出而卓立。"评论潘岳的哀文称："义直而文婉，体旧而趣新。"都体现了刘勰上述观念。

萧统的《文选》是对典型的诗文进行筛选汇编成册以供世人参考，其中带有文学品评的目的。萧统在"情"与"文"方面提出"事出于沉思，义归乎瀚藻"。基于此，在《文选·序》中，萧统明确声明不选经书、史书、子书，惟有彰显文艺的作品才可被选入《文选》。例如，在《文选》的哀祭类选文《齐敬皇后哀策文》中，"帝唐远胄，御龙遥绪，在秦作刘，在汉开楚。肇惟淑圣，克柔克令，清汉表灵，曾沙膺庆"，记述身份的荣耀，句子对偶押韵，读起来朗朗上口，又有"慕方缠于赐衣兮，哀日隆于抚镜。思寒泉之罔极兮，托彤管于遗咏。呜呼哀哉"云云，利用楚辞的格式以烘托哀伤的情感。这种精雕细刻营造的华丽文风，正是萧统所崇尚的。

关于"文"这一方面，《文心雕龙》与《文选》的要求不同。《文心雕龙·哀吊》要求创作哀体时"体旧而趣新""促节四言"，刘勰更强调哀辞初起时的特征，即在遵循旧有的体制上添加新的情趣且词句简要，这样的文章才称得上是好的文章。因此在《文心雕龙·哀吊》篇刘勰提及的是潘岳的《金鹿哀辞》《泽兰哀辞》。《金鹿》这篇哀辞在遵循传统的四言韵文形式的基础上，以"挺""领""警""门""昏"等每句末尾字的转韵体现情感的变化。萧统选文的侧重点在于文章的文采和词藻。《文选》中萧统所选的哀体突破了旧有的局限。《哀永逝文》改用骚体，而不再以四言的形式作文；与《金鹿》相比，语言更为华丽，叙述更加全面，篇幅更长。

在哀祭类文体的划分上，《文心雕龙》将哀祭类文体划分为诔、碑、哀、吊、祭文、哀策文、行状、祝文。《文选》将哀祭类文体划分为诔、哀、碑文、墓志、行状、吊文、祭文。可见《文选》较《文心雕龙》的划分更为细致。例如，墓志这类文体在《文心雕龙》中没有提及，《文心雕龙·碑诔》之"赞曰"，"写远追虚，碑诔以立。铭德慕行，文采允集。观风似面，听辞如泣。石墨镌华，颓影岂戢"，将其与碑文、诔文归为一体，《文选》则将其单列立类。此外，对于相同的文体，《文心雕龙》较《文选》划分得更为细致，并且对其中小类的重视程度也有差别。如哀体中的哀辞和哀策，《文心雕龙》更重视哀辞，哀策只在《文心雕龙·祝盟》篇略有涉及；《文选》更偏重哀策文，所选的《哀永逝文》《宋文皇帝元皇后哀策文》《齐敬皇后哀策文》3篇文章中有2篇为哀策文。祝与祭文这两类文体大致相似，但祭文的涵盖范围比祝文更广。《文心雕龙》的祝文只提到了祭祖祝，虽为祝文但重点在于祭祖；《文选》则收录了《祭古冢文》《祭屈原文》《祭颜延之》，范围并非局限于祭祖。

《文心雕龙》和《文选》对哀祭类文体评录的差异还反映在二人对待儒学和佛教的态度上。《文心雕龙·情采》篇中指出："孝经垂典，丧言不文"，用儒家十三经之一的《孝经》强调在居丧之时不说有文采的话。可见，在其评论及选文时更为注重儒家的传统经典。故在评论时强调作为对死者悼念的哀祭之类的文章不应对文章进行过分雕琢。纵观《文选》所选的哀祭类文章多为文辞华美之作，故《文选》在尊儒的基础上有所突破与创新。此外，与《文心雕龙》不同的是，《文选》的哀祭类文体选文中渗透出尊崇佛教的思想。其碑文选取了王简栖的《头陀寺碑》这篇具有典型的佛教思想的文章，是对佛家思想的引入与传承。

（四）《文心雕龙》与《文选》哀祭类文体评录异同之原因

1. 《文心雕龙》与《文选》存在相似处的原因

《文心雕龙》与《文选》二者在思想、文体、选文等方面在一定程度上有关联，这与刘勰与萧统的关系是密不可分的。关于刘勰和萧统的关系记载不多，主要集中在《梁书》和《南史》，尽管文字资料较少但仍可看出二人不同寻常的关系。

《梁书·刘勰传》记载："天监初，起家奉朝请……除仁威南康王记室，兼东宫通事舍人……迁步兵校尉，兼舍人如故。"《周礼·地官·舍人》："舍人掌平宫中之政，分其财守，以法掌其出入者也。"指出舍人就是本宫内人之意。从《梁书·刘勰传》可知，尽管刘勰后来"迁步兵校尉"，但仍然继续担任东宫通事舍人。东宫通事舍人是刘勰所任最高且时间最长的官职[1]，可见他对这项工作的热爱和重视。

---

[1] 孙蓉蓉《刘勰与萧统关系考论》，刊《江苏社会科学》2015年第4期。

从萧统这一方面看，《梁书·刘勰传》以"昭明太子好文学，深爱接之"表明萧统对刘勰的敬重。《梁书·昭明太子传》记载："引纳才学之士，赏爱无倦。恒自讨论篇籍，或与学士商榷古今；闲则继以文章著述，率以为常。于时东宫有书几三万卷，名才并集，文学之盛，晋、宋以来未之有也。"萧统喜爱文学广纳贤才，刘勰亦好学博文，《梁书·刘勰传》载："勰早孤，笃志好学。"文学为二人的交流创造了契机，萧统对贤才的尊重与喜爱，使他接受了刘勰在文学上的部分观点。

据穆克宏先生《刘勰年谱》，刘勰于中兴元年编写完《文心雕龙》。中兴二年也就是梁武帝天监元年，刘勰进入仕途之后任东宫通事舍人。由此可知，刘勰在担任东宫通事舍人之前已完成《文心雕龙》的创作，再加上两人密切的关系，萧统肯定读过《文心雕龙》。中兴元年时刘勰三十七岁，萧统刚刚出生。天监十一年前后刘勰兼任东宫通事舍人，此时的萧统还未加冠。故在萧统的成长之中，刘勰于萧统而言虽为臣子但更似恩师。在刘勰及其著作《文心雕龙》的影响之下，萧统编成《文选》并在诸多方面有相似之处。

此外，在相似的政治、经济、文化背景的影响下，刘勰和萧统对哀祭文的品评和选录具有相似性。刘勰与萧统皆生活在动荡的乱世。南北朝时期政治更迭频繁，外敌屡次入侵，社会动荡，民不聊生。长期的社会动荡使人们对生命的逝去有着更为真切的感受。另一方面，萧梁时期重视文化的建树，文化呈出繁荣的态势，哀祭文的创作趋于繁荣。这些都为二人评录哀祭文奠定了重要基础，容易引起共鸣。

2.《文心雕龙》与《文选》存在差异性的原因

《文心雕龙》与《文选》哀祭文评录的分类、选篇较为相似，但也存在着一些差别。《文选》较《文心雕龙》的哀祭类文体划分更细致，这与两书的著书时间存在差距，各类文体相继发展有关。二者的差异还源于二书的编纂目的不同，《文心雕龙》重在评论划分文体，而《文选》则是选取典型文章侧重文学审美。当然，更与刘勰和萧统的阶级地位、成长环境、思想观念的差异有密切的联系。

刘勰生活环境相比萧统更为复杂。刘勰约出生于泰始初年（465年）。泰始初年正值宋明帝刘彧当政，其在位期间，残暴昏庸。萧梁的史家裴子野评论刘或:"景和(刘子业)申之以淫虐,太宗易之以昏纵。师旅荐兴,边鄙蹙迫,人怀苟且,朝无纪纲。内宠方议其安,外物已睹其败矣。"刘勰就在这样的环境下长到八岁。在刘彧之后,也未能如人们期待的那样出现圣君明主。刘勰的生活越来越窘迫,《梁书·刘勰传》描述其生活困境为"家贫不婚娶"。直到中兴二年(天监元年),萧衍称帝为这个动荡的时代赢得了短暂的喘息机会,刘勰的生活也迎来了转机,即"起家奉朝请"。但刘勰的著作《文心雕龙》并非写于萧梁时期,而是在建武三年到中兴元年这一段时间著成,短短五年时间就经历了萧鸾、萧宝卷、萧宝融三任皇帝,可谓成书于乱世。这种艰苦且动乱的环境促成了刘勰可以更理性、客观地品评历代文学。

萧统的成长环境与刘勰有很大的差别。在家境上,萧家本就出身于名门望族——兰陵萧氏。萧统的父亲萧衍是萧何的二十五世孙,两次参与抵御北魏,很受齐明帝的信任。与刘勰的家境相比,萧家家境颇为殷实。萧衍统治初期,勤于政务、任用贤才、广泛纳谏,萧梁的经济政治文化都有了很大的改善。因此,与《文心雕龙》相比,《文选》成书于安宁之世。在教育上,萧衍特别重视对萧统的教育。38岁的萧衍终于有了他的长子——萧统,老来得子的他格外珍惜这个孩子。萧统出生后萧衍在称帝的路上走得顺利,并且自萧统之后他又接连出生了八个子嗣。因此,萧统被认为是萧衍的福星,在天监元年就立萧统为太子。萧统"生而聪睿,三岁受《孝经》《论语》,五岁遍读五经,悉能讽诵",自幼接受了极好的教育,受到众多名家的熏陶。从《梁书·昭明太子传》可知,他身边聚集了一批文人,萧统经常和他们在一起讨论篇籍,并从事文章著述。当时东宫有书近3万卷,"名才并集,文学之盛,晋宋以来未之有也";又根据当时的著书风气,达官贵人主编的书籍多出自其门下文人之手,或至少有门下文人的参与,故《文选》较《文心雕龙》而言,其思想和选文角度更为庞杂。从性格来看,萧统、萧纲、萧绎,虽因各人的经历差异而表现有所不同,但在思想和行事的方式上都与他父亲类似,甚至有同样的软弱、同样的善良和同样的只能当学者不能当皇帝的性格[1]。这样的性格使萧统较为感性,也更容易受到外界环境的影响。他个人的情感较为丰富,导致他更为喜欢辞藻华美、

---

[1] 曹旭《论萧统》,刊《上海师范大学学报》2000年第3期。

情感强烈的文章，这一点在哀祭类文体这种表达哀伤或祭奠死者的文体中体现得更为典型。

《文心雕龙》强调原道、征圣、宗经的崇儒文学思想，同样也体现在哀祭类这一文体之中。《文心雕龙》成书之时正是刘勰思想前期的崇儒的阶段。南朝时期的儒学虽不及汉代的独尊地位，但仍然发挥着上承两汉经学、下启宋明理学的重要作用。特别是南朝齐代，齐高帝萧道成夺取政权后十分重视儒学。齐武帝继位后，在永明三年诏令复兴国学，一改刘宋以来轻视儒学的风气。尽管后来齐明帝对儒学的重视程度减弱，但是儒学之风尚存。在刘勰生活的时代儒学仍然居于重要地位，所以刘勰在创作《文心雕龙》时依旧以儒为纲。从某种意义上讲，刘勰强调儒学也是意图纠正儒学式微的局面。

至于萧统的《文选》，其选文所受佛学思想的影响更加明显，这与萧梁时期佛教地位的迅速提高有很大的关系。梁武帝萧衍笃信佛教，他把儒家的"礼"、道家的"无"和佛教的涅槃以及"因果报应"糅合在一起，创立了"三教同源说"，使佛教在思想史上占有极其重要的地位。郭祖深形容："都下佛寺五百余所，穷极宏丽。僧尼十余万，资产丰沃。"萧衍将佛教在全国范围内推行，在佛教的影响之下，他不近女色，不吃荤，并要求全国效仿，甚至在后来多次舍身出家。作为萧衍长子的萧统受此影响，广阅佛经，并对《金刚经》做出了里程碑式的三十二分；巡视各地时，经常代父亲兴建寺庙。这都表现出萧统的观念中有浓厚的佛学思想，而这点也体现在《文选》的编纂之中，《头陀寺碑》的选录是个突出的例子。

综上所述，《文心雕龙》与《文选》的哀祭类文体评录既有相似性也存在差异性。中华文化的传承性和刘勰与萧统的特殊关系使两书在哀祭类文体的划分和选篇上具有相似性。《文心雕龙》与《文选》表现出的差异性则与刘勰和萧统的阶级地位、成长环境、思想观念等有着很大的关系。梳理这种异同之处，并理解背后的原因，对于我们把握哀祭文体的源流演变及其体制特征，探讨齐梁文人的生命意识和文学观念，无疑具有重要意义。

第四章 《文选》研究的回顾与反思

一、《文选》研究的现状与问题——第五届"文选学"国际学术研讨会侧记

在"文选学"已经成为一门国际性学问的今天，为期四天的第五届文选学国际学术研讨会又于 2002 年 10 月 22 日在镇江隆重召开。此次会议规模特大，盛况空前。据统计，与会专家学者共九十余人，包括来自中国台湾、日本、韩国、欧美等地的海外学者二十七人。会议共收到论文八十余篇，内容涉及《文选》的编撰、版本、校勘、注释、评论等各个方面。为了及时总结研究成果，进一步推动"文选学"的研究，笔者拟对此次会议的研讨情况做一综述，并对当前文选学研究中的现状与问题略陈管见，以此求教于方家。

许逸民在《"新选学"界说》一文中认为"新选学"的范畴大致包括以下八个方面的内容：文选注释学、文选校勘学、文选评论学、文选索引学、文选版本学、文选文献学、文选编纂学、文选文艺学。从本次会议提交的论文来看，大家讨论的问题主要集中在《文选》的编纂，《文选》的版本、校勘与注释，《文选》所录作家作品及文学体类、文选学史等方面，可以说基本上涵盖了许先生所言的"新选学"范畴。兹分类详述之。

（一）《文选》的编纂研究

《文选》编纂的研究是文选学研究中极为基础的工作。它的内容非常广泛，可以涉及编纂《文选》的时间、选录标准、体例和《文选》的编纂者及其文学观念等问题。尤其是关于《文选》的编纂者方面的研究，是本次会议论文探讨的重点。

关于《文选》的编者，学术界大致有三种看法。一为萧统所编，《梁书》《南史》本传及《隋书·经籍志》等有关史书都记载为萧统所纂。这一传统的看法得到了部分学者的赞同。一为刘孝绰所撰。最早提出这一看法的是日本学者清水凯夫，他在《〈文选〉编辑的周围》一文中认为"《文选》的实质性撰录者不是昭明太子，而是刘孝绰"。第三种看法是在萧统主持下，经过当时的东宫学士的共同努力而编成的。曹道衡、俞绍初、顾农等先生持此观点。由于材料的局限，学界对此问题难以作更进一步的研究。值得注意的是，王立群《"昭明太子十学士"与〈文选〉编纂》一文从一个新的角度对此作了探讨。作者在文中考辨了"梁代学士"和"昭明太子十学士"，并剖析了梁代学士的职责，认为"编纂典籍为学士的主要职责，但此种典籍编纂要在编纂类书，而非文学总集"，从而指出"学林关于《文选》成于诸学士之手之说，概率不大"。

关于《文选》编纂的时间和体例等问题，由于材料的缺乏，与会学者对此所作的探讨不多。乔长阜在《浅论〈文选〉编选的四个问题》一文中对一些传统说法提出了不同看法。他认为《文选》"不录存者"说不能成立，并指出《文选》不录编者及其父亲等人的作品。同时，作者在此基础上对《文选》所录作品的时间下限和《文选》的编集成书时间作了进一步的探讨，在商榷旧说的同时提出了自己的观点。与会学者讨论更多的是关于《文选》编纂的选录标准、编纂者的文学观念、文学成就等问题。如《〈文选〉选篇出自萧统独立的文学审美观念——兼论三种〈文选〉选篇依附说》一文对《文选》选篇依附《文心雕龙》说，依附《谢灵运传论》说，依附《文章缘起》说——作了辩驳。作者认为《文选》篇目的厘定是出自萧统的文学审美观念，在一定程度上表现了萧统自己的文学思想。许逸民则在《从萧统的目录学思想看〈文选〉的选录标准》一文中展示了自汉魏至齐梁时期目录学发展的情况，并在此基础上探讨了萧统的目录学思想，由此为我们理解萧统选编《文选》的范围和标准提供了一个新的视角。此外，萧统对陶渊明的评价问题，也是大家极为关注的。其中，齐益寿《萧统评陶与〈文选〉评陶》一文结合萧统的文体及其选文的尺度来全面评析了萧统评陶与《文选》评陶，并指出这两者之间并不像通常所理解的那样存在落差，后人的误解之处即在于"以为礼赞陶渊明就是对他文学成就的高度肯定"。与此相呼应，《略论萧统为何特别钟爱陶渊明》一文则从萧统的地位、处境、心境变化与时代思潮来考察了萧统钟爱陶渊明的原因。

(二)《文选》的版本、校勘与注释研究

一般说来,《文选》主要有李善注与五臣注两大系统。具体谈到《文选》的版本,就有李善注本、五臣注本、六臣注本、六家注本等。就此次大会提交的论文来看,与会专家对某一版本或版本系统的研究,都是以扎实而细致,甚至整体性的校勘为基础的。大致说来,这次会议在《文选》版本、校勘方面的讨论涉及到了敦煌吐鲁番本《文选》、广都本《文选》《文选集注》、六臣注《文选》版本系统、尤刻本李善注《文选》等。如徐俊《敦煌吐鲁番本〈文选〉拾补》一文,主要是对饶宗颐所编《敦煌吐鲁番本文选》作了拾补。诸如刘孝标《辩命论》(日本上野氏藏本)、郭景纯《江赋》(俄藏 Dx. 18292)、张景阳《七命》(俄藏 Dx. 8011)等篇,作者一一详加比勘,力图进一步揭示《敦煌吐鲁番本文选》的全貌。又如台湾学者游志诚在《论广都本文选》一文中,通过《文选》诸本的比较,努力揭示广都本《文选》的原貌,同时也对宋《文选》的源流及李善注和五臣注有无分合、删并等问题作了探讨。杨明《读〈文选集注〉札记二则》一文,则利用《文选集注》解决了一些版本校勘上的疑难问题。再如李佳《从永乐本〈文选〉看六臣注〈文选〉版本系统——附论〈四库荟要〉〈四库全书〉所收六臣注〈文选〉版本系统》一文,在广搜诸本、细加比勘的基础上,对《永乐大典》所收《文选》的版本系统,赣州本、建刊本与秀州本、明州本的关系,《四库荟要》《四库全书》所收六臣注《文选》的版本系统等问题进行了深入探讨。作者指出《永乐大典》所收《文选》与建刊诸本基本一致,赣州本的底本更有可能是明州本,建刊本是赣州本基础上的一个重新整理本,《四库荟要》《四库全书》本很可能是赣州本。这些结论或可进一步商榷,但毫无疑问它推动了《文选》版本尤其是六臣注《文选》版本系统的研究。

关于《文选》注释方面的研究,与会学者对李善注给予了更多的青睐,而对五臣注及其他各家注的研究则显得相对冷清。如日本学者清水凯夫在《文选李善注的性质》一文中,通过考察《李善注文选》成书时的情况,探讨了该书的性质。作者认为它"继承了曹宪的'文选学',充分发展了引证典故的注释方法,集以曹宪为首的江淮间的'文选学'的大成"。同时作者还对当前探究《李善注文选》原型的现状提出了自己的看法。王德华《李善〈文选〉注体例管窥》一文,则根据《隋志》的有关著录,在对敦煌《文选》李善注残卷和刻本的比较研究的基础上讨论了李善《文选》注的体例,认为李善《文选》注本中的"旧注"为其底本所有。由此这些旧注的文献价值需要我们重新认识和评价。日本学者甲裴胜二的《试论〈文选〉注引用的臧荣绪〈晋书〉》,在比较《文选》李善注、五臣注、六臣注引用臧荣绪《晋书》的异同的基础上,深入探讨了阮籍《咏怀诗》从何时开始被叫作"咏怀诗"这一问题。在某种程度上,本文也可看作是将《文选》版本研究与文学史研究结合起来的一个范例。范志新《俄藏敦煌写本Φ242〈文选注〉与李善五臣陆善经诸家注的关系——兼论写本的成书年代》一文,则在详加比勘的基础上揭示了俄藏敦煌写本无名氏注参考了李善、五臣注,与陆善经注也有某种联系。同时,作者还对此写本成于初唐(太宗)时期一说提出商榷,认为当在玄宗以后,并指出尤延之刻本也参据了此写本。

(三)《文选》所录作家作品及文学体类的研究

传统的"选学"研究确如张之洞在《輶轩语》中所云:"有征实、课虚两义。考典实、求训诂、校古书,此为学计;攀高格,猎奇采,此为文计。"可见,含英咀华,赏析奇文,本就是传统选学中的一个重要方面。就本次会议所提交的论文来看,这方面的论文数量众多,涵盖面极广,体现出了角度的多样化和内容的丰富性。

有的学者从文献学的角度对作家作品进行了考察,主要包括两个方面:一是对作家及其生平事迹的考证;一是对作品文本及其本事系年的探求。如俞绍初《〈洛神赋〉写作的年代与成因》一文对曹植《洛神赋》研究中尚有争议的写作年代与成因等问题作了重新审视;范子烨则在《魏晋之赋首——成公绥考论》就《啸赋》的作者成公绥详加考论,对其家族历史、生活风貌以及诗赋创作的基本形态等多有发掘,颇有启发意义。

对具体作品进行艺术分析的文章,涉及到了写作艺术和思想主旨。兹以有关阮籍研究的论文为例。蔡宗齐在《阮籍的象征表现手法与咏怀体的艺术特征》一文揭示了阮籍诗歌的象征表现手法的形式上的特征,并从他对诗歌形象、结构和潜文本三个层次上的不确定性的运用入手,对他的象征手法作了细致的分析。顾农则在《说阮籍咏怀诗中的"仙心"》一文中认为"在游仙诗发展的谱系中阮籍乃是郭璞直接的先行者",并进一步指出阮籍《咏怀诗》中的"仙心"往往被后人忽略的原因在于他除了通过"仙心"之作表达自己的情感以外,又通过玄言诗来表达他的思考,而后者的影响甚至超过了前者。这些对思想主旨的阐发和对艺术特色的分析,对于我们深入理解阮籍其人其作很有帮助。

相对而言,从文化学角度对作家作品进行探讨的文章还不多。如樊荣《啸、〈啸赋〉与魏晋名士风度》一文,从啸作为一种文化现象盛行于魏晋之际这一基本史实出发,就"啸"的具体含义,成公绥《啸赋》是如何总结这一文化现象,啸与导引、道术及魏晋名士风度又是何种关系等问题进行了研究。台湾学者廖一瑾则在《从〈文选杂拟诗〉谈〈三妇艳诗〉与〈自君之出矣〉》一文中指出杂拟诗流行于晋、宋、齐、梁、陈时期,并集中探讨了《三妇艳诗》与《自君之出矣》二诗裁拟之所本及其盛行之背景。

从语言学方面来进行研究的文章也有一些,但从数量上来说还是相当少的。至于如何把语言学研究与文学研究结合起来,还需要我们作深入探讨。可喜的是,与会学者所提交的有关论文对此也作了一些有益的探索。如王若江《〈昭明文选〉重言词的调查与分析》一文,通过对《文选》中重言词的分析,作者认为"词汇产生初期可能就存在着单音词与双音词两种结构形式","语音完全重叠构成单纯词的方式,不仅应用于《诗经》时代,在汉魏时代仍被大量使用",并强调指出"对于汉语词汇应该增强文体意识","从文体学出发进行词汇研究不失为一种方法"。又如台湾学者林登顺在《〈文选〉同义平列复音词之探析》一文中着力揭示了复音词演变的复杂情况,并指出平列复音词"就文学来讲,也带给六朝文体骈偶化更大的发展"。

值得注意的是,与会学者的视野已开始逐渐从对《文选》所收作家作品的研究拓展到对其所录文学体类的研究,从而极大地开拓了《文选》研究的空间。关于《文选》的分类,历来有三十七、三十八、三十九体等多种说法。在诗赋类中,又分为若干小类。正如《文选序》所云:"凡次文之体,各以汇聚。诗赋体既不一,又以类分。"就此次与会学者的讨论来看,主要涉及到了诗、赋、制策文、序、颂、赞、碑文等。如周勋初《论〈文选〉中的四言诗》一文围绕《文选》中的四言诗,重点探讨了以下三个问题:萧统对四言诗所持的态度,魏晋南北朝文论界对四言诗的评论,唐代文学界与《文选》的关系。同时,作者还依据《文选》对李白产生的影响,结合李白的身世与思想,对其"尝言兴寄深微,五言不如四言,七言又其靡也。况使束于声律俳优哉"这一与其创作实践相矛盾的诗论作了分析。程章灿在《〈文选〉选录碑文及其相关的文体问题》一文中就《文选》所选录碑文的篇名、入选原因进行了考辨,对碑、颂、铭、诔等相近文体的有关问题作了说明,并进一步指出"与《文心雕龙》相比,《文选》对文体发展中的新变因素显得更为注意,也更加重视"。高明峰《试论〈文选〉与〈文心雕龙〉对"颂""赞"二体评录之异同》则着重比较、分析了《文选》与《文心雕龙》评录"颂""赞"二体时的异同,并对"颂""赞"二体的流变和体制特征作了揭示。另外,有关《文选》分类的成因,胡大雷《〈文选〉诗以"类"相分的形成及影响》一文作了有益的探讨。通过对《文选》诗以"类"相分的形成及影响的分析,作者认为《文选》诗的以"类"相分可能受到乐府分类的启发,也可能受到类书编纂的影响。同时,作者还指出《文选》诗的以"类"相分对唐代类书和唐宋时的中古诗歌总集都有一定的影响。

(四)《文选》学史方面的研究

笔者以为,由于《文选》自隋唐以来就流传至域外,包括日本、韩国等地,有关文选学史方面的研究就应该涵盖海内外各个时期对《文选》的研究、传授、接受等方面。当然,由于文献整理的不足以及其他各种的原因,这方面的研究还只能说是刚刚起步。但与会的专家学者都表示要加强这方面的研究。从相关的论文来看,也体现出了在这方面所做的努力。其中,日本学者对《文选》在本国的教学、研究与影响等方面谈论较多,如《从〈九条家本文选〉所收的识语来看〈文选〉教学在日本》《论〈文选〉对日本五山文学的影响》等。这有助于我们进一步认识各个不同时期《文选》在域外的传播与影响。兹以冈村繁《二十世纪的日本〈文选〉研究与课题——以斯波〈文选〉学为中心》一文为例。作者以斯波《文选》学为中心剖析了二十世纪的日本《文选》研究与课题。在对斯波博士的《文选》研究作了高度肯定后,作者就斯波《文选》学中的三个方面的问题,包括"对传承于日本的旧抄本的评价""把南宋的尤袤刊本视为李善单注本的祖本""关于宋代以后至明清的诸多《文选》刻本之本源的看法"等进行了深入探讨,同时提出了自己的见解。关于国内学者在这方面的研究,有段书伟的《清代的〈文选〉通假字研究》。此文讨论了清代学者在

《文选》通假字方面的研究现状,为我们展示了清代《文选》研究的一个侧面。李金坤《唐代科举考试与〈文选〉》和景献力《关于〈文选〉一书成为科举教科书的时间问题》两篇文章,则分别就《文选》与科举考试的关系、《文选》成为科举考试的教科书的时间问题作了探讨。韩泉欣则在《为杜诗"熟精〈文选〉理"进一解》一文中,通过对杜诗"熟精《文选》理"一句的诠释,剖析了杜甫对《文选》的接受情况。此文可视为《文选》在唐代之接受的一个个案研究。童自樟的《〈四库全书总目〉著录文选类著作考》一文,详细考订了《四库全书总目》著录的《文选》类著作,对进一步开展义选学史的研究颇有奠基之功。此外,还有一些论文对当前国内的文选学研究作了介绍,值得选学者们参考。这些论文包括《新时期文选学研究之回眸》《关于〈文选〉五臣注研究的回顾与反思》等。

另外,本次研讨会所提交的论文中,还有一些难以归入上述几类,在此作集中介绍。有的学者把《文选》与其他书结合起来进行比较研究。如傅刚《〈玉台新咏〉与〈文选〉》一文,着重比较研究了二书的异同,涉及到了二书的编撰目的和编撰体例、二书著录作家作品的情况、二书反映出的文学观等方面。有的学者则用札记的形式对某些问题作了探讨。如穆克宏在《读〈选〉随笔》一文中,讨论了《文选》"七"体的流变,辨析了《文选旁证》的作者,并批评了苏轼对《文选》的评论。另外,曹道衡《从〈文选〉看齐梁文学思潮和演变》一文,从《文选》的选篇出发,结合《文心雕龙》《诗品》《宋书·谢灵运传论》等文献,对《文选》的选文标准和齐梁文学思潮的演变作了探讨。作者在齐梁文风演变的宏阔背景下来推求《文选》的选录标准,为我们进一步理解文选的产生提供了有益的参考。赵福海、魏淑琴在《试论〈文选〉的文化价值》一文中,对《文选》的文化价值作了全面阐发。作者指出,从文学史角度研究,"《文选》是一部选录式文学史";从文学理论角度研究,"《文选》是一部具有民族特点的文学批评著作";从训诂学角度研究,"《文选》李善注开拓了由经学训诂到文学训诂的新天地"。台湾学者张蓓蓓的《略谈〈文选〉牵涉的几个中国文学史问题》,则从宏观上谈论了《文选》牵涉的几个文学史问题,包括赋的地位、楚辞的地位、中古骈文的发展、贵族文学、抒情传统、《文选》分类和排序等。作者还进一步指出在把《文选》和文学史结合起来研究时,必须"认真看待萧统他们的'主观'",同时又要超越这种主观局限,努力揭示"当代活泼的文坛真相"。

(五)《文选》研究的现状与问题

上文介绍了第五届文选学国际学术研讨会的大致情况。从中我们可以了解当前"文选学"研究的现状,当然也可以获悉其中存在的一些不足。笔者在此作进一步的总结,希望有裨于"选学"研究的发展。

"文选学"的研究现状,具有以下三个特点:一是研究格局的开放性。这主要表现为选学研究的国际交流日趋加强,封闭的个体研究也得到了极大的改变,加强了合作与交流,从而体现出了选学研究的国际性和有序性。二是研究课题的深广性。也就是研究课题得到了横向的拓展和纵向的深入。如此次研讨会在萧统对陶渊明的评论方面的研究有所深入,在《文选》文体研究方面得到拓展。三是研究方法的多样性。具体说来,既有本土的校勘、注释、点评等传统方法,又有来自西方的人类文化学、民俗学、接受美学等现代方法。此外,选学研究逐步普及,选学研究队伍日趋壮大,选学研究成果不断涌现,这些都为新时期选学研究的繁荣昌盛奠定了很好的基础。

然而,当前选学研究中也暴露出了一些不容回避的问题。针对这些问题,笔者提出了以下建议,仅供大家参考。笔者以为,一是要进一步加强海内外的学术交流。这种交流应包括文献资源的共享和研究方法的互动。关于前者,由于一些珍贵文献如韩国奎章阁藏六家本等流传于海外,这些珍本的翻刻印行,必将极大地便利选学研究者。周勋初编辑的《唐钞文选集注汇存》,即是中日学者合作产生的精品。至于后者,鉴于海内外学者的研究方法各有短长,应该互相借鉴对方的长处。如台湾学者高莉芬在《水的圣域——〈文选〉江海赋中神话原型分析》一文中所运用的神话原型批评理论,对我们大陆学者不无启发。日本学者李庆也强调要交流"《文选》研究的思维模式"。二是加强文选学史的研究。从上面的介绍中,我们可以看出这是选学研究中极为薄弱的一环,而且与会学者也极力表示要加强这方面的研究。但是,文选学史的研究是建立在基础研究之上的工作,我们必须首先加强对各个时期重要的《文选》研究专著的整理。三是要加快对一些重要的《文选》版本的刊印,要重视对五臣以及陆善经等人的《文选》注的研究。《文选》的版本与注释研究亟待加强,这就必须刊印一批重要的版本；在大力研究《文选》李善注的同时，我们也不能忽视五臣等人的《文选》注的价值。四是要加强中小作家的研究。就此次大会提交的论文来看，这方面的论文涉及到的作家主要集中在屈原、司马相如、王褒、扬雄、班固、曹丕、曹植、阮籍、陆机、陶渊明、颜延之、谢灵运、谢庄、鲍照等十余位大家身上，与《文选》收录的一百三十余人相比，仍然显得很少。因此，王运熙提出"要加强中小作家的研究"，是极富建设性的意见。五是要加强语言学与文学研究的结合。从上文的介绍可以看出，这方面的研究很少，需要我们作更为深入的探讨。如台湾学者林登顺在《〈文选〉同义平列复音词之探析》一文中指出："平列复音词促进了六朝文体的骈偶化"，具体情况怎样，是非常值得进一步研究的。当然，与会学者也对当前文选学研究中的学风问题作了批评，这也是需要我们今后努力克服的。

总的说来，当前的文选学研究已经取得了长足的进步，打下了很好的基础。虽然还存在一些问题，但只要我们及时总结研究中的经验教训，加强合作与交流，不断开拓创新，就一定能使"选学"研究上一个新台阶。

二、《文选》研究的新进展——第八届"文选学"国际学术研讨会综述

第八届"文选学"国际学术研讨会于2009年8月28—30日在江苏扬州隆重举行。会议由中国文选学研究会、扬州市人民政府主办，中共扬州市委宣传部、扬州文化研究会协办。来自日本、美国、中国大陆与港台的近百位专家学者参与研讨，气氛热烈、成果显著。会议期间，代表们还参观了阮氏家庙，见证了"隋文选楼"的复建奠基，还饶有兴致地游览了瘦西湖，考察了扬州双博馆。本届会议是在"文选学"故乡扬州召开的一次盛会，正如中国文选学会会长、中华书局编审许逸民所说，这是一次"朝圣之旅""寻根之旅"，在"文选学"史上具有里程碑的意义。

本次会议收到研讨论文八十余篇，数量之多、质量之高，均超过了以往历届会议。下面从五大方面加以综述。

（一）关于《文选》版本及注本的研究

传统"文选学"主要由文本校注和作品解析两大部分组成，故而，关于《文选》版本及注本的研究是历来《文选》研究的重要方面，且已取得了丰硕的成果。本次研讨会的有关成果使得这方面的研究有了进一步的深入。四川师范大学常思春教授《谈宋陈八郎刻本五臣注〈文选〉》，通过细致比勘，认为陈八郎本抄配卷叶非据同板印本，否定了此前流行的该本"全帙具存"说，并指出该本是《文选》首刻本——母昭裔刻五臣注本的忠实翻刻本（总目除外）。北京大学傅刚教授《日本宫内厅藏古写本〈文选〉卷二研究》，通过对这个写本所引《文选集注》及校语、保留诸多古音及援引师说的分析，论证了这一写本具有重要的文献价值。北京大学乔秀岩副教授、人民文学出版社宋红编审《关于〈文选〉的注释、版刻与流传——以日本足利学校藏宋刊明州本六臣注〈文选〉为中心》，把现存《文选》版本分为唐抄注本以及日本转抄唐本、李善注本、五臣注本、五臣—李善注本、李善—五臣注本五类，一一介绍其特点、版刻及流传情况，指出第四类五臣——李善注本底本最好，影响最深广，应是学者查阅、研读最适合的版本，而其中又以日本足利学校藏明州本最佳。江苏淮阴工学院刘九伟副教授《论明州本〈文选〉李善注的减注》，则指出了明州本《文选》存在明显的重五臣注的倾向，对李善注多有删减，作者列举了该本删减李善注的各种情形，并对此现象作了分析。这对于我们研读明州本《文选》具有参考价值。台湾彰化师范大学游志诚教授《文选旧注新论》，指出《文选》旧注计有张衡《两京赋》薛综注等二十一篇，并据《楚辞补注》《文选集注》等文献论证了《文选》旧注的新价值。作者同时强调，研讨《文选》旧注，必须与古注参看，且在《文选》本书之外，更须就他书以求。复旦大学杨明教授《〈文选〉卢谌、刘琨赠答诗注误》，在辨明卢谌、刘琨赠答诗的写作时间、地点的基础上，对卢、刘赠答诗李善注和五臣注的失误作了辩正。文章以小见大，引人深思。郑州大学刘群栋博士生《也论〈文选〉李善注的体例》和长春师范学院王允雷硕士生《李善注的情感关照——以〈文选·情赋〉注为例》，均以李善注为研究对象，前者在借鉴前人成果的基础上，结合自己整理奎章阁本《文选》的实践，进一步总结了李善注的体例；而后者则视角新颖，从情感方面阐释了李善注的独特之处，有助于读者加深对李善注的理解。与多数学者偏重李善注不同，长春师范学院陈延嘉教授一贯强调应给予五臣注更多的关注。作为本届大会献礼，陈延嘉出版了《〈文选〉李善注与五臣注比较研究》一书，通过细致深入的比较，对李善注和五臣注各自的价值给出了比较公允的评价；

又提交了会议论文《驳〈非五臣〉》,在傅刚《文选版本研究》充分肯定五臣本版本价值的基础上,进一步用具体例子针对李济翁之全面否定五臣注的观点进行逐一反驳。河南大学郭宝军讲师《唐代〈文选〉三家注平议——一个基于诠释学的分析框架》,则运用诠释学的理论,对唐代《文选》三家注即李善注、《文选钞》、五臣注作了分析,认为这三部著作展示了唐代《文选》诠释从文本背后到文本本身再到诠释时代的进程。此外,原扬州市文联主席朱福烓《白塔寺和李善注〈文选〉》,追寻了一段李善在白塔寺注《文选》的历史,令今人遥想其人其事,不禁唏嘘。

特别值得注意的是,本届会议对《文选集注》的研讨成为一大亮点。相关论文有北京大学傅刚教授《〈文选集注〉研究》,从《集注》的概貌、发现、作者和时代、流传以及整理等方面详尽阐述了《集注》的基本情况。台湾大学张蓓蓓教授《〈文选集注〉价值释证》和河南大学刘志伟教授《〈唐抄文选集注〉鲍照乐府诗注试论》,通过具体的个案研究,阐发了《集注》的重要价值。前者以《集注》所存江淹《杂体诗卅首》中的十八首及《杂体诗序》为例,通过细致比对和深入解析,指出《集注》有助于解读《选》文、提供背景资料,有助于考订《选》文及李善、五臣《注》旧貌等多方面的价值;后者以《集注》收录的"鲍照乐府诗注"为例,认为《集注》对于确认、复原《文选》鲍照乐府诗、注,对整理众家注,对认识陆善经注的特色与价值以及鲍照乐府诗的音训研究等都具有重要价值,作者同时指出《文选集注》也存在较多讹误缺漏,参考使用时要高度审慎。日本九州大学陈翀博士《〈文选集注〉之编撰者及其成书年代考》,着重探讨了《集注》的编者及成书时间,并有了新的发现。作者依据日本平安时期的有关史料,指出现存《集注》是日本平安中期大学寮大江家纪传道之代表人物大江匡衡为一条天皇侍讲《文选》时受敕命所编《集注文选》的传抄残卷,并根据日本古书目《仙洞御文书目录》(即今京都东山御文库)中"同御手箱一合 集注文选上□御念全经史书"之记载,推断大江匡衡编撰的《集注文选》原本很可能并没散佚,依旧保存在现在的京都东山御文库中。这些都是令人欣喜的发现,如果能够确证,将产生深远影响。

(二)关于《文选》所录作家作品的研究

对《文选》作家作品的解析、研读一直以来都是传统"文选学"研究的重要一翼,也是本次研讨会的一大焦点,论文数量颇多,广泛涉及先唐时期重要的作家、作品乃至文坛风貌、文学变迁等。

有的学者侧重考察作家作品的相关史实与文献,如中国文选学会原会长、郑州大学教授俞绍初《曹植黄初间获罪事件新探》,针对学术界及文学史著作中流行的曹植"两次获罪"说提出质疑,作者广稽史料,深加考索,依据曹植《求祭先王表》《责躬诗》《上责躬诗表》《黄初六年令》《九愁赋》以及《魏志·苏则传》《魏略》等资料,论证了曹植黄初间只获罪一次,而非两次,并对其获罪原因及治罪经过给予了详尽揭示,同时举例阐明了这次获罪经历对曹植诗文创作所产生的重大影响。广西师范大学力之教授《关于〈文选·高唐赋序〉与相关文献之同异问题——〈高唐〉〈神女〉二赋序研究之一》,将《文选·高唐赋序》、李善注引《宋玉集》、《渚宫旧事》引《襄阳耆旧传》、《太平御览》引《襄阳耆旧记》等相关文献进行细致比较,从其异同考察彼此间的关系,指出《渚宫旧事》和《太平御览》所引乃同一文献,其间差异主要是节引不同所致;《文选·高唐赋序》与李善所引《宋玉集》和《襄阳耆旧记》之异,无法证明它们所本不同;《文选·高唐赋序》非《宋玉集·高唐赋序》之本来面目。此外,台湾成功大学江建俊教授《刘峻〈广绝交论〉中的友道观及缘何而作辩正》,对《广绝交论》中的友道观如朋友之道随时盛衰、素交可交而利交宜绝等加以阐发,并论证刘峻作《广绝交论》乃是借题发挥,藉任昉子为立论事据,针砭时代友道之趋炎附势、忘义负恩。江西师范大学胡耀震教授《谢庄、刘骏的交往和钱钟书先生论〈月赋〉》,通过考察《月赋》的创作时间和谢庄、刘骏的交往来呈现《月赋》产生的具体历史语境,从而指出钱钟书就《月赋》生发的文章虚实真假之说须以读者交往说加以补充完善。广西钦州学院韦若任副教授《〈九辨〉为宋玉代屈原立言而作说》,主要从《九辨》多"袭屈赋"这一角度论证《九辨》乃是宋玉代屈原设言。河南科技学院崔军红副教授《另眼看潘岳——潘岳的真实人生》,在考辨史实和解析作品的基础上,重新审视了潘岳的人品和思想,认为潘岳乃是一位才情卓著、性格率真、极富人情的文人。

更多的文章重在探讨作家作品的思想内容和艺术特色。扬州大学顾农教授《说〈文选〉所录阮籍〈咏怀诗〉》,先指出阮籍《咏怀诗》"归趣难求"的原因在于"路线错误"——不了解诗人写作时的具体背景及诗人的感慨有什么深广的意义,而是以臆测代替实事求是的考辨,以牵强比附的诗史互证作为诗意的全部,继而根据《咏怀诗》颜延年注、李善注及李善注所引臧荣绪《晋书》等资料,主张阮籍《咏怀诗》的写作背景当置于正始年间曹爽集团当路之时,其中许多作品讽刺批判了当时的政治明星何晏及其后台曹爽,同时抒发了诗人深沉的人生体悟,进而以《文选》所收录的十七首《咏怀诗》为例,在稽考各首作品的具体背景诸如社会局势、思想旨趣等的基础上评说其主旨,探赜索隐,钩深致远,达到了作者提出的"解读阮诗应当追求本质意义上的知人论世,深入到诗人的精神世界里去,体会他的心事浩茫、情寄八荒,而不能停留在史实与诗意的浅表"的境界。厦门大学王玫教授、曾彩华研究生《论〈文选〉中的女性作品与女性题材》,则以性别角度为切入点,探讨了《文选》中的女性题材作品,指出女性对自身的抒写源于女性对所处社会地位及自我角色的认同,男性作家创作女性题材作品时渗透着男权话语及伦理气息,两性在社会角色及创作心理的差异导致了男女作家对体裁选择与创作手法运用及写作技巧等方面的差异性。美国学者林中明《〈昭明文选〉中的"气象文学"》,上承《诗经》的"气象诗学",从"气象文学"的新角度切入,探讨了季节气象的变化与其对人类不变的影响、气象变化对文学表达的助益、建筑文明降低气象对作家的影响以及诗文资料、感受距离、即兴沉思、无邪有为等问题,可谓角度新颖,启人深思。台湾中国文化大学黄水云教授《论〈文选〉咏史诗类——颜延之〈秋胡行〉》、扬州职业大学蔡文锦教授《关于陶渊明的第一篇文章——颜延之〈靖节征士诔并序〉笺注》以及国家图书馆李佳博士《颜延之的作品内容及其语言特色》三篇文章,均是有关颜延之的研究,或从宏观上探讨其作品的内容及语言特色,或对其具体作品《秋胡行》《靖节征士诔并序》的艺术技巧、内容主旨等进行阐释、笺注,各有创见。此外,台湾中国文化大学廖一瑾教授《继步陈王——谈文选二谢赠答诗》、河南省社会科学院卫绍生研究员《陶诗"南山"意象的文化意蕴》、复旦大学李若晖教授《吾力吾命——项羽〈垓下歌〉解析》、新乡学院樊荣教授《嵇康〈琴赋〉(并序)中的文化资讯》、扬州职业大学蔡文锦教授《诸葛亮〈出师表〉考述》、郑州师范高等专科学校王晓东副教授《中古语境中的〈洛神赋〉》、台湾中央大学郭永吉助理教授《王粲〈登楼赋〉结构分析》、扬州工业职业技术学院禚宝斌助教《竹林七贤与〈文选〉研究二题》、湖南科技大学袁心澜研究生《论宋玉〈招魂〉的谲谏风格特点》等，或从文化学的角度切入，或从接受学的角度考察，对有关的作家作品进行了多方面、深层次的探讨，丰富了"文选学"的相关研究。

还有的文章涉及文坛风貌、文学变迁等的探讨，如江苏盐城师范学院丁福林教授、丛玲玲助教《论元嘉诗坛铺陈诗风的形成及其得失》和北京教育学院张亚新教授《论陶渊明革新玄言诗风的功绩》。前者从宋初山水诗取代玄言诗入手，指出元嘉诗坛为了形式适应内容，采用了汉赋描摹自然山水的铺陈咏物的表现手法，特别是这种诗风也扩展到山水诗以外其他题材的诗作中。作者列举了多位元嘉诗人的诗作，在肯定这种铺陈诗风的重大作用同时着重谈及了这种表现手法的缺憾。后者主要探讨陶渊明革新玄言诗风的贡献，涉及了文学变迁的考察，作者按照南朝诗论家的标准对陶诗进行衡量，在陶诗的思想内容、陶诗所传达出的性情，所表现的哲理的特点，所具有的浓郁诗味及词采、风格等方面，都呈现出与玄言诗的不同，从而证实是陶渊明给玄言诗带来了变革；作者进而阐释了陶渊明能够为玄言诗带来变革的多种原因。

（三）关于《文选》文学体类的研究

《文选》文学体类的研究，可以看作是对《文选》作品研究的拓展和延伸，正日益成为"文选学"研究的重要内容。就本次会议提交的论文来看，广泛涉及《文选》中的和诗、挽歌诗、赋、赋序、"行政文书"、策秀才文、笺、赞、论、连珠、墓志文等体类，或追索其源流，或探究其特征，或论述其价值，不一而足。

郑州大学宋恪震教授《和诗说略——读萧统〈文选〉随札》，首先辨明和诗和答诗的关系，其次考察和诗的源流，继而从内容、韵式、时空等角度对和诗进行分类，最后本着"古为今用"的原则提出两点意见：一是和诗作为传统诗词中常见的一种，直到今天仍很有活力；二是和诗要写得上层次、有价值，除了考校体式和韵式外，最根本的是在内容上要做到和出真情、和出新意。这些对于和诗乃至古体诗的研究和创作都有启发意义。河北师范大学张蕾教授、常娟娟硕士《赋序与六朝人的文体意识——兼及〈文选〉"误析"与增序现象》，以赋序为研究对象，从选家之选、批评者之论、赋家之作三个层面进行观照，指出赋序从无到有，选家的刻意"增""析"，批评家对相关问题的思考，赋家对其功能的拓展，从不同角度体现出了六朝时期日渐清晰的文体意识。这有助于人们认识赋序的变迁及其隐含意义。南京大学徐兴无教授《从辞令到文章——泛论〈文选〉中的行政文书》，从战国这个"古""今"的分界考察《文选》中的行政文书，揭示了中国古代政治制度和文化传统的变革与文学书写、文学体裁之间的关联。作者认为：战国之前，重视言辞的传达与聆听的交流手段，缺乏书写的动力，以文字书写的行政文书不可能在封建制的礼乐文化中普遍化，从战国到秦汉，行政文书完成了体式、书写等形式建构和传递网络编织，构成与中国古代政治最密切的应用文体系和中国散文的一大文类，魏晋南北朝以来，源于文化及其传统，书写者的身份，思想、道德因素以及修辞能力的融入，促使行政文书变为"文章"，而非单纯的行政文书档案。这些认识对于考察中国古代其他文体的流变也不无参考价值。辽宁师范大学高明峰副教授《〈文选〉"赞"类源流考论》，着重考辨"赞"类文体的源流，对赞文之源——上古"赞辞"及后世赞文的各种类别都从内容和形式上作了细致考察，并指出《文选》选录赞文的标准是首重情辞之美，而非体制特征。河北师范大学王京州副教授《论源锥指——〈文选〉文体论之一》，从"论"的本义、论名缘起及何文首唱等方面探讨了"论"体文的起源，指出论的本意是循理而言，主要指向言说本身的理性色彩；论名滥觞于子书，从子书论篇脱胎后渐次成为一种新兴文体，并在魏晋发展至鼎盛；论"受命"于诸子，"拓宇"于汉赋。台湾台南大学林登顺教授《〈文选〉墓志文类探析》，考索了墓志铭的源流，从名称及起源、形制及六朝墓志铭三个方面加以阐述，认为墓志铭从魏晋正式成形后，到了南北朝，形制与文体相对稳定；作者进而对《文选》所收唯一一篇墓志——任昉《刘先生夫人墓志》进行了具体探析，指出该篇墓志就内容和笔法而言都可视为古代普通女性墓志简要浓缩的典范之作。此外，扬州大学童李君博士《读〈文选〉中的〈挽歌诗〉》、钦州学院钟其鹏副教授《〈文选·赋〉"鸟兽"类创作模式初探》、云南师范大学周燕讲师《〈文选〉赋的自然观研究》、上海古籍出版社奚彤云编辑《〈文选〉策秀才文"略论》、河南教育学院孙津华讲师《"连珠"起源、命名及著录探析》、浙江大学张兰花博士生《从〈文选〉看建安文人笺的文化价值》（提纲）等，从不同角度对《文选》相关文体作了细致而有深度的考察，为读者学习和研究《文选》文学体类提供了诸多有益的参考。

(四) 关于《文选》编纂的研究

《文选》编纂的研究乃是现代"文选学"的一个组成部分，是最具基础性的工作，其内涵非常丰富，涉及编者、编纂时间、编纂思想、编纂体例、作品取舍等诸多方面。本次会议着重探讨了《文选》编者萧统的编纂思想及编纂体例、作品取舍等问题。

在编纂思想方面，江苏大学吴晓峰教授《从〈文心雕龙〉的事、义论到〈文选〉的事、义观》，对《文选序》中关乎编纂思想的"事出于沉思，义归乎翰藻"作了深入研究，作者结合其具体的语言环境，即赞论、序述的特点以及《文心雕龙》中对事、义关系的阐发，认为此二句可解释为"用优美的语言文字借渊博的历史知识来表达深刻的思想内容"，并指出它们是专门针对《文选》中所选的史书中的赞论、序述而发的，并非萧统《文选》选文的唯一标准，但从中也可反映出萧统的文学价值取向。可谓持之有据，令人信服。香港中文大学黄坤尧教授《〈文选〉的诗学建构》与苏州科技学院李正春教授《论〈文选〉的选诗观》二文则专门就《文选》所体现的编者之诗学思想作了探讨，前者从四言诗最后的光芒、诗与乐府的合流、《文选》诗的分类、历代诗歌的发展、《文选》与《诗品》、《文选》诗说与著述的整合六大方面阐述了《文选》的诗学建构；后者认为《文选》选诗所体现的诗学观在于选诗主情尚彩、追求文质相半、诗法上注重新变、又不废通变、文体上突出五言、又兼及众体，且于组诗予以空前的观照等方面，并指出其有别于同时代萧纲的"主文"和裴子野的"主质"，而是力求"中和美"。这些阐发有助于我们全面认识萧统的文学思想。此外，南京大学赵阳博士生《萧统"踵事增华"说再认识——与葛洪文学进化观比较》、长春师范学院孙浩宇助理研究员《萧统"崇悲"论》分别对萧统的文学思想、审美观念作了论述。

在编纂体例、作品取舍方面，北京大学钱志熙教授《〈文选〉"次文之体"杂议——〈文选〉在文体学与文学史上的贡献与局限》，指出了《文选》编次文体的贡献在于客观揭示了作为中国古代文学的主体的文人文学的发展历史，但受限于雅颂的文学观，作者在骚与赋、诗的次序，以及赋类内部的次序上没有完全体现文学史发展的本来脉络，削减了其在文学史方面的价值。广西师范大学胡大雷教授《〈文选〉录赋与史书录赋异同论》，通过细致比较，指出了

《文选》与史书如《汉书》《后汉书》《宋书》等录赋的异同之处,并就其成因作了探讨。台湾清华大学朱晓海教授《〈文选〉所收三篇经学传注序探微》,认为《毛诗序》《尚书序》《春秋左传集解序》三篇经学传注序得以入选《文选》,是因为它们对那些经传取材、编撰方式、目的等方面的阐释,以及研读历史的评述,可供选编比附,并可以借此补充《文选序》不便言明的部分。广西师范大学力之教授《〈文选〉成书时间考说——〈文选〉成书时间研究之二》,首先讨论了《文选》成书研究的方法论问题,继而具体考辨了《文选》成书时间,认为其上限在普通五年(524)二月,下限在普通七年(526)十月。当然,由于文献不足,关于《文选》成书时间目前难有定论,但力之的考辨无论是方法层面还是观点层面,都足以引发学界对此问题作进一步研讨。此外,厦门大学胡旭副教授、张一妮硕士《〈文选〉不录张融之作之分析——兼论萧衍的忌刻个性及其在萧子良集团中的实际地位》,台湾清华大学罗志仲博士《班昭〈东征赋〉入〈选〉发微》等文,角度各有不同,或选单个作家,或是单篇作品,均能分析入微,间有所得。

(五)关于《文选》接受与研究的研究

关于《文选》接受与研究的研究,亦是现代"文选学"的组成部分,且日益成为当前《文选》研究的重点内容。

具体而言,一方面关涉《文选》的接受与传播。相关论文有河南大学郭宝军讲师《论洪兴祖对〈文选〉及其注释的接受——以〈楚辞补注〉为中心》、人民文学出版社葛云波编辑《两宋〈文选〉刊刻之消长的历时性考论》、福建师范大学侯艳博士生《"〈文选〉烂,秀才半"谚语产生流行的时代》、广西师范大学何水英博士生《〈文苑英华〉续〈文选〉辨——以所录诗体为例》等。郭文以《楚辞补注》为中心,阐述了洪兴祖对《文选》及其注释的接受情况,认为洪兴祖对萧统及其所编《文选》颇有微词,但《楚辞补注》大量征引《文选》及李善注、五臣注,显示出自觉的接受意识。葛文着重探讨两宋《文选》刊刻存在的消长沉浮现象,并对现象背后的深层原因作了分析,具体而不乏深度地展示出《文选》在两宋的流传情况。侯文对有关《文选》接受的一句谚语即"《文选》烂,秀才半"的产生及流行时代作了细致考辨,指出其产生年代应在隋唐之际,在唐宋间流行了相当长时间,直到南宋新的作文风尚引领潮流后才逐渐为新的科举谚语所取代。何文以《文苑英华》和《文选》所录诗体为例，阐明了《文苑英华》所受《文选》之影响，认为其影响体现在编纂宗旨、分类原则、作品排序及收录范围、作品风格等方面，作者进而对影响产生的原因作了分析。

另一方面，着重对历代评论、研究《文选》的著述及学者进行探讨。福建师范大学穆克宏教授《何焯与〈文选〉学研究》，依据何焯《义门读书记》、梁章钜《文选旁证》、胡克家《文选考异》、孙志祖《文选考异》《文选李注补正》等资料，对清初著名学者何焯的《文选》研究作了比较全面的考察，主要从校勘、释义、评论和考证四个方面展开论述，并对一些有争议的问题进行集中的探讨，从而肯定了何焯在《文选》研究方面的贡献，同时也指出了他的局限。中国社会科学院蒋寅研究员《李审言及其〈文选〉学》，先评述李审言其人其学，在此基础上阐发其《文选》研究，包括注释订补、李善注体例研究及他书证《选》三个方面，进而揭示李审言《文选》学中体现出的超前的文学研究意识以及注重偶俪、用典的互文性语义结构、纡徐婉曲的言说方式的文学观念。扬州大学黄进德教授、汪俊教授《论吴淇及其〈六朝选诗定论〉》和台湾彰化师范大学张哲愿博士生《吴淇〈六朝《选》诗定论〉及其评点研究》，是两篇关于清初吴淇《六朝选诗定论》的专论。前者主要揭示《六朝选诗定论》的性质、要旨及特点，指出该书是清初一部重要的"选诗"研究著作，其要旨在"尊经""尊《选》"，其主要特点在于展现了前所罕见的宏观文学史观，并且视野开阔、持论精核。后者将《六朝选诗定论》视为《选》诗评点之作，对其论诗主张及评点手法作了分析，认为其论诗大旨为"言志说"，欲达言志的手段在"知人论世"和"以意逆志"，评点手法则体现出以义理为主，文理寓之的主体性。这些论述彰显了吴淇《六朝选诗定论》的价值，引发了《文选》学界对该书的重视。此外，首都师范大学踪凡教授《清代文选学著作对汉赋的研究》，从评点、注释及语言、名物的研究三个方面阐述了清代《文选》学著作对汉赋的研究；台湾勤益科技大学徐华中副教授《再论傅山的文选评点》，对傅山《文选》评点的多样方法予以剖析，并特别拈出"重出法"在选学史上的意义；郑州大学赵俊玲副教授《明末闵、凌刻〈文选〉评本述要》分别论述了《合评选诗》《选赋》《文选后集》三部《文选》评本，认为其综合了书商刻印评本和文人评本两者的特征；长春师范学院图书馆郭建鹏馆员《渊源·传承·新变——漫谈新世纪选学研究》，从传统的继承、领域的拓展、历史的新变三个方面回顾总结了新世纪选学研究的历程与成就。

此外，还有一些论文难以归入上述类别，兹一并介绍。吉林社会科学院陈复兴研究员《〈文选〉与文化史——以〈文选·咏史〉为例》（由顾农教授在大会闭幕式代为宣读介绍），认为《文选》所录诗文，总体上都透显出社会政治与道德教化的价值取向，这种价值取向正是中华文化内在的精神血脉。论文以《文选·咏史》为例，具体揭示出《文选》所表征的中国文化史大义。这有助于我们更深刻地认识《文选》的价值。苏州大学范志新教授《读选二题》，乃研读《文选》的两则札记，一则考辨吴希贤辑汇的《历代珍稀版本经眼图录》中"明州本文选"书影，非六臣注明州本，实乃明万历间邓原岳刊单李善注本；另一则论证《文选西京赋》"齐栧女"之"栧"字，非关避讳，而是俗写。考辨精细，令人信服。扬州文化研究会会长赵昌智《阮元建"隋文选楼"之动因考述》，着重考察了乡贤阮元兴建"隋文选楼"的原因，认为阮元主要基于以下三方面的考虑：一是为梁昭明太子文选楼正讹，二是为文化人的学术活动提供一个公共空间，三是为复兴选学和骈文张大旗帜。镇江市人大常委钱永波、昌万海、纪东《南朝齐梁萧氏故里研究》，从正史、地理、考古、方志、实地考察等方面，有力论证了齐梁萧氏故里在镇江所辖的丹阳市。镇江市图书馆任罡副研究馆员、殷爱玲副研究馆员《关于建立"中国文选学资料中心"的意义与实践》，主要探讨了建立"中国文选学资料中心"的重要意义以及具体的建设措施。不可否认，"中国文选学资料中心"的建立，将为总结一千年文选学研究的成就、拓展新世纪的文选学研究提供重要保障。其他如江苏大学李金坤教授《〈辨骚篇〉"博徒、"四异"终究是"褒词"——李定广先生〈求新须先求真〉商榷文之商榷》、台湾佛光大学陈炜舜副教授《梁武帝自撰及敕修著述汇考》、清华大学戚学民副教授《〈宋学渊源记〉与〈儒林传稿〉》、集美大学田彩仙副教授《六朝文人音乐家的审美追求与艺术贡献》、湖北大学彭安湘博士生《汉代赋论"以诗论赋"批评视阈渐变的历史考察》等，各有侧重地讨论了与"文选学"直接或间接相关的问题，或考辨深细，或评述允当，论从史出，时有新见，极大拓展了当前的选学研究。

综上所述，本次会议的成果是丰富而显著的。无论是研究内容或观点，还是研究角度或方法，都有细加研读的价值。与会学者还达成了一些重要的共识，为今后的《文选》研究指明了方向，如要重视文献考证，夯实"选学"研究的文献基础；再如要深化《文选》的文学研究，把研究与创作乃至教学结合起来；等等。

三、《文选》研究的新面貌——第十二届"文选学"国际学术研讨会之一瞥

2016年11月4—6日，第十二届"文选学"国际学术研讨会在美丽的滨城厦门召开，来自海内外的一百二十余位专家学者欢聚一堂，切磋研讨。笔者有幸与会，切身感受到"选学"研究呈现的诸多崭新面貌。兹作一简述，以供学人参考。①

（一）突显学术，重在切磋

本次会议开幕，没有行政领导讲话，只安排知名学者致辞；会议全程研讨，没有安排考察参观；会议论文分组打印，极大便利学者深入切磋；大会发言论文单独成册，研讨重点得以突显。凡此种种，显示出本次学术会议紧扣学术研讨之宗旨，最大限度地保障了与会学者的交流切磋，得到与会者的认可和赞许。尤为值得指出的是，分组研讨气氛热烈，井然有序。论文发表者提纲挈领，要言不烦；论文评议者实事求是，商榷补正。由于时间相对充足，大家都能畅所欲言，各抒己见。时有争论商榷，也能求同存异。

（二）视野宏阔、选题多样

本次会议研讨，体现出与会学者视野宏阔、选题多样的一面。从会议论文来看，有的涉及《文选》版本的研究，如游志诚《〈文选〉抄配本——据宋刊广都本〈文选〉为例》，着重探讨《文选》传本之抄配问题；有的涉及《文选》文体的研究，如赵俊玲《论"复合型"文体——以"设论"等为例》，指出"复合"是文体生成的重要途径，反映出文体交互渗透的特质，而钟涛、张亚军、高明峰、孙浩宇、张鹏飞等学者则对表、颂、论、诏、策论等文体作了专

---

① 由于论文集分组打印，故本文讨论所据之文献为《论文集》（第二组）及《论文集》（大会组）。

门探讨；有的涉及《文选》性质或价值的研究，如胡大雷《〈文选〉编纂与萧统"立言不朽"》、陈延嘉《选学 文学 儒学——三论〈文选〉之根是儒学元典》、王琼《〈文选〉非类书论——基于〈文选·诗〉二次分类的考察》等；有的涉及《文选》与他书的比较研究，譬如《文选》与《文心雕龙》或者《玉台新咏》的比较；有的涉及《文选》传播与接受的研究，如日本学者谷口洋《片山兼山〈文选正文〉与其流行——浅谈日本江户时代的〈文选〉接受于汉文训读的变化》，以《文选正文》为个案剖析了日本江户时代的《文选》传播，再如丁红旗、董宏钰、南江涛、王传龙等对中唐、北宋、清代的《文选》传播与接受作了宏观考察或个案研究；与会学者用力更多的，则是对《文选》选录作家作品的研究，譬如杨明《〈文选〉所载陆机诗六臣注议》，条分缕析地对陆机诗六臣注作出了补正，程章灿《重设时间标准与历史位置——读〈新刻漏铭〉》则深入发掘了陆倕《新刻漏铭》所隐含的政治文化意味，而卢盛江、力之、卫绍生、孙尚勇等学者对曹植诗歌声律、《与嵇茂齐书》之作者、《陶征士诔并序》的文化意蕴、谢灵运山水诗的特质意义等作了考辨解析。虽然从宏观上看，上述研究仍不出"新选学"之界域，但在广度和深度上都有拓展，譬如《读〈新刻漏铭〉》昭示了文本解读关注文化意蕴的重要性，又譬如《〈文选〉所载陆机诗六臣注议》展现出六臣注之价值和局限，郭宝军《1930年代的"施鲁之争"及文选学史意义》突显了民国时期《文选》传布的情形，等等。

（三）材料翔实、观点新颖

值得注意的是，本次会议的研讨论文，大多体现出材料翔实、观点新颖的特点。譬如，杨明《〈文选〉所载陆机诗六臣注议》，征引四部文献数十种，可谓广征博引，解析透彻。作者以为"李善注略嫌简略，需要阐发和补充；间有不妥之处，亦应予以纠正。至于五臣之注，偶有可资理解文意者，但也时见其谫陋"，持论有据，令人信服。再如程章灿《重设时间标准与历史位置——读〈新刻漏铭〉》，作者出入文史，广征载籍，阐明刻漏之文化意义，复多方比对，揭示陆倕《新刻漏铭》"新"之所在，进而提出文学经典与政治权力交互相生的观点，颇有启发意义。其他如游志诚《〈文选〉抄配本——据宋刊广都本〈文选〉为例》，搜罗众本，细致比对，揭橥了《文选》版本研究当注意抄配补卷之课题；张亚新《〈嵇康集〉版本源流考述》，清晰展现了《嵇康集》版本之源流演进，对于推进嵇康研究具有参考价值；吴晓峰《〈文选序〉所存六朝时语研究》，结合六朝语言、文化习惯来考释《文选序》之重要语词；诸如此类，均值得学界关注。

（四）立足文献，回归文学

本次学术研讨，还体现出立足文献、回归文学的特点。学术工作，其实就是找到材料、读懂材料、分析材料。这就决定了立足于文献的重要性。要追求文献的齐全和可靠，要保证文献的品质，这是学术研究的基础。与会学者的论文，大多在文献上下足了功夫，或长于考辨，如力之《〈与嵇茂齐书〉非吕安作辨及辨之方法问题》，鞭辟入里，信而有征；或重在解读，如柏俊才《〈文选·为范尚书让吏部封侯第一表〉锥指》，着力对作品之本事和特色作了深入解析。值得一提的是，郑州大学出版社新近出版了俞绍初等整理的《新校订六家注文选》，堪称《文选》文献研究的硕果，得到了与会专家的好评。另外，刘跃进编著的《〈文选〉旧注辑存》正在进行中，该书汇聚《文选》各家注文，具有显见的文献价值和学术意义。当然，《文选》毕竟是一部文学总集，围绕它展开的研究也必然要回归文学本位。无论是《文选》版本的甄别、作品本事的考索，还是字词典制的训释、传播接受的探究，都要服从或服务于《文选》之文学研究，直抵其文学特质与文学意蕴。从会议论文集中在《文选》作家作品的研究或文学体类的辨析来看，回归文学本位的倾向是得到体现的。

总体而言，本次会议讨论热烈，成果丰硕，与会者达成了一些共识，譬如，要加强《文选》的文献研究、《文选》的文章学研究、《文选》的批评学研究等，并特别强调要立足于《文选》文本，突出《文选》的文学性。应该说，这些看法对今后的《文选》研究具有重要的指导意义。

四、回顾选学史，展望新未来——第十三届"文选学"国际学术研讨会综述

一百年前，黄侃执教于北京大学，讲授《文选》，开启了现代"文选学"的序幕。2018年8月3日—8月5日，由中国《文选》学研究会主办，北京大学、北京大学中国古代诗歌研究中心、东亚古典研究会承办的中国《文选》学研究会第十三届年会暨"百年选学：回顾与展望"国际学术研讨会在北京大学隆重召开，意义重大。来自中国大陆及港台、日本、新加坡、美国的百余位学

者参与研讨,收到学术论文近百篇,气氛融洽,成绩斐然。为总结成绩,展望未来,特从四个方面作一综述。

(一)关于《文选》文本研究

自"选学"诞生以来关于文本的研究一直都是研究《文选》的重要组成部分,文本的训诂和作品的解析更是传统"文选学"的两大主题。《文选》的文本研究成就嵯峨峰立,本次会议在前贤的研究基础上深入探索,在文本研究方面取得了显著的成绩,斩获颇丰。

南京大学程章灿教授《多与一:杂体与总集——〈杂体诗三十首〉之选人命题与〈文选〉之诗体别裁》,通过分析比对认为,与谢灵运《拟魏太子邺中集》相似,江淹拟古诗即《杂体诗三十首》具有"集"的性质,在选人取材方面合于《隋书·经籍志》的总集选录的准绳,总集各家诗风,选取代表性篇章;又其诗集的命题分类与《文选》亦高度吻合,所以江文通的拟古诗集在表面看来是拟诗的汇集,而在这背后却是其创作的一部先唐五言诗批评选集,是对五言诗史的批评整理使之经典化的过程。中山大学许云和教授《论刘令娴和她的诗》,指出刘令娴在明清两世之评价因对其诗的改窜、文献的混乱以及先入为主的观念导致偏颇。许教授重新稽考遗存的历史文献对刘令娴身世、为人予以澄清还原,并阐明其诗有自己独特的蕴涵,不能望文生义随意曲解,肯定了徐陵《玉台新咏》所收八首刘令娴诗作的艺术成就,认为这是其诗作的巅峰,对南朝"新诗"——宫体诗的贡献不可磨灭。陕西师范大学杨晓斌教授《〈文选〉录文篇题的流动性与稳固性——以"赋"类的几篇作品为例》,指出一篇作品在完成之后,题目流传至今并非一成不变的,补题、重拟和改题时时有之。作者以"赋"类为例,指出在《文选》编纂的过程中,由于一些作品须分篇,因而原有的题目与分篇后的内容不甚相合,已经不再适用了,需要重拟题目。但是不是所有篇幅较大的作品都可以随意分篇的,也是有依据的,不能随意割裂。可以分篇的作品一者要合于文章主旨具有内在的联系性,二者分篇后各自的形式结构又相对独立完整。故《文选》的篇名是具有流动性质的,而分篇的传统有其内在的逻辑或潜在的规范,又是相对稳固的。日本九州大学栗山雅央博士《关于〈幽通赋〉曹大家注的学术性研究》通过分析曹大家注文的形式特征背后的蕴藉,发现其训诂内容的独特之处。作者指出,曹注引《诗经》多宗班氏家学"齐诗",又多引《论语》重视儒家思想。因此,可以看出曹大家注具有反映汉代学术情况、保存了关于"齐诗"的珍贵资料,以及汉代学者依师求学而不能仅凭书籍来建构学问的现象等方面的学术性价值。作者进而指出曹大家注是文学注释的起源之一。常州大学边利丰教授《〈文选·陶征士诔并序〉"文取指达"说平议》,指出颜延之仅用"文取指达"来评论陶渊明实际上是含蓄地否定了其诗文质朴无华、宁静淡远的风格。另有西南交通大学罗宁教授《旧题萧统〈锦带书〉(〈十二月启〉)辨伪》、广西师范学院尹玉珊副教授《亡佚还是失收——〈文选〉未收阮瑀的表檄等原因管窥》、郑州大学王翠红博士《〈文选〉李善注"再见从省"义例探微》等论文,考辨深入,见解新颖。

有的文章重在对《文选》某类文章进行考察分析。中国传媒大学钟涛教授《〈文选〉"张茂先女史箴"与两晋箴文书写》,指出作为《文选》中唯一收录的箴体文章,张茂先《女史箴》从内容到形式既有传统上的继承又有所新变,呈现出两晋箴文发展的一些特点,是属于时代的代表作,证明了其入选的合理性与必要性。在此基础上钟教授更深入讨论了两汉至魏晋的箴文写作的继承与新变。商丘学院樊荣教授《从〈喻巴蜀檄〉到〈难蜀父老〉》,细读文本之下,分析两篇文章写作背景和特点,论述了抒情小品赋的理论价值。台湾中央大学郭永吉副教授《〈文选〉所收三篇"设论"探析》,着重对《文选》之"设论"展开探析和推论。台湾清华大学王楚博士《〈文选〉"符命"类名诠解》,推论《文选》符命类文章与"封禅"的关系,其所收三篇文章重在"劝"封禅,代表作当为班固《典引》。北京师范大学吴沂沄博士《都邑、游览与文学主题的新变——从〈登楼赋〉〈芜城赋〉谈起》,考察了《文选》"游览"类中王仲宣《登楼赋》与鲍文远《芜城赋》,梳理了都邑所承载的文人情志以及"登高望远""思归怀古"的文学主题的形成。

有的学者侧重于文本的细读,依据具体的作品具体分析进行研究。陈思王《洛神赋》"感甄说"是著名的学术疑案,清华大学孙明君教授《〈洛神赋〉:幻觉体验与赴水隐喻》,从文本本身出发,通过细读文本,发现传统的"感甄爱情说"和"寄心君王之说"皆有不通之处,转而运用现代医学观念的"心境障碍",结合曹子建现实生活中的政治失意以及多种事件刺激之下来进行解释,认为《洛神赋》是曹子建在精神面临崩溃的一种隐喻,踽踽独行与洛水之畔想要投水自杀前所经历的幻觉体验。台湾清华大学朱晓海教授《论〈赭白马赋〉》，文章论述了赭白马的来历，从"颂圣""咏物"和"畋猎"三方面分析此赋的写作技巧和模式。论证了其在《文选》中的地位和分类是十分恰当妥帖的。又与应玚的《憋骥赋》、祢衡的《鹦鹉赋》以及张华的《鹪鹩赋》进行对比，认为诸赋皆是人、物两写，表现出当时不同的文士心态。最后强调《文选》虽然有其较成熟的分类别体，但容易迷惑学者，难以更广阔、更深入全面地去探究文本。其他如北京大学程苏东副教授《"诡辞"以见义——论〈太史公自序〉的书写策略》、集宁师范大学李俊教授《再读〈报任少卿书〉》分别详析了司马迁的写作笔法和特征。又美国瓦尔帕莱索大学张月教授《〈文选〉咏史诗新探：历史记忆与左思〈咏史〉》、河南师范大学张富春教授《论孙绰〈游天台山赋〉有无色空思想之近源及意义》、郑州师范学院王晓东副教授《王粲〈七哀诗〉二题》从具体作品出发提出并论述了相关的问题。

（二）关于《文选》学史研究

《文选》的研究在隋唐之时就已经开始。骆鸿凯《文选学》："自《文选》成书，至隋即有萧该著书，首加研讨，实开文选学之先河。"（骆鸿凯《文选学》第29页，中华书局2015年3月）唐朝的曹宪、许淹、李善、"五臣"等人致力于《文选》学的发展与传播，经过宋元明三朝，传统"文选学"大成于清。清季以来西学东渐，传统"选学"也发生了变化，开启了"选学"研究的新篇章。大会对以往的"选学"研究做了积极的梳理与总结。

在传统"选学"与现代"选学"的划分方面有长春师范大学陈延嘉教授《黄侃——现代文选学的创立者》，详细论证了黄氏《文选》研究是现代"文选学"的肇始：黄氏的研究具有理论自觉，首次划分了"文选学"和"文选注学"，并运用《文心雕龙》来指导《文选》的研究。其研究文选重视文本、参校诸史、覈验清"选学"家的成就，尽可能地蒐罗版本，提出研治选学的方法，并在具体的实践中取得了卓越的成果——《文选平点》，其内容全面且深入，研究具体且系统。陈教授在充分肯定骆鸿凯《文选学》成就的前提下，认为骆氏实则承袭黄氏家法，一脉相承，故而认为黄氏研究《文选》实为现代"文选学"的权舆。台湾彰化师范大学游志诚教授《刘咸炘文选学新方法的启示及其开展——论"双文学"的建构》，指出刘咸炘攻治"选学"，将《文选》与《文心雕龙》相互参证，双学并治的研究方法称为"双文学"。刘氏在实践当中借文献目录学之说治《文选》，合文史一处，亦乃早期跨界研究示例之一。在《文选》分体方面刘氏重排文体序列，使之符合《文心雕龙》文体论，且其"双文学"方法推尊《七略》目录学，其所分文体先后皆依之。"双文学"的方法虽非刘氏首创，但其浸淫于二者多年，认为《文选》与《文心雕龙》"貌同心异"、各主广狭。郑州大学刘志伟教授《中国文选学研究会与当代"文选学"发展史——以历届"文选学"年会论文为研究中心》，指出20世纪改革开放时"选学"研究开始复兴，当代"选学"的研究走向亟待解决。文选学会的成立开拓了当代选学的新局面，起到了引领的作用。前贤学者的大量研究成果，开辟领域，孜孜不倦，在内容和方法上取得了进展，础基构架，奠定了当代"选学"的方向。又筑垒平台，汲养后学，引领优良学风。可谓当代"选学"之先锋，贡献高卓，垂范后来，引领推动了"新选学"的发展。文中还描述了当代选学的地域分布概况，依据历届文选学会的论文数据，分析了当代选学的系统建构、基本情况以及研究内容和方法的新变，提出了所存在的不足。作者还总结了当代"选学"的重要组成部分——域外"选学"的研究成果，展望和思考了未来"选学"的发展。另有河南大学郭宝军副教授《何以妖孽：清代民初〈文选〉派的一个考古学考察》，主要就汉宋之争的骈文（文选）古文（桐城）和新旧之争的新文化运动与《文选》派、桐城派之争进行批评和论断。

　　学者对于近代几位选学的重要学人做了评价和缅怀。河南大学王立群教授《王运熙的〈文选〉研究》归纳总结了王运熙先生对于"选学"的贡献，在"选学"遇冷之时期，坚持研究《文选》，为"选学"正名，推动了中断十余年的《文选》研究，在《文选序》研究、《文选》成书研究、《文选》与《文心雕龙》《诗品》关系研究方面取得了显著成果和广泛的学术影响。又王教授《从现代〈文选〉学史的角度看曹道衡先生的〈文选〉研究》，充分肯定了曹先生在《文选序》研究、选录标准研究、《文选》成书研究、《文选》与《诗品》及江文通《杂体诗》关系研究以及《文选》文本研究方面的重要贡献和对现今"选学"的意义。另有首都师范大学冷卫国教授《永远的怀念——忆曹道衡先生》、商丘学院樊荣教授《高山仰止，景行行止——缅怀曹道衡先生的提携与指导》对曹先生表达了追思与缅怀。

关于清代《文选》学史的整理有香港岭南大学汪春泓教授《朱绪曾〈《玉台新咏》与《文选》考异〉小笺》。朱绪曾《〈玉台新咏〉与〈文选〉考异》一文站在目录学、文献学史的角度对比分析了二书,汪教授主要从诗歌作者、文字差异,追溯材料出处,所选作品的多寡所反映二书的各自性质与背后的政治因素即萧统、萧纲的政治身份所存在的联系等方面肯定朱绪曾的研究成果、学术态度及方法,为二书的联合研究做了一定的学术示范。金少华副教授《王念孙〈读文选杂志〉志疑》,针对王氏《读文选杂志》一百一十五条中的七条进行论证;南江涛《王同愈批校〈文选〉述略》,指出王氏批校本《文选》是很有价值的本子,对于我们了解苏州、扬州,清一代江南地区研读"选学"颇有参考价值。

另有日本庆应大学张明杰教授《罗振玉与〈文选〉学——罗氏文献刊本之功绩》、日本国立金泽大学李庆教授《日本〈文选〉学的新成果——读日本新出的两种〈文选〉学新著》以及罗静、林琳、张原《奥地利汉学家赞克的〈文选〉德译初探》等文章总结梳理了《文选》相关的学史。

(三)关于《文选》文献学研究

从文献学的角度研究《文选》,无论是传统"选学"还是现代"选学",一直以来都是研究的重点,是《文选》研究的重要组成部分。关于文献的版本校勘、训诂考释、出土文献的整理等都是研究的主要方面,本次会议进一步深化了《文选》文献学的研究。

北京大学傅刚教授《〈文选〉用〈汉书〉证》,指出在魏晋南北朝期间,《史记》的地位及影响远不如《汉书》;《隋书·经籍志》所注《史记》仅三家,而算上梁时有初唐亡佚的注《汉书》的多达二十二家,足以证明魏晋南北朝时期萧统在编《文选》难免受到历史大潮的影响,故《文选》所收录的两汉作品重《汉书》而轻《史记》,通过校勘比对《汉书》《史记》和《文选》共同收录的两汉贾谊、枚乘、司马相如、东方朔、邹阳等人的文章文字之差异,证明《文选》的取文来自《汉书》。广西师范大学力之教授《〈文选·两都赋〉题下李善注辩证——兼论李善题注之适用度与整体观照及潜意识诸问题》,提出《文选》班孟坚《两都赋》下题注确系李善所注,而李善却误将"明帝"作"和帝"是由于潜意识在作怪,并认为此前学者否定此处非李善注的依据均难以立足,否定论是失准的。辽宁师范大学高明峰副教授《再论〈文选〉编纂问题》,

针对《文选》乃据前贤总集之再选本和《文选》的选录标准两方面进行了深入讨论，在以往成果的基础上得出了自己的见解。

关于李善注引书研究成为一大热点，相关论文有张珊博士《〈文选〉李善注引〈汉书〉刍议》，考察了《文选》李善注引《汉书》的基本体例，阐明了李善博引《汉书》的原因，推论李善利用《汉书》及其注文而成《文选》注，从内证方面佐证了隋唐之际《文选》学实乃导源于《汉书》学。刘群栋博士《从〈文选〉李善注论〈列子〉并非伪书》，文章列举分析了李善注引用《列子》的条目，认为《列子》一书在两汉魏晋至南北朝期间一直流传有序，多被当时作家征引，不能因现今《列子》书中有后人整理附益的晚出内容就定其为伪。北京大学吴相锦博士《李善注引〈论语〉及各家注考论》，主要分析了李善注引各家《论语》注，稽考来源，校订李注的错误，补正了胡克家《文选考异》和汪师韩《文选理学权舆》。黑龙江大学赵建成副教授《李善〈文选注〉引书义例考》，依据李善注引文献，参考李善注中所有的义例，从引用目的、书名标举、引文处理三个方面进行研究考察李善注的义例。关于注本研究成果还有首都师范大学踪凡教授的《论〈文选〉五臣—李善注的价值——以曹大家〈幽通赋注〉为中心的考察》。

《文选集注》自20世纪在日本发现以来备受重视。关于《文选集注》的研究有日本九州大学学者静永健《读〈文选集注〉札记》，指出在2015年10月，日本勉诚出版社使用最新的摄影及复印技术根据原卷翻制而成的高清彩色原寸版的——《国宝：文选集注卷第四十八·第五十九·第六十八·第八十八·第一百十三》，部分卷帙得到整理出版。文中以此次日本出版的集注第五十九卷，即李善注文选第三十卷前半（杂诗下）为例，进行文字考证，阐述其具体的文献价值。扬州大学宋展云副教授《〈文选集注〉中江淹〈杂体诗〉的研究评价——兼论先唐文本研究的方法》，指出先唐文本乃钞本具有不稳定性和衍生性，在研究时须多方比对、广蒐资料，相互参证，进行综合性研究。作者以《文选集注》中江文通《杂体诗》为例，揭示其中关于文学和文献学两方面的价值。提示《文选》的文本研究不仅限于文字更应注重探寻文本形态演变的话语方式、文化语境以及文本重塑等问题即文本具体的形成与演变，并结合诸多研究领域进行客观的综合性研究。日本御茶之水女子大学郑月超《〈文选集注〉

传入日本后的流传与保管——以金泽文库所藏〈文选集注〉为中心》,以金泽北条氏一族为线索,研究其所藏《文选集注》的来源与流传脉络,以进一步阐明《文选集注》在日本的传承。国家图书馆刘明博士《宋明州刊六家注〈文选〉发微》,高度重视印本与印次的研究问题。作者认为其有利于拓展现有的版本格局,又可以深化对版本自身实物形态之认识,重新定义其文献及版本价值。文中以宋刊明州本《文选》的两种印本——足利本和绍兴二十八年题记本为典型案例进行了充分分析论证。另有北京大学高薇博士《从"母本"到"变本":萧〈选〉旧貌之构建尝试——以敦煌善注写本与日藏白文古钞的对校为中心》和华侨大学王玮博士《尤袤本〈文选〉的刊刻及其选学价值》分别就《文选》旧貌的还原和尤刻本的价值做出了论述。

值得注意的是关于出土文献整理和语言音韵学相关方面的研究。王国维提出的"二重证据法"即出土文物与流传的文献相互佐证。浙江大学胡可先教授《新出墓志所见〈文选〉注者李善世系事迹考述》,认为近年来随着李邕家族墓志的出土,有助于我们利用出土的文物和历史文献一起梳理李氏族系。墓志中关于李善注《文选》和其讲学地点的记载更是十分珍贵的资料,为推进李善生平和《文选》注的研究,提供了可信的依据。另有佳木斯大学董宏钰博士《从蒙古国发现〈封燕然山铭〉来考察〈昭明文选〉的文本变迁》,指出《封燕然山铭》的发现直接证明了现今拓片系为赝品,廓清赝品对学术研究的误导,新发现的《封燕然山铭》对于文本的校勘亦有价值。北京大学孙玉文教授《宋玉〈九辩〉的语音技巧》,将《九辩》分为十章,逐章分析其中所含有的语音技巧,认为语音技巧有利于内容的表达,在句意的划分时具有标志作用,诵读具有音乐性,语音技巧的安排对于研究汉语语音史和汉语诗律学都有启示作用。郑州大学韩丹博士《〈文选〉李善音注的版本演变——从敦煌本到胡刻本》考察分析了《文选》前八卷诸版本所有音注,总结了李善音注的特点,揭橥与其他音注混乱的类型和原因,以考李善单注本的来源。另有长春师范大学邹德文教授《论正德本〈文选〉音注的声调系统特征》和江苏大学吴晓峰教授《〈文选〉的语料价值》分别在音韵和语言方面进行论述,颇有启发意义。

(四)关于《文选》与先唐文学史研究

《文选》与先唐文学史研究,使《文选》的研究进入更加广阔的层面,为

《文选》的研究注入了新鲜的血液。本次会议有多篇论文从先唐的文士、制度、文化、文体、文集编纂等方面研究《文选》，成果显著。

北京大学钱志熙教授《汉魏六朝"诗赋"整体论抉隐》，从诗赋在文学的纵向发展中互为先后、互为渊源；班固、刘勰以及萧统对诗赋源流的看法；从两汉至唐，文学中心一直是辞赋，诗的创作经历了几代的发展在唐时成为真正的重心；"诗赋"在两汉魏晋时代连类相称所指向的意义是宽泛的，主要包括诗、赋，有时也包括箴、铭、颂等韵文，是辞章的代名词，即类似于现今的"纯文学"；赋论源于诗论等方面展开论证，总结指出"诗赋"不是简单的目录学分类的组合，而是整体的、复杂的具有综合性的，是以诗赋为核心的"纯文学"共同体，是汉魏文学的核心理念，蕴含了中国古文学前期的发展态势，反映了中国古文学独特的体性。北京大学杜晓勤教授《汉魏六朝诗歌韵脚字异文校考》，效法前贤，从诗歌用韵角度，结合文本内容格式的内在逻辑，对逯钦立《先秦汉魏晋南北朝诗》中的二十一首诗的失韵之处，尤其是韵脚字，进行多方面比对分析，互参校考，取得了显著的阶段性成果。

关于文体方面的论述有广西师范大学胡大雷教授《〈文选·王简棲头陀寺碑文〉及寺碑文论》，佛教在南北朝盛行，萧氏皇家自然崇信，萧统编《文选》收入《王简棲头陀寺碑文》，然寺碑文多中土文人所制，仅被视为"佛教史料"未受重视。胡教授检索史料寺碑文的文体规范：多为著名文人奉敕而书，文字整饬，行文靡丽，内容多为该佛寺历史及佛教史，目的在于弘扬佛法。另有复旦大学陈特博士《文体侧重与文学史观——从文体角度论〈文心雕龙〉〈诗品〉〈文选〉文学史判断之不同》，认为刘勰、钟嵘、萧统文学史观的差异原因之一在于其论"文"时各有文体侧重。李佳《〈文选〉"难"体与先秦"语"体——兼及"对问""设论"的文体溯源》，探讨了"难""对问""设论"与先秦"语"体的源流关系。长春师范大学王大恒博士《江淹创作所体现的文体分类意识》，指出江淹在进行文学的创作中体现了文体分类意识的特点。

在文集编纂方面有中国社会科学院吴光兴教授《两汉辞赋文明与文集"首赋"体制——兼释萧统〈文选〉"甲赋乙诗"问题》，从目录文献学、辞赋文学史、学术文化史，三位一体，综合分析文集体制中"首赋"体制的形成渊源的方向交汇于汉明帝、汉章帝的"永平—建初校书"年间即公元六十至八十年代间，班固为兰台令史校书依《七略》而为《汉书·艺文志》，在此期间或为文集发源阶段，出现了"首赋"的端倪；此时正是文学观念史上之司马相如"典范化"的结束，"辞赋化"进程的加强以及学术史上以扬雄为开端，班固总其成的"诸子"转型"论书"，"诗赋"走向"文集"的转变。因此"首赋"体制的建构离不开班固，其上承扬雄开千年文学史之"《汉书》—《文选》"时代。湖南师范大学徐昌盛副教授《早期总集的生成与演进：〈邺中集〉到〈文章流别集〉》阐述了百年总集产生、发展和成熟的复杂演进过程，是文体辨析发展、拟作兴盛以及文章媒介的革新所必然导致的结果。另有西北大学任雅芳博士《由〈古风〉组诗看李白创作、编集对〈文选〉的因与革》，着重讨论了李白创作、编集对《文选》的继承与创新问题。

学者还就六朝文士展开了研究。北京教育学院张亚新教授《竹林之游分期考》，分析了竹林之游的人物和地点，并以嵇康为主要切入点和主线，将竹林之游划分为竹林之游前期、竹林之游时期和竹林之游后期三个阶段。武汉大学钟书林教授《萧统与陶渊明的文学史地位——以〈文选〉为中心》，河南省社会科学院研究院、郑州大学卫绍生教授《从"五柳先生"到"六一居士"——中国传统文人的一种处世心态》和南京大学卞东波副教授《诗与杂传：陶渊明与〈高士传〉》，分别论述了陶渊明的文学史地位，陶渊明"隐"下的文士处世心态，陶渊明与《高士传》的联系。文化思想方面有中国社会科学院范子烨教授《喉转、胡笳与长啸——对繁钦〈与魏文帝笺〉和成公绥〈啸赋〉的音乐学阐释》，文章结合历史文献、音乐遗存及作者个人学习音乐的经验，分别对繁钦《与魏文帝笺》和成公绥《啸赋》进行音乐学的阐释，彰显汉晋以来草原音乐的魅力，证明《文选》不仅具有文学价值意义，亦有极高的文化艺术的含量。又河南科技学院刘锋博士《〈文选〉科举学引论》，就《文选》与科举联系和相互作用进行论述。其他如中国人民大学蔡丹君博士《谶纬思想与东汉明、章之际的礼乐改革》、厦门大学胡旭教授及其弟子刘美慧《邹、枚谏吴王书文本生成考辨》、冷卫国教授《试论中古辞赋与奏议的关系》、暨南大学王京州教授《阮籍〈咏怀〉诗旨趣探微》、南京大学童岭副教授《梁陈之际的文学典籍流传——以建康、江陵及襄阳三地为中心》等文章研讨《文选》问题各有侧重，考证翔实，评判公允，丰富了选学研究。

综上所述，本次会议取得了极为丰硕的成果，诸如研究视角与方法、研究材料与内容、研究观点与反思，都有着既深且广的开拓。与会者达成了一些重要共识，譬如，要进一步加强《文选》文献尤其是版本的研究，要进一步突出《文选》研究的理论性，等等。总之，本次大会值"百年选学"之际召开，继承了《文选》研究的优良传统，成果卓著，并为"选学"的未来发展指明了方向。

五、昭明文苑，增华学林——《文选》与《文心雕龙》国际学术研讨会综述

2019年3月29—30日，由江苏大学主办，镇江市图书馆、镇江市社会科学院、镇江市历史文化名城研究会协办，江苏大学文学院语言文化中心承办的"昭明文苑 增华学林——《文选》与《文心雕龙》国际学术研讨会"在江苏大学隆重召开。来自美国、日本、中国内地及港台的百余位专家学者参与研讨，收到学术论文80余篇。此次大会首次针对《文选》与《文心雕龙》两部作品展开专题研讨，具有里程碑的意义，特作一综述，以供学界参考。

（一）历代《文选》学与《文心雕龙》学的研究

《文选》学与《文心雕龙》学历史悠久，一代又一代的学者推动"南朝双璧"的研究不断迈上新台阶。总结前人研究成果和经验，不失为开辟新境的有效途径。

关于"龙学"的研究，肇庆学院张志帆副教授《台湾〈文心雕龙〉的研究与展望》，梳理了从20世纪50年代至今，台湾产生的《文心雕龙》硕博论文。作者指出，随着时间的推演，在台湾有关《文心雕龙》研究的着重方向有所不同。从早期进行全盘性的研究，接着引进西方理论，再到与应用结合的研究，直到近年来研究者开始结合不同文本，从比较文学的角度研究，这一历程见证了《文心雕龙》学的多元性与永恒性。

章黄学派在"龙学"史上具有重要地位。中国海洋大学李婧讲师《章黄学派与现代"龙学"的确立与延传》，重点分析了章太炎、黄侃对现代"龙学"做出的贡献，以及章黄学派在大陆和台湾发展。安徽师范大学黄诚祯博士《"章黄学派"与百年"龙学"的拓进》，讨论了章黄学派于20世纪《文心雕龙》学术史演进中所扮演的角色。台湾静宜大学邱培超副教授《知识扩张，典范转移——黄侃〈文心雕龙札记〉的文学论述及其学术史意义》（提纲），着重探究黄侃《文心雕龙札记》一书在中国近代文学知识转型历程中的意义。

古往今来的其他学者也都致力于"龙学"研究。安徽师范大学李平教授《〈文心雕龙〉黄批纪评辨识述略——从杨照明"范注"举证说起》，将黄叔琳批语和纪昀评语进行梳理，总结辨识两者的有效方法，从而纠正并减少讹误，为"龙学"研究夯实文献和材料的基础。江苏大学徐美秋讲师《论纪昀对〈文心雕龙〉的接受》，认为纪昀对刘勰《文心雕龙》的接受不仅在于评读对话，更在于引申应用；其应用不仅在于文献考证和义病指摘，更在于思想理论上的共鸣。复旦大学杨明教授《钱钟书先生论〈文心雕龙〉》，将钱钟书先生《谈艺录》《管锥编》《七缀集》等著作中，谈论到有关《文心雕龙》的内容聚在一起，加以观察，由此来分析钱钟书先生对《文心雕龙》的研究态度与具体见解，揭示出"钱学"在《文心雕龙》学术史上的意义。另有山东莒县刘勰文心雕龙研究所朱文民研究员《黄叔琳与中国古典"龙学"的终结》、山东大学戚良德教授《对〈文心雕龙〉进行语体翻译的最早尝试——评冯葭初的〈文心雕龙〉"白话演述"》、崇文书局陶永跃编辑《读〈《文心雕龙校注拾遗》补正〉——兼论吴林伯先生的治学气象》、安庆师范大学叶当前教授《饶宗颐的〈文心雕龙〉探源研究》、山东外事翻译学院魏伯河教授《周勋初先生研治"龙学"的方法论启示——〈文心雕龙解析〉阅读感言》、分别探讨了黄叔琳、冯葭初、吴林伯、饶宗颐、周勋初与"龙学"研究的关系。

有关"选学"的研究，主要有武汉大学王庆元教授、中国空间技术研究院黄磊主任《骆鸿凯〈文选学〉与周贞亮〈文选学讲义〉成书过程的再思考——疑云辨析之三》，在《骆鸿凯〈文选学〉与周贞亮〈文选学讲义〉疑云再考辨》的基础上，整理材料，得出了一些新的结论。郑州大学高小慧副教授《试论杨慎对〈文选〉的评价与接收》，指出杨慎极力推崇《文选》作为后世师法的模板，肯定萧统《文选》的"典丽"思想，而且杨慎的诗歌创作也明显继承了《文选》的优秀传统，极大地推动了明代《文选》学的发展。国家图书馆出版社南江涛副编审《读以解经，校以致用——焦循批校本〈文选〉初探》，探究了焦循批阅本《文选》的辗转经历，整理了焦循批校的内容，并分析了焦循校读《文选》的方法与目的。

（二）多元视角下的《文选》与《文心雕龙》研究

随着研究的不断深入，对《文选》与《文心雕龙》的研究呈现出多元化的态势，专家学者们致力于全方位、多角度的探究，使《文选》与《文心雕龙》的研究再上一个新台阶。

学者对于《文选》的研究，主要从版本注释、作家作品等方面分别进行研究。关于版本注释方面的研究，华东师范大学丁红旗副研究员《关于南宋陈八郎本〈文选〉的一些考察》，指出不应忽略陈八郎所刻印的《文选》价值，重新全面、公正地认识和评价陈八郎本《文选》，有助于探求五臣注的原貌。广东外语外贸大学张典友副教授《敦煌吐鲁番本〈文选〉书法及其文献学意义》，提出了书法学和《文选》学交叉研究的新视角。福建师范大学穆克宏教授《尤刻本〈文选·洛神赋〉李善注志疑》，对《文选·洛神赋》篇进行了仔细的分析，指出了胡克家《文选考异》中的一些错误。河南科技学院刘锋讲师《李善注〈文选〉留存〈汉书〉旧注考述》，对李善注《文选》所取先唐《汉书》旧注的体例进行了梳理，并对一些存在的问题进行了考述。宝鸡文理学院李剑清讲师《陆机〈谢平原内史表〉"入朝九载，历官有六"句李善注指瑕——兼论陆机仕晋的履历宦迹和悲剧命运》，从任职时间界限、中央官职与王国官制之别、任职地的变迁三个方面对李善注的失察之瑕进行补正，并彰明陆机在晋朝的职位和品阶，同时考察了陆机在西晋王朝中的政治命运。

有的文章重在对《文选》具体作家作品进行考察分析。台湾中国文化大学黄水云教授《论潘岳〈籍田赋〉之创作背景及其时代意蕴》，认为萧统对潘岳《籍田赋》十分重视，《籍田赋》本身具有特殊的时代意义。作者细读文本，从社会氛围、政治目的、创作背景、时代意蕴四个方面，对《籍田赋》进行了深入的分析。陕西师范大学柏俊才教授《〈文选·为范尚书让吏部封侯第一表〉锥指》，对作品文本的流变、本事、特色三个方面进行了解析。扬州大学宋展云副教授《〈文选〉所收作品经典化历程——以〈古诗十九首〉为例》，通过梳理相关注解、拟作和评点材料，探究古诗独特艺术风貌和文学接受途径以及《文选》作品的经典化历程。

此外，西安文理学院魏耕原教授《汉代隶书与文学的审美趋向共同性——以〈文选〉汉大赋与〈古诗十九首〉为中心》，广西师范大学于堃讲师、庞国雄讲师《〈文选〉与选本学》，广西师范大学周春艳博士《非因立场游离、武帝影响与萧统心境变化所致——〈文选序〉与〈文选〉差异说辩证》，广西师范大学吴大顺教授、万紫燕博士《"古选"之内涵及其流变》，从其他不同角度进行论述，颇有启发意义。

对《文心雕龙》的研究，主要从理论视域、文本细读、思想背景等方面展开。就理论视域而言，有的文章突出文体观念。如北京师范大学姚爱斌教授《文体分化与规范偏离——〈文心雕龙〉与南朝文学新变观的若干类型及关系》，将《文心雕龙》的新变观与同时期的萧氏文学新变观和钟嵘《诗品序》中表达的新变观进行比较。指出刘勰《文心雕龙》中的新变观是强调通过学习经典文体、继承传统规范以制约文辞层面的新变，恢复文体的完整与统一。赣南师范大学吴中胜教授《〈文心雕龙〉与中国对策理论的早期建构》（提纲），指出以刘勰《文心雕龙》为代表的成熟期的中国文论，关于对策人的才能、对策内容、对策文撰写的基本要求已有比较系统的探讨，是中国对策理论的早期建构。陕西师范大学刘银昌副教授《〈文心雕龙〉颂、赞内涵及源流》、扬州大学王逊副教授《〈文心雕龙〉"赞曰"体制特征研究》（提纲）分别从颂、赞两个文体及每篇"赞曰"体制对《文心雕龙》特点进行研究。首都师范大学刘尊举《〈文心雕龙〉"八体"识微》对《文心雕龙》的评价标准进行分析。山东大学文艺美学研究中心伏煦助理研究员《〈文心雕龙〉与作为批评文体的骈文》从骈文的角度切入，对《文心雕龙》成功的原因及存在的一些缺憾进行讨论。

有的文章结合理论批评展开论述，如北京语言大学李瑞卿教授《易象之意象——〈文心雕龙〉意象论析》中谈到，刘勰意象概念涉及到形神问题、易学模式下的意、象、言关系问题、言意问题三个方面。认为刘勰将易学中的意、象、言之间的逻辑巧妙地嵌入到诗学体系中。山东大学张然博士《从文图理论看〈文心雕龙〉的"神用象通"说》，强调从文图理论切入研究《文心雕龙》，视角新颖。作者将"神用象通"说作为分析对象，详解其与文图理论的关系，是一种将《文心雕龙》与当代学术理论相结合加以阐释的有益尝试。贵州师范大学郝永教授《〈文心雕龙〉辞赋理论批评体系考论》、金陵科技学院乔孝冬副教授《〈文心雕龙〉"谐隐"理论下的谐谑小说意识》、江苏大学陈晓红讲师《文学批评史家视野中的〈文心雕龙〉性质论析》、南京大学董韦彤博士《〈文心雕龙〉作家理论内涵及其体系探究》等,也都突出了理论批评的视野,颇具价值。

有的文章紧扣《文心雕龙》的文本细读,从中提炼出有价值的选题或观点。台湾中国文化大学徐纪芳教授《以〈文心雕龙·明诗·声律〉试评明传奇〈范雎绨袍记〉》探索《文心雕龙》对明传奇的影响,角度新颖。阜阳师范学院张明华教授《从"君子比德"到"国家以成"——论郭璞〈江赋〉中的比德思想》,结合郭璞的《江赋》分析他对"水德"理论的突破和发展,从而体现出他的"比德"思维,以及"至德"的思想。其他如宁波大学赵树功教授《成体之道:〈文心雕龙〉"体性""风骨"篇关系重估——兼议以"风格的多样性统一"理解古代文体论的合理性》、清华大学戚悦博士《〈文心雕龙·祝盟〉"夙兴夜处"解》、内蒙古包头师范学院丁海玲讲师《浅论〈文心雕龙·隐秀篇〉》、天津师范大学张秋升《从〈文心雕龙·史传〉篇看刘勰的文史关系思想》等,均结合《文心雕龙》的具体篇章来探究其内涵或思想。

有的文章着力探究刘勰的思想背景。如西安文理学院李小成教授《〈文心雕龙〉的体大思精与刘勰的佛学背景》、临沂大学王春华《〈文心雕龙〉与孔子思想》、临沂大学于联凯《从〈文心雕龙〉看刘勰的哲学思想》等。

此外,华东师范大学杨焄教授《唐写本〈文心雕龙〉残卷的披露、传播和疑云》,肯定了唐写本《文心雕龙》的重大价值。江苏大学佘福玲《文心赓续日新其业——论〈文心〉对〈文心雕龙〉的接受与发展,兼谈中学语文教学应用》,发现了夏丏尊、叶圣陶所著的《文心》与《文心雕龙》之间的关系,并对其在中学语文教学中的应用进行探析。

(三)《文选》与《文心雕龙》的关系研究

本次会议的创新意义在于将《文选》与《文心雕龙》的研究相结合。中国《文心雕龙》学会会长左东岭表示,二者的交叉将在学术方法和学术理念上相互启示,收到相得益彰的效果。许多学者进行了有创新性、针对性、深入性的研究,开启了《文选》与《文心雕龙》研究的新篇章。

在《文选》与《文心雕龙》选录标准方面,江苏大学董玮《从〈文选〉和〈文心雕龙〉的选录标准看齐梁文学重采轻骨之风》,从诗与赋两种文体的选篇分析《文选》对于文学审美价值的重视,又从诗歌、乐府、赋三种文体入手,探讨《文心雕龙》文质并重的文学理论主张和对齐梁文风的反映纠正。从而指出齐梁时代文学对文采的强调和一定程度上对魏晋时期风骨的轻视。另有长安大学岳进副教授《〈文心雕龙〉与〈文选〉的选赋比较》（提纲），从赋体选录的角度将《文选》与《文心雕龙》进行比较。长春师范大学《昭明文选》研究所马朝阳助理研究员《从论选陆机作品看〈文选〉〈文心雕龙〉之关联》，从陆机被选入二书的作品入手，探究两书的选评特点、文体观念、文学观念。

六朝时期文人辨体意识强烈，关于文体的研究一直是研究《文选》与《文心雕龙》的重要组成部分。一些学者将两部作品的文体研究结合起来，继承并深化了之前的研究成果。辽宁师范大学刘可、高明峰副教授《〈文心雕龙〉与〈文选〉哀祭类文体探究》，论述了哀祭类文体的释义及演变，将《文心雕龙》与《文选》哀祭类文体的相似性和差异性进行比较，在此基础上分析了《文心雕龙》与《文选》哀祭类文体评录异同的原因。平顶山学院田瑞文教授《设论体文学史意义再审视》，指出设论体在当时对文人才位不当的抑郁之情具有现实的疏导功能，并在汉魏六朝产生着实际的社会影响，从《文选》《文心雕龙》对设论体的批评可以看出此时人们对设论体文接受的文学现实，但人们对设论体文形式的评价有所偏颇，应对此进行重新审视。另有山东大学赵亦雅博士《〈文心雕龙〉与〈文选〉颂、赞二体评选比较》，认为颂、赞二体凸显了《文心雕龙》和《文选》在成书目的、选篇标准和文学思想上的不同认识。江西师范大学汪群红教授、吴斌《〈文心雕龙〉赋论对何焯〈选〉赋批评之影响》，认为《文选》和《文心雕龙》"相辅而行"，并对何焯《选》赋产生了一定影响。

有的文章着重结合《文选》与《文心雕龙》的文本，展开对六朝时期语言文字、文学思想及美学观念的考察。江苏大学吴晓峰教授《〈文选〉与〈文心雕龙〉中的几个六朝时语》，对"玄风""作者""若斯之流""若斯之类""篇什""贸""梗概""风流"几个词语加以分析，对汉语词汇和《文选》与《文心雕龙》的文本进行了仔细研究。上海交通大学张玉梅教授《〈昭明文选〉与〈文心雕龙〉之关系考：字象与诗象融合视角下再读〈招隐士〉》，从骚体小赋《招隐士》而观照《文选》和《文心雕龙》。另有山东大学李飞、济南大学石静《释"仲宣绵密，发端必遒"——兼论六朝时期"遒"作为美学概念的三种意义》（提纲）、西华大学王万洪副教授《魏晋南北朝雅丽文学思想论》（提纲）

123

论述了相关问题。

此外，镇江作为刘勰的故乡以及萧统的家族聚居地，与《文心雕龙》和《文选》都渊源颇深，还有几位学者从地域角度出发，作出了新的探索。信阳师范学院陶广学讲师《一座多景楼，几多登临意——由地域视角论两宋诗人题咏多景楼》，指出两宋之际诗人大量题咏多景楼，与多景楼位处镇江北固山及其周边的壮丽风光有很大的关系。江苏大学杨贵环副教授《光绪〈丹徒县志〉所录六朝诗探赜》，从清代何绍章、冯寿镜修，吕耀斗纂的光绪《丹徒县志》入手，从文本内容分析、诗人交游的探究、文本来源的比较等三个方面深入挖掘，在一定程度上丰富了镇江地方文学和文化资源。陕西师范大学王作良副教授《唐人诗文中"金陵"指代镇江论略》，则对唐人诗文中出现的"金陵"作了考察。

（四）《文选》与《文心雕龙》的域外传播研究

《文选》与《文心雕龙》的研究早已走向世界，成为国际性的"显学"。探究二书在域外的传播，与域外学者交流对话，有助于促进"选学"或"龙学"的拓展和深化。

一方面是国内的专家学者对《文选》及《文心雕龙》在域外的传播、影响进行的研究。江苏大学任晓霏教授、宜兴市丁蜀高级中学杨英智《基于语料库的〈文心雕龙〉中的隐喻及其翻译研究》，选取了四个英译本作为语料，借助语料库软件，统计分析《文心雕龙》中隐喻的分布规律及其翻译规范，探索经典论文海外传播的有效途径。江苏大学戴文静副教授、扬州大学古风《中国传统文论的海外传播现状研究——以西方〈文心雕龙〉的译介及传播为例》，提出《文心雕龙》在海外有着深广的影响，并且认为西方对《文心雕龙》的研究与东亚国家相比，面临着更加困难的翻译问题。由于国内对《文心雕龙》在西方的整体研究路径的描述则略显单薄，文章从译介现状和研究及传播的角度进行了全景式的把握和分析。江苏大学王明珍副教授《基于韩国学术期刊〈文心雕龙〉的研究实证》，梳理了韩国学术期刊对《文心雕龙》研究的方向、特点和趋势。江苏大学倪永明副教授、南京工业大学张鹏丽副教授《〈文选〉李善注商较——以〈三国志集解补〉引例为说》，考察日本学者金鹰真对卢弼《三国志集解》的补订工作，集中讨论了《三国志集解补》中所征引李善注《文选》的内容。宝鸡文理学院王鑫悦《〈文心雕龙〉和新批评派批评方法略论——以

"六观说"和"细读法"为例》,将刘勰在《文心雕龙·知音》篇中提出的"六观说"与英美新批评流派通用的"细读法"进行比较,梳理中西方对文论问题的相关诠释出现差异的原因。

另一方面是国外学者对《文选》与《文心雕龙》域外传播的研究。如日本福冈国际大学海村惟一教授《渗透在平安时代文学里的〈文选〉——以〈本朝文粹〉的"赋"为主》(提纲),重点考察《文选》对平安时代的日本"赋"作渗透的实况。美国北加州作家协会、美华艺术协会、北美牡丹诗会林中明会长《〈文心〉创艺〈文选〉串华——〈文心雕龙〉的当代应用与〈昭明文选〉的古典涵接》,着眼于《文选》的古典溯源和《文心雕龙》的当代价值,展开作者对中华文化中两大文学经典渊源和本质的探讨。

此外,还有一些论文难于归入上述四类,作集中介绍。福建师范大学郭丹教授《出土简帛文献〈性自命出〉中的文学理论》,论述了出土简帛文献《性自命出》中的文学理论,阐述了性、情、命的关系,情与礼的关系,人道与诗书礼乐的关系,真性情与"至乐"的关系,感物而动与"感物说"的关系,深化了对先秦文学理论的认识。上海交通大学朱丽霞教授《晚明几社〈壬申文选〉与南朝梁〈昭明文选〉(初稿)》,从晚明几社《壬申文选》对《昭明文选》的模仿角度来考察明季文坛创作的新走向。华东师范大学赵厚均副教授《〈文选颜鲍谢诗评〉与方回的六朝诗学观》、扬州大学贾学鸿教授《枚乘〈七发〉"广陵观涛"的文化考察》、信阳师范学院张振龙教授《建安时期游艺与文学关系的新变》、安徽大学吴怀东教授《苏轼论陶诗"质而实绮,癯而实腴"思想发微》、江苏师范大学周苇风教授《想象何以能够——中国古代对想象的猜度及其文学意味》、台湾师范大学徐筱婷教授《体国经野与空戏滑稽——北大汉简〈忘稽〉简为文人所作俗赋蠡测》等,选题新颖,颇有创见。

综上所述,本次会议取得了丰富而显著的成果,在研究视角、研究方法、研究材料、研究观点方面均有不同程度的拓展。参会学者形成了重要共识,也为今后的研究指明了方向。大会呼吁学界将《文选》与《文心雕龙》结合起来研究,既要重视理论阐发,构建富有中国特色的学术体系;又要立足作品解析,重返中国古代文学的创作现场。

第五章　他山之石：《文心雕龙》研究

一、浅析《文心雕龙》的小说观

小说，在中国历史上经历了从非文学到文学的转变，明清时期才演变为我们今天所指的具有完整的人物、环境以及故事情节的小说。《文心雕龙》作为一部文论巨著也体现了小说在发展过程中的一个形态。关于《文心雕龙》体现出的小说观念，前人说法不一，有的认为《文心雕龙》祖述了志人和志怪小说的渊源，否定了当时社会鄙视小说的观点①，有的则认为刘勰依旧体现汉人的小说观念，并未对小说观念做出实质性的发展与提升②，结论各异。笔者将从此切入，分析《文心雕龙》所体现的小说观。

（一）《文心雕龙》成书及成书前的小说观

有关《文心雕龙》的成书年代，学界说法不一，大致集中于齐末、梁一代，这里引用清代刘毓崧《书文心雕龙后》的结论，成书于南齐末。考察《文心雕龙》成书时及成书以前的小说观，可考察南齐末以前的小说观。

1. 史志目录所体现的小说观

产生于《文心雕龙》成书前后，现存可考的史志目录有《汉书·艺文志》和《七录》（存序）。

第一次系统地表述小说，始于班固的《汉书·艺文志》（以下简称《汉

---

① 赵伯英，胡子远《〈文心雕龙〉小说理论蠡测》，刊《盐城师专学报》1989 年第 3 期。
② 郝敬《刘勰〈文心雕龙〉不论"小说"辩》，刊《贵州师范大学学报》2011 年第 4 期。

志》):"小说家者流,盖出于稗官,街谈巷语、道听途说者之所造也。孔子曰:'虽小道,必有可观者焉,致远恐泥,是以君子弗为也。'"[1] 从中可提炼出有关小说的四个意思:(1)出自稗官,就"稗官"的存在与否学界说法不一,鲁迅先生认为,"《汉志》之叙小说家,以为'出于稗官'。如淳曰,'细米为稗。街谈巷说,甚细碎之言也。王者欲知里巷风俗,故立稗官,使称说之。'……然审查名目,乃殊不似有采自民间,如《诗》之《国风》者"[2],肯定了其存在,并否定了小说"出自民间"这一说法;(2)产生背景——街谈巷语、道听途说;(3)作用——必有可观者焉;(4)地位——君子弗为。

"小说家"所载十五家,鲁迅先生考察,梁时仅存《青史子》一卷,十五家内容多属伪作,七家依托古人,二家记古事,且"皆不言何时作"[3],"托人者记事而浅薄,记事者近史而悠谬"[4],内容驳杂,不具备统一的形态,其学术特质远大于其文学性,与现代意义上的小说有出入。加之"君子弗为",使当时的"小说"处在一种边缘化的地位之上,且陷入了畸形发展的怪圈:"边缘化——不为统治者及君子重视——边缘化"。"君子弗为"的原因在于,它不同于前九家"修身齐家治国平天下"。梁阮孝绪《七录》已佚,仅《广弘明集》保留了一篇序。前人多认为《隋书·经籍志》(以下简称《隋志》)是以《七录》为主。《隋志》成书晚于《文心雕龙》,故考察《七录》的小说观可参考《隋志》。

《隋志》载:"小说者,街谈巷语之说也……以知风俗……道听途说,靡不毕记……训方氏'掌道四方之政事,与其上下之志,诵四方之传道而观衣物',是也。孔子曰:'虽小道,必有可观者焉,致远恐泥。'……儒、道、小说,圣人之教也,而有所偏。"可知:(1)小说出自"训方氏";(2)产生背景——街谈巷语、道听途说;(3)作用——"知风俗""诵四方之传道而观衣物";(4)地位——与儒、道并列,"圣人之教"。对比可知,从小说的产生、社会功用来讲,《隋志》并未突破《汉志》的框架。鲁迅先生认为:"《隋志》所论列

---

[1] 姚娟《从诸子学说到小说文体——论〈汉志〉小说家的文体演变》,刊《西南交通大学学报》2009年第1期。
[2] 鲁迅《中国小说史略》,上海古籍出版社1998年版,第13页。
[3] 鲁迅《中国小说史略》,上海古籍出版社1998年版,第13页。
[4] 鲁迅《中国小说史略》,上海古籍出版社1998年版,第2-3页。

则仍袭《汉书·艺文志》。"①

关于《隋志》小说的地位，有人做过研究，认为《隋志》较《汉志》更为重视小说，并将《隋志》中的小说做了如下归类。② 以下，除《青史子》外，其余29部皆为《汉志》未曾著录。

分类	书名卷数	著者
历史传记小说	《燕丹子》一卷	不著撰人
先秦小说	《青史子》一卷	不著撰人
	《宋玉子》一卷《录》一卷	楚大夫宋玉撰
志人小说集	《群英论》一卷	郭颁撰
	《语林》十卷	东晋处士裴启撰
	《杂语》五卷	不著撰人
	《郭子》三卷	东晋中郎郭澄之撰
	《璅语》一卷	梁金紫光禄大夫顾协撰
	《世说》八卷	宋临川王刘义庆撰
	《世说》十卷	刘孝标注
	《俗说》一卷	不著撰人
志怪小说集	《座右方》八卷	庾元威撰
	《座右法》一卷	不著撰人
	《水饰》一卷	不著撰人
文言小说集	《杂对语》三卷	不著撰人
	《要用语对》四卷	不著撰人
	《文对》三卷	不著撰人
	《解颐》二卷	杨玠松撰
	《小说》五卷	不著撰人
	《辩林》二十卷	萧贲撰
	《琼林》七卷	周兽门学士阴颢撰
	《古今艺术》二十卷	不著撰人
	《器准图》三卷	后魏丞相士曹行参军信都芳撰

---

① 鲁迅《中国小说史略》，上海古籍出版社1998年版，第3页。
② 杜云虹《〈隋书·经籍志〉研究》，山东大学2012年博士学位论文，第197－199页。

续表

分类	书名卷数	著者
笔记小说集	《小说》十卷	梁武帝敕安长史殷芸撰
	《迩说》一卷	梁南台治书伏挺撰
	《辩林》二卷	席希秀撰
	《杂书钞》十三卷	不著撰人
文言笑话集	《笑林》三卷	后汉给事中邯郸淳撰
	《笑苑》四卷	不著撰人
杂记	《鲁史奇器图》一卷	仪同刘徽注

据王欣夫先生考证："《隋志》中注曰'梁有'的，就是指《七录》……也有李延寿根据它书或所见补入，并非《七录》所有而仍注'梁有'的。"由此可知，《隋志》中标注"梁有"的书目中的大部分为《七录》所有，而以上表格中虽有成书于《文心雕龙》以前的著作，但是均未注明"梁有"，也即，未为《七录》所收录（故左边一栏中对于小说的归类，尽管种类繁多，仍旧可以忽略不计。

2. 刘勰同时期及前人的小说观

张开焱："刘勰的前人和时人对小说的见解是从文体论角度切入的吗？回答是否定的。曹丕、陆机、挚虞、沈约、萧氏父子等人都曾对当世文体作过某些描述，但都没有提及小说，《昭明文选》搜录各种文体的作品，独无小说，这说明迄至齐梁，小说仍然不是一个文体概念；而刘勰同代人和前人提及小说的，亦都不取文体论角度。"① 张开焱认为小说在当时还不具文体，故未被提及。

刘勰时人及前人也都未从文体角度论及，且均站在大道的立场上来展开论述，如：（1）《论语·子张》："子夏曰：'虽小道，必有可观者焉；致远恐泥，是以君子不为也'"；（2）桓谭《新论》："若其小说家，合丛残小语，近取譬论，以作短书，治身理家，有可观之辞"；（3）张衡《西京赋》："小说九百，本自虞初"。子夏之"小说"是指与大道相对的浅薄的言论；桓谭认为小说的社

---

① 张开焱《魏晋六朝文论中的小说观念与潜观念——以〈文心雕龙〉的文体论为例》，刊《暨南学报》2007年第5期。

会功用为"治身理家",观念虽有所提升,但是依旧是站在"大道""小道"的对立格局上的;《西京赋》所言小说乃"医巫厌祝之术",而虞初为方士侍郎①。据刘向《说苑·序录》,"百家"又是"浅薄不中义理"者。

(二)《文心雕龙》对小说的论述

《文心雕龙》成书之际的小说仍不具备统一的形态,且所记内容驳杂。基于此,刘勰在书中并未直接正面地论述小说,唯一一次直接采用"小说"这一词语的,见于《谐隐》篇。

1.《辨骚》篇

篇中提到《楚辞》,以《诗经》作为参照物:"班固以为……非经义所载,然其文辞丽雅,为词赋之宗。"②刘勰既对《楚辞》作了肯定:"雅颂之博徒""词赋之英杰"③,又指出其背离雅正的几个方面:"诡异之词也……谲怪之谈也……狷狭之志也……荒淫之意也:摘此四事,异乎经典者也。"④《楚辞》与《诗经》的发源地不同,色彩也不尽相同。前者想象丰富奇特且多谲怪诡异之辞,内容多为神话。而神话正是中国古代叙事小说的缘起。刘勰对异于《诗经》的谲怪诡异之辞持否定态度,原因在于刘勰是站在古时经典的立场上的。刘勰心中的经典,即符合"大道"的作品。

2.《谐隐》篇

此篇中论述谐隐,用小说来做比:"然文辞之有谐隐,譬九流之有小说,盖稗官所采,以广视听。"⑤周振甫指出:"刘勰把谐隐比作小说,是恰当的……在'稗官所采'方面,《谐隐》与九流之小说是有相同的渊源的,其渊源就在于社会的现实生活……小说在三国时代的魏国,曾经成为一个人显示才学的一个方面……这种看重小说的风气到刘勰时转变了,所以他没有专篇来论述小说。"⑥张开焱则持不同意见:"《文心雕龙》文体论所收录的文体可以'低级'

---

① 参见李善注《文选》卷二《西京赋》之薛综,李善注文,中华书局1977年版,第45页。
② 刘勰著,詹锳义证《文心雕龙义证》,上海古籍出版社1989年版,第139页。
③ 刘勰著,詹锳义证《文心雕龙义证》,上海古籍出版社1989年版,第152页。
④ 刘勰著,詹锳义证《文心雕龙义证》,上海古籍出版社1989年版,第148页。
⑤ 刘勰著,詹锳义证《文心雕龙义证》,上海古籍出版社1989年版,第556页。
⑥ 周振甫《文心雕龙注释》,人民文学出版社1981年版,第168页。

到连民谚也不遗弃的程度，小说如果是一种文体，那刘勰就决无弃之不顾的可能。"① 当时小说的发展具有开放性，虽有了一定程度的发展，但仍不具备固定的文体，所以没有专篇来论述。

3. 《诸子》篇

该篇中刘勰指出诸子之作合经入道："诸子者，入道见志之书"；又离经背道："诸子杂诡术也"②。诸子一方面"入道见志"，一方面又"杂诡术"。"杂诡术"之表现在于"蚊睫有雷霆之声……蜗角有伏尸之战，《列子》有移山、跨海之谈，《淮南》有倾天、折地之说：此踳驳之类也"③。此踳驳之类即指神异荒诞之说。然而刘勰又说"列御寇之书，气伟而采奇"，"《淮南》泛采而文丽"④，指出神话传说的艺术效果。刘勰对神话传说的态度分为两方面：内容上"杂诡术""踳驳"，对此持否定态度；艺术修辞上有其特定的效果，持肯定态度。

4. 《论说》篇

刘勰褒扬"伦理无爽""圣意不坠"⑤，贬弃"至如张衡《讥世》，颇似俳说；孔融孝廉，但谈嘲戏"⑥。"俳说""嘲戏"均表现为《汉志》提出的小道之说。又提出"一人之辨，重于九鼎之宝，三寸之舌，强于百万之师"，"伊尹以论味隆殷"⑦，而"伊尹说"为《汉志》小说家所列书目，刘勰实际上指出了先秦小说乃出自诸子之"说"，"小说"乃"说"的一条支脉，这就又与《汉志》中"稗官"说相呼应。

(三) 《文心雕龙》的小说观念

尽管《文心雕龙》没有专篇来论述小说，却处处显示了刘勰潜在的小说观。当时，"小说"作为一种不入流的"边缘化"的存在，还不具备统一的文体。

---

① 张开焱《魏晋六朝文论中的小说观念与潜观念——以〈文心雕龙〉的文体论为例》，刊《暨南学报》2007年第5期。
② 刘勰著，詹锳义证《文心雕龙义证》，第646页。
③ 刘勰著，詹锳义证《文心雕龙义证》，第638页。
④ 刘勰著，詹锳义证《文心雕龙义证》，第648-653页。
⑤ 刘勰著，詹锳义证《文心雕龙义证》，第656页。
⑥ 刘勰著，詹锳义证《文心雕龙义证》，第694页。
⑦ 刘勰著，詹锳义证《文心雕龙义证》，第708-710页。

它是一种开放性的形态，包括了所有不入大道的话语样式，也就致使它以各类不固定的文体出现；而当今意义上的小说的一些个别表现特征却已经出现，比如"悦怿"，怪诞。刘勰则承袭了《汉志》的观点，认为小说尽管有旺盛的生命力，有可观之辞，依旧是不入流的。结合背景来看，当时文风混乱，"中国本信巫，秦汉以来，神仙之说盛行，汉末又大畅巫风，而鬼道愈炽；会小乘佛教入中土，渐见流传。凡此，皆张皇鬼神，称道灵异"①，在这种背景下，依现在的观点来看，小说似乎越来越偏向文学性，但是《文心雕龙》在此背景下匡正文风，难免带有当时的正统观念。

二、从《文心雕龙·辨骚》看六朝文学批评的两个特点

（一）

文学评论往往和时代的主流思想密切相关，《离骚》的流传最具有代表性。汉初，黄老思想虽占统治地位，但已有儒道合流的趋势。汉代最早对屈原及其作品做出评价的是贾谊，他高度赞扬屈原不向现实妥协的高尚精神，但认为屈原自杀的行为是不必要的。刘安对屈原远离黑暗现实的做法也给予了道家式的肯定，同时强调他继承了《诗经》的"怨刺"传统，他以《诗经》的模式来评价《离骚》，开启了汉代以"经"评"骚"的传统。司马迁在刘安的基础上突出了《离骚》"怨"和"直谏"的特点，一方面继承"诗可以怨"的思想，一方面表达对黑暗现实的激愤之情。这二人的观点都体现了儒道结合的倾向。

汉武帝后，儒家思想"定于一尊"，文学领域也以儒家思想作为批评准则。汉末的扬雄和东汉班固是正统儒家思想的代表文人，他们与贾谊、刘安等人对《离骚》的评价有差异之处。《汉书·扬雄传》中记载，扬雄认为屈原缺乏儒家明哲保身的处事态度，他以儒家的上君下臣之道批评了屈原指责君上、弃绝朝廷的做法："夫圣哲之（不）遭兮，固时命之所有……弃由、聃之所珍兮，跖彭咸之所遗！"②他也批评屈原自恃才高："知之嫉妒兮，何必扬累之蛾？"③班固对屈原的评价是基于扬雄的。他同情屈原，赞扬屈原的爱国精神，但也指出屈

---

① 鲁迅《中国小说史略》，上海古籍出版社1998年版，第24页。
② 班固《汉书》，中华书局1962年版，第3521页。
③ 班固《汉书》，中华书局1962年版，第3518页。

原"露才扬己""责书怀王"①,有犯上之嫌;而他沉江而死的做法不符合"既明且哲,以保其身"②的原则。东汉王逸通过做《离骚经》将屈原的作品提高到经的地位,他和班固等人一样,都是从"宗经"角度评价屈原及其作品的,但是他表现出截然不同的立场:首先,班固指出屈原有失"温柔敦厚"的诗教传统,但王逸认为:"引此比彼,屈原之词,优游婉顺,宁以其君不智之故,欲提携其耳乎?"③其次,对于屈原沉江之举,王逸认为:"今若屈原,膺忠贞之质,体清洁之性,直若砥矢,言若丹青,进不隐其谋,退不顾其命,此诚绝世之行,俊彦之英也。"④他认为,屈原这种杀身成仁的精神正是儒家思想中"忠"的体现,甚至可以和伯夷、叔齐不食周粟的精神相提并论。

儒家思想对汉代文学批评影响甚大,而六朝文学则逐渐淡化了文学与政教的关系。在撇开经学在思想上的束缚后,刘勰认为汉人对《离骚》的评价都不甚精准:"四家举以方经,而孟坚谓不合传。褒贬任声,抑扬过实,可谓鉴而弗精,玩而未核者也。"⑤刘勰没有将作者的行为是否符合儒家思想作为评定文学好坏的唯一标准,他针对文学本身提出了"风骨"的概念。对于这一概念,学界众说纷纭,但基本认同"风"由作家刚健俊爽的情感决定,作家的主观情志体现为文章的内在意蕴,外化为感染读者的力量,"是以怊怅述情,必始于风","深乎风者,述情必显"⑥,而"风"又不等于任意的情志,刘勰要求这种情应合乎儒家道德规范。"骨"是文章因言雅体要、义理充足、事信义直而体现出的一种端正刚健的力量,与作者充实的思想内容和严密的逻辑思维相关:"观其骨鲠所树,肌肤所附,虽取熔经意,亦自铸伟辞。"⑦这里的"骨鲠"就是《离骚》在"取熔经意"的基础上而具有的思想力量。

刘勰认为《离骚》的优点并不仅仅在于表达了儒家的"规讽之旨"和"忠怨之辞"上,作者将高尚的道德和深沉的怨情外化为作品中充沛的情感力量,

---

① 洪兴祖《楚辞补注》,中华书局1983年版,第49页。
② 洪兴祖《楚辞补注》,中华书局1983年版,第49页。
③ 洪兴祖《楚辞补注》,中华书局1983年版,第49页。
④ 洪兴祖《楚辞补注》,中华书局1983年版,第48页。
⑤ 刘勰著,詹锳义证《文心雕龙义证》,上海古籍出版社1989年版,第144页。
⑥ 刘勰著,詹锳义证《文心雕龙义证》,上海古籍出版社1989年版,第1048页。
⑦ 刘勰著,詹锳义证《文心雕龙义证》,上海古籍出版社1989年版,第156页。

这种力量是积极向上、合情合理的。所以屈原"序情怨，则郁伊而易感；述离居，则怆怏而难怀"①。刘勰称"《骚经》《九章》，朗丽以哀志"，正是屈原儒家式的理想与不公平的现实碰撞，而产生的震撼人心的情感所致。刘勰关注屈原的精神世界和作品中复杂的情感，是他较之汉人的进步之处，他不再着重讨论作者的行为是否合乎君臣之道，不再强调作品要有讽谏政治的作用，而重视作品的感染力和说服力，这可以看作是"风教"传统的继续，反映出刘勰文学评论的复古性。

《楚辞》表现的情是因个人的曲折经历而产生的喜怒哀乐之情，以及对现实的深沉感慨。不仅刘勰重视这一点，六朝其他文人也都非常看重文章是否能够表现的这种感情，所以对屈原的接受基本都表现出撇开"忠贞"而重视"怨情"。陆云认为屈原对"拟骚"作品的影响主要在"情"上："昔屈原放逐，而《离骚》之辞兴。自今及古，文雅之士，莫不知以其情玩其辞，而表意焉。遂厕作者之末，而述《九愍》。"②钟嵘则将《诗经》和《楚辞》分别作为五言诗歌的两大起点，而《楚辞》这个系统的直接继承者为李陵，钟嵘评其诗："其源出于《楚辞》。文多凄怆，怨者之流。陵，名家子，有殊才，生命不谐，声颓身丧。使陵不遭辛苦，其文又何能至此?"③受《楚辞》和李陵影响的诗人，一为班婕妤，是"怨深文绮"④；二为王粲的"愀怆之词"⑤。可见钟嵘认为《楚辞》对后世的影响也主要是"怨情"，因为由个人身世和不幸的遭际所引起情愫，最容易让人引起的共鸣："至于楚臣去境，汉妾辞宫；或骨横朔野，或魂逐飞蓬；……凡斯种种，感荡心灵，非陈诗何以展其义；非长歌何以骋其情?"⑥萧统在《文选序》中说："楚人屈原，含忠履洁，君匪从流，臣进逆耳。深思远虑，遂放湘南。耿介之意既伤，壹郁之怀靡诉。临渊有怀沙之志，吟泽有憔悴之客。骚人之文，自兹而作!"⑦萧统强调了屈原的深情，而且同情他情感上的冲突，

---

① 刘勰著，詹锳义证《文心雕龙义证》，上海古籍出版社1989年版，第161页。
② 陆云撰，黄葵校点《陆云集》，中华书局1988年版，第124页。
③ 曹旭《诗品集注》，上海古籍出版社1994年版，第88页。
④ 曹旭《诗品集注》，上海古籍出版社1994年版，第94页。
⑤ 曹旭《诗品集注》，上海古籍出版社1994年版，第177页。
⑥ 曹旭《诗品集注》，上海古籍出版社1994年版，第154页。
⑦ 萧统《文选》，上海古籍出版社1986年版，第3页。

从《文选》中"骚"体的选文情况也可以看出，萧统更重视《九歌》一类浓情悱恻、哀婉动人的作品，因为这一类作品更加能反映屈原深切凄楚的款款情意。

《楚辞》中的情感力量是屈原给魏晋文人最大的撼动，而这种震撼是在文学自觉的潮流中魏晋人要求自由地抒发自己的情感，表达自己的愿望和要求的体现。文学批评中政治教化色彩减弱，回归对人本身的关注，是魏晋文学批评的进步和贡献。

（二）

《离骚》另类的审美和带有地域性的文风与传统文学有着很大的差别，这种谲丽的文辞、超越性的比兴、浪漫主义的艺术特征也引发了汉代文学家的不同评论。

刘安称《离骚》是"其文约，其辞微，……其称文小而其指极大，举类迩而见义远"①。他对《离骚》以小喻大，以近喻远的比兴手法就给予了高度赞扬。扬雄批评了屈原的人生抉择，但他很推崇屈原的文辞之美，他认为屈原之作是"丽以则"，"以发情止义为美"②。班固肯定屈原在文学史上"辞赋之宗"的地位，但也对屈原作品中虚幻缥缈不合"经"之处进行了批评："多称昆仑、冥婚、宓妃虚无之语，皆非法度之政。经义所载，谓之兼《诗》风雅，而与日月争光，过矣。"③ 作为古文经学派的代表人之一，他是从儒家实用主义文学的角度批评浪漫主义文学的。而王逸却认为"《离骚》之文，依经立义"，能达到"金相玉质"的高度。其中的奇诡艳丽和虚幻缥缈之处都是以现实为基础的寄托之词，是屈原对《诗经》比兴手法的运用："《离骚》之文，依《诗》取兴，引类譬喻。故善鸟香草，以配忠贞；恶禽臭物，以比谗佞……"④ 王逸在艺术手法上将《离骚》向经典靠拢，是他将《离骚》提至"经"的高度上的另一种表现。

总之，汉人对《离骚》艺术手法上的成就有三种看法，一种用儒家经典中的句子比照《离骚》中的诗句；一种是批评《离骚》中丰富多彩的想象力和浪

---

① 司马迁《史记》，中华书局1982年版，第2482页。
② 陈仲夫《法言义疏》，中华书局1987年版，第49页。
③ 洪兴祖《楚辞补注》，中华书局1983年版，第49页。
④ 洪兴祖《楚辞补注》，中华书局1983年版，第3页。

漫主义写法；一种用比兴传统褒奖《离骚》中"香草美人"的象征系统和抒情手法。无论是哪一种思路，汉人对《离骚》艺术手法的评价几乎都局限于经学化的思维模式下。这种带着"枷锁"似的评价方式，在魏晋"文学自觉"的潮流中得到了改善。

  我们可以先看一下六朝其他重要文论作品在艺术特征方面是怎样评价《离骚》的。萧绎认为屈原的作品是"文"的代表，其特点是"绮縠纷披，宫徵靡曼，唇吻遒会，情灵摇荡"①。钟嵘的《诗品》中虽然没有直接赞美屈原之文，但是可以从他对受《楚辞》影响的上品诗人中看出，他注意到了这类诗人词采华丽、音韵分明的特点，如评价班婕妤"清捷、文绮"②，潘岳"翩翩奕奕，如翔禽之有羽毛，衣被之有绡縠"③，张协"词彩葱蒨，音韵铿锵"④。萧统的《文选》虽然没有直接评价《楚辞》类作品，但是萧统在《文选序》中提到自己的选文标准是"事出于沉思，义归乎翰藻"⑤，萧统选择的《离骚》和《九歌》诸篇在词采上都是上乘之作。萧绎等人较汉人的进步之处在于，他们已经将《楚辞》纳入"文"的范畴，以文学审美的眼光来评价屈原作品，还原作品的艺术本质和属性。刘勰的《辨骚》沿袭魏晋前人的思路，并表达了自己理性的文艺思想。

  首先，对于《离骚》与儒家经典的关系，刘勰给出的分析显然更加全面，他还通过对《离骚》的评价表达了自己的文学通变观。他指出，《离骚》之优秀首先体现在它"同于风雅"的四点上，这是保守之处。另有四点"异乎经典"，是新变。刘勰并不排斥新变，甚至还对这种新变赞赏有加："虽取熔《经》旨，亦自铸伟辞。"⑥刘勰对屈宋等人的评价，主要着眼于《楚辞》因"通变"而取得的成就，他认为《楚辞》是"通变"的典范，"能气往轹古，辞来契今，惊采绝艳，难与并能矣"⑦。刘勰的文学观中，有一种很重要的"折

---

① 萧绎《金楼子》，中华书局1985年版，第75页。
② 曹旭《诗品集注》，上海古籍出版社1994年版，第94页。
③ 曹旭《诗品集注》，上海古籍出版社1994年版，第140页。
④ 曹旭《诗品集注》，上海古籍出版社1994年版，第149页。
⑤ 萧统编，李善注《文选》，上海古籍出版社1986年版，第3页。
⑥ 刘勰著，詹锳义证《文心雕龙义证》，上海古籍出版社1989年版，第156页。
⑦ 刘勰著，詹锳义证《文心雕龙义证》，上海古籍出版社1989年版，第160页。

衷"观念,所以十分欣赏《楚辞》能在熔取经典上再造伟辞。刘勰很清楚地看到了《楚辞》与"经"本质上的差别,他淡化了《楚辞》中"经"的高度,他关注的是《楚辞》作为一种新兴文体的特殊意义。刘勰这种"通变"的眼光看到了文学题材相互因袭的关系,也注意到每种文体的特点。这是对《离骚》文学地位的精准评价。

其次,刘勰还在前人的基础上,理论化地解释了《楚辞》中词采和想象力的重要性。王运熙认为刘勰将《辨骚》纳入"文之枢纽"的原因是:"由于楚辞产生时代较早,……刘勰强调必须以儒家经典文风为准则,批判吸取从楚辞开始的奇辞异彩,强调'正末归本',强调'执正欲奇'。"① 刘勰借《楚辞》阐明自己的创作原则:"凭轼以倚雅颂,悬辔以驭楚篇,酌奇而不失其贞(真),玩华而不坠其实。"② 刘勰认为后世学《楚辞》如果掌握屈原写作"酌奇而不失其贞(真),玩华而不坠其实"的原则,那么就可以成为一代大家了。这句话不仅是创作原则,也是他提出审美原则,即奇与真、华与实的兼得,这个主张贯穿在《文心雕龙》全书之中,如《征圣》篇提出"衔华而佩实",《宗经》篇提到的"辞约而旨丰,事近而喻远"。对于《楚辞》来说,"奇"和"华"是指"诡异之辞、谲怪之谈"——《骚经》《九章》之朗丽、《九歌》《九辩》之绮靡、《远游》《天问》之瑰诡、《招魂》《招隐》之耀艳而深华③,就是文章中精彩的修辞、对事物的细致描绘以及丰富的想象力。"真"和"实"是《离骚》中"同于风雅"的四点,也是《征圣》篇中说的"正言"与"体要";更是指《原道》篇中的"自然之道",即创作要本于自然。刘勰认为,如果写文章想做到四者并存,途径就是"宗经"。汉人"宗经"是从道德角度出发的,而刘勰则是从"文"的角度提倡宗经的。周振甫说:"他的宗经,既不是要用儒家思想来写作,也不要用经书语言来写作,主要是要六义。"④ 即"一则情深而不诡,二则风清而不杂,三则事信而不诞,四则义贞而不回,五则体约而不芜,六则

---

① 王运熙《文心雕龙探索》,上海古籍出版社1986年版,第62页。
② 刘勰著,詹锳义证《文心雕龙义证》,上海古籍出版社1989年版,第163-164页。
③ 刘勰著,詹锳义证《文心雕龙义证》,上海古籍出版社1989年版,第156页。
④ 周振甫《文心雕龙注释》,人民文学出版社1983年版,第24页。

文丽而不淫"。① 刘勰更强调从文学的角度崇尚经典，显然比汉人更加理性，更适合文学评论。

刘勰并没有一味地高赞《离骚》，他甚至认为"楚艳汉奢，流弊不远"，他是希望文章在宗法经典的前提下，斟酌使用奇文妙语，从而达到"雅正"的风格。刘勰以《离骚》代表这种批评角度，即使在几千年后的今天，我们仍然很难找出一部作品代替《离骚》来精妙地解释何为"哀志、伤情"；何为"酌于新声"；何为"执正驭奇"。这是刘勰评论的准确性和经典价值，也是《离骚》为什么是千古第一文的原因了。

在《文心雕龙·辨骚》篇里，我们可以清楚地看到六朝文学批评不同于两汉文论的两个特点——重个人情感的抒发和对文学自身美的追求！这两种潮流，也是后世古典文学的两个方向，一是以文学抒情，一是由对形式美的重视发展为以文学消闲（如咏物诗）。无论哪种，都是使文学脱离政治工具的身份，回归到文学本身，这是六朝文论的最大进步。而刘勰"比这个主潮中的任何人更富于理性色彩，更冷静、也更全面地思考文学发展中的种种问题"②，就《辨骚》篇来看，在思想上他强调个人情感的自然抒发；在艺术上他既接纳魏晋以来的文艺理论，也强调贯彻"宗经"的写作传统。无疑，刘勰文学理论的高度远远高于魏晋众人，即使文学发展至今天，他的文论仍有很强的实用性，而能达到如此高度的论著仍少之又少。

---

① 刘勰著，詹锳义证《文心雕龙义证》，上海古籍出版社1989年版，第83页。
② 罗宗强《魏晋南北朝文学思想史》，中华书局1996年版，第336页。

第六章　缀文者情动而辞发，观文者披文以入情

——《文选》等诗词赏读举隅

晚清张之洞《輶轩语》指出："'选学'有征实、课虚两义。考典实、求训诂、校古书，此为学计；攀高格，猎奇采，此为文计。"含英咀华，析字研文，本就是传统"文选学"的重要内容，亦是研治《文选》的重要途径。自2016年5月以来，《大连日报》开设诗词赏析专栏，分"诗词中的家国情怀""诗词中的节日节气""诗词中的壮丽河山"三个系列，陆续刊出诗词赏析作品三百首。笔者襄助其事，应邀撰稿，所赏作品虽非尽出《昭明文选》，然理出一揆，读者鉴焉。

一、诗词中的家国情怀

短歌行

【东汉】曹操

对酒当歌，人生几何！
譬如朝露，去日苦多。
慨当以慷，忧思难忘。
何以解忧？唯有杜康。
青青子衿，悠悠我心。
但为君故，沉吟至今。
呦呦鹿鸣，食野之苹。
我有嘉宾，鼓瑟吹笙。

>　明明如月，何时可掇？
>　忧从中来，不可断绝。
>　越陌度阡，枉用相存。
>　契阔谈䜩，心念旧恩。
>　月明星稀，乌鹊南飞。
>　绕树三匝，何枝可依？
>　山不厌高，海不厌深。
>　周公吐哺，天下归心。

《短歌行》为乐府古题，曹操借以歌咏时事。作者感慨人生短暂，思以建功立业，因而渴慕贤才，"若断若续，或隐或现，总是牢笼一世之意，令人自生凄感"（俞玚评语）。

诗篇从饮酒说起，遇酒即当歌，"当"作替代解，诸如饮酒欢歌这样的人生乐事，又能有几次呢，引人深思。又以朝露譬喻，极言人生短暂。复以杜康酒疏解忧思。如此回环往复，足见作者忧思感慨之深沉。"青青子衿"以下十二句，点出作者沉吟思虑之对象，援引《诗经·子衿》和《诗经·鹿鸣》成句，连用"沉吟至今""忧不可断"等语句强化渲染，自然贴切而又赤诚热烈地透露出作者对贤才俊杰的渴慕。"越陌度阡"以下四句，具体呈现贤才前来投奔，主客酬宴交欢的场景，把对贤才的渴求落到实处。但天下尚未一统，仍有贤才未遇明主，周游在外，作者遂用周公吐哺之典，将招纳贤才的渴望推向高潮。尤其是这最后四句，有如作者《观沧海》所咏"日月之行，若出其中；星汉灿烂，若出其里"，具有包孕天下、吞吐宇宙之胸襟气概，胡应麟评此四句曰"含寄不浅"，于光华亦谓其"隐然自负"（见赵俊玲辑《文选汇评》）。

总体而言，诗篇以渴慕人才为锁钥，勾连起人生短暂之哀叹与建功立业之雄心，慷慨悲凉，风骨凛然。通篇四言句，整饬古雅，然一气贯注，苍劲有力，正如敖陶孙所评"魏武帝如幽燕老将，气韵沉雄"。可以说，此诗既承继了《诗经》四言诗的雅润，又融合了乐府诗与五言诗的流宕，且以气行文，格调慷慨，从而开创了四言诗的新境界。

咏史八首（其一）

【西晋】左思

弱冠弄柔翰，卓荦观群书。

著论准《过秦》，作赋拟《子虚》。

边城苦鸣镝，羽檄飞京都。

虽非甲胄士，畴昔览《穰苴》。

长啸激清风，志若无东吴。

铅刀贵一割，梦想骋良图。

左眄澄江湘，右盼定羌胡。

功成不受爵，长揖归田庐。

以咏史名篇，始自班固，然质木无文，影响甚微。自左思《咏史》出，始大为改观，诗歌大观园中方有咏史一脉。

左思《咏史》乃一组诗，凡八首，"题云咏史，其实乃咏怀也。八首一气挥洒，激昂顿挫"（何焯评语）。此为第一首，兼有奠定基调与总览全局的意味。

起首四句，自言富有文才，可方驾贾谊、司马相如，"卓荦"二字情态毕现，足见其豪迈意趣。紧接四句言其了然兵法，武足备用。正是因为有此不凡的文韬武略，作者自信满满，呐喊出铅刀一割、驰骋良图的豪情壮志，而长啸激风、志若无吴则寄予了作者激浊扬清、一统天下的理想信念。"左眄澄江湘，右盼定羌胡"，字面上分别指平定东吴和西蜀，然由"志若无东吴"可知西蜀已平，故此二句乃浑而言之，抒发建功立业、平定天下之意。结尾两句用战国鲁仲连功成不受赏，辞爵归田里的典故，表现作者的自负不凡、卓尔不群。

总体而言，诗篇立意在抒怀言志，所引古人古事多用以自况，所谓"咏古人而己之性情俱见"（沈德潜《古诗源》）。结构上条理井然，层次分明，先言文武才干，后抒立功壮志，最后以辞官归隐表现高雅节操，做到了叙事与抒情浑融，历史与现实交织，咏史与抒怀兼具。语言上质朴劲切，不事雕琢，风格上遒逸矫健，有"左思风力"之誉，开鲍照、李白诗风之先声。以此诗为代表的左思《咏史》诗，不仅开拓了咏史题材的写作，同时发扬了"建安风骨"以来的刚健诗风。

送杜少府之任蜀川

【唐】王勃

城阙辅三秦，风烟望五津。
与君离别意，同是宦游人。
海内存知己，天涯若比邻。
无为在歧路，儿女共沾巾。

《送杜少府之任蜀川》是一首送别诗。作者好友即将离开长安，奔赴四川任职少府，遂赠诗相送，以慰别情。因其格调高远雄放，一洗往昔送别诗之悲苦缠绵，传诵甚广。

首联以地名作对，雄浑严整。"城阙"指唐都长安。"三秦"指长安附近关中一带。"城阙辅三秦"为倒装句，意思是三秦之地拱卫着京都长安，说的是送别的地点。"五津"指四川岷江上的五个渡口，泛指四川一带。"风烟望五津"，是说远远望去，四川一带风尘烟霭苍茫无际，这正是杜少府要去的处所。两句并未写离别，只是勾勒出别地和归所的形势与风貌，惜别情意自在其中。

颔联以散调相承，疏散流宕。作者由实转虚，敷写深重的别意。彼此都是求官漂泊之人，背井离乡，已生别绪，而今客居中话别，更添一重。凄凉之意，溢于言表。

颈联横生逆转，豪迈之情令人感奋。知己的情谊不会被时空所限制和阻隔，即便是在天涯海角，也如同比邻而居一般。建安之杰曹植有句云："丈夫志四海，万里犹比邻。恩爱苟不亏，在远分日亲。"（《赠白马王彪》）王诗沿用其意而简洁有力，遂成全篇警策。

尾联则从反面补足，使全诗标格一高到底。在这即将分手的岔路口，不要同那小儿女一般挥泪告别！这既是对朋友的叮咛，也是诗人情怀的吐露。

作者王勃与杨炯、卢照邻、骆宾王齐名，号为"初唐四杰"。他们不仅着力拓展诗歌题材，更提倡刚健气骨，此诗"终篇不著景物，而兴象宛然，骨气苍然，首启盛（唐）、中（唐）妙境"（胡应麟《诗薮·内篇》卷四），诚可谓代表之作。

登鹳雀楼

【唐】王之涣

白日依山尽，黄河入海流。

欲穷千里目，更上一层楼。

鹳雀楼，又名鹳鹊楼。旧址在今山西永济市，唐时属河中府。宋代沈括《梦溪笔谈》载："河中府鹳雀楼三层，前瞻中条，下瞰大河，唐人留诗者甚多。"王之涣《登鹳雀楼》即是其中最著名者，至今仍广为传诵。

起首两句即目写景，境界壮阔。白日依山而尽，黄河东流入海，远景与近景交织，实景与虚景相融。作者用短短十字形象概括出广袤无垠、奔腾不息的壮丽河山，令人如临其境，胸襟大开。

结尾两句缘景入情，理趣横生。景已壮阔，情亦豪迈。"欲穷千里目"，写出诗人探求追索的愿望，还想看得更远，看到目力能及的地方，而唯一的办法就是站得更高些，"更上一层楼"。"千里""一层"，皆是虚指，是诗人想象中的纵横空间。"欲穷""更上"则包含着多少希冀与憧憬。这两句诗千古传诵，既紧承前面登楼所见而来，自然稳顺；又满怀积极进取的豪情，别有站得高看得远的哲理，意蕴深远。诗句看似平铺直叙地写出再上层楼的过程，实则意味深长，耐人咀嚼，可谓情景理浑融的典范。

除去写景壮阔，理趣横生外，《登鹳雀楼》还有对仗精美的特点。全篇皆用对仗，前两句为正名对，工稳厚重，后两句为流水对，自然流利。沈德潜《唐诗别裁集》评录此诗时指出："四语皆对，读来不嫌其排，骨高故也。"正是作者一气贯注的豪情，诗篇方显工稳流利，气韵雄浑。

送元二使安西

【唐】王维

渭城朝雨浥轻尘，客舍青青柳色新。

劝君更尽一杯酒，西出阳关无故人。

唐代士人多有壮游、应试、守官、入幕、贬谪等经历，经常迁移不定，赠别、留别诗也就格外得多。王维这首诗，作于送朋友去西北边疆时，曾配乐演唱，称作"渭城曲"，亦称"阳关三叠"。在众多送别之作中，可谓名声最大、流传最广的一首。

前两句写景，着力展现送别时的场景氛围。地点是渭城，时间是早上，细雨迷蒙，尘土湿润。阴雨天气为旅途增添困扰，更使别情多出几分惆怅。古人送别，往往折柳相赠，满目的青青柳色，不免令人分外惊心。朝雨点出凄清之景，新柳勾起离别之情，虽是写景，而情蕴景中。

后两句抒情，直抒胸臆，一往情深。作者没有一一展现饯别的热闹、离别的依恋和别后的怅惘，只截取宴席将散时主人的劝酒辞：再干了这一杯吧，出了阳关，就再也见不到老朋友了。这是最具表现力的镜头，惜别之情在这一瞬间达到了顶点。着一"更"字，此前的殷勤劝酒，此刻的依恋不舍，此后的关切想念，均得以凸显。缘何如此依恋关切？原来元二西出阳关后，将饱尝穷荒绝域的艰辛、举目无亲的孤苦。所以，这一杯酒中，浓缩的不仅有依依惜别的情谊，还包含着对远行者的深情体贴，寄寓着前路珍重的诚挚祝愿。寥寥十四字，将好友间的深情厚谊抒写殆尽。

苏轼有云："味摩诘之诗，诗中有画；味摩诘之画，画中有诗。"（《书摩诘蓝田烟雨图》）精确地指出了王维诗画交融相生的特点。王维诗歌富有画意，饱含情韵，故而传唱不衰，此篇即是代表。

别董大

【唐】高适

千里黄云白日曛，北风吹雁雪纷纷。

莫愁前路无知己，天下谁人不识君。

《别董大》是高适写给董庭兰的赠别诗，共二首，此为第一首，流传甚广。董庭兰是当时有名的琴师，在兄弟中排行第一，故称"董大"。公元747年（唐玄宗天宝六年）春天，吏部尚书房琯被贬出朝，时为门客的董庭兰也离开长安。是年冬，与高适会于睢阳（今河南商丘市南），二人久别重逢，旋即扬镳，遂有此作。

起首二句写景。"千里黄云""北风吹雁"，一从宏大处着眼，一从细微处入笔，点面结合，相映生辉。读者眼前似铺开一幅画卷：日暮黄昏，风狂雪紧，唯见遥空断雁，出没寒云，令人顿生肃杀清冷之意。此二句极写景致之浑莽凄紧，既呼应诗篇之别离情调，复与下文形成鲜明对照。

结尾二句抒情。景已阔大，情亦深沉。"莫愁前路无知己，天下谁人不识君。"这是诗人对朋友的劝慰：此去你不要担心遇不到知己，天下哪个不知道你董庭兰啊！多么响亮有力的话语！对友人而言，既是宽慰，亦是激励。联系《别董大》第二首"六翮飘飖私自怜，一离京洛十余年。丈夫贫贱应未足，今日相逢无酒钱"来看，诗人自己亦处于流离漂泊的窘境之中，不免"借他人酒杯，浇自己块垒"，一吐胸中郁闷，于慰藉中寄予希望与信心！

作为盛唐边塞诗派的代表，高适作诗"多胸臆语，兼有气骨"（殷璠《河岳英灵集》）、"以气质自高"（计有功《唐诗纪事》）。此诗之所以卓绝，正在气骨情韵的遒劲勃发，而不在离愁别绪的哀婉凄清。"莫愁前路无知己，天下谁人不识君"也和王勃的"海内存知己，天涯若比邻"一起，成为了激励世人奋进的名句。

山园小梅

【宋】林逋

众芳摇落独暄妍，占尽风情向小园。
疏影横斜水清浅，暗香浮动月黄昏。
霜禽欲下先偷眼，粉蝶如知合断魂。
幸有微吟可相狎，不须檀板共金尊。

《山园小梅》是宋代诗人林逋创作的七言律诗，共有二首，此为第一首，广为传诵。林逋是著名的隐士，种梅养鹤成癖，终身不娶，世称"梅妻鹤子"。因此，诗人笔下的梅花，不独有物之体态形貌，更有人的品格风神，呈现出物我相融、主客无间的境界。

首联极目骋怀，从大处着眼，在对比中凸显梅花的高洁美好。一"众"一"独"，反差何其强烈！"占尽"二字，情感何其鲜明！自古以来，诗词就有浓厚的比兴传统，在诗人对梅花的吟咏赞颂中，读者不难体会到诗人清高脱俗的人生旨趣，正如苏轼《书林逋诗后》所说："先生可是绝伦人，神清骨冷无尘俗。"

颔联凝眉结思，从细处落笔，生动展现梅花的风姿情韵，被后人推为咏梅之"古今绝唱"（韦居安《梅涧诗话》）。"疏影横斜"，状梅花稀疏峭拔之体态，"水清浅"显其澄澈，灵动温润；"暗香浮动"写梅花芳香清幽之神韵，"月黄昏"增其高远，朦胧迷离。这两句诗点化自五代南唐江为的残句："竹影横斜水清浅，桂香浮动月黄昏。"原诗既写竹，又写桂，笔力分散，意境生涩，而林逋只改了两字，将"竹"改成"疏"，将"桂"改成"暗"，这生花妙笔顿使梅花形神活现，意趣动人！

在正面咏叹之后，诗人又从侧面予以烘托。颈联两句，诗人运用拟人化的手法，把霜禽、粉蝶对梅花的喜爱刻画得入木三分，进一步渲染梅花的醉人风韵。"先偷眼"三字细腻传神，"合断魂"一词则语带夸张。尾联两句，可谓曲终奏雅，诗人变借景抒情为直抒胸臆：幸有吟诗相亲，何须酒宴歌舞！既彰显梅花清幽高远之风神，又流露诗人淡泊雅致之襟怀，达到齐物我、一主客之境。

作为一首咏物诗，诗人没有对景物精雕细琢，而是着意写意传神，或正面摹写，或侧面烘托，以梅花高洁淡雅之风骨，寄寓诗人清高脱俗之人格，物我浑融，令人神往。

浣溪沙

【宋】晏殊

一曲新词酒一杯，去年天气旧亭台。夕阳西下几时回？

无可奈何花落去，似曾相识燕归来。小园香径独徘徊。

浣溪沙乃唐代教坊曲名，因春秋时人西施浣纱于若耶溪而得名，后用为词牌，又名"浣溪纱""小庭花"等。分平仄二体，一般以韩偓始创平韵体《浣溪沙·宿醉离愁慢髻鬟》为正体。晏殊此词亦押平韵，节奏明快，文辞疏朗，情调缠绵，为婉约词之代表。

词之上片熔时空、今昔于一炉，即景生情，重在忆昔。起句由眼前对酒听歌的场景引发对往昔类似经历的追忆，"去年""旧"等词表明，看似一切依旧，然分明已有变化，物是人非怎不令人警醒！故而在面对夕阳西下时，不禁发出"几时回"之追问。在这启人深思的追问中，不仅有对时光流逝的苦恼、惆怅，更有对美好事物的流连、期待。

词的下片借助眼前景物，巧妙对比，重在伤今。"无可奈何花落去，似曾相识燕归来"一联精工浑成、流利婉转,历来为人们称道。两句用虚字作对,因难见巧,且景中含情,情中有思,遂成佳句。前句紧承上片"夕阳西下",花儿凋零,春光消逝,都是客观规律,不可抗拒,所以说"无可奈何";后句照应上片"几时回",伤春之际,所感受到的并非只有凋敝消亡,那归来的燕子像是曾筑巢于此的旧时相识,不正是令人欣慰的重现吗?落花、归燕虽只是眼前即景,但饰以"无可奈何""似曾相识"二词,便带有象征意味,内涵得以提升。读者在感受惋惜与欣慰的情境之余不难悟出这一生活哲理:美好事物的消逝固然无法阻挡,但消逝的同时仍有美好事物的再现,人生不会因消逝而化为虚无。

此词脍炙人口,流传甚广,主要归因于景中含情、情中有思。词人所写均为寻常之事物,却用饱含深情的笔触加以展现;更为可贵的是,词人善于捕捉刹那间的感受,并把这种感受提到哲理的高度上来加以呈现,含蓄而深沉!

二、诗词中的节日节气

人日思归

【隋】薛道衡

入春才七日,离家已二年。

人归落雁后,思发在花前。

人日是中国传统节日,时在农历正月初七,民间有食七宝羹、出游登高之俗。《荆楚岁时记》载:"正月七日为人日。以七种菜为羹,剪彩为人或镂金箔为人,以贴屏风,亦戴之头鬓。又造华胜以相遗,登高赋诗。"作为春节期间的重要节日,人日除了承载祈祥祝安之旨,兼有怀人念远之意。如高适《人日寄杜二拾遗》即有"今年人日空相忆,明年人日知何处"之句。隋代薛道衡这首《人日思归》亦以思乡怀亲为题旨。

首句点出"人日",入春七日即人日正月初七。此处用一"才"字修饰,意在与次句"已"相对照,形成强烈反差。入春七日,可谓短矣,然诗人仿佛屈指度日,有度日如年之感。离家二年,本不算长,然用一"已"字,且在"入春七日"之比照下,则倍显旅居在外的旷日持久,令人煎熬难耐。由此自然引出思归之情。结尾两句皆以对比之法道出,人与燕比,思与花对,且一前一后,自成对照,诗人先说归落燕后的结局,再说思发花前的念想,更凸显出思归情感的强烈以及羁旅在外、身不由己的无奈。

薛道衡虽为北方人,创作上却颇有南方文学清丽深婉之风。此诗短小清新,情感深挚,尤其是对比之法运用得精到巧妙,读之令人回味。

三月三日率尔成篇

【南朝梁】沈约

丽日属元巳,年芳具在斯。
开花已匝树,流莺复满枝。
洛阳繁华子,长安轻薄儿。
东出千金堰,西临雁鹜陂。
游丝映空转,高杨拂地垂。
绿帻文照耀,紫燕光陆离。
清晨戏伊水,薄暮宿兰池。
象筵鸣宝瑟,金瓶泛羽卮。
宁忆春蚕起,日暮桑欲萎。
长袂屡已拂,雕胡方自炊。
爱而不可见,宿昔减容仪。
且当忘情去,叹息独何为。

三月三日,古称上巳节,是一个纪念黄帝的节日,我国自古有"二月二,龙抬头;三月三,生轩辕"的说法。后逐渐演变成汉族水边饮宴、城外游春的节日。早在《诗经·郑风·溱洧》中,就描写了郑国三月上巳节青年男女在溱水和洧水岸边畅意游春的情形。沈约此诗,题材相近而格调迥异,体现出沈诗"长于清怨"(钟嵘《诗品》)的特点。

诗题"率尔成篇"者,言本无意作诗,因三月三日之事感而成篇也。全诗大体分作两个部分,前半部分着力描写三月三日天朗气清、春和景明,青年男女出游赏春、宴饮嬉戏;后半部分则由乐转悲,摹写女子耽于嬉游而无暇养蚕、恩爱受阻而容仪减损,终以"且当忘情,叹息何为"的怨叹相劝,对游荡无节、溺于情爱提出微讽。通篇句调轻便,工于排偶。除结尾四句外,皆为对仗句,显得工稳整饬。同时作者善于运用虚字,"开花已匝树,流莺复满枝",选用"已""复"两字,使词句流易通畅;或是通过地点、时序的变化,如"洛阳繁华子,长安轻薄儿""清晨戏伊水,薄暮宿兰池"等,使文气灵动飘逸。加之整诗押平水"支"韵,且严分平仄,格律谨严。这些特点都彰显出沈约对"永明体"诗的身体力行,以及他所提倡的"三易"说,即易见事、易识字、易诵读。

沈约诗紧扣上巳节习俗,熔胜景、情爱于一炉,在欣羡之余有微讽,格调清怨,且词句轻畅,对后世产生了较大影响。该篇"是唐初《长安古意》《公子行》诸七言所自出"(《孙月峰先生评文选》),甚至杜甫《丽人行》亦可见其影子。

春分日

【五代】徐铉

仲春初四日,春色正中分。绿野徘徊月,晴天断续云。

燕飞犹个个,花落已纷纷。思妇高楼晚,歌声不可闻。

春分,古时又称为"日中""日夜分""仲春之月",是春季九十天的中分点。二十四节气之一,每年公历为3月20日左右,太阳位于黄经0°(春分点)时。《月令七十二候集解》载:"二月中,分者半也,此当九十日之半,故谓之分。秋同义。"《春秋繁露·阴阳出入上下篇》云:"春分者,阴阳相半也,故昼夜均而寒暑平。"春分时节,气温回暖,万物生发,逐渐呈现一片明媚的春光。古代帝王有祭日之礼,民间则有踏青之俗。五代时南唐诗人徐铉的五律《春分日》,历来被视为咏叹春分节气的佳作。

首联开门见山,直接点题,指出春分日平分昼夜、平分春季的特点。中间两联描写节令春光。"晴天""绿野"两句,意谓风和日丽、花木葱茏,正是踏青游赏的好时节。"燕飞"句点明燕子纷纷南归,此正是春分节候之一,"花落"句流露春光短暂,繁花凋零之意。由此自然过渡到尾联,思妇登上高楼,注目远眺、吟唱低诉,企望心上人早日归来,莫负大好韶光,"不可闻"三字,道尽凄婉之意。

作为一首节令诗,《春分日》写景贴切,抒情深婉,所以传诵至今。

寒食夜

【唐】韩偓

恻恻轻寒翦翦风，小梅飘雪杏花红。

夜深斜搭秋千索，楼阁朦胧烟雨中。

寒食节，又称"禁烟节""冷节""百五节"，在夏历冬至后一百零五日，清明节前一二日。是日禁烟火，只吃冷食，故名。后增加祭扫、踏青、秋千、蹴鞠、牵勾、斗鸡等风俗。历代诗人多有题咏，晚唐时韩偓的这首《寒食夜》即是其中的名篇。

诗为七言绝句，短小精悍，意境朦胧。首句连用两个叠字"恻恻""翦翦"，真切描摹出寒食节令风轻寒微、"乍暖还寒"的特点，也为全诗歌笼罩上凄冷幽邃的气氛。次句写梅杏绽放，春光明媚，恰与首句黯淡的色调形成对照。第三句堪称全诗的关键。施补华《岘佣说诗》说："七绝用意，宜在第三句。"细品此句，表面上看是写景点题，即夜深时分斜挂架上的秋千，正是寒食节嬉戏习俗之一。《佩文韵府》引《古今艺术图》云："北方寒食为秋千戏，以习轻趫。后乃以彩绳悬木立架，士女坐其上推引之。"实际上隐含着缠绵情事。夜深之际、烟雨之中，自然不会有人在打秋千，但诗人此时仍将目光投注于秋千，当是为记忆中赏玩秋千戏的伊人与场面所牵引。在韩偓《香奁集》宋人沈括《梦溪笔谈》以为五代和凝所作。葛立方《韵语阳秋》卷五据《香奁集》之《无题》诗序，力证韩偓所作。今从葛说。所收一百首诗中，写到寒食、秋千的诗多达十首。如《偶见》："秋千打困解罗裙，指点醍醐索一尊。见客入来和笑走，手搓梅子映中门。"再如《寒食日重游李氏园亭有怀》："往年曾在弯桥上，见倚朱栏咏柳绵。今日独来香径里，更无人迹有苔钱。伤心阔别三千里，屈指思量四五年。料得它乡遇佳节，亦应怀抱暗凄然。"从中依稀可见诗人与一女子在寒食节的秋千旁结下的一段恋情。由此，读者当不难领会秋千蕴含之深意。诗的结句"楼阁朦胧烟雨中"，则进一步延伸，将迷离的情事引向烟雨楼阁，意境更显朦胧，也更令人回味。

生活于晚唐的韩偓，诗风靡丽婉曲，有"香奁体"之称，《寒食夜》堪为代表。

破阵子

【清】樊增祥

欲买松风无价,细参茶理如禅。欠水欠山官阁地,难雨难云小暑天。北窗当昼眠。

种竹无非君子,灌花多是清泉。培养桂丛丁卯后,开阖莲子子午间。园丁无日闲。

《破阵子》,乃唐教坊曲,一名《十拍子》。宋代陈旸《乐书》记载:"唐《破阵乐》属龟兹部,秦王(唐太宗李世民)所制,舞用二千人,皆画衣甲,执旗旆。外藩镇春衣犒军设乐,亦舞此曲,兼马军引入场,尤壮观也。"此双调小令,当是截取《秦王破阵乐》舞曲中的一段为之,犹可想见其激壮声容。辛弃疾的《破阵子》(醉里挑灯看剑)最为大家耳熟能详,而樊增祥创作的这首《破阵子》,则写得闲逸清朗,别有一番风味。

词分上下两阕。上阕主要写小暑时节词人的闲雅。小暑是农历二十四节气的第十一个节气,夏天的第五个节气,表示季夏时节的正式开始,在每年的7月6日或7日或8日。《月令七十二候集解》:"六月节……暑,热也,就热之中分为大小,月初为小,月中为大,今则热气犹小也。"在这天气开始炎热的时节,词人亦感烦闷,感叹"欠水欠山""难雨难云",然品茶听松,当窗昼眠,又何等雅致闲逸!下阕转写园丁的辛劳。"种竹无非君子,灌花多是清泉"两句,承上启下,过渡自然。"君子""清泉"隐喻其品节。"培养桂丛""开阖莲子",园丁之劳作于斯可见。"无日闲"三字,恰与上阕"当昼眠"形成对比,流露出词人的赞赏与同情。

总之,这首词既展现了士夫的闲雅,又书写了园丁的劳作,格调显得淡雅静谧,几无激壮声容。樊增祥写有词序云:"小园花树茂密,欣然有作。""欣然"二字,正是品读此词的关键。

七月七日夜咏牛女

【南朝宋】谢惠连

落日隐櫩楹,升月照帘栊。

团团满叶露,析析振条风。

> 蹀足循广除，瞬目瞩曾穹。
> 云汉有灵匹，弥年阙相从。
> 遐川阻昵爱，修渚旷清容。
> 弄杼不成藻，耸辔怆前踪。
> 昔离秋已两，今聚夕无双。
> 倾河易回斡，款情难久悰。
> 沃若灵驾旋，寂寥云幄空。
> 留情顾华寝，遥心逐奔龙。
> 沉吟为尔感，情深意弥重。

七月七日，即七夕节，又称七巧节、乞巧节、巧夕等，是中国民间的传统节日。它由星宿崇拜衍化而来，为传统意义上的七姐诞，因拜祭"七姐"活动在七月七晚上举行，故名"七夕"。七夕节既是拜祭七姐的节日，也是爱情的节日，是一个以"牛郎织女"民间传说为载体，以祈福、乞巧、爱情为主题的综合性节日。早在汉代，就出现了《古诗十九首·迢迢牵牛星》这样的诗歌，专门歌咏牛郎织女相思相恋，却"盈盈一水间，脉脉不得语"这一凄美的爱情故事。曹丕《燕歌行》亦有"牵牛织女遥相望，尔独何辜限河梁"的怨叹。自此以后，牛郎织女爱情故事一直成为文学作品中吟咏七夕的主题内容。谢惠连这首作品堪为代表。

谢诗次第井然地书写了牛郎织女七夕相会的全过程。首四句写景，皆为对句，略显板滞，但连用隐、照、满、震四个动词，团团、析析两个叠词，简劲真切地摹画出了初秋夕景。五六句转折，因夕而仰望牛女二星，由此引出以下十四句顺承展开的牛女相恋、相会直至离别的情事。"弄杼不成藻"，化用《迢迢牵牛星》"纤纤擢素手，札札弄机杼。终日不成章，泣涕零如雨"句意。"耸辔怆前踪"写织女因相思而前往相会，"耸辔"二字刻画逼真。"倾河易回斡，款情难久悰"两句写出牛女相会即将离别，词句工巧而富有骨力。"留情顾华寝，遥心逐奔龙"两句写出离别后牛郎的不舍，令人感怀。诗中"耸辔""灵驾旋""逐奔龙"是整个牛女相会过程的照应处。最后两句"沉吟为尔感，情深意弥重"又由神话故事回到现实情境，点明作者对牛女凄美爱情的赞叹之意。

谢惠连与谢灵运、谢朓并称"三谢"，所作诗歌笔调轻灵，词句清艳。本诗熔写景、叙事、抒情于一炉，清婉灵巧，凄艳动人，不失为吟咏七夕的佳作。

水调歌头
【宋】苏轼

丙辰中秋，欢饮达旦，大醉，作此篇，兼怀子由。

明月几时有，把酒问青天。不知天上宫阙，今夕是何年。我欲乘风归去，又恐琼楼玉宇，高处不胜寒。起舞弄清影，何似在人间。

转朱阁，低绮户，照无眠。不应有恨，何事长向别时圆？人有悲欢离合，月有阴晴圆缺，此事古难全。但愿人长久，千里共婵娟。

中秋是中国的传统佳节，在农历八月十五日，民间有赏月、吃月饼的风俗。历来歌咏中秋的诗词很多，东坡这首词堪称绝唱，备受推崇。宋人胡仔《苕溪渔隐丛话》说："中秋词，自东坡《水调歌头》一出，余词尽废。"

据词序，可知词写于苏轼豪饮醉酒之后，兼有思念兄弟苏辙之意。据考，词人当时与王安石政见不合，自求外放，颇不得志，且与弟情谊笃厚，离别多年。这一背景决定了词作的基调与情感。

词的上片主要写望月，思接微茫，想落天外。明月几时有？今夕是何年？接连发出的奇思妙想，流露出的是对高洁明月的赞美和向往，以致有乘风归去之愿。然而紧接着笔锋一转，词人又恐高处不胜寒，何似在人间，纵是琼楼玉宇，仍留恋人间，依恋尘世。词人由望月而登仙，不无仕途困顿、牢骚满腹之因，但最终还是留驻人世，热爱生活，由此展示出词人豁达的胸襟和旷远的意趣。

词的下片转而怀人。本已牵挂而不眠，更何况明月长向别时圆，令词人倍添愁苦。然词人睿智而达观，"人有悲欢离合，月有阴晴圆缺，此事古难全"，愁苦的阴霾渐趋消散。结尾两句，人长久，共婵娟，以突破时空、超越小我的美好祝愿，表达出对一切经受着离别悲苦之人的宽慰和祝福，也显示出词人的乐观与豪迈。

总之，这首词想象奇特，情感深挚，理趣横生，意境清旷，正如胡寅《酒边词序》所评："一洗绮罗香泽之态，摆脱绸缪宛转之度，使人登高望远，举首高歌，而逸怀浩气，超然乎尘垢之外。"

八月十九日试院梦冲卿

【宋】王安石

空庭得秋长漫漫，寒露入暮愁衣单。

喧喧人语已成市，白日未到扶桑间。

永怀所好却成梦，玉色仿佛开心颜。

逆知后应不复隔，谈笑明月相与闲。

寒露是农历二十四节气中的第十七个节气，表示秋季时节的正式开始。《月令七十二候集解》说："九月节，露气寒冷，将凝结也。"寒露的意思是气温比白露时更低，地面的露水更冷，快要凝结成霜了。随着寒露的到来，气候呈现出由热转寒的交替。王安石这首《八月十九日试院梦冲卿》即是写于寒露时节的怀人诗。就诗题而言，简洁地交代了时间、地点与事件。试院指旧时科举考试的考场。冲卿是友人吴充的字，后与安石结成儿女亲家。八月十九日点明时间，正值寒露。

诗的前面两联主要写景。寒露时节，天已转寒，漫漫长夜，衣单难耐。凌晨时分，天尚未曙，却人声喧闹，已成朝市。一冷一热，适成映照。然在这冷热之外，隐含的是诗人内心的清冷落寞。由此自然引出诗歌后两联的抒情写意。日有所思则夜有所梦，可见彼此间的情谊笃厚。玉色开心颜，谈笑相与闲，则更显其心意相通。寥寥数语，把对友人的钦慕和思念表现得淋漓尽致。

通常认为，王安石的诗歌以其罢相（1076 年左右）为界分为前、后两期，"荆公少以意气自许，故诗语惟其所向，不复更为涵蓄……晚年始尽深婉不迫之趣"（叶梦得《石林诗话》）。此诗语词质朴，出语直切，信笔写来，略无雕饰，虽以意气行文，亦自带闲逸之调。

大雪抒怀

【宋】范成大

天将奇赏发清欢，畴昔登临插羽翰。

梅下寻诗骑马滑，松梢索酒倚楼寒。

闭门老子愁无赖，返棹归来兴已阑。

聊掬玉尘添石鼎，自煎鱼眼破龙团。

"大雪"是农历二十四节气中的第二十一个节气，标志着仲冬时节的正式开始。《月令七十二候集解》说："大雪，十一月节，至此而雪盛也。"大雪意味着天气更冷，降雪的可能性和雪量更大，民间则有观赏封河、腌制"咸货"的风俗。宋代诗人范成大的《大雪抒怀》，即是歌咏大雪节气的名篇。

首句开门见山，直入主题。奇赏，点出大雪时节冰封雪飘的奇丽景致；清欢，透出欢快愉悦的心境。景奇心欢，为全诗奠定了基调。次句进一步补足清欢之情。羽翰指翅膀，登临插翅，不难想见其激赏愉悦之意。三四两句旋即由此展开。梅下骑马滑、松梢倚楼寒，是为奇景；寻诗、索酒，是为清欢。对仗工稳，摹写毕肖，堪为全篇警句。最后四句转写因冰雪封河而返棹闭门之人，尚可煎制茶水来怡情养趣。玉尘指茶叶粉末，石鼎指陶制的烹茶用具。鱼眼借指沸水，龙团则指印有龙凤图案的圆形茶饼。诗人用聊掬、自煎二语，倍显其闲逸之趣。

总之，全诗充分展现了诗人对大雪时节奇景逸趣的赏叹，语言清新自然，格调温润委婉，体现出范诗的一贯风貌。

邯郸冬至夜思家

【唐】白居易

邯郸驿里逢冬至，抱膝灯前影伴身。
想得家中夜深坐，还应说着远行人。

冬至，又称"数九""冬节"，是农历二十四节气之一，约相当于阳历十二月二十二日或二十三日。冬至意味着严寒将至，古代常有全家团聚的习俗。旅居在外之人，逢此佳节，又值严冬，当常起思乡怀人之情。白居易这首《邯郸冬至夜思家》，即真切地表现了宦游人在独处驿舍时对家人浓烈的思念。

首句直入主题，点明时间地点。次句细笔勾勒，摹画出孤寂独处的图景。"抱膝"二字，分外形象地画出枯坐的神态。"灯前"二字，既烘染环境，营造氛围，又呼应诗题之"夜"，托出身形之"影"。再一个"伴"字，极自然地连缀起"身"与"影"。冬至佳节，本应全家团聚，其乐融融，诗人却游宦在外，形影相伴，两厢对照，更显内心的孤苦。三四两句笔锋一转，设想家中亲人此刻也当围坐灯前，谈论着远行在外的自己。既表现出家人的牵挂，更突显了诗人的思念。此笔法恰与王维《九月九日忆山东兄弟》"遥知兄弟登高处,遍插茱萸少一人"、杜甫《月夜》"今夜鄜州月,闺中只独看",有异曲同工之妙。

白居易的诗往往语言浅近、笔调质朴、意境显豁。这首诗同样如此,并无华丽的词句和精致的技巧,而是以朴实的语词、独到的构思,把最为普遍而真实的怀人思乡之情淋漓尽致地表达了出来。

除夕作

【唐】高适

旅馆寒灯独不眠,客心何事转凄然?
故乡今夜思千里,霜鬓明朝又一年。

除夕,别称大年夜、除夜、岁除,时值每年农历腊月(十二月)的最后一个晚上,是家人团聚、辞旧迎新的重要节日,往往"达旦不眠,谓之守岁"(《风土记》)。在这喜庆欢聚的时刻,旅居在外的游子又是怎样的心绪呢?盛唐边塞诗人高适的这首《除夕作》,予以了深婉的描摹与揭示。

诗用七绝体。首句"旅馆"点明处所,人在旅途,客居在外;"寒""独"二字揭示心态,凄冷孤寂、难以入眠。次句与首句紧相承接,"客心"呼应"旅馆","凄然"则直抒胸臆,以一问句出之,倍增其情,又极为自然地引出下联。"故乡今夜思千里"是诗人在设想家人在思念千里之外的自己,同时又隐含着诗人此刻对家人的思念和牵挂。"每逢佳节倍思亲",在这万家团圆的时刻,诗人却只能忍受着相思的煎熬,更何况"霜鬓明朝又一年",由旧岁入新年,这漫漫无边的思念令诗人白发陡增,痛何如之!

从诗歌艺术来讲,有两点特别值得注意。一是诗人巧妙运用"对写法",通过写家人思念诗人来表达对亲人的牵挂,显得婉曲深沉、别出心裁,正如沈德潜所评"作故乡亲友思千里外人,愈有意味"(《唐诗别裁集》)。二是诗人在隐含的除夕热烈喜庆的氛围中展现旅居在外思念亲人的凄苦悲冷,映衬对照,感人至深。《河岳英灵集》称高适"诗多胸臆语,兼有气骨",综观此诗,语多直切,情韵悲慨,体现了诗人一贯的格调。

三、诗词中的壮丽河山

于南山往北山经湖中瞻眺

【南朝宋】谢灵运

朝旦发阳崖,景落憩阴峰。

舍舟眺迥渚,停策倚茂松。

侧径既窈窕,环洲亦玲珑。

俯视乔木杪,仰聆大壑淙。

石横水分流,林密蹊绝踪。

解作竟何感?升长皆丰容。

初篁苞绿箨,新蒲含紫茸。

海鸥戏春岸,天鸡弄和风。

抚化心无厌,览物眷弥重。

不惜去人远,但恨莫与同。

孤游非情叹,赏废理谁通?

  山水诗在晋宋之际勃然兴起,谢灵运居功至伟。谢灵运不仅是大力创作山水诗的第一人,而且自成一格,影响深远,惠休称"谢诗如芙蓉出水",清新可爱,堪为的评。此诗写经湖中瞻眺之所见所感,细腻逼真,情趣盎然,不失为代表之作。

  诗题标明了游览的路径,"有一种纪游笔致"(俞玚评语)。起首四句点题,叙写由南山往北山,经过湖泊到岸后远眺,阳崖与阴峰分别对应南山、北山,舍舟与停策点出度湖上岸。下面十二句着力摹写瞻眺,是全诗重心所在。"侧径"两句写出山水的幽深秀美,属大处着笔,景致宏阔。"俯视"四句则细处落墨,摹画精致,山间树木高密,湖泊水流潺潺,何焯评此四句"可悟画理"。"解作"两句,引易卦入诗,是灵运首创,然略显生涩。大意是雷雨因解而作,令草木升长丰茂。"初篁"四句紧承而写草木万物的清新可爱、勃勃生机,作者选取了"初篁""新蒲""海鸥""天鸡"四个意象,抓住其苞含、戏弄等情态,凸显其绿、紫、春等色彩,刻画可谓真切动人。"抚化"六句由写景自然地转入抒情,一方面,由观赏自然万物感到惬意满足,另一方面又由孤寂落寞、知音难求而满怀遗恨。谢诗往往先写出游、后写所见，最后以议论作结，呈现出三段式的固化结构，后人多批评其带有玄言的尾巴。此篇结构亦是如此，着力于"极貌以写物"，清新细腻，而面对自然万物兴起的赏爱之情与社会现实带来的失意与孤寂之情，也能与景物较好地融合，尽管尚不如陶渊明诗歌那样意境浑融。

总体而言，此诗写景生动，抒情真切，化雕琢于自然之中，格调清新，正如皎然《诗式》卷一《文章宗旨》所评："真于情性，尚于作用，不顾词彩，而风流自然。"

晚登三山还望京邑

【南朝齐】谢朓

灞涘望长安，河阳视京县。
白日丽飞甍，参差皆可见。
余霞散成绮，澄江静如练。
喧鸟覆春洲，杂英满芳甸。
去矣方滞淫，怀哉罢欢宴。
佳期怅何许，泪下如流霰。
有情知望乡，谁能鬒不变？

谢朓与谢灵运并称"大小谢"，也是谢灵运之后，把山水诗推向醇熟的第一人。他不仅继承了谢灵运体物精工细腻的长处，而且将情志与写景融为一体，浑然天成，臻于化境。此诗即为代表，后人推为独步之作。

诗篇主要写望中所见所思。起首两句点题，用典贴切，借王粲、潘岳诗句写出回望京邑（建康）。"白日"以下六句，皆从望中写出，句句工细。"白日"两句写出京邑宅第在日影下光影斑驳、错落有致，着一"丽"字而境界全出。"余霞"两句尤为精警，乃"浑然天成，天球不琢者"（葛立方评语）。诗句连用两个比喻，贴切生动摹画出晚霞与江水明净亮丽、辉映成趣的迷人景致。"喧鸟"两句写出江边郊野花草丛生、群鸟鸣叫的一派鲜亮热闹景象。散、静、覆、满等皆下字工巧，富有表现力。如"散"字画出晚霞的错落形态，"覆"字写出鸟叫的绵密响亮。"去矣"两句自然地由即景转入抒情，诗人即将离开出生地京邑，外任宣城太守，面对家乡如此优美的景致，且前途未卜、归来难期，诗人不禁依恋不舍、落落寡欢，甚至潸然泪下。"有情"两句把情感推向高潮，有情皆怀乡，怀乡则变鬓，可谓"浅语深致"（钟惺评语）。

总体而言，诗歌措意于模山范水，清新自然，富有画意，且时有警句。尤为可贵的是，在写景同时融入了作者的思想情感，浑融一体，改变了谢灵运诗歌带有玄言尾巴的弊端，从而使山水诗走向成熟，并影响至唐人，正如清代吴淇《六朝选诗定论》所评："齐之诗以谢朓称首，其诗极清丽新警，字字得之苦吟。……遂以开唐人一代之先。"

次北固山下

【唐】王湾

客路青山外，行舟绿水前。
潮平两岸阔，风正一帆悬。
海日生残夜，江春入旧年。
乡书何处达？归雁洛阳边。

王湾生活于开元年间，籍贯洛阳，尝往来吴楚间，此诗即是诗人舟次镇江北固山时写下的即景抒怀的名作。

起首两句点题，勾勒出诗人行舟在北固山边的场景。客路、行舟，表明诗人此时正身处羁旅。"青山"则点出北固山，与绿水相对，色调明丽，景致迷人。一外，一前，则表明空间格局之阔大。二句对仗工稳，却又跳脱灵动。此外，诗人先写客路，后写行舟，此笔法暗含深意，可见诗人漂泊在外、心念家乡之情怀流露于言外，为诗篇奠定了基调。

颔联紧承首联，展现出恢弘阔大的行舟图卷。清人黄叔灿《唐诗笺注》称"'潮平'一联写得宏阔，非复寻常笔墨"。潮平岸阔，可谓气势恢宏；风正帆悬，意在见微知著。此一壮阔图卷，既是诗人即目所见，亦为诗人襟怀所投射。

颈联更是情、景、理浑融之佳句，沈德潜《唐诗别裁集》称"江中日早，客冬立春，本寻常意，一经锤炼，便成奇绝"。诗人宕开一笔，着力点由空间转入时间，日生残夜，春入旧年，既反映了物候变化之规律，也蕴含着革故鼎新、生生不息的哲理，耐人回味咀嚼。正所谓"独有宦游人，偏惊物候新"，这一时序更替，也自然地激发起诗人羁旅思乡之情。末联以乡书、归雁遥寄乡愁，既收束全篇，又呼应首联，使全诗笼罩一层愁绪。

总之，这首五律不仅有写景奇句，亦有情景交融之意境，正如明人周珽《唐诗选脉会通评林》所引徐充评曰："此篇写景寓怀，风韵洒落，佳作也。"

望天门山

【唐】李白

天门中断楚江开，碧水东流至此回。

两岸青山相对出，孤帆一片日边来。

开元十三年（725），李白出巴蜀赴江东，舟行至天门山，即景抒怀而写下了这篇脍炙人口的七绝。

诗篇紧扣一个"望"字，展现出天门山水壮丽雄阔的景致。起句直接点题，出语不凡，正如谢榛《四溟诗话》卷一所云："起句当如爆竹，骤响易彻。"山断水开，气势宏大。天门山分作东西两山，横夹长江，对峙如门，一"断"一"开"，形象有力地写出山依水立，水由山出的壮观景象。次句承上而来，写江水为山峰阻遏，激起回旋，可谓水为山回，波涛汹涌。第三句尤为传神，一个"出"字，不仅使静止的山呈现出动态美，而且隐含了舟中人对天门山夹道相迎的欣喜之感。故而紧接的第四句，形象地描绘出孤帆乘风破浪，趋近天门山的情景，和诗人置身名胜、目接神驰的情状。三四两句景中含情，细腻传神，使得诗篇在勾勒天门山雄伟景色的同时濡染了诗人豪迈洒脱的情趣。

李白的绝句往往自然明快、潇洒飘逸，本篇亦是如此。作者连用"断、开、流、回、出、来"六个动词，将山与水相辉映、动与静相结合、物与我相融摄，同时又有远景与近景的交织、碧水、青山、白帆、红日的组合，逼真再现了山高水激的壮阔景象，细腻传达出奔放不羁的博大胸襟。

黄鹤楼

【唐】崔颢

昔人已乘黄鹤去，此地空余黄鹤楼。

黄鹤一去不复返，白云千载空悠悠。

晴川历历汉阳树，芳草萋萋鹦鹉洲。

日暮乡关何处是？烟波江上使人愁。

黄鹤楼修建于三国吴黄武二年（223），地处湖北武昌黄鹤矶上，俯视大江，气象壮阔。盛唐诗人崔颢登临其上，览物抒情，遂有此篇名作。相传李白亦登黄鹤楼，本欲赋诗，因见崔诗而搁笔，并说"眼前有景道不得，崔颢题诗在上头"。

诗篇起首二联，从传说落笔，虚实结合，格调浑莽。相传古代仙人子安乘黄鹤过此，或云费文伟登仙驾鹤于此。传说本属虚无，诗人却以无作有，以虚衬实，仙去楼空，一去不返，正凸显出物是人非、世事茫茫之慨。就句式而言，诗人以散体变格，一气呵成，了无挂碍，甚至不避重复，不计平仄，如"黄鹤"二字再三出现，第三句几乎全用仄声。正可谓以气行文，奔腾而下，所构浑茫之境，令人感同身受。

再看颈联，巧妙转折，由散体归于整饬，由遐思转而远眺。此二句对仗工稳，描摹细腻，写景如画。"芳草萋萋"语出《楚辞·招隐士》"王孙游兮不归，春草生兮萋萋"，为结句思归埋下伏笔。尾联自然地由即景转而抒情，乡关何处、归思难禁，使诗意重归于开篇渺茫不见之境。首尾呼应，令人回味。

总体而言，诗篇一气贯注，格调浑莽，笔法跌宕，音节浏亮，富于意境美、绘画美、音律美，难怪严羽《沧浪诗话》推许为"唐人七言律第一"。

绝句

【唐】杜甫

迟日江山丽，春风花草香。
泥融飞燕子，沙暖睡鸳鸯。

杜甫诗歌向来以"沉郁顿挫"之风著称，但也不乏"萧散自然"之调。此首绝句，即是诗人暂居成都草堂时写下的格调清新之作，反映出杜诗别具一格的风貌。

起首两句，属于粗笔勾勒，描摹出春意盎然、风光靡丽的图卷。"迟日"即春日，语出《诗经·豳风·七月》："春日迟迟。"春日明媚，山色秀丽；春风和煦，花草飘香，用简洁的笔触勾画出一幅大好春光。

在辽远秀丽的图景下，后两句自然地转入到具体的景物描摹。诗人选用具有特征性的景物——燕子衔泥、鸳鸯憩沙,通过工笔雕画,动静结合,生动展示出春日里生机盎然、煦暖惬意的情状。泥融,沙暖,皆呼应首句"迟日",正因为春日普照,才使得泥融土湿,沙地煦暖,足见诗人观察之细致。飞燕子,睡鸳鸯,皆用倒装句式,意在凸显飞、睡之情状,且一动一静,相映成趣,诗人运笔之精妙,令人称道。

清人浦起龙《读杜心解》称此诗"只写春景,未出意",虽然诗篇的着力点在摹画春景,但通过诗歌呈现的这幅色彩明丽、生意勃发的图卷,我们依然能感受到诗人对初春时节自然界生机盎然的欢悦情怀,以及诗人在历经漂泊后暂居草堂时的闲适心境。

纵观全诗,词句对仗工稳,又不失流动顺畅;写景细腻生动,又浑然一体,了无雕琢之迹;意境明秀淡远,格调清新自然,诚属佳作。

春行即兴

【唐】李华

宜阳城下草萋萋,涧水东流复向西。

芳树无人花自落,春山一路鸟空啼。

李华是中唐时期的古文名家,诗风则以清丽为主。安史之乱后不久,诗人行经宜阳,有感于今昔盛衰,写下了这首即景抒怀之作。

起首两句,直接点题,交代了时间地点,为即兴抒怀作出铺垫。诗人行经宜阳城下,正值暮春时节,触目所见,芳草萋萋;更有境内名胜女几山,泉水叮咚,东流西淌。山水灵动,草木丰茂,一动一静间勾勒出一幅宜人的春景。

三、四两句,镜头由远及近,描摹花落鸟啼,虽作景语,亦是情语。芳花落,春鸟啼,既对前述宜人春景作了具体生动的展现,又以动衬静,即景寓情,落、啼,倍显景致之清冷,自、空,尤见襟怀之落寞。本是色调靡丽、诗意盎然的大好春光,却因为战乱的破坏,导致凄清幽冷,诗人以乐景写哀情,更令人唏嘘感叹。

纵观全诗,诗人倾力于写景,通过移步换景,从"城下"写到"涧水"再到"春山一路",将春草、山泉、落花、啼鸟等一一呈现,描画出一幅多彩的春行图卷。而诗人即兴之情则隐于文字背后,耐人咀嚼。明代陈继儒《唐诗三集合编》评论说，"四句说尽荒凉，却不露乱离事，妙"，可谓抓住了要害。

滁州西涧

【唐】韦应物

独怜幽草涧边生，上有黄鹂深树鸣。

春潮带雨晚来急，野渡无人舟自横。

韦应物是中唐诗人，其诗前期较为豪迈雄峻，后期则转为清疏淡雅。此诗即作于后期。滁州西涧，在滁州城西郊野，时任刺史的诗人常去游赏，遂写下此篇即景抒怀之作。

诗篇描写了山涧边的水草、黄鹂、春雨、孤舟等清幽的景象，组织成一幅意境幽深的画面，表达出诗人恬淡落寞的情怀。起句奇伟不凡，"独怜"二字显露出诗人别具一格的偏好。相比锦簇繁花，诗人唯独怜爱清幽水草，字里行间透露着闲适散淡的襟怀。一个"幽"字，既是写景，亦是言情，笼上清幽之境，而树上不时传来的阵阵莺啼，则在静寂中平添了几分灵动、几许生气。一静一动，相映成趣，使得清幽不同于死寂，而自带一种冲淡之趣。三、四两句，诗人笔锋一转，着力点由近景转向远景。一面是日暮之际的春潮涌动，雨水倾注，呈现出水高浪急之险峻情势，一面是野渡无人，孤舟自横，流露出落寞孤寂意趣。一个"急"字，一个"自"字，相互映衬，反差强烈，极富表现力，显示出诗人字词锤炼之功。诗人作诗好用"自"字，皆可释为"自在""自然"之意，足将诗人恬淡闲适之意表现得淋漓尽致。

整体而言，此诗着色清丽，写景如画，情调淡雅，意境清幽，是诗中有画、景中含情的名篇，正如后人所评"写景清切，悠然意远，绝唱也"（顾乐《唐人万首绝句选评》）。

早春呈水部张十八员外

【唐】韩愈

天街小雨润如酥，草色遥看近却无。

最是一年春好处，绝胜烟柳满皇都。

本诗作于唐穆宗长庆三年（823），以早春为题，寄赠时任水部员外郎的张籍。此时韩愈已经五十六岁，虽年近花甲，但仕途平顺，刚因平息叛乱升任吏部侍郎，故而以清新明快的笔触咏叹早春景色之美，流露出欣喜欢悦之襟怀。

起首两句，写景细腻逼真。首句写初春小雨，以"润如酥"来形容它的细滑润泽，生动形象地摹画出春雨的特征，堪与杜诗"随风潜入夜，润物细无声"相媲美。第二句接着写雨后草色。远看似有，近看却无，真切描画出初春小草沾雨后的朦胧景象。经过春雨浸润，春草开始发芽，若有若无，稀疏矮小。远望过去，朦朦胧胧，仿佛一片疏淡的青青之色。可当走近前去看个仔细，地上稀稀朗朗的纤细草芽，却反而看不清什么颜色了。此一写景名句，妙在真切细腻，清人黄叔灿《唐诗笺注》称"草色遥看近却无，写照甚工。正如画家设色，在有意无意之间"。

三、四两句，对早春景色大加赞颂："最是一年春好处"，斩钉截铁地肯定春雨和草色乃一年春光中最美好的东西；"绝胜烟柳满皇都"，则通过与晚春时"杨柳堆烟"相对照，认为初春之景比满城烟柳不知要胜过多少倍，由此愈显诗人对春雨草色的欣悦之情。

总体而言，这首诗词句清丽，刻画细腻，运思新颖，既得诗中有画之境，又有景外传情之效，可谓韩愈清新俊逸诗风的代表之作。

江雪

【唐】柳宗元

千山鸟飞绝，万径人踪灭。

孤舟蓑笠翁，独钓寒江雪。

柳宗元是中唐时期著名的古文家，也是一位独具特色的诗人。受永贞革新失败遭贬的影响，他的诗歌往往表现贬地的风物，格调幽冷峭拔。这首《江雪》，即是其代表之作。

写景如画，是该诗的一大特点。诗人给我们描画出一幅冰雪漫天、渔翁独钓的江雪图景。正如《批点唐诗正声》所云："绝唱，雪景如在目前。"鸟飞绝、人踪灭，足见江雪之酷冷；千山、万径，极言雪景之寥廓。在一片沉寂苍茫中，惟见孤舟浮江、渔翁独钓，两相对比，极为鲜明，且一静一动，相映成趣。

寓情于景，是该诗的另一特点。诗人着力写景，但字里行间，亦时时流露心迹。一个"寒"字，既揭示了景物的客观特征，又表征着诗人的凄苦心境。

在茫茫冰雪中独钓的渔翁,其清高孤傲的品节,无疑又是诗人志趣的反映。

此外,该诗还有构思精巧的长处。作者没有起笔点题,而是旁敲侧击,笔锋迂回,直到结尾才着"寒江雪"三字,令人豁然开朗,回味无穷。略如清人李锳《诗法易简录》所云:"前二句不沾着'雪'字,而确是雪景,可称空灵,末句一点便足。"

总之,这首诗运思巧妙,写景生动,情景相生,韵味无穷。苏轼《书柳子厚南涧诗》云:"柳子厚南迁后诗,清劲纡徐,大率类此。"诚属不刊之论。

晚晴见终南诸峰

【唐】贾岛

秦分积多峰,连巴势不穷。
半旬藏雨里,此日到窗中。
圆魄将升兔,高空欲叫鸿。
故山思不见,碣石沈寥东。

贾岛是中晚唐著名的苦吟诗人,与孟郊齐名,有"郊寒岛瘦"之说。其诗多写景状物、酬赠唱和,注重锤炼字句,风格清奇冷僻。《晚晴见终南诸峰》即题咏晚晴所见终南山,引发诗人思乡之情,词句生新,诗风清苦,颇有代表性。

起首两句,描摹终南山峰峦起伏、绵延不绝的胜景。终南山位于陕西境内,是秦岭山脉的一段,峰谷众多,绵延数百里。"秦分"乃"分秦"之倒装,与"连巴"相对。积多峰、势不穷,指明其山广峰多的特点。

颔联点出"晚晴"。连日阴雨,今日才放晴,故曰半旬、此日。一个"藏"字、一个"到"字,颇见推敲之功。诗人此联运用了拟人化的手法,使得终南诸峰别有情趣,与李白"相看两不厌,只有敬亭山"有异曲同工之妙。

颈联转而写圆月、飞鸿,从侧面烘托出终南诸峰高峻挺拔、苍凉浑莽的韵致。升兔、叫鸿,皆为动景,与之前山峰绵长的静景相映照,且以动衬静,愈显终南山之清旷。

尾联即景抒情,由终南山之景引发思乡之情。故山即指碣石山,在河北昌黎县北,为诗人家乡名胜,诗人亦自称碣石山人。碣石山亦如终南山一般清朗空旷,怎不令人顿生乡关之思呢?

整体而言,这首诗对仗工稳,运思精巧,文辞清奇,格调幽冷。虽有雕琢之迹,但基本上做到了情景交融,还是一首不错的写景诗。

商山早行

【唐】温庭筠

晨起动征铎,客行悲故乡。
鸡声茅店月,人迹板桥霜。
槲叶落山路,枳花明驿墙。
因思杜陵梦,凫雁满回塘。

温庭筠是晚唐著名诗人,风格艳丽,与李商隐并称"温李"。此诗为行旅诗,紧扣"早行"二字,抒写了路途所见所感,文辞丰赡,意境凄美,是温庭筠的代表作品。

起首两句,直接点题,奠定基调。晨起,即早;动征铎,即行。客行与故乡,用一"悲"字勾连,既为后文作了铺垫,也为全诗定了基调。

三、四两句,紧承"早行"而来,描写周遭环境,对仗工稳,意蕴凄美,是历来称颂的佳句。此联全用名词叠加,一一呈现清晨清冷、孤寂的景象,而行旅辛苦之状、诗人内心之悲,俱见于言外。明李东阳《怀麓堂诗话》指出:"'鸡声茅店月,人迹板桥霜',人但知其能道羁愁野况于言意之表,不知二句中不用一二闲字,止提掇出紧关物色字样,而音韵铿锵,意象具足,始为难得。"所谓提掇出紧关物色,而音韵铿锵,意象具足,正切中此联之特色与效果。

五、六两句,荡开一笔,着力表现旅途所见景物,槲树叶落,枳树花明,相映成趣。尤堪注意者,因是早行,天未大亮,故而驿墙边的白色枳花较为显眼,"枳花明驿墙",既写景真切,又呼应"早行"。

最后两句,即景抒情,既收束全篇,又照应开头。商山早行的景色,促发诗人联想起昨晚在梦中出现的家乡景物:回塘水暖,凫雁游弋。如此,既把思乡之情溶于故乡之景,又与旅途景物形成鲜明对照,意蕴丰富,余味无穷。此外,凫雁自得其乐,而诗人却羁旅在外,两相对照,愈显行旅之悲。

总体而言,全诗语言省净,写景真切,情景交融,韵味无穷,将游子在外的孤寂之情和思乡之情淋漓尽致地表现了出来。

附录　《文选》学学位论文撷英

一、述评

近年来，《文选》研究趋于兴盛，在不同层面持续拓展。一批珍贵或稀有文献得到影印或点校出版，"新文选学"课题下的各个方面均得到关注和研究，加之每两年一届的文选学研讨会定期召开，及时总结成就、拓展领域，这些都使得"文选学"呈现出一派繁荣景象。尤堪注意者，北京大学、扬州大学、郑州大学等高校纷纷开设"文选"专题研究的课程，一批博士、硕士以"文选学"相关研究作为学位论文选题，充分展现出"文选学"薪火相传的可喜局面。余亦忝居硕士生导师之列，给诸生开设了"《文选》与《文心雕龙》研究"课程，先后指导数名硕士生写作与"文选学"相关的学位论文，得到评审专家的好评。兹作一绍介，于推进"文选学"的研究或不无裨益。

刘乃琳撰有学位论文《〈文选〉与宋初诗歌》。作者首先从宏观上梳理了"文选学"在宋初的面貌，继而重点探讨《文选》与宋初诗歌之关联，从题材、题目的相似或沿袭等四个方面进行细致的比勘、梳理，具体展示出《文选》对宋初诗人及其诗歌产生的深刻影响。尤为值得嘉许的是，作者紧扣宋诗演进之轨迹与特质，从宏观层面揭示出《文选》与宋初"三体"、宋型诗歌建构的内在关联，突显了《文选》之诗史意义。本文作者充分地占有材料，综合运用统计学、比较分析等方法，既有微观的个案研究，又有宏观的整体剖析，可说是《文选》影响研究方面一次较为成功的尝试。

赵焱撰有学位论文《〈文选〉李善注引〈淮南子〉研究》。李善注以体例谨严、征引繁复著称,具有训诂、校勘、辑佚等多重价值,自产生以来就备受学人关注,涌现出一批研究成果。近年来,《文选》李善注引书研成热点,赵燚以《淮南子》的征引为中心,系统梳理了李善注涉及《淮南子》的征引条目、征引特点、征引价值等,为全面认识和评价李善注,以及《淮南子》在汉唐的传播提供了有益参考。

刘一锜撰有学位论文《吴淇〈六朝选诗定论〉研究》。《六朝选诗定论》是清初一部重要的《选》诗评点著作,在"文选学"史和评点史上均占有一定地位。然一直以来,鲜有专文论及。刘君以之作为论文选题,具有重要的学术意义。作者在紧扣《六朝选诗定论》产生背景的基础上,着力探究其诗学思想与批评宗尚,进而探讨其评点内容与方法,最后总结其评点特色与价值,为读者认识和评价吴淇其人其书提供了重要参考。

李峰撰有学位论文《梁章钜〈文选旁证〉研究》。梁章钜《文选旁证》是产生于清代道光年间的一部重要的"选学"著作。然而,长期以来,关于该书的作者一直存有争议;该书有何价值,又该如何评价,学术界也持不同的看法。①李峰通过细致研读,认真比对,着重从梁章钜思想与著述考辨、《文选旁证》的成书、《文选旁证》的价值等三个方面作了探讨,提出了一些值得注意的观点。譬如,作者指出梁章钜宋学为本、汉学为用、经世致用的学术思想来源于闽省学术氛围、家传与师承;作者认为《文选旁证》的校勘价值在于扩宽校勘范围、丰富校勘方法;补注价值在于补释地名、补释名物、补引史实及典章制度等;辑佚价值在于《选》注之辑佚、引书之辑佚。这些论述,有助于读者深入认识《文选旁证》一书的特色与价值。

总体而言,此四篇有关"文选学"的学位论文,均有选题新颖、取材丰赡、评述得当等优点;当然,也还存在着某些不足,譬如研究方法不够灵活,论述深度有待加强等。但毫无疑问,我们能从中领略到年轻学子的朝气和潜力,从而一起期待"文选学"更加辉煌的未来。需要说明的是,为反映原貌,此次编选不作内容上的修改,仅对文字作些必要的润色。

---

① 参见王书才《明清文选学述评》下编第六章"梁章钜等《文选旁证》述评",上海古籍出版社2008年版,第192-209页。

二、《文选》与宋初诗歌（选录）
——刘乃琳撰　高明峰指导

摘要：《文选》成书于梁代，是我国现存最早的诗文总集，选录了先秦至齐梁时代，百余名作家的七百多篇各体作品。《文选》早在唐代就广泛流传，与"五经"一道被士子奉为诗文写作、科举应试的范本。鉴于《文选》在当时的地位和影响，以《文选》为主体研究对象的新学问蔚然兴起，称之为"文选学"。由于宋初沿袭唐代的科举试诗赋的政策，"文选学"在宋初仍然极其兴盛。北宋年间，民间尚传谣曰"文选烂、秀才半"，视《文选》为"文章宗祖"。以文字、音韵、训诂等为主要研究对象的"文选学"一直为历代学者所重视，而在宋代《文选》的研究，主要是局限于《文选》本身（包括版本、注释、编者、选文、文体分类、续书等诸多方面），完全是学术性的"文选学"的传承和发展，而并不能代表《文选》作为文学总集本身在每个时代影响和流传状况。《文选》作为学术研究或者诗歌创作广泛借鉴的对象，二者毕竟不能等同和混淆。《文选》与宋代文学之间关系的研究，尤其是与宋代初期诗歌乃至整个宋型诗构建之间关系的研究几乎没有。传统意义上一直认为宋初"三体"或学白居易，或宗杜甫，抑或出于李商隐。唐代是诗歌的巅峰时期，宋诗宗唐不可否认，但是唐代是《文选》以及"文选学"最兴盛的时期，《文选》对唐代诗人的创作有着非凡的意义，可以说唐诗是宗《文选》的。

本文通过检索和统计学手段，结合诗歌结构、立意等比较，发现宋初诗歌与《文选》之间关系十分密切。在宋初重文抑武、大兴科举的时代背景下，《文选》作为为数不多的诗文总集，无论是在科举考试还是日常学习中都发挥了巨大的作用，受到很多作家、学者、士子的青睐，成为他们学写诗歌、检索典故、积累辞藻以及模仿创作的蓝本和重要工具。本文旨在通过对《文选》作品与宋初诗歌进行微观上的比较研究，以及从《文选》与杜甫、李商隐及与宋初"三体"、骈文写作之间纵横交错的关系梳理中，得出《文选》与宋初"三体"之间的密切关系，从而在宏观上把握《文选》在整个宋型诗构建中所发挥的巨大作用，深入认识《文选》作为诗歌总集的艺术价值。

关键词：《文选》；宋初；诗歌；影响；宋型诗

《文选》与宋初诗歌

（一）宋初诗人与《文选》

著名的选学家骆鸿凯先生在其著作《文选学》中有这样一段话："宋初承唐积习，《选》学之风未沫。盖宋亦以辞科取士，是书之见重艺林，犹之唐也。"从这段话中我们不难看出在宋初的几十年间，《文选》在当时文人和学者中还是得到了普遍的接受和尊重，成为大家科举应试、摘抄典故、模写练习的蓝本。关于这方面的情况，陆游《老学庵笔记》卷八有一段记载，其云："国初尚《文选》，当时文人专意此书，故草必称'王孙'，梅必称'驿使'，月必称'望舒'，山水必称'清晖'。……方其盛时，士子至为之语曰：'《文选》烂，秀才半。'"从陆游的这段记载中我们不难看出，《文选》在宋初文人中的影响是巨大的。据考，"驿使"并非出自《文选》，从四库馆臣所撰《老学庵笔记》之"提要"中，我们知道"驿使寄梅"，出自三国时期陆凯的诗《赠范晔》："折花逢驿使，寄与陇头人。江南无所有，聊赠一枝春。"但是《文选》并未收录此诗，实为陆游记忆之疏忽。至于草必称"王孙"，则出自《文选》卷三十三刘安《招隐士》"王孙游兮不归，春草生兮萋萋"。"望舒"一词在《文选》以及李善注中多次出现，例如卷十五张平子《归田赋》"于时曜灵俄景，系以望舒"、卷二十四陆士衡《赠尚书郎顾彦先二首》"望舒离金虎，屏翳吐重阴"等，卷二十九张景阳《杂诗》（其八）云"下车如昨日，望舒四五圆"，李善注曰："王逸曰：望舒，月御也。古诗曰：四五占兔缺。"据统计，《文选》原文以及注释中"望舒"共在十一篇作品中出现二十五次。清晖，喻日、帝也。陆游提到的水被诗人们称作"清晖"则出自《文选》卷二十颜延年《皇太子释奠会作诗》"清晖在天，容光必照"、卷二十三阮嗣宗《咏怀诗》十七"微风吹罗袂，明月耀清晖"、卷二十五傅长虞《赠何劭王济》"双鸾游兰渚，二离扬清晖"，此外在卷五十八、五十九中均有出现，共涉及六篇作品，出现十一次。

陆游作为南宋文学大家，他对《文选》的熟悉程度不是我们研究的对象，但是通过他在《老学庵笔记》中的这条记载以及我们逐个逐条的考证，不难看出宋初的知识分子阶层对《文选》的自觉接受与尊重，而且也从侧面证明了汪习波在《宋代〈文选〉的流传与〈文选〉学》一文中所提到的宋代的《文选》学重在考辨文字："胪类典""摘词藻"。"文选烂，秀才半"的底蕴，不在于

《文选》这本书超越其他书的学术地位，而是在于其事典辞藻丰富，可以充当学子们科举复习、应付考试的词典。

宋初进士科考试采取逐场去留的政策，先试诗赋，这就决定了诗赋在整个考试中的绝对重要的地位，而当时的《文选》则相当于今天我们手中的《新华字典》《辞海》《词源》等书，是我们的学习工具，为进士科考试提供足够的"事典"与"辞藻"，缺之不可。所以文人们对《文选》的热爱、烂熟是不言而喻的。不要说是普通的读书人，就是宋代的皇帝对《文选》也是相当热爱，《宋史》卷二百九十六《吕文仲传》载："太平兴国中，上每御便殿观古碑刻，辄召文仲与舒雅、杜镐、吴淑读之。尝令文仲读《文选》，继又令读《江海赋》，皆有赐赉。以本官充翰林侍读，寓直御书院，与侍书王著更宿。"此外，皇帝还多次下诏三馆等有关机构校勘《文选》，然后刻板行世。由此可见皇帝及朝廷对《文选》一书的重视程度。关于《文选》在科举中的重要性，有一些小故事可以辅助证明。王应麟《困学纪闻》卷十七载："江南进士试《天鸡弄和风》诗，以《尔雅》天鸡有二，问之主司。其精如此。故曰：《文选》烂，秀才半。"熙丰之后，士以穿凿谈经，而选学废矣。"另一个小故事来自吴曾《能改斋漫录》：

> 袁州自国初时解额以十三人为率。仁宗时，查拱之郎中知郡日，因秋试进士以"黄华如散金"为诗题，盖取《文选》诗"青条若葱翠，黄华如散金"是也，举子多以秋景赋之，惟六人不失诗意，由是只解六人，后遂为额。无名子嘲之曰："误认黄华作菊华。"①

考试题目中的这首诗出自《文选》卷二十九张季鹰《杂诗》："暮春和气应，白日照园林。青条若葱翠，黄华如散金。"开篇即表明描写的是春天惠风和畅，春光无限的美景。

第一个和第二个小故事都给我们传递了这样一个信息：对《文选》的熟悉程度很大程度上决定了学子们科举考试的成败。张佖以不知道天鸡有二为耻，士子以不知黄华为春景而偏题。正是因为有这样一种文化导向、科举导向，学子们对《文选》更加重视，更加精熟。宋初还有一个小例子能从反面证明当时《文选》流传之广泛，影响之盛大。理学的先行者，被称作宋初三先生的孙复在

---

① 吴曾《能改斋漫录》卷五，《四库全书》本。

写给范仲淹的信中，愤愤不满于国家将《文选》多次刊刻印刷，并将其放置于太学，以供学习之用，地位比"五经"之类的圣人典籍还高。这篇书信足以让我们看到当时国家对《文选》的重视程度，以及《文选》在当时的传播盛况。

宋初文人对文选的热爱、精熟还体现在具体诗人身上：

（1）宋祁（998—1061），字子京，北宋著名的文学家。天圣二年的进士，曾与欧阳修一起修《新唐书》。王得臣（1036—1116）《麈史》中有这样一段关于宋祁的奇闻轶事：

> 乡人传元宪母梦朱衣人畀一大珠，受而怀之，既寤，犹觉暖，已而生元宪。后又梦前朱衣人携《文选》一部与之，遂生景文，故小字选哥。①

传说的真假我们且不去考证，但是宋祁对《文选》的狂热和精熟却是有据可循的，据史籍记载：

> 予（王得臣）幼时先君日课，令诵《文选》。甚苦，其词与字难通也。先君因曰："我见小宋说：'手抄《文选》三过，方见佳处。'汝等安得不诵？"由是知前辈名公为学大率如此。②

此处的小宋指的就是宋祁。由此可见宋祁孜孜不倦攻读《文选》的形象早在北宋时期就已深入人心，成为同僚们互相勉励以及家长们教育子女的典范。宋祁对《文选》的刻苦研习，很大程度上也来自他家学的影响，《宋府君玘行状》载宋玘事云："雅性强记，暗诵诸经及梁昭明《文选》，以教授诸子。"宋玘就是宋祁的父亲，也是一位饱读诗书的学子，他通过明经考试入仕后，仕途并不顺利，只做过地方的小吏，官职低微。但是他刻苦钻研《文选》的精神深深地影响了两个儿子，哥俩儿天资聪颖，再加上日夜刻苦攻读，终学得满腹经纶，名震一时。宋祁精熟《文选》的情况还可以从历代文人的诗话笔记中获得相关信息，例如清代王士禛《带经堂诗话》卷三指出：

> 宋景文（景文为宋祁谥号）云：左太冲"振衣千仞岗，濯足万里流"不减嵇叔夜"手挥五弦，目送飞鸿"。愚案，左语豪矣，然他人可到，嵇语

---

① 王得臣《麈史》卷二，《四库全书》本。
② 王得臣《麈史》卷二，《四库全书》本。

妙在象外。六朝诗人，如"池塘生春草""清晖能娱人"，及谢朓、何逊佳句多此类，读者当以神会，庶几遇之。①

其中，"振衣千仞岗，濯足万里流"一句出自《文选》卷二十一左太冲《咏史八首》；"手挥五弦，目送飞鸿"一句出自《文选》卷二十四嵇康《赠秀才入军五首》；"池塘生春草"一句出自《文选》卷二十二谢灵运的《登池上楼》；"清晖能娱人"一句出自《文选》卷二十二谢灵运的《石壁精舍还湖中作》。由此可见宋祁及王士禛对《文选》的熟悉程度，以《文选》比《文选》，以《文选》证《文选》，从大处落笔，从小处着手，如若不是对《文选》内容万般熟悉，断不会有以上的评论和体会。

（2）欧阳修（1007—1073）字永叔，号六一居士，北宋杰出的文学家、史学家。据《宋史》本传记载，欧阳修天圣八年（1030）中进士，正是选学的兴盛时期。当时"诗赋"在科举考试中的比重虽然遭到了质疑和削弱，但却不足以动摇它的主导地位。可以说《文选》对进士出身的欧阳修仍然是必读之著作。《宋史》本传中还有这样一段记载："（欧阳修）幼敏悟过人，读书辄成诵。及冠，嶷然有声。宋兴且百年，而文章体裁，犹仍五季余习。锼刻骈偶，淟涊弗振，士因陋守旧，论卑气弱。"这段话虽不能直接说明欧阳修与《文选》的关系，但是却从侧面反映了《文选》在宋初近一百年间的兴盛景象，欧阳修也是科举中人，其中利害关系不言而喻。另外，欧阳修主编的《新唐书·萧至忠传》中有这一段宋璟与萧至忠的对话，所引之句都是出自《文选》，只是为了与当时情形相协调配合，略加改动而已。这段记载比《资治通鉴》所述更细致传神，由此可见编写者欧阳修对《文选》的熟悉程度。没有扎实的《文选》研习功底不可能有如此细腻的笔法。

（3）杨亿（974—1020）字大年，北宋文学家。年十一，太宗闻其名，诏送阙下试诗赋，做《喜朝京阙》，太宗喜，授秘书省正字。淳化中赐进士，曾为翰林学士兼史馆修撰，官至工部侍郎。淳化年间（990—994），杨亿到京师开封献文，太宗授其为太常寺奉礼郎，令在秘阁读书。期间他利用秘阁的丰富藏书，写成《二京赋》，献与朝廷，被视为大手笔，传诵一时。因此，杨亿又被升为光

---

① 王士禛《带经堂诗话》，人民文学出版社1963年版，第69页。

禄寺丞，赐进士及第，入翰林院试用。杨亿的《二京赋》从形式到风格均是模仿《文选》中司马相如的《两都赋》和张衡的《二京赋》而作，可见杨亿对《文选》能熟练地掌握并运用。

杨亿熟读《文选》，熟练应用《文选》的能力与其家学也颇有关系。杨亿早年依其从祖杨徽之。据《宋史》本传记载："会诏李昉等采缉前代文字，类为《文苑英华》，以徽之精于风雅，分命编诗，为百八十卷。历迁刑、兵二部郎中。献《雍熙词》，上赓其韵以赐。"杨徽之是宋初诗坛名将，才高八斗，学富五车，《宋史》本传中称赞他"善谈论，多识典故"，与同乡江文蔚、江为齐名。杨徽之的个人能力以及文学素养我们姑且不论，单就其奉诏编纂《文苑英华》一事，足可见他的《选》学修为。众所周知，《文苑英华》是宋初的四大类书之一，纵观《文苑英华》全书我们不难发现，作为《文选》的续书之一，其在编选分类等方面，受《文选》影响更大。而杨徽之作为编选者，需要善其事，必先利其器，其对《文选》的内容、分类以及选文标准不可能不熟悉，否则很难续书。杨亿从小时候起在学问上受到杨徽之的影响就非常大，长大以后，"每叙事质疑，其必称从祖江陵公云尔"。有这样一位有学问的从祖父，自然是人生一大幸事，总在祖父身边耳提面命，言传身教，自然也就慢慢地开始模仿祖父的诗文风格以及文字功夫。

《诗话总归》卷十二有一段关于杨徽之诗歌创作佳句的摘录：

> 杨徽之侍读《春望》云："杳杳烟芜何处尽，摇摇风柳不胜垂。"《寒食》云："天寒酒薄难成醉，地迥台高易断魂。"《塞上》云："戍楼烟自直，战地雨长腥。"《僧舍》云："偶题岩石云生笔，闲绕庭松露湿衣。"《湘中舟行》云："新霜染枫叶，皓月借芦花。"《哭江为》云："废宅寒塘水，荒坟宿草烟。"《嘉璟川》云："青帝已教春不老，素娥何惜月重圆！"又云："浮花水入瞿塘峡，带雨云归越巂州。"《元夜》云："云归万年树，月满九重城。"《宿东林》云："开尽菊花秋色老，落迟桐叶雨声寒。"①

从这段文字中我们不难看出杨徽之诗歌对仗工稳，辞藻妥帖，文字功底很强。这无疑与其多年研习《文选》有关。如将上述诗句拆成两字或三字的组合，将

---

① 阮阅《诗话总归》，人民文学出版社1998年版，第140–141页。

近百分之三十的词汇、词组都在《文选》中出现过，这还不包括单个的动词。像"杳杳""摇摇""云归"等词语都是多次出现。由此可见杨徽之的《文选》功底非同一般，由这条线索我们就不难推出杨亿对《文选》的热爱和精熟程度。杨亿在《武夷新集》自序中说道："予亦励精为学，抗心希古，期漱先民之芳润，思觊作者之壶奥。"从这一段记载中我们不难发现杨亿把自己为文作诗的风格和方法定位为以研习模仿前人的诗歌作品为基础，用心揣摩学习，得其要领。而宋初《文选》的功用便是"可作本领尔"，就是供广大的士子们学习揣摩文字、典故、词语以及学习其诗文的创作手法及风格倾向。此外杨亿也很在乎辞藻的精巧华丽，这与《文选》的选文标准"事出于沉思，义归乎翰藻"相呼应。善于用典故成词，善用形容比喻、辞采精巧华丽——《文选》选文标准也同样适用于杨亿的诗文，诗歌语言华丽体格精巧也是其认同并且追求的。

（4）晏殊（991—1055）字同叔，北宋著名的词人、诗人、散文家。《宋史》本传记载晏殊年仅七岁就能作文，皇帝让他与众进士一起考试，结果晏殊面不改色，很快便赋诗一首。皇帝很欣赏他，赐他进士出身。而后命直史馆陈彭年察其所与游处者，每称许之。《宋史》本传最后称赞晏殊"文章赡丽，应用不穷，尤工诗，闲雅有情思，晚岁笃学不倦。《文集》二百四十卷，及删次梁、陈以后名臣述作，为《集选》一百卷"。《直斋书录解题》著录晏殊《集选目录》二卷，并云：

> 丞相元献公晏殊集。《中兴馆阁书目》以为不知名者，误也。大略欲续《文选》，故亦及于庾信、何逊、阴铿诸人。而云唐人文者，亦非也。莆田李氏有此书，凡一百卷。力不暇传，姑存其目。[①]

通过这两条信息我们不难发现，晏殊编《集选》不是政府行为，不是奉诏编书，完全是个人喜好。既然他编纂此书的目的是"欲续《文选》"，那么是不是可以说明这样一个问题，作为诗人、词人的晏殊意识到了《文选》的价值，这种价值不仅仅是内容上的，也包括思想上和形式上，于是他才想到了编写一本和《文选》类型大致相同的总集，以达到将《文选》的贡献发扬光大的作用。基于编书这一点，可见晏殊一定对《文选》有深入的研习和思考，加之晏殊生活

---

① 陈振孙《直斋书录解题》，上海古籍出版社2015年版，第444页。

的真宗和仁宗两朝，选学之风犹盛，晏殊作为一代文人领袖，对《文选》应该是无比尊重和热爱的。加之号称"二宋"的宋祁与其兄宋庠、欧阳修、苏轼等都是晏殊门下士，他们研习《文选》的传统除了家学和自身原因之外，老师的影响也是必不可少的。

（5）吴处厚，字伯固，生卒年不详。博学兼长词赋。登北宋皇祐五年（1053）郑獬榜，进士第。是北宋时期一代名儒，与王安石、司马光私交甚厚。他在所撰《青箱杂记》卷二中记录其早年应试的情况，从中可见当时《文选》与科举应试以及文人们的关系是极其密切的，士子们只有熟练掌握《文选》的内容，具备扎实的《文选》基础，才能在考试中发挥自如，以"登科名"。

此外，康熙《绍映府志》卷四十九载有齐唐娴熟《文选》："北宋天圣年间，山阴齐唐，少贫苦学，得书辄手录，过诵不忘。郡守任意以几上一帙开示，乃《文选·头陀寺碑文》。齐唐应口而诵，不遗一字。"

通过以上诸人与《文选》渊源的探讨，我们大致可以看出《文选》在宋初的风靡程度，宋人对《文选》的重视程度绝对不比唐代差，甚至还要更高，许多文人将《文选》视为诗文创作的典范，对其内容认真掌握，烂熟于心。这种狂热的学习和追求，也反过来成为《文选》得以广泛的传播的重要因素之一。

（二）题材、题目的相似或沿袭

1. 题材上的相似或沿袭

广义的题材，泛指文学作品描绘的社会生活的领域，即现实生活的某一面，如工业题材、农村题材、历史题材、现实题材等。狭义的题材，指在素材基础上提炼出来的，用以构成艺术形象、体现主题思想的一组完整的具体的生活材料，即写进作品里的社会生活。

在叙事性作品中，题材包括人物情节、环境。题材是文学作品内容的基本因素，是产生和表现主题的基础。题材是由客观的社会生活事物和作者对它的主观评价这两个不可分割的方面构成的，是主客观的统一体。简而言之，题材就是诗歌的内容。纵观中国诗歌发展的历史，我们不难发现这样一个问题，有很多题材在不同时期被反复运用，或模仿，或借鉴，或反对，或超越。通过反复的对比研习，笔者发现《文选》中的很多题材在《全宋诗》中得到了很好的继承和发展，下边我们就具体举例说明。

(1) 明妃题材

"明妃出塞"这一咏史怀古的题材在《文选》中已有体现，《全宋诗》更是将这一题材发扬光大。诗中昭君形象早已深入人心，她是一个国家国穷兵弱、委曲求全的牺牲品，她更是一个民族忍辱负重、不屈不挠的象征。这一诗歌中的素材常写常新是有其历史和时代原因的。关于这一问题，我们在这里不深入探讨，我们要探讨的是《全宋诗》对《文选》中明妃题材的继承和发扬，通过具体的比较分析把这一观点落到实处。

"昭君出塞"题材属于怀古咏史的范畴之内，以历史典故为题材，或表明自己的看法，或借古讽今，或抒发沧桑变化的感慨。在咏史怀古诗作中，"明妃出塞"题材的诗作俯拾即是，其间不乏精彩之作，实是诗歌史上的一朵奇葩。

昭君出塞的故事最早被应用为作品题材是蔡邕的《琴操》和《文选·王明君词》。在《文选》中昭君（明妃、明君）形象多次出现，成为诗人咏史怀古、借古讽今抒发兴亡之感的重要题材。《文选》卷二十七石崇《王明君词》以昭君出塞为题材；又《文选》卷十六江淹《恨赋》中多次应用昭君典故；《文选》卷十八嵇康的《琴赋》也援引昭君典故："王昭楚妃，千里别鹤。犹有一切，承间簉乏，亦有可观者焉。"《文选》中关于昭君出塞以及引用此典故的作品还有很多，由于篇幅原因就不一一列举。通过我们以上举的这三个例子，分析得出这样的结论："昭君出塞"这一历史事件早在齐梁之前就成为作家笔下的题材，反复吟咏。作家或者是赞颂昭君出塞、睦邻友好的行为，或是惋惜昭君出塞所承受的身体和精神上的双重打击，等等，无论是哪一种情感寄托都赋予"昭君出塞"这一历史主题以长久不衰的生命力，使其在中国的诗歌史上彪炳千年，大放异彩，为后世诗人学者创作提供丰富的题材和诗文借鉴。

《全宋诗》中"昭君"主题或者引昭君典故的诗歌共出现七十四次，其中涉及宋初的有：释智圆《昭君辞》、刘敞《同永叔和介甫昭君曲》等。

"明妃"主题或者引明妃典故的共五十一次，其中涉及宋初的有：王安石的《明妃曲二首》《胡笳十八拍》之四；梅尧臣《和介甫明妃曲》；欧阳修《再和明妃曲》；曾巩的《明妃曲二首》；司马光《和王介甫明妃曲》等。其中最著名的应当是大家耳熟能详的王安石《明妃曲二首》，王安石的这两首诗创作于北宋仁宗嘉祐三年（1058）。在《明妃曲二首》（其一）中，王安石不仅独树一帜地替罪状几乎已经定型的画师毛延寿平反,强调有些神态上的东西是画不出来的,而且还拿出大道理,穿越百年时空教育起古人来——"君不见咫尺长门闭阿娇,人生失意无南北。"这样的标新立异,是对《文选》中同类题材的颠覆,但是正是因为有颠覆才有超越,这首明妃曲被后代视为咏明妃之绝唱。王安石的这两首《明妃曲》是一个不可分离的整体,相同的故事背景,相同的人物设置,借昭君哀怨之情继而升华出带有普遍意义的精警议论,极大扩充了诗的内涵。二诗之妙就在于与昭君故事的离合之间,借题发挥,卷舒自如地宣泄出作者对人生的思考。此诗一出,欧阳修、司马光、梅尧臣等人皆有和作,也说明了王安石的这两首《明妃曲》在艺术上所取得的巨大成功。

明妃题材作为诗歌主题最早在《文选》中出现,影响了很多代诗人从中汲取诗文创作的养料和素材。可以说《文选·王明君词》是这类作品的开山之作,是后世创作者不能逾越的模仿对象。《全宋诗》中昭君题材的作品也正是沿着这条主线摸索前进的。

(2) 神女题材

巫山神女是我国民间脍炙人口的神话传说中的人物。传说中,她是一个帮助大禹治水、造福生灵的女神。治水成功后,定居巫山,幻化成著名的巫山十二峰之一——神女峰,这便是巫山神女最早的原型。

巫山神女故事进入文学作品,成为文学作品表现的题材最早是出现在屈原的作品中。屈原是战国末期楚国丹阳人,也就是今天的湖北秭归,这里距离巫山非常近。他的《九歌》中有一篇《山鬼》,经很多专家考证,屈原笔下所描写的巧笑顾盼、"被薜荔兮带女萝"的"山鬼"形象,其实就是巫山女神的形象。顾天成、郭沫若等人均有不同的证据证明"山鬼"即是"巫山女神"。

屈原的《山鬼》可谓开巫山神女系列文学作品之先河,《山鬼》中描写的巫山女神虽然与后代相关文学作品中的女神形象有一定的区别,但是基本确立了这一形象的雏形。后来宋玉根据楚怀王游高唐梦遇神女,作《高唐赋》与《神女赋》。屈原的《山鬼》以及宋玉的两篇描写巫山女神的作品均收录在《文选》之中。这几篇作品奠定了"巫山神女"这一题材在文学史上的地位和影响。它是后来的文人创作巫山神女题材的渊源。

我们不考虑当时一小部分自命清高的文人对巫山神女这一题材持什么样的

态度，只关注此类题材作品的数量就可大致了解它的风行程度。宋玉笔下对巫山神女形象细致入微的描写以及楚怀王梦中幽会神女的文字，成为了两千年来一直受文人钟爱的话题，不断激发着迁客骚人的想象和文学创造。

巫山神女故事自从宋玉的《高唐赋》《神女赋》充分细致的刻画之后，至魏晋南北朝以及齐梁时代，已开始在文人的诗作中出现。接下来国泰民安、歌舞升平的大唐王朝更是此类作品的盛产时期，刘希夷、李白、陈子昂等大诗人都有巫山神女题材的作品流传于世。

到了宋代，巫山神女这一题材依然拥有灿烂的生命力，名家名篇层出不穷。据不完全统计，《全宋诗》中涉及"巫山神女"这一主题共有二百四十八首诗歌以及残句。宋初诗人杨亿的《戊申年七夕五绝》（其四）借神女的故事表达的是相思之情，这篇作品颠覆以往作品中神女倾慕楚王的故事情节，转而描写楚王不远千里，溯江而上，寻找"在水一方"的心上人。

宋初吟咏巫山神女这一题材的作品还有很多，如穆修、徐铉、姚铉等人都有传世之作。由此可见巫山神女这一题材自从《文选》作品中首度应用之后，便产生了不可预计的艺术魅力，直至几百年甚至上千年后仍为文人效仿摹写。这一影响在中国的诗歌史上不可谓不深远。

（3）游仙题材

游仙诗是道教诗词的一种体式。多是五言诗，在句数上分十句，十二句，十六句。前代研究者将游仙诗划分为不同类型，有正体、变体、古体、近体之分。

游仙诗起源可以追溯到汉代以前的《楚辞》。不过，游仙诗臻于成熟是在之后的魏晋南北朝时期。当时游仙诗的创作主体已经不仅仅局限于清修的道士，文人墨客也重拳出击，相继模仿创作此类题材的作品。于是游仙诗在魏晋时代陡然兴起，《文选》的编写者萧统首先发现了游仙诗的系统性及其文学价值，在《文选》中选录郭璞的游仙诗七首、何敬宗的游仙诗一首，并且将此类诗歌与咏史、公宴等并列为诗歌的题材之一，称之为"游仙"。随后宗教政策极其开明、诗歌艺术极大繁荣的唐朝，也给游仙诗的创作提供了丰厚的土壤，宋之问、卢照邻、李白、王勃、储光羲、韦应物等人都有此类作品相继问世。此后封建文明高度发达的宋代，为了稳固政权，统治者看中了宣扬忠君仁孝的思想且在民间具有一定群众基础和社会影响力的道教作为愚弄民众的思想工具。宋朝初期的几代皇帝都对道教的传播和发展予以政策上的倾斜，这对道教以及道教思想的传播起到了巨大的作用。由于统治者的支持和身体力行，宋初各朝上行下效，道教思想一片欣欣向荣。许多文人与道教的关系也是很紧密的，由于受时代和文化背景的影响，宋代的游仙题材诗歌表现出很多异于《文选》游仙诗的特点，但是由于不是我们讨论的范围，此处就不作具体的说明。

宋代游仙诗的数量有八百余首，涉及到王禹偁、梅尧臣、欧阳修、王安石、苏轼等二百多个诗人。也许从诗歌的数量上并不能说明问题，因为宋代是诗歌的高产期，八百首实在是九牛一毛。但是从诗人的数量和层次上我们有理由推断宋代的游仙诗题材还是相对比较繁荣的。《全宋诗》中收录的最早的游仙诗是李涛的《杂诗十首》之四"深岩有老翁，宠眉鬓鬓雪。夜半呼我名，授我微妙诀。……至今得其传，心会口难说"。这是一首五言古诗，写的是一个老翁夜半传授其"微妙诀"这件事情。这篇作品与《文选》中收录的魏晋游仙诗无论是内容还是风格都没有大的变化。《文选》收郭璞《游仙诗七首》（其二），仔细对比两首诗不难发现李涛笔下的老者与郭璞笔下的鬼谷子有异曲同工之妙，二人皆为神话了的世外仙人形象，拥有超凡脱俗的能量，喜欢隐居，行踪飘忽不定，且这两首诗都是五言古体诗。这无不说明二者的相似性。所以说李涛对《文选》中此类题材的诗歌应该还是细细地品读研习过的。

此外宋代的其他名家亦有此类作品出现：范仲淹的《上汉谣》，宋庠的《默记淮南王事》《七夕三酋》，梅尧臣的《梦登河汉》《梦登天坛》《瘖痳谣》，宋祁的《望仙亭》以及苏轼的《芙蓉城》《上清词》，等等。众所周知，无论一种诗歌题材它在产生以后经过了多长时间的变化发展，出现了多少旁枝岔流，但是这都是在最原始的状态下衍生、演化而来的。游仙诗也具备这种特点，它在后来的发展变化过程中呈现出多种多样的面貌，虽然与最初产生时的状态有很大的不同，但我们不可否认的是，《文选》中选录的或没选录的魏晋南北朝的游仙诗仍然是游仙诗的范本。它所倡导的结构模式、立意构思一直都被尊为正统。

魏晋南北朝时期，此类诗歌主要是立足于"游"。诗歌语言质朴，少有铺陈辞藻之作，而且多为五言古体诗且篇幅相对短小。因而对游仙之事也往往采用概括式、总结性的艺术手法，而非一一铺陈罗列。宋代前期尽管诗人创作游仙诗的目的与汉魏六朝时人不尽相同，但就诗歌本身的风格和内容而言却区别很少。前文李涛的诗作已可以说明此类问题，为使得论据充分我们再举一例。《文选》卷二十一载何劭《游仙诗》一首，这首诗以山川大河之壮美、松柏茂林等自然景物之清幽作为神仙出场的背景，这与神仙道士喜欢清修、远离尘世叨扰的生活习惯是相一致的。宋代的游仙诗中亦是不乏此类作品，均是先描写周围的自然景物何其唯美，山川何等秀丽，以之为神仙出场作铺垫。

总而言之，北宋前期的游仙诗，虽然有所创新，但是对《文选》中此类题材作品的突破不大。这些游仙诗人所创作的作品中神仙形象以及仙境的描写都自然流露出对神仙以及神仙生活的敬仰和向往。这些游仙诗往往模仿古制，主要是描写仙游的经历，从遣词到意境，与《文选》中选录的游仙诗区别都不大，且诗体多用《文选》游仙诗所采用的五古形式，而不是唐代以来盛行的七律或七绝。这些都足以证明宋代游仙诗与《文选》同类题材的渊源。

2. 题目上的相似或沿袭

题目上与《文选》旧题的相似或沿袭的例子在《全宋诗》宋初诗歌部分比比皆是，我们在这里就不作过于细致的梳理，仅举几例，聊为佐证。《文选》卷三十《杂诗》下有陶渊明杂诗两首，其中有一首是《读山海经》，在《全宋诗》卷二百九十八有欧阳修《读山海经图》一首。《文选》卷十三《赋庚·物色》中有祢衡《鹦鹉赋》一首、《全宋诗》卷一百六十六载范仲淹《鹦鹉》诗一首、卷二百五十六载梅尧臣《鹦鹉》诗一首。《文选》卷二十一，诗乙载左太冲《咏史诗八首》，《全宋诗》卷一百六十六载范仲淹《咏史诗五首》。《文选》卷十九，赋癸载宋玉《神女赋》一首，《全宋诗》卷三百五十二有苏洵《神女庙》一首。其他唱和之作，公宴之作中"赠……""答……"以及"应……作（赋）"之类的相似作品由于数量较多且没有太多的文学研究价值，故不作举例。

（三）结构、体式、立意的模仿或相近

严羽的《沧浪诗话》系统性、理论性较强，是宋代最具盛名、对后世影响最大的一部诗话，也是中国著名的诗歌理论著作。全书分为诗辨、诗体、诗法、诗评和考证这几部分。其中在"诗体部分"将《文选》诗歌单独列为一体，称之为"选体"。由此可见宋人对《文选》诗歌的重视程度。《文选》自梁代成书以后，一直是文人学子们学习、借鉴研究的对象，尤其是隋唐时代，随着选学的兴盛，《文选》更是成为士子们不可或缺的学习资料。大诗人李白就曾三拟《文选》，这部分作品虽然大多亡佚了，但是足见《文选》在当时文人士子心中的地位是何等的尊贵。大诗人杜甫在自己儿子宗武的生日上赋诗曰："熟精文选理，休觅彩衣轻。"他自己也是熟读《文选》，在杜甫的诗文中常常会发现《文选》中的典故以及词汇、语句。宋初诗人为反五代陋习，在诗法上很注重向初盛唐诗人学习，而我们不能忽视的是唐代诗人，上至初唐四杰下至杜甫李白又往往受益于《文选》。宋人沿着这条道路向前追溯，自然而然地就会追溯到《文选》，唐朝的大诗人尚且重视《文选》、揣摩《文选》，更何况自己呢？人称"红杏尚书"的宋初诗人宋祁小名"选哥"，王得臣的《麈史》中记载宋祁曾经手抄《文选》三遍。正因为对《文选》如此地精熟，他的诗歌自然会濡染了"选诗"的特点，注重词语的华美，行文喜欢用古字，用冷僻的字眼，这些都说明《文选》对其创作诗文的影响很大。由以上例子可见宋初的文人们首先是承袭唐代制度，熟读《文选》，掌握《文选》中的典故、辞藻以及行文技巧，然后再进行模仿创作。可以说大多数人初期创作的作品都是脱胎于"选诗"的。至于之后其风格会不会改变那是另一回事，即使有些诗人在技巧成熟以后，成功地跨越到其他领域进行创作，但是从他的作品中我们还是能发现借鉴《文选》的痕迹，不管这个做法是有意识的还是无意识的，它终究是存在的。诗人们对《文选》中原文以及典故、词语的借鉴和引用的例子比比皆是，我们将在下一节做专门的研究。

下面我们将对宋初诗歌对《文选》立意以及结构模仿方面进行较深入的研究，从而揭示《文选》在当时的地位以及影响。

1. 结构

古诗词的结构是体现诗歌形式之美，反映社会内容，表现诗人感情的重要手段。一般分为：先景后情、先情后景、寓情于景、重章叠句、铺垫、照应、过渡、开篇点题、卒章显志、以小见大、对比等。我们下边就列举《文选》中的作品和宋初诗人的作品做比较，以见其结构上的相似性。

王粲的《登楼赋》是众所周知的游子思乡的名篇。作者开篇以大段的文字描写自己登楼所见的美景，继而指出登楼的目的本就是为了"销忧"，但看到异乡美景后不但没有达到预期的目的，反而徒增了"独在异乡为异客"的凄凉，以美景反衬思乡之深。

下面我们再来看宋初诗人王禹偁的《村行》：

> 马穿山径菊初黄，信马悠悠野兴长。万壑有声含晚籁，数峰无语立斜阳。棠梨叶落胭脂色，荞麦花开白雪香。何事吟余忽惆怅？村桥原树似吾乡。①

这首诗的首段是写作者骑着马，欣赏秋天的风景，"棠梨叶落"的红色与"荞麦花开"的白色，把山村原野装扮得色彩斑斓，信马赏美景本是一件乐事，但后来却因为看见小桥和树木，想起故乡。

这两首作品在结构上都是写景与抒情相结合，写景是为抒情打伏笔，抒情是为写景作结的。两位作家的心情由悠然至怅然的变化过程，正从这"两结合"中传神地反映了出来。这是两首风物如画的写景诗，更是一支支宛转动人的思乡曲。

再看梅尧臣的《重送》与我们再熟悉不过的《古诗十九首》之《行行重行行》。

> 得朋如得宝，何恨相知晚。旧友贵来疏，嗟君行复远。秋城隔寒水，驿路入苍巘。古情深不深，所祝加餐饭。（梅尧臣《重送》)②

梅诗与《行行重行行》这两首诗在结构上都采用了相同的直接抒情法，一开始就表达心中的不舍之情，不像其他类似题材的作品要先写景而后抒情。两首诗在内在节奏上都采用了回环重叠的形式，运用比喻、起兴、铺垫等艺术手法，将相思之情、分别之苦表现得淋漓尽致，离愁别绪一步步深入人的内心，结构严谨，层次分明。初写分别之情—再写道远路难—陈述相思之苦—末以祝福期待作结。二者在结构上如此惊人的相似不能完全说成是一种巧合。

2. 体式

连珠体的起源，从现存文献看，以扬雄《连珠》为最早。关于此种文体的特点，傅玄的《连珠序》有相关的说明。简而言之，连珠这种体裁，文章韵脚

---

① 王禹偁《小畜集》卷九，《四库全书》本。
② 梅尧臣《宛陵集》卷七，《四库全书》本。

183

较疏，可以四句只用一个韵脚，篇幅都很小，一篇只有几句，词语简练而不失优美。另外，连珠体一大特点就是托物言志，借所写之物、所书之事来表达自己的观点。六朝作家多采取成组写作的方法，来解决意繁与篇小的矛盾。

在文学史上连珠体创作最有名的莫过于陆机《演连珠》五十首，以至于萧统在《文选》"连珠"一体下独选《演连珠》为例，视其为连珠体的楷模。这五十首诗均使用"臣闻……是以"的因果关系的连珠基本句式。而且陆机还创立了"臣闻……是以……故"的二重因果关系和"臣闻……何则……是以"的格式。中间设立一个问句，使句式更为灵活。连珠体作品大都是陈说事理之作，且多与政治有关。

由于时代和文学思潮等因素的影响连珠体在宋代不是十分盛行，但是也不乏优秀作品，如宋初作家徐铉、晏殊、王禹偁、宋庠等都有连珠体作品存世。他们的作品，虽然少了"臣闻""盖闻"等标志性的发语词，以及典型的"臣闻……是以"句式，但在整体的风格体式和结构手法上符合传统说理性连珠体的行文标准。

3. 立意

立意是一篇作品所确立的文意。它包括全文的思想内容，作者的构思设想和写作意图及动机等，其概念的内涵要比主题宽泛得多。立意产生在写作之前。下面我们就通过几个具体的例子考察宋初诗人与《文选》作品立意上的相近之处。

"三良"指的是三贤臣即秦穆公时的奄息、仲行、针虎三人，秦穆公死后将其杀害为人殉。从古到今，这一事件，总是能引起文人们的兴趣。《文选》中收录王粲以及曹植的两首三良诗，王粲诗的开头四句对秦穆公的行为给予了严厉的指责，是对先秦两汉经史著作里盛行的批判观点的延续。话锋一转，诗歌很快转到对三良精神的赞美上来。他们坚定执着，不惧生死，忠君爱国，堪称舍己为君的英雄壮士。至于曹植的诗，丝毫没有了对秦穆公的批判，完全是对三良忠君爱君的赞叹。这两首诗歌都是通过咏叹三良殉葬的故事来表达忠君爱国的思想。这种立意在宋诗中仍然可以找到。刘敞的《哀三良诗》是一首高调赞扬三良的咏史诗，诗中称赞三良生是人杰，死是鬼雄，是当之无愧的大丈夫。以上三首吟咏三良的作品立意都在借古事来抒发自己的感情，三良忠君爱君的思想是他们称赞的主要对象，是他们学习的楷模，他们完全是站在以死报恩，慷慨赴难的角度上去赞颂三良的，通过赞颂表明自己和三良一样拥有忠心，坚定不移地报效君主，不怕牺牲。

《文选》卷二十一有谢瞻《张子房诗》一诗：

> 王风哀以思，周道荡无章。卜洛易隆替，兴乱罔不亡。力政吞九鼎，苛慝暴三殇。息肩缠民思，灵鉴集朱光。伊人感代工，遂来扶兴王。婉婉幕中画，辉辉天业昌。鸿门消薄蚀，垓下殒搀抢。爵仇建萧宰，定都护储皇。肇允契幽叟，翻飞指帝乡。惠心奋千祀，清埃播无疆。神武睦三正，裁成被八荒。明两烛河阴，庆霄薄汾阳。銮旌历颓寝，饰像荐嘉尝。圣心岂徒甄，惟德在无忘。逝者如可作，揆子慕周行。济济属车士，粲粲翰墨场。瞽夫违盛观，竦踊企一方。四达虽平直，蹇步愧无良。餐和忘微远，延首咏太康。①

全诗在铺陈叙述张良的丰功伟绩后，发出了贤良难再得的感慨和无奈，与现今社会紧密联系在一起，一定程度上起到了借古讽今的作用。邵雍有《读张子房传吟》一诗：

> 汉室开基第一功，善哉能始又能终。直疑后日赤松子，便是当年黄石公。用舍随时无分限，行藏在我有穷通。古人已死不复见，痛惜今人少此风。②

这首诗的立意与前一首如出一辙，都是歌颂张良对汉朝建国的贡献，以及建国后为巩固统治所进行的努力，只是第二首诗较第一首在叙述上简略，一笔带过；最后依然发出了人才难得的感慨，仍是为当今社会担忧，希望能出现张子房一样的能人志士，辅佐朝政，治理国家。

（四）对《文选》原文及典故的借鉴和征引

众所周知，"文选烂，秀才半"的真正文化含义，不在于《文选》这本书超越其他同类书籍的学术地位，而是在于《文选》典故丰富，辞藻华丽。正是

---

① 萧统编，李善注《文选》，中华书局1977年版，第300–301页。
② 邵雍《邵雍集》，中华书局2000年版，第438页。

因为《文选》具有这样的特点，所以成为广大的读者以及士子们必不可少的词典，是大家日常学习诗文遣词造句、引经据典的必要工具。诗文写作沉迷于罗列典故，从钟嵘时代就颇受批判，但是几百年间这种风气不但没有削弱，反而逐渐增强。到了宋代，诗文中典故陈语，较之前代尤烈。关于这种盛况，陆游的《老学庵笔记》等宋代文献记载颇多。张戒《岁寒堂诗话》卷上曾提道"作诗赋四六，此其（《文选》）大法"，胡仔《苕溪渔隐丛话》卷二引《雪浪斋日记》亦云"《文选》事多，可做本领尔"。这个本领就是诗文写作，科举考试的本领。下面我们就引以上记载为理论依据，在《全宋诗》中进行具体的筛选和排查，将《文选》中所涉及到的七百九十六个典故中经常出现在《全宋诗》中的落到原文实处，使得以上理论有据可依。

现将最具代表性的例证列表如下：

典故	出处	《全宋诗》征引次数	涉及宋初诗歌举例
二毛	《文选》卷十三潘岳《秋兴赋·序》："晋十有四年，余春秋三十有二，始见二毛。"	二百二十次	宋祁《除夕》："明日新春到何处，菱花影里二毛边。" 宋祁《抒叹》："孤独百年萃，双鬓二毛稀。" 宋祁《送张士安同年赴上元尉》："少赋思归恨，潘才是二毛。" 寇准《早秋二绝》："独听早蝉秋色里，潘安初见二毛时。"
骑省	《文选》卷十三潘岳《秋兴赋·序》："晋十有四年，余春秋三十有二，始见二毛。以太尉掾兼虎贲中郎将，寓直于散骑之省。高阁连云，阳景罕曜，珥蝉冕而袭纨绮之士，此焉游处。"	六十四次	杨亿《抒怀寄刘五》："病起东阳衣带缓，愁多骑省鬓毛斑。" 钱惟演《直夜》："素发自怜同骑省，一竿何日钓秋鲈。" 刘攽《酬王平甫》："寓直鬓毛悲骑省，雠书编简待陈农。"

续表

典故	出处	《全宋诗》征引次数	涉及宋初诗歌举例
南浦	《文选》卷十六江淹《别赋》："送君南浦，伤如之何！"	一百二十七次	王禹偁《寄汝阳田告处士》："门连别浦闲垂饵，宅枕平沙好种莎。" 晏殊残句："东阳诗骨瘦，南浦别魂销。" 刘师道残句："南浦未伤春草碧，北山仍愧晓猿惊。" 寇准《南浦》："春色入垂杨，烟波涨南浦。"
洪崖	《文选》卷二十一郭璞《游仙七首》（其三）："左挹浮丘袖，右拍洪崖肩。"	（洪崖）一百二十二次；（洪崖肩）十九次	王陶《游碧落洞》："日暮懒回首，迟拍洪崖肩。"
板舆	《文选》卷十六潘岳《闲居赋》："太夫人乃御板舆，升轻轩，远览王畿，近周家园。"	九十二次	宋祁《滕寺守丞弃导江宰还家侍太夫人》："板舆素有家园乐，早趁新年进寿杯。" 宋祁《奉檄汉上和兄长廷评喜于邂逅》："弥年宾牒叹离居，始得还家奉板舆。" 徐铉《送钱先辈之虔州》："可怜行乐地，况从板舆游。"
四愁	《文选》卷二十九张衡《四愁诗·序》："时天下渐弊，郁郁不得志，为《四愁诗》。"	九十四次	刘筠《小园秋夕》："枳落莎渠急夜虫，翛然平子四愁中。" 李宗谔《代意》："绮榭凝尘断消息，抒情空拟四愁诗。" 赵湘《雨中寄所思》："寒气萧萧瘦骨惊，自知分得四愁平。"
玉壶冰	《文选》卷二十八鲍照《乐府八首·白头吟》："直如朱丝绳，清如玉壶冰。"	五十三次	钱惟演《夜意》："沃顶几思金掌露，涤烦谁借玉壶冰。" 刘辉《石井联句》："银汉河分派，玉壶冰借洁。" 欧阳修《谢太傅杜相公宠示嘉篇》："凛凛节奇霜涧柏，昭昭心莹玉壶冰。"

续表

典故	出处	《全宋诗》征引次数	涉及宋初诗歌举例
楚王风	《文选》卷十三宋玉《风赋》："楚襄王游于兰台之宫，宋玉、景差侍。有风飒然而至……此所谓大王之雄风也。"	七次	刘筠《代意》："明月自新班女扇，行云无奈楚王风。"
三径	《文选》卷四十五陶潜《归去来》："三径就荒，松菊犹存。"	一千零三十九次	宋祁《哀江南》："一梦忽成霜蝶去，草深三径若为眠。" 杨亿《书怀寄刘五》："风波名路壮心残，三径荒凉未得还。" 钱惟演《寄灵仙观舒职方学士》："闲园露草开三径，灵宇华灯烛九光。"
巨灵	《文选》卷二张衡《西京赋》："缀以二华，巨灵赑屃，高掌远蹠，以流河曲，厥迹犹存。"	九十次	陈抟《华山》："空爱掌痕侵碧汉，无人曾叹巨灵仙。" 王禹偁《仙娥峰》："巨灵非正休期刻，毛女为邻合往来。" 梅尧臣《和和之南斋画壁歌》："初疑巨灵勇擘华，不比将军能聚米。"
锦字	《文选》卷十六江淹《别赋》："织锦曲兮泣已尽，回文诗兮影独伤。"	三十八次	杨亿《泪二首》（其一）："锦字梭停掩夜机，白头吟苦怨新知。"
巾车西畴	《文选》卷四十五陶潜《归去来》："农人告余以暮春，将有事乎西畴。或命巾车，或棹孤舟，既窈窕以寻壑，亦崎岖而经丘。"	一百二十五次	宋祁《史逸人》："霄外高情思把袂，西畴何日一巾车。"
阳台	《文选》卷十九宋玉《高唐赋》："朝朝暮暮，阳台之下。"	一百三十次	释智圆《云》："卷舒终合为霖雨，不向阳台惑楚君。" 王禹偁《游仙娥峰后戏题》："谁知不似阳台女，别后经宵梦也无。" 李宗谔《代意》："雾鬟晓影忽参差，云雨阳台役梦思。"

续表

典故	出处	《全宋诗》征引次数	涉及宋初诗歌举例
承明庐	《文选》卷二十一应璩《百一诗》："问我何功德，三入承明庐。"	四十六次	梅尧臣《濠梁感怀》："来寻观鱼台，遂远承明庐。" 强至《送王宾玉》："坐茵未暖毡氍毹，诏归还直承明庐。" 王禹偁《酬赠田舍人》："禁中更直承明庐，深喜兼葭依玉树。"
双鱼	《文选》卷二十七《古乐府三首·饮马长城窟行》："客从远方来，遗我双鲤鱼。呼儿烹鲤鱼，中有尺素书。"	一百三十七次	杨亿《杭州严从事》："十部须知从事贵，双鱼莫遗尺书稀。" 徐铉《代书寄泗州钱侍郎》："浚川春水满，珍重寄双鱼。" 文彦博《自济源回，及中道得通守郎中诗，跋羡山水之游，以不得陪从为恨，因以诗答之》："南望思君回五马，北来遗我得双鱼。"
楚些	《文选》卷三十三宋玉《招魂》："魂兮归来！东方不可以托些。……魂兮归来！君无上天些。"	一百五十二次	梅尧臣《随州钱相公挽歌三首》（其二）："忧愁传楚些，殄瘁感周诗。"
吹嘘	《文选》卷五十五刘峻《广绝交论》："曾无羊舌下泣之仁，宁慕邴成分宅之德。"李善注引刘峻《与诸弟书》曰："任既假以吹嘘，各登清贯。"	一百六十三次	刘攽《杨花》："吹嘘轻一羽，容易点层霄。"
戴星	《文选》卷二十四潘尼《赠河阳》："密生化单父。"李善注引《吕氏春秋》曰："巫马期以戴星出入，日夜不居。"	六十一次	胡宿《送梅尧臣宰建德》："长安去日远，单父戴星劳。"

续表

典故	出处	《全宋诗》征引次数	涉及宋初诗歌举例
钧天	《文选》卷二张衡《西京赋》："昔者大帝说秦缪公而觐之，飨以钧天广乐。"	二百三十八次	宋祁《和三司尚书宣德门侍观灯》："此夜有人之帝所，默裁余韵记钧天。" 杨亿《直夜》："负郭春耕废，钧天晓梦长。" 宋庠《谢齐屯田见惠诗什》："千金秦市文终贵，九奏钧天梦自劳。"
飞锡	《文选》卷十一孙绰《游天台山赋》："王乔控鹤以冲天，应真飞锡以蹑虚。"	九十次	宋庠《送梵才大师归天台》："飞锡眷瑶琴，行行望海阴。" 释智圆《怀南游道友》："曾闻飞锡入南闽，鹤态云踪不可亲。" 杜衍《宝林寺》："胜景可曾飞锡去，好山多祇卷帘看。" 杨亿《洞溪庆道人归上都》："又是浮杯过沧海，便应飞锡入皇州。"
浮蚁	《文选》卷四张衡《南都赋》："酒则九酝甘醴，十旬兼清。醪敷径寸，浮蚁若萍。"	九十五次	王禹偁《今冬》："旋筯官酝漂浮蚁，时取溪鱼削白鳞。" 杨亿《直夜二首》（其一）："飞蝇随镂管，浮蚁溢清觞。" 杨亿《石殿丞通判濮州》："浮蚁酒浓频举白，折胶风劲好弯弧。"
炙背	《文选》卷四十三嵇康《与山巨源绝交书》："野人有快炙背而美芹子者，欲献之至尊，虽有区区之意，亦已疏矣，愿足下勿似之。"	六十八次	欧阳修《尝新茶呈圣俞》："可怜俗夫把金锭，猛火炙背如虾蟆。" 张咏《苦热》："行人莫便多辞苦，犹胜东郊炙背翁。"
兔园	《文选》卷十三谢惠连《雪赋》："岁将暮，时既昏。寒风积，愁云繁。梁王不悦，游于兔园。"	七十八次	杨亿《奉和御制喜降时雪七言四韵诗》："兔园置酒皇欢洽，柏殿赓歌睿唱新。" 王禹偁《送戚殿丞之任括苍》："佐郡海西边，挂帆离兔园。"

续表

典故	出处	《全宋诗》征引次数	涉及宋初诗歌举例
舳棱	《文选》卷一班固《西都赋》："凌隥道而超西墉，掍建章而连外属。设璧门之凤阙，上舳棱而栖金爵。"	一百七十二次	梅尧臣《登干明院碧藓亭》："东岭有上方，修竹蔽舳棱。" 寇准《离京作》："欲过龙津重回首，朣胧初日上舳棱。"
河梁	《文选》卷二十九题李陵《与苏武诗三首》（其三）："携手上河梁，游子暮何之？"	一百一十四次	宋庠《同吴侍郎小园池上送杨端明归马上口占》："偶作河梁饯，翻为池上宾。" 刘筠《送客不及》（其一）："祇自河梁传怨曲，洛尘千古化征衣。" 杨亿《皇甫太博知苏州》："未得休官作逋客，河梁归思满鲈莼。"
加餐	《文选》卷二十九《古诗十九首·行行重行行》："弃捐勿复道，努力加餐饭。"	二百二十三次	梅尧臣《重送》："古情深不深，所祝加餐饭。" 宋庠《送王秀才下第随侍东去》："处晦囊中颖，加餐案上杯。" 徐铉《送施州单员外》："珍重加餐顺风土，归来高步七人班。"
金茎	《文选》卷一班固《西都赋》："抗仙掌以承露，擢双立之金茎，轶埃壒之混浊，鲜颢气之清英。"	九十次	丁谓诗句："遥闻甘似醴，不特在金茎。" 钱惟演《戊申年七夕五绝 其三》："明朝若寄相思泪，玉枕金茎得最多。"
惊鸿	《文选》卷十九曹植《洛神赋》："其形也，翩若惊鸿，婉若游龙。"	一百零一次	刘筠《代意》："纵使多才如子建，祇能援笔赋惊鸿。" 梅尧臣《恼侬》："果然南陌头，翩若惊鸿度。"
零雨	《文选》卷二十孙楚《征西官属送于陟阳候作诗》："晨风飘歧路，零雨被秋草。"	五十七次	梅尧臣《饯彭城公赴随州龙门道上作》："零雨送车轮，初清远陌尘。" 宋祁《览聂长孺春罢归舟中诗笔》："心随零雨蒙蒙密，恨过清溪曲曲寒。" 宋庠《寄致政杜相国》："多年零雨咏公归，得谢高怀与世违。"

续表

典故	出处	《全宋诗》征引次数	涉及宋初诗歌举例
绿绮	《文选》卷三十张载《拟四愁诗》："佳人遗我绿绮琴，何以赠之双南金。"	一百二十一次	徐铉《赋得有所思》："忘情好醉青田酒，寄恨宜调绿绮琴。" 释智圆《读清塞集》："如无子期听，绿绮为谁鸣。"
鸣驺	《文选》卷四十三孔稚珪《北山移文》："及其鸣驺入谷，鹤书赴陇。"	一百零二次	欧阳修《三桥诗·飞盖》："鸣驺入远树，飞盖渡长桥。" 宋祁《云梦李使者》："鼛铄据鞍休自叹，壁门初日待鸣驺。"
蓬山	《文选》卷四十六王融《三月三日曲水诗序》："纪言事于仙室。"李善注引华峤《后汉书》曰："学者称东观为老氏藏室，道家蓬莱，今故言仙室。"	二百二十四次	余靖《答祖太博借山居要术》："相逢莫羡山居好，归去蓬山有直庐。" 宋庠《天街马上遇雪》："章街十里瑞霙飞，有客蓬山寓直归。" 杨亿《和酬秘阁钱少卿夜直见寄次韵》："此夕蓬山好逃暑，月轩清话恨难同。"
蓬岛	同上	一百五十四次	苏舜钦《诗一首》："来时不用五云车，跨着清风下蓬岛。" 胡宿《送集贤李学士赴荆台》："蓬岛回风此再来，当年俱重辑宁才。"
青门	《文选》卷二十三阮籍《咏怀诗十七首》（其九）："昔闻东陵瓜，近在青门外。"	一百次	魏野《长安春日书事》："一月悠悠游不足，青门欲出步迟迟。"
青溪	《文选》卷二十一郭璞《游仙诗七首》（其二）："青溪千余仞，中有一道士。"	一百零四次	宋祁《访隐者因题壁》："青溪一道士，篮舁两门生。" 徐铉《送魏舍人仲甫为蕲州判官》："如闻郡阁吹横笛，时望青溪忆野王。"

续表

典故	出处	《全宋诗》征引次数	涉及宋初诗歌举例
桑榆	《文选》卷四十六王融《三月三日曲水诗·序》："桑榆之阴不居，草露之滋方渥。"	二百一十一次	宋祁《见寄》："收得桑榆真晚计，倚为箕斗是空名。" 范仲淹《和并州大资政郑侍郎秋晚书事》："应笑病夫何所补，独能安坐养桑榆。" 丁谓《次韵和进真宗七言四韵》："桑榆便觉人间别，旌戟犹疑梦里逢。"
鱼目	《文选》卷四十任昉《到大司马记室笺》："惟此鱼目，唐突玙璠。"	七十六次	丁谓《珠》："任轻从弹雀，鱼目莫相侵。" 杨亿《偶兴》："骊珠媚清川，鱼目光激射。"
夜台	《文选》卷二十八陆机《挽歌三首》（其一）："按辔遵长薄，送子长夜台。"	六十五次	梅尧臣《寄题哀贤亭》："山根入溪泉，流响出夜台。"
一麾	《文选》卷二十一颜延之《五君咏五首·阮始平》："屡荐不入官，一麾乃出守。"	三百四九次	范仲淹《寄石学士》："一麾了婚嫁，万事蠹精神。" 宋庠《淮南汶上三见春物有感》："一麾南北数移官，三见莺花送雁寒。"
逸足	《文选》卷十七傅毅《舞赋》："良骏逸足，跅捍凌越。"	二十九次	余靖《送陈京廷评》："素履骋修程，逸足何由绊。"
应刘	《文选》卷四十二魏曹丕《与朝歌令吴质书》："昔年疾疫，亲故多离其灾，徐陈应刘，一时俱逝，痛可言邪！"	二十七次	刘筠《秋夜对月》："已丧应刘魄，谁通鲍谢灵。" 魏野《送王辟太博赴阙呈刘正言》："唯应刘小谏，到阙始相迎。"
玉山禾	《文选》卷三十五张协《七命》："大梁之黍，琼山之禾。"	二十二次	梅尧臣《和潘叔治题刘道士房画薛稷六鹤图六首啄食》："虽存玉山禾，不入丹青喙。" 石介《待士熙道未至》："凤凰饥忆玉山禾，鼓翅飞下玉山阿。"

193

续表

典故	出处	《全宋诗》征引次数	涉及宋初诗歌举例
周孔	《文选》卷十五张衡《归田赋》："弹五弦之妙指，咏周孔之图书。"	一百零二次	邵雍《诫子吟》："周孔不足法，轲雄不足师。" 释智圆《讲堂书事》："晚读周孔书，人伦由着明。"
逐臭	《文选》卷四十二曹植《与杨德祖书》："人各有好尚，兰茝荪蕙之芳众人所好，而海畔有逐臭之夫。"	四十六次	王禹偁《和冯中允炉边偶作》："寻春逐臭苟朝昏，岂顾松篁与兰茝。" 释智圆《山中自叙》："邻女少学嚬，海夫多逐臭。"
卓鲁	《文选》卷四十三孔稚圭《北山移文》："笼张赵于往图，架卓鲁于前箓。"	二十六次	徐铉《和李宗谔秀才赠蒯员外》："曾施卓鲁政，旧讲老庄书。"

又，宋代的文选学虽然不像之前的隋唐时代一样的发达，没有出现曹宪、李善、公孙罗等一脉文选学大家，也没有诸如李善注、五臣注以及陆善经等人的《文选》注本出现。但是，宋代的文选学注重的是考辨文字，在《文选》的文字、词语、句子上下功夫，重在汇集《文选》中的典故与辞藻，作为诗文创作的渊薮。骆鸿凯的《文选学》提到了多种宋代考辨《文选》文字的专书，但是大多数已亡佚，苏易简的《文选类林》与刘攽的《文选双字类要》今尚存。骆鸿凯在《文选学》中批判以上著述，说道："大抵或胪类典，或摘辞藻，只供词家掉扯之用，无当于《选》学也。"这段话虽然是对以上著述的批评，但骆鸿凯先生是站在文选学的角度发表意见，完全是站在学术性的立场上。这并不能代表《文选》作为文学总集本身，在那个阶段的影响和流传状况。《文选》作为学术研究的对象和作为诗歌创作广泛借鉴的对象，这两者是有本质的区别的，不能混淆在一起加以评论。就现存的《文选双字类要》与《文选类林》来说，虽然称不上是文选学的著作，但是却是依托《文选》而成，是当时参加科考的士子们的必读之书，在当时以诗赋论成败的大气候下，这样的著作是相当实用的，有它不可替代的作用。

《文选双字类要》分天道、地道、君道等三十九门，在三十九门之下又细分为类，共计五百类。先列举词汇，然后从《文选》的具体语句中举例说明，最后给出篇名。词汇、语句都有音义注释。关于《文选双字类要》与《文选类林》的作者，学界颇有争议，我们姑且不论，但是我们却能从《四库全书总目》等文献中看出，正是这样两本依托《文选》而成的著作，给学子们进行诗文创作提供了丰富的给养，其作用无异于今天的《新华字典》《辞海》等书。试问今天有谁不是从《新华字典》开始积累自己的语言词汇，从《辞海》中选词摘句，开始我们的学习历程的。所谓的大家也是从基础学起，从模仿学起，这就好比是新接触绘画之人，务必从临摹做起，没有这一点一滴的基础，何来后来的"下笔如有神"。仅凭宋人零星的笔记以及笔者主观的推断，似乎并不能充分说明二书在当时的流行程度，以及对当时文人学者的影响之深、对宋初诗歌创作的意义之远，下面我们就通过实例来说明问题。

词语	出处	在《全宋诗》出现次数	涉及宋初诗歌举例
条风	《文选双字类要》	五十一次	胡宿《皇帝合春帖子》（其四）："苑中芳树条风细，天上黄鹂杲日迟。" 晏殊《元日词·东宫阁》（其二）："条风发动协初辰，玄圃瑶山景象新。" 寇准《望都雨夜》："孤驿萧条风雨夜，夜深窗竹动秋声。" 宋祁《江南木芙蓉张子春云其高如树中山地寒才数尺花瘠色淡八月已开》："弄条风渐渐，衔蕊蝶匆匆。"
袅袅	同上	一百八十次	王禹偁《海仙花诗》（其一）："一堆绛雪压春丛，袅袅长条弄晓风。" 刘攽《宁陵陂》（其一）："十里菰蒲百顷陂，秋风袅袅荡涟漪。" 刘筠《送客不及》（其一）："曲岸马嘶风袅袅，短亭人散柳依依。"

续表

词语	出处	在《全宋诗》出现次数	涉及宋初诗歌举例
爽籁	同上	二十五次	宋祁《和道卿舍人奉祠太一斋宫》（其三）："爽籁天中发，虚弦月际开。" 宋庠《和吴侍郎留题北楼》："拂袿风头迎爽籁，压林霞尾送残阳。" 刘筠《清风十韵》："过箫添爽籁，拂野荡层阴。"
危叶	同上	十八次	梅尧臣《九月二十四日大风》："惊沙入破隙，危叶堕绿枝。" 宋祁《芦》（其三）："要待九秋风雨后，冷梢危叶作萧萧。" 夏竦《和太师相公秋兴十首》（其二）："亭皋危叶乍经霜，过尽惊鸿落吹长。"
判袂	同上	二十次	刘敞《都运陈光禄自河北移陕西以病不得诣别作七言奉送》："西州判袂忽三年，梦想城南尺五天。"
琼枝	同上	一百零二次	梅尧臣《奉和永叔得辛判官伊阳所寄山桂数本封殖之后遂成雅韵以见贶》："月露夜偏滋，琼枝相翕赫。" 宋祁《翰长再有北门之拜》："病褫荷囊避禁闱，弥年专气养琼枝。" 晏殊《奉和圣制上元夜》："仙韶闻玉管，宝焰列琼枝。"
西东	同上	四百零六次	寇准《忆樊川》："闲想旧游都似梦，别来秦树又西东。" 强至《别林仁祖御史》："归兴严程何太急，片时车马复西东。"
太极	《文选类林》	二百四十八次	《庆元二年恭上太皇太后皇太后太上皇帝太上皇后尊号二十四首》（其七）："太极所运，两仪三辰。" 胡宿《挽仁宗皇帝词》（其一）："垂衣临太极，脱屣厌中区。" 杨亿《明德皇太后挽歌词五首》（其二）："轩星光太极，阴教正中闱。"

196

续表

词语	出处	在《全宋诗》出现次数	涉及宋初诗歌举例
区中	同上	一百一十八次	刘攽《续董子温咏陶潜诗八首》（其七）："区中共兹患，形影相与惑。" 宋祁《岁晚私感》："一 区中累，千惭谷口耕。" 梅尧臣《瓜洲对雪欲再游金山寺家人以风波相止》："渡口复夕兴，区中无与双。"
先觉	同上	一百三十一次	邵雍《诚明吟》："孔子生知非假习，孟轲先觉亦须修。" 魏野《依韵和酬用晦上人见题所居》："雨来石室琴先觉，春去松庭鹤不知。" 韩琦《次韵答留台春卿集贤侍郎》："赤松世外诚先觉，白首兵间是不祥。"
不移	同上	二百二十次	宋太宗赵炅《缘识》（其五十五）："直修学道有科仪，里外缘中境不移。" 梅尧臣《送子华》："吾徒固难合，所合终不移。" 文同《一字至十字成章二首·咏石》："冰霜惨冽坚操不移，尘土昏冥孤标自隔。"

由于篇幅问题，我们无法将二书中的所有词汇在《全宋诗》中出现的实例一一列出，但是通过这几个例子便足以说明《文选》词汇在当时的流行程度。上至皇帝，再到文臣百官，下至平民百姓无一不在《文选》这部"事出于沉思，义归乎翰藻"的大书中汲取营养，启发智慧。我们通过这样的方法，将《文选》作为诗歌总集，成为人们诗歌创作借鉴对象的这一事实形象化、具体化，突显《文选》的文学价值及时代价值。

三、《文选》李善注引《淮南子》研究（选录）

——赵焱撰　高明峰指导

摘要：《文选》之学，始于萧该，仅是音义之学，而李善注《文选》则是"文选学"发展进程中的重要节点，是四大古注之一。李善注《文选》重在祖述典源，引书众多，大量珍贵古籍得存，因而具有极大的文献价值。关于《文选李善注》引书的研究以清为权舆，逐渐由引书数量的统计研究扩展至包括称名、体例、内容、校勘等在内的综合性研究。本文主要就《文选》李善注引《淮南子》进行综合研究，共分三部分。首先对李善注引《淮南子》的条目数量进行统计，分为《淮南子》各卷被征引数量的统计和《文选》各卷、篇引用数量的统计，得到一组直观的数据；进而对李善注引《淮南子》的具体条目加以分析，比较异同，检录文献，总结特点，归纳内容；最后对李善注引《淮南子》的文献价值和注释价值予以阐释，并说明《文选》李善注征引《淮南子》所展露出的问题。

关键词：《文选》，李善注，引书，《淮南子》

《文选》李善注引《淮南子》的价值及局限

一、文献价值

《文选》成书于萃华汰芜，又兼备诸体，李善博取缥缃，以为之注，所以李善注《文选》中所载先唐典籍实为丰赡，被后世誉为"考证之资粮"。自清人汪师韩《文选理学权舆》始，至今关于《文选》李善注引书数量的统计大都多达千余种。胡绍煐亦言："李（善）时古书尚多，自经残缺，而吉光片羽，藉存十一，不特文人资为渊薮，抑亦后儒考证得失之林也。"[①] 张之洞《輶轩语·语学第二》云："读昭明《文选》宜看注。李善注最精博，所引多古书，不独多记典故，于考订经、史、小学，皆可取资。"[②] 所以，时代越久，李善注的价值就愈加珍贵，考据家、校勘家、训诂家等就越喜欢李注。李善所引《淮南子》及其注文具有的文献价值主要体现在两个方面，一为辑佚，一为校勘。辑佚方面可补今本《淮南子》不存之正文或注文，以为参考；校勘方面主要可为今本《淮南子》所存的正文及注文的文本提供参校的数据。前辈学者如陶方琦、王念孙、刘文典等都曾凭借《文选》李善注中所引的《淮南子》相关内容进行辑佚和校勘的工作。

（一）辑佚

前代古籍流传于今，所存不及十一，书籍散佚者不可胜数，《新唐书·艺文

---

① 萧统编，胡绍煐笺证《昭明文选笺证》，江苏广陵古籍刻印社 1990 年版，第 2 页。
② 张之洞撰，司马朝军注《輶轩语》，华东师范大学出版社 2010 年版，第 128 页。

志序》称著录在籍者达五万三千九百一十五卷,唐人所著者达两万八千四百六十九卷,然欧阳修言:"今著于篇,其有名而亡其书者,十盖五六也,可不惜哉!"① 是李唐一代,卷帙大半亡佚,何况自《汉志》以来近两千年之兵灾、天灾、毁禁、自然淘汰之种种。典册至今,存世极少,即便保留至今亦难完全。因此《四库全书总目》卷一百十八《杂家类》言:"古书亡失,愈远愈稀,片羽吉光,弥足珍贵。"② 大量文献资料的散佚,无疑使我们研究受限。辑存散佚,补缺继绝就显得极具价值。李善"弋钓书部"的征引式注书方式为后世辑佚提供了弥足珍贵的文献资料,现将与《淮南子》相关的佚文举例如下。

1.《淮南子》正文

《文选》卷十五张平子《思玄赋》:"汤蠲体以祷祈兮,蒙厖褫以拯民。"李善注曰:"《淮南子》曰:'汤时大旱七年,卜用人祀天。汤曰:"我本卜祭为民,岂乎自当之。"乃使人积薪,剪发及爪,自洁,居柴上,将自焚以祭天。火将然,即降大雨。'"③

按:清乾隆五十三年庄逵吉校本《淮南子》无此文,相似文献见于《主术训》:"汤之时,七年旱,以身祷于桑林之际,而四海之云凑,千里之雨至。"④《文选》卷五十四,刘孝标《辩命论》李善注引《淮南子》文:"汤之时,旱,七年,以身祷于桑林之祭,而四海之云凑,千里之雨至。"⑤ 又《文选》卷十三谢惠连《雪赋》中李善有注引《淮南子》文:"四海之云凑。"⑥ 可知此处原文并无大误,仅有"际"字之别。刘文典《淮南鸿烈集解》、何宁《淮南子集释》皆以之为佚文,刘氏又据《吕氏春秋·顺民篇》《太平御览·帝王世纪》相关之文,认为李善所引"汤曰:'我本卜祭为民,岂乎自当之。'"之句有敓误。

《文选》卷一十九张茂先《励志》:"养由矫矢,兽号于林。"李善注曰:"《淮南子》曰:'楚恭王游于林中,有白猿缘木而矫,王使左右射之,腾跃避失不能中,于是使由基抚弓而眄,猿乃抱木而长号。何者?诚在于心,而精通

---

① 欧阳修、宋祁《新唐书》,中华书局1975年版,第1422页。
② 永瑢等《四库全书总目提要》,商务印书馆1931年版,第23页。
③ 萧统编,李善注《文选》,上海古籍出版社2013年版,第665页。
④ 刘安《淮南子》卷九,清乾隆五十三年庄逵吉校刊本。
⑤ 萧统编,李善注《文选》,上海古籍出版社2013年版,第2358页。
⑥ 萧统编,李善注《文选》,上海古籍出版社2013年版,第593页。

于物。'"①

按：此处引文与《说山训》"楚王有白猨，王自射之，则搏矢而熙；使养由基射之，始调弓矫矢，未发，而猨拥柱号矣"② 相近。《文选》卷第十四班孟坚《幽通赋》李善注亦有征引。文虽与《励志》引文近似，但并不相同。刘文典《淮南鸿烈集解》以为他篇佚文，非《说山训》异文。

2. 《淮南子》注文

（1）许慎《注》

按目录书所载及钱塘之观点，许慎注《淮南子》约于宋时亡佚，残存者又并入高注，今已不存。清人孙冯翼辑有《许慎淮南子注》一书，书中所辑许慎注各条来源中李注《文选》居多。其《序》言许慎注亡佚时间为宋时，又言《宋史·艺文志》不存许注，今检《宋史·艺文志》实有"许慎注《淮南子》二十一卷"之文，疑为疏漏。现列举李善《文选注》中许注佚文如下。

《文选》卷十潘安仁《西征赋》："贯三光而洞九泉，曾未足以喻其高下也。"李善注曰："《淮南子》曰：'大道含吐阴阳而章三光。'许慎曰：'三光，日、月、星也。'"③

按：庄逵吉本《原道训》注文："三光，日、月、星。"逵吉按："'三光，日、月、星。'李善《文选》注作许慎注。"④ 此卷首题为"汉涿郡高诱注"。《文选》卷一班孟坚《西都赋》李善注引《淮南子》曰："夫道，纮宇宙而章三光。高诱曰：'三光，日、月、星也。'"⑤《文选》枚叔《上书谏吴王》、袁彦伯《三国名臣序赞》李善注引高诱注同，《文选》卷二十四司马绍统《赠山涛》李善注引亦作许慎注，可见李善所注引作许慎注、高诱注者皆非一处，许慎与高诱注文同，故此当为许慎注佚文。

《文选》卷第三十四，枚叔《七发八首》："于是乃发激楚之结风，扬郑卫之皓乐。"李善注曰："《淮南子》曰：'扬郑卫之皓乐，此齐民所以淫泆流湎

---

① 萧统编，李善注《文选》，上海古籍出版社2013年版，第922页。
② 刘安《淮南子》卷九，清乾隆五十三年庄逵吉校刊本。
③ 萧统编，李善注《文选》，上海古籍出版社2013年版，第467页。
④ 刘安《淮南子》，清乾隆五十三年庄逵吉校刊本。
⑤ 萧统编，李善注《文选》，上海古籍出版社2013年版，第41页。

200

也。'许慎曰：'郑、卫，新声所出国也。皓乐，善倡也。'"①

按：今检庄逵吉本无许慎此注文。

《文选》卷三十四枚叔《七发八首》："使先施、征舒、阳文、段干、吴娃、闾娵、傅予之徒。"李善注曰："《淮南子》曰：'不待脂粉，西施、阳文也。'许慎曰：'阳文，楚之好人也。'"②

按：今检庄逵吉本无许慎此注文，有注曰："西施、阳文，古之好女。"③与李善引文略同。陶方琦《淮南许注异同诂》云：

> 《文选》枚乘《七发》注、刘孝标《辩命论》注、《御览》三百八十一引许注："阳文，楚之好人也。"方琦按：好人，美人也。许注多称楚人，是其例。《说文》："媄，色好也。"④

可知此李善引文为许慎注《淮南子》佚文。

《文选》卷第三十九，江文通《诣建平王上书》："庶女告天，振风袭于齐台。"李善注曰："《淮南子》曰：'庶女告天，雷电下击，景公台陨，海水大出。'许慎曰：'庶女，齐之少寡，无子，养姑。姑无男，有女，女利母财而杀母，以诬告寡妇。妇不能自解，故冤告天。'"⑤

按：刘文典以《太平御览》"庶女告天"句所引注与《文选·诣建平王上书》李善所引《淮南子》许慎注文相合，确定此注为许注。

（2）高诱《注》

虽然高《注》延续至今并未散佚，但时代较远，流传之中稍有遗漏亦属难免，今列李善注《文选》中所存高注佚文如下。

《文选》卷十二木玄虚《海赋》："于是乎禹也，乃铲临崖之阜陆，绝陂潢而相波。"李善注曰："《淮南子》曰：'禹有洪水之患，陂塘之事。'高诱曰：'陂，畜也；塘，堤也。'"⑥

---

① 萧统编，李善注《文选》，上海古籍出版社2013年版，第1566页。
② 萧统编，李善注《文选》，上海古籍出版社2013年版，第1566页。
③ 刘安《淮南子》卷一十九，清乾隆五十三年庄逵吉校刊本。
④ 《续修四库全书》编纂委员会编《续修四库全书》，上海古籍出版社2002年版，第1121册，第469页。
⑤ 萧统编，李善注《文选》，上海古籍出版社2013年版，第1786页。
⑥ 萧统编，李善注《文选》，上海古籍出版社2013年版，第534–544页。

按：李善所引《淮南子》正文在卷十一《齐俗训》，经核无此注文。何宁《淮南子集释》曰："《太平御览》五百五十五引'陂塘之事'下有注云：'陂，蓄水塘池也。'盖高注佚文。"是此二处所存之文可证此引为高注佚文。

《文选》卷十三谢希逸《月赋》："增华台室，扬采轩宫。"李善注曰："《淮南子》曰：'轩辕者，帝妃之舍。'高诱曰：'轩辕，星名。'"①

按：检庄逵吉本无此注文，当据补。又《文选》卷五十八谢玄晖《齐敬皇后哀策文》注引高注作"轩辕，星也"，稍异。

（二）校勘

《淮南子》成书于简册，流布于卷帙抄录，枣梨剞劂，总逾千祀，期间脱讹错乱难以避免。其许、高二家注之高注，自宋后许注残存者羼入，皆题高注，故高注"不真"，许注"不存"，当详加勘核，俾二注泾渭分明，各为其用。李善引文，必注明出处，称名以别。李善注《文选》所引《淮南子》注文所存较多，宜与传本之注文详加核验比对，以明许、高相羼之注之用。

1. 讹

《文选》卷一班孟坚《西都赋》："珊瑚碧树，周阿而生。"李善注曰："《淮南子》曰：'昆仑山有碧树在其北。'高诱曰：'碧，青石也。'"②

按：《文选》卷七司马长卿《子虚赋》注引高注同，《淮南子》原文注曰："碧，青玉也。"③《说文》："碧，石之青美者。"可知"碧"非"玉"属，"玉"当作"石"。何宁《淮南子集释》引吴承仕云："盖碧石类玉，不得质言玉也。各本误作青玉，失之。"④ 其说是也。

《文选》卷四十七陆士衡《汉高祖功臣颂》："三王从风，五侯允集。"李善注曰："《淮南子》曰：'施于寡妻，至于兄弟，天下从风。'"⑤

按：庄逵吉本作："刑于寡妻，至于兄弟，禅于国家，而天下从风。"⑥ 王念孙《读书杂志·淮南内篇》以"刑"为后人依《大雅》所易，当从李善引文

---

① 萧统编，李善注《文选》，上海古籍出版社2013年版，第600页。
② 萧统编，李善注《文选》，上海古籍出版社2013年版，第14页。
③ 刘安《淮南子》卷四，清乾隆五十三年庄逵吉校刊本。
④ 刘安编，何宁集释《淮南子集释》，中华书局1998年版，第324页。
⑤ 萧统编，李善注《文选》，上海古籍出版社2013年版，第2103页。
⑥ 刘安《淮南子》卷十，清乾隆五十三年庄逵吉校刊本。

作"施"。

《文选》卷五十四刘孝标《辩命论》:"敬通凤起,摧迅翮于风穴。"李善注曰:"《淮南子》曰:'凤皇之翔,至德也,濯羽弱水,暮宿风穴。'许慎曰:'风穴,风所从出。'"①

按:"濯羽",《淮南子》原文作:"羽翼"②。王念孙《读书杂志·淮南内篇》以作"羽"字为涉《淮南子》注文而误,并列《北堂书钞·地部》、李善《文选·辩命论》注引文均作"濯羽"为证。

2. 脱

《文选》卷四十二应休琏《与满公琰书》:"是京台之乐也,得无流而不反乎?"李善注曰:"《淮南子》曰:'令尹子瑕请饮,庄王许诺。子瑕具于京台,庄王不往,曰:吾闻京台者,南望猎山,北临方皇,左江右淮,其乐忘归。若吾薄德之人,不可以当此乐也,恐流而不能自反。'高诱曰:'京台,高台也。方皇,大泽也。'"③

按:今检庄逵吉本无"子瑕具于京台,庄王不往",又"庄王许诺"下,庄逵吉、王念孙皆引《太平御览·人事部》卷一百九"子佩具于京台,庄王不往,明日"十二字,以为脱文,是也。

《文选》卷五左太冲《吴都赋》:"其邻则有任侠之靡,轻訬之客。"李善注曰:"高诱《淮南子注》曰:'訬,轻利急疾也。'"④

按:检今庄逵吉本此注为:"訬,轻利急,亦以多者言訬。读燕人言,趫操善趋者谓之訬,同也。"⑤何宁《淮南子集释》引吴承仕说以今注文敓"疾"字,文义不全,而李善引文可为参考以补全之。

《文选》卷二十六陶渊明《辛丑岁七月赴假还江陵夜行涂口》:"昭昭天宇阔,皛皛川上平。"李善注曰:"《淮南子》曰:'甘瞑于大霄之宅,觉视于昭昭之宇。'"⑥

---

① 萧统编,李善注《文选》,上海古籍出版社 2013 年版,第 2438－2439 页。
② 刘安《淮南子》卷六,清乾隆五十三年庄逵吉校刊本。
③ 萧统编,李善注《文选》,上海古籍出版社 2013 年版,第 1914 页。
④ 萧统编,李善注《文选》,上海古籍出版社 2013 年版,第 218 页。
⑤ 刘安《淮南子》卷一十九,清乾隆五十三年庄逵吉校刊本。
⑥ 萧统编,李善注《文选》,上海古籍出版社 2013 年版,第 1235 页。

按：庄逵吉本作："甘暝太霄之宅，而觉视于昭昭之宇。"① 刘文典《淮南鸿烈集解》以"甘暝"后有"于"字。何宁云："刘谓'甘暝'下有'于'字是也，中立本正作'甘暝于'。"② 是庄逵吉本"甘暝"后脱"于"字，李善注文可为据。

《文选》卷十六江文通《恨赋》："若乃赵王既虏，迁于房陵。"李善注曰："《淮南子》曰：'赵王迁流房陵，思故乡作山木之呕，闻者莫不陨涕。'高诱曰：'赵王，张敖。秦灭赵，虏王，迁徙房陵。房陵在汉中。山木之呕，歌曲也。'"③

按：庄逵吉本注曰："秦灭赵王，迁之汉中房陵。"④ "秦灭赵王"语义不通，疑原本如《文选》李善引文作"秦灭赵，虏王，迁徙房陵。"今文当有脱文。

3. 衍

《文选》卷四张平子《南都赋》："玄云合而重阴。"李善注曰："《淮南子》曰：'玄云素朝。'"⑤

按：《文选》卷六左太冲《魏都赋》引文同，《淮南子》原文作："若乃至于元云之素朝。"⑥ 作"元"者避讳，王念孙《读书杂志·淮南内篇》以句中"之"字为衍文，王说是也。

《文选》卷三十谢玄晖《和王著作八公山》："风烟四时犯，霜雨朝夜沐。"李善注曰："《淮南子》曰：'禹沐滛雨，栉疾风。'高诱曰：'以雨沐浴也，以疾风为梳篦也。'"⑦

按：庄逵吉本作："禹沐浴霪雨，栉疾风。"⑧ 王念孙《读书杂志·淮南内篇》业已校订"浴"为涉高注而衍。

---

① 刘安《淮南子》卷七，清乾隆五十三年庄逵吉校刊本。
② 刘安编，何宁集释《淮南子集释》，中华书局1998年版，第526页。
③ 萧统编，李善注《文选》，上海古籍出版社2013年版，第745页。
④ 刘安《淮南子》卷二十，清乾隆五十三年庄逵吉校刊本。
⑤ 萧统编，李善注《文选》，上海古籍出版社2013年版，第152页。
⑥ 刘安《淮南子》卷十，清乾隆五十三年庄逵吉校刊本。
⑦ 萧统编，李善注《文选》，上海古籍出版社2013年版，第1415页。
⑧ 刘安《淮南子》卷一十九，清乾隆五十三年庄逵吉校刊本。

4. 错乱

《文选》卷四十二应休琏《与广川长岑文瑜书》："昔夏禹之解阳盱，殷汤之祷桑林。"李善注曰："《淮南子》曰：'禹为水，以身解于阳盱之河。汤苦旱，以身祷于桑林之祭。'高诱曰：'为，治水。解，祷以身为质。'"①

按：庄逵吉本作："是故禹之为水，以身解于阳盱之河。汤旱，以身祷于桑山之林。"②王念孙《读书杂志·淮南内篇》以"禹"下"之"字为衍文，"汤旱"中间脱"苦"字。又云：

"桑山之林"，《蜀志》注、《齐民要术》序、《文选》注引作"桑林之际"。《太平御览》引作"桑林之下"。案《主术篇》："汤以身祷于桑林之际"，则作"际"者是也。今作"桑山之林"者，涉注文而误。③

按：《文选》卷五十四刘孝标《辩命论》李善注引《淮南子·主术训》亦作"桑林之祭"，当依《选》文作"祭"，王氏偶疏。可见《淮南子》此段文字有一处脱文、一处衍文以及一处讹误，是为李善引文有助于校勘"错乱"例。

5. 许、高二注互羼

《隋书经籍志》中《淮南子》列有许慎、高诱两家《注》，至宋元修史，虽复见二家《注》并驾于史籍目录之上，然许《注》本大已不存，仅余区区。清钱塘认为宋时许慎《注》本已亡佚，宋人将残部并入高诱《注》之中，其《淮南天文训补注》云：

今世所传高氏训解，已非全书，而明正统十年《道藏》刊本首有高诱之《序》，内则题太尉祭酒臣许慎记上，一如陈氏所云，是即宋时羼入之本，以校高《注》，增多十三四，其间当有许《注》也。④

是许、高二《注》相羼久矣，李善注《文选》引《淮南子》注文时各明注者，虽偶有疏误，但大都准确，无碍后世引之为据。

《文选》卷二十五谢宣远《于安城答灵运》："幸会果代耕，符守江南曲。"

---

① 萧统编，李善注《文选》，上海古籍出版社 2013 年版，第 1917 页。
② 刘安《淮南子》卷一十九，清乾隆五十三年庄逵吉校刊本。
③ 王念孙撰《读书杂志》，江苏古籍出版社 1985 年版，第 937 页。
④ 刘文典撰，冯逸、乔华点校《淮南鸿烈集解》，中华书局 1989 年版，第 766 页。

李善注曰："《许慎淮南子注》曰：'果，成也。'"①

按：庄逵吉本《道应训》作："子佩疏揖，北面立于殿下曰：'昔者，君王许之，今不果往，意者，臣有罪乎？'"注曰："果，诚也。"② 卷首题为"汉涿郡高诱注"，陶方琦以为此篇为许注。又《文选》繁休伯《与魏文帝笺》、魏文帝《与钟大理书》李善注引并作许注"果，成也"。陶方琦《淮南许注异同诂》云："'诚'一本作'成'。③ 何宁《淮南子集释》引《大藏音义》五十四引许注"果犹成"为证。故《淮南子》此注文当为许注，为后人所羼，与高《注》本合一。

《文选》卷四十三孔德璋《北山移文》："芥千金而不盻，屣万乘其如脱。"李善注曰："《淮南子》曰：'尧年衰志闵，举天下而传之舜，犹却行而脱屣也。'许慎曰：'言其易也。'"④

按：庄逵吉本作："言甚易也。"⑤ 陶方琦以此注为许慎所注，后羼入高注中，是也。"甚"字误，当从《文选》李善引文作"其"。

《文选》卷五十三李萧远《运命论》："扱衽而登钟山蓝田之上，则夜光玙璠之珍可观矣。"李善注曰："许慎《淮南子注》曰：'夜光之珠，有似明月，故曰明月也。'"⑥

按：《文选》卷一班孟坚《西都赋》李善注引许注同，李善曰："高诱以随侯为明月，许慎此明月为夜光"，足见许、高二本之异。故庄逵吉本注曰："夜光之珠，有似明光，故曰明月"⑦，虽篇首题为高诱注，然实为许慎注文。

二、注释价值

文选学至李善注可谓集其大成，由"音义"至征引式的注书方式之改变，得见李善之慧眼别具，加之数次增补其注，蔚然壮阔，其成就之高千百年来为

---

① 萧统编，李善注《文选》，上海古籍出版社2013年版，第1191页。
② 刘安《淮南子》卷一十二，清乾隆五十三年庄逵吉校刊本。
③ 《续修四库全书》编纂委员会编《续修四库全书》，上海古籍出版社2002年版，第1121册，第457页。
④ 萧统编，李善注《文选》，上海古籍出版社2013年版，第1957页。
⑤ 刘安《淮南子》卷九，清乾隆五十三年庄逵吉校刊本。
⑥ 萧统编，李善注《文选》，上海古籍出版社，2013年版，第2305页。
⑦ 刘安《淮南子》卷一十三，清乾隆五十三年庄逵吉校刊本。

人称道。清人李慈铭以李善注《文选》虽与颜师古注《汉书》被世人并称为绝学，但认为李注之成就在颜注之上，称李善"精通训诂，淹串古义"①。其注书方式为后世提供了可供参考的优秀范式，清人朱景英《唐诗别裁集笺注序（节录）》："选本之有注，自李善注《文选》始，后之注家征引群书，字笺句释，率祖之。"② 李善征引式注释的主体内容为各色之典籍，李善以此种引文方式来注释自有丰富的价值，下面以李善所引《淮南子》及注文为例，分析其注释之价值。

（一）博征精审

李善在选择引文时广搜材料，对材料进行详细的分析，从对被释字句的祖述问题、释义问题等方面加以权衡，或径引，或取舍，或改易后征引之。

《文选》卷五十四刘孝标《辩命论》："朝秀晨终，龟鹄千岁，年之殊也。"李善注曰："《淮南子》曰：'朝秀不知晦朔。'许慎曰：'朝生暮死虫也，生水上，似蚕蛾。'"③

按：王念孙《读书杂志·淮南内篇》云今作"朝菌"者，后人依《庄子》而改，《淮南子》本作"朝秀"，故李善引此而非引《庄子》文以为语源，因《文选》刘孝标《辩命论》原文正作"朝秀"。

《文选》卷三十陆士衡《拟古诗十二首·拟明月何皎皎》："照之有余晖，揽之不盈手。"李善注曰："《淮南子》曰：'天地之间，巧历不能举其数，手微惚恍，不能揽其光也。'高诱曰：'天道广大，手虽能微，其惚恍无形者，不得揽得日月之光也。'"④

按：庄逵吉本作"天地之间，巧历不能举其数，手征忽怳不能览其光。"⑤ "览""征""忽怳"，此处原注文有两种，一说"言手虽能览得微物，不能得其光"，一说"天道广大，手虽能征其忽怳无形者，不得览得日月之光也"。学者多以前者为许慎注文，后者为高诱注文。此处李善引高诱注为注亦其证也，然

---

① 李慈铭撰，由云龙辑《越缦堂读书记》，中华书局2006年版，第1275页。
② 江庆柏、刘志伟主编《文选资料汇编·总论卷》，中华书局2017年版，第176页。
③ 萧统编，李善注《文选》，上海古籍出版社2013年版，第2352页。
④ 萧统编，李善注《文选》，上海古籍出版社2013年版，第1428页。
⑤ 刘安《淮南子》卷六，清乾隆五十三年庄逵吉校刊本。

此处引文有微殊者，李善权衡二家注文为之也。《说文》："览，观也。"杨树达认为光可观也，言光不能览非也，是"览"为"擥"之假字。故李善引文两处皆易字为"揽"也。而引高诱注文，因其释义更近《淮南子》原文，可以对《文选》原文进行有益的补充。李善所引高诱注文"征"作"微"，窃以为李善参考许慎之注，结合《文选》原文而改之也，以凸显天地广袤，月光之明，手微而拂能掬揽满盈之意。

《文选》卷三十九江文通《诣建平王上书》："何者？士有一定之论，女有不易之行。"李善注曰："《淮南子》文也。高诱曰：'士有同志同德，其交接有一会而分定，故曰有一定之论也。贞女专一，亦无二心，虽有偏丧，不须更醮，故曰有不易之行。'"①

按：此句本出自《文子·九守》，其文句与《淮南子》同为"士有一定之论，女有不易之行。"②《文子》成书于先秦，于早期目录书《七略》《汉书·艺文志》中皆有记载。然自唐柳宗元认为该书夹杂抄袭诸家之语以释《老子》，称之"驳书"，此后学者多以《文子》为伪，直至1973年河北省定县八角廊村40号汉墓中出土，可知《文子》不伪。然李善并未征引《文子》，盖《文子》之书与《淮南子》相似颇多，究竟谁抄谁还无定论，又《淮南子》原文中高诱注文甚详，故引之释义，而略去《淮南子》原文，径直标为"《淮南子》文也"几字，足见李善此注主为释义而已。

《文选》卷二十四何敬祖《赠张华》："四时更代谢，悬象迭卷舒。"李善注曰："《淮南子》曰：'阴阳赢缩卷舒，沦于不测。'"③

《文选》卷三十一江文通《杂体诗三十首·谢仆射》："卷舒虽万绪，动复归有静。"李善注曰："《淮南子》曰：'至道无为，盈缩卷舒，与时变化。'"④

按：两处引文皆释"卷舒"一词，然李善所引《淮南子》文却各不相同，分在《本经训》《俶真训》两篇。是前者何敬祖诗义为四时和天象的不断变化，而江文通之诗则展示了动中有静、静中复有动的万端变化，富有哲思，可见此

---

① 萧统编，李善注《文选》，上海古籍出版社2013年版，第1787页。
② 王利器《文子疏义》，中华书局2000年版，第163页。
③ 萧统编，李善注《文选》，上海古籍出版社2013年版，第1135页。
④ 萧统编，李善注《文选》，上海古籍出版社2013年版，第1471页。

为李善精审诗义而引文也。

(二) 详于释事

李善训诂中最多的便是引书以释事，这主要是因为《文选》集文多在汉魏六朝，李善深谙此时期文学发展的流变，所以遍览典籍，寻流溯源，摘句节文，以为《选》注。"事"有事典与语典两个方面，刘勰以为"事类者，盖文章之外，据事以类义，援古以证今者也"①。又言之为"人事"与"成辞"，刘勰云："明理引乎成辞，征义举乎人事。"② 此说与李善注正相契合，其释事之功正在于此。李善在征引典故、故实方面严谨入微，对于唐宋时期乃至今日研习辞章诗文者大有裨益，这与李善征引式注书详于释事有很大关系，正如苏轼《书谢瞻诗》所云："李善注《文选》，本末详备，极可喜。"③

《文选》卷三十九江文通《诣建平王上书》："下官本蓬户桑枢之人，布衣韦带之士。"李善注曰："《淮南子》曰：'处穷僻之乡，蓬户瓮牖，揉桑以为枢，此齐人所谓形植犁黑，忧悲而不得志也。'高诱曰：'编蓬为户，揉桑条为户枢。'"④

按：李善述明"蓬户桑枢"之语源，《文选》原文简约，李善征引出处以详加阐释。

《文选》卷十五张平子《思玄赋》："既垂颖而顾本兮，亦要思乎故居。"李善注曰："《淮南子》曰：'孔子见禾三变，始于粟，生于苗，成于穗，乃叹曰：我其首禾乎？'高诱曰：'禾穗向根，故君子不忘本也。'"⑤

按：此李善引文以明"垂颖顾本"之典源，又引高诱旧注，以明此典之君子不忘本之义。

《文选》卷五十三嵇叔夜《养生论》："壮士之怒，赫然殊观，植髪冲冠。"李善注曰："《淮南子》曰：'荆轲为燕太子丹刺秦王，高渐离、宋如意为击筑而歌于易水之上，荆轲瞋目裂眦，发植冲冠。'"⑥

---

① 刘勰著，詹锳义证《文心雕龙义证》，上海古籍出版社2013年版，第1406页。
② 刘勰著，詹锳义证《文心雕龙义证》，上海古籍出版社2013年版，第1411页。
③ 苏轼撰，孔凡礼点校《苏轼文集》，中华书局1986年版，第2093页。
④ 萧统编，李善注《文选》，上海古籍出版社2013年版，第1787页。
⑤ 萧统编，李善注《文选》，上海古籍出版社2013年版，第671页。
⑥ 萧统编，李善注《文选》，上海古籍出版社2013年版，第2288页。

按：荆轲刺秦王之典出自《战国策·燕策》，但《战国策》定书于刘向校书之时，又《淮南子》文约义丰，故李善未取自《战国策》。

《文选》卷四张平子《南都赋》："阳侯浇兮掩凫鹥。"李善注曰："《淮南子》曰：'武王伐纣，渡于孟津，阳侯之波，逆流而击之。'高诱曰：'阳侯，阳国侯也，溺死于水，其神能为大波。'"①

按：虽诸家论"阳侯"为谁意见未能统一，但李善所引《淮南子》文确实详尽阐述了阳侯溺水之事，也为追溯阳侯的身世提供了参考。

《文选》十五张平子《思玄赋》："汤蠲体以祷祈兮，蒙厖褫以拯民。"李善注曰："《淮南子》曰：'汤时大旱七年，卜用人祀天。汤曰："我本卜祭为民，岂乎自当之。"乃使人积薪，剪发及爪，自洁，居柴上，将自焚以祭天。火将然，即降大雨。'"②

按：此为《淮南子》佚文，李善引此文以释商汤欲焚身为民求雨之事典。

（三）文学阐微

汉魏六朝文学发展至唐宋时期，在诗词方面达到了巅峰，这自然离不开前代的积累与演变。而为诗畅怀，引经据典，仰古感今。故《文选》一书，萃菁取华，略芜集英，百代文章妙品汇于一部，其重要性又随着科举制的出现而日益显著，其书之音义注释的地位亦自然上扬。《文选》已然成为文人士子学习诗文创作的宝库，杜甫数次勉子用功于《文选》，陆放翁亦有"文选烂、秀才半"之语。而引书释典是李善注的主要方面，其出现虽不及五臣注那么具有普世性，但其广博丰赡、释事解义的特点自有所泽。

在李善征引《淮南子》及其《注》文中，包含了大量的对字词意义的解释，更有多达十余种的名物释义，这使得后学研读《选》文时既方便理解，又明其渊源。李善注更有对典故的追根溯源，他对于诗文中用事之理解十分独到，这导致了在阐明作者祖述的前提下，所引文献亦别具匠心，使读者在知道辞章祖述的同时，又能体悟到作者的意旨所在。王宁、李国英的《李善的〈昭明文选注〉与征引的训诂体式》云："征引式训诂的重点则常选择在需要通过追溯源

---

① 萧统编，李善注《文选》，上海古籍出版社2013年版，第158页。
② 萧统编，李善注《文选》，上海古籍出版社2013年版，第665页。

流而深入开掘作品的意指之处。"① 如《文选》卷三十鲍明远《翫月城西门解中》："三五二八时，千里与君同。"李善注曰："《淮南子》曰：'道德之论，譬如日月，驰骛千里，不能改其处也。'"② 按原诗首句为"始出西南楼，纤纤如玉钩"，可知作者自月初始便频频望月怀人，情深之至可以想见。"三五""二八"正为夏历十五、十六日，适时月正圆，却相隔千里，但能与君共赏明月，略得宽慰。此处李善引《淮南子》文"千里"句，正合鲍明远诗句中怀人之思不可改易之寄。在后世张九龄《望月怀远》、苏东坡《水调歌头·明月几时有》中均能看到此诗中千里遥思之意，成为了相对固定的用法。

杨明《〈文选〉注的文学批评》一文指出诗人为诗用事较多，其中构思和语词方面难免类同，李善在分析用事时时常会指出错误之处，避免"以文害意"，甚至认为"李善之注出典，不但被后世注释家奉为楷模，而且也包含了某些诗话内容的萌芽"③。此外，李善在阐释某些典故时的引文注重文学层面，而非语源角度，冈村繁指出："李善注的引文根本的目的是在追求与选文思想情感、意蕴境界的一致，它的目的不在探古而在求切。它要追求的是作家之祖述，而非词语的本源。"④

如《文选》卷三十谢玄晖《始出尚书省》："既秉丹石心，宁流素丝涕。"李善注曰："《淮南子》曰：'墨子见练丝而泣之，为其可以黄可以黑。'高诱曰：'闵其化也。'"⑤ 又《文选》卷二十八陆士衡《乐府·长安有狭邪行》："守一不足矜，歧路良可遵。"李善注曰："《淮南子》曰：'杨子见逵路而哭之，为其可以南可以北也。'"⑥

按："墨子哭丝"典出《墨子·所染》："子墨子言见染丝者而叹，曰：'染于苍则苍，染于黄则黄，所入者变，其色亦变，五入必，而已则为五色矣。故染不可不慎也！'"⑦ "杨朱哭路"典出《荀子·王霸》："杨朱哭衢涂曰：'此夫

---

① 赵昌智、顾农主编《李善文选学研究》，广陵书社2009年版，第48页。
② 萧统编，李善注《文选》，上海古籍出版社2013年版，第1404页。
③ 赵昌智、顾农主编《李善文选学研究》，广陵书社2009年版，第152页。
④ 赵昌智、顾农主编《李善文选学研究》，广陵书社2009年版，第48—49页。
⑤ 萧统编，李善注《文选》，上海古籍出版社2013年版，第1407页。
⑥ 萧统编，李善注《文选》，上海古籍出版社2013年版，第1305页。
⑦ 孙诒让撰，孙启治点校《墨子间诂》，中华书局2001年版，第12页。

过举颐步而觉跌千里者夫!'哀哭之。"① 而李善俱引《淮南子》文以释，且《文选》曹颜远《感旧诗》、卢子谅《赠刘琨并书》、刘孝标《辩命论》、江文通《杂体诗·卢中郎》、孔德璋《北山移文》、谢玄晖《拜中军记室辞隋王笺》。谢玄晖《观朝雨》中李善引文以注"素丝""歧路"等皆取自《淮南子》，由于《淮南子》成书之时"杨朱哭路""墨子哭丝"两个典故已经很常用，所以《淮南子》一书将其凝练为"成辞"，使文义更加紧凑，表意明朗，若再举《荀子》《墨子》原文则显冗杂，虽切语源，但有失文采与意蕴。且后世作家用此二典的频率又有增加，所以李善在这里但求作家文思与用文祖述而已。

《淮南子》因其成书于百家，广泛搜集了各种资料，其中包含了大量的神话、传说。如《文选》谢灵运《拟太子邺中集诗八首·应场》李善注引《淮南子》曰："烛龙，在雁门北，第于委羽之山，不见日。"②《文选》束广微："纤阿案晷，星变其躔。"李善注曰："《淮南子》曰：'纤阿，月御也。'"③ 烛龙为人首龙身或蛇身的神，《山海经》和郭璞《山海经注》皆有记载；纤阿是能御月而行的神。这种神话性质的资料对后世文人的创作是有很大帮助的，在创作素材得以丰富的同时，文人可以更好地发挥想象力进行创作。

三、局限

李善《文选》注居功甚伟，泽润千秋，但其征引式注书本身也存在一定局限性，我们不能因为李善的功绩而迷信或神话它。历来对李善《文选注》指诘最多的便是"释事而忘义"，《五臣注上表》更发"书麓"之问难。李善注征引旧籍，分缕源流，其释义方面较少确是事实，故不适合初学者。然体察李善之释义亦颇精妙，某些引文本身就已经兼及释义。陈延嘉《关于〈文选〉李善注》之"释事而忘义"的评价问题》所论甚详，兹不赘言。王书才言清人孙氏志祖认为李善注存在"以难注易，违背训诂原则与目的""改引文以迁就本文""注文释义又误"三点问题。笔者在详究《文选》李善注引《淮南子》诸条引文后，发现部分引文确有局限，主要为以下三点。

---

① 王先谦撰，沈啸寰、王星贤点校《荀子集解》，中华书局1988年版，第218页。
② 萧统编，李善注《文选》，上海古籍出版社2013年版，第1437页。
③ 萧统编，李善注《文选》，上海古籍出版社2013年版，第908页。

(一) 李善注文本流变与材料来源问题

李善注本经历了反复修订的成书过程，在此过程中便已被传抄，李济翁《资暇录》指出："李氏《文选》有初注成者，覆注者，有三注四注者，当时旋被传写。其绝笔之本，皆释音训义，注解甚多，余家幸而有焉。尝将数本并校，不惟注之赡略有异，至于科段，互相不同，无似余家之本该备也。"① 冈村繁《从〈文选〉李善注中的纬书引用看其编修过程》认为："与上述唐钞本李善注中纬书引用形成对照的是，该唐钞本未引及的纬书文句，在现行本李善注中却反而时有引及。"② 冈村繁先生进一步推断，出现这种情况很有可能为李善本人后补为之：

> 李善最初是以类书为主寻摘典故而撰成"初注"的；然后他以此为基础，随着其对各种古典作品之阅读的扩展深入，又对原先注解中的空白逐渐加以填补。旧钞《文选集注》残卷的李善注以及以北宋国子监本为祖本的现行刊本李善注等，虽然其中所含后人加笔改窜之文随处可见，但是可以说，李善补丁的深刻印迹至今仍然存在。③

由于时代的变迁，李注本本身的流传也很复杂。自四库馆臣之后，普遍认为可能经过单注本—合注本—单注本的版本流传，即现存的以南宋淳熙八年为祖本的单注本系统是从合注本中分离出来的。程毅中、白化文在《略谈李善注〈文选〉的尤刻本》一文反对此观点，得出单注本《文选》的祖本在合注本之前，绝非自合注本中摘出之论。冈村繁先生将现行主要版本李善注与《文选集注》比对后，发现《文选集注》中除李善注存在缺少条目的情况，对各章句具有详略不同的注释外，而其它旧注、五臣注却相差无几，并认为《文选集注》所据版本为单本李善注本，后又尽搜李善注增补而为后出之版本，而后为增补之本亦有前后之分，分为唐时"集注本系"和北宋中之"刊本系"两个系统，前者后世断绝，后者后而分化为各单注本和合注本之子系统。更有宋本李善注盗用五臣注等若干问题。通过以上诸家之论可以看出，今本李善注或为后世增补为

---

① 赵昌智、顾农主编《李善文选学研究》，广陵书社2009年版，第33页。
② 冈村繁《文选之研究》，上海古籍出版社2002年版，第330页。
③ 冈村繁《文选之研究》，上海古籍出版社2002年版，第335页。

之，或为合注本中摘出，无论哪一种，就如今来说欲见李善本之原貌是不可能的，甚至就连李善注的原貌究竟为何亦是不太明确的，李善注已非全然李善之注，只是被称为李善注而已。故其所引书之内容的原始样貌和内在嬗变都是不确定的，这就直接导致了现行《文选》诸版本部分内容的可靠性问题。各版本之间的差异也难以统一，只能寻找较古之较善本加以比对完善，然其内容并不具有决断性，仅能提供参辅之用。

李善在注书之时所据并非皆是原典，很多注释的来源是类书，诸如《艺文类聚》《北堂书钞》等，就李善注书时的客观条件，想要搜集全部书籍几乎是不可能的，更何况一些书籍已经散佚。从注释内容来看，其浩繁复杂令人惊骇，故采用类书容易检寻事典出处，亦是权宜之计，无可厚非。上文引文中也有涉及，冈村繁先生也认为李善在初注时广泛采用了当时的具有代表性的类书。虽然类书采缀群书进而分类以备检索事类之用，很少对原文做更改，但依今天的角度来看，除去今之不存之书，若尽取类书无疑是不严谨的，类书仅能提供参考，其与直接引自原书相比较，问题还是存在的。当然一些古书当时或已不传，仅见于类书，则又是另一回事了。

（二）征引有所疏误

李善在征引《淮南子》正文时偶有疏误。如《文选》卷五十三嵇叔夜《养生论》："是以君子知形恃神以立，神须形以存，悟生理之易失，知一过之害生。"李善注曰："《淮南子》曰：'形者，生之舍也；气者，生之元也；神者，生之制也。一失位，则二者伤矣。'"① 按庄逵吉本作"生之充""三者伤"②，王念孙以李注《文选》中"充"作"元""三"作"二"为是，杨树达、何宁举证非王之说，以《淮南子》原文为是，李注为非。当以杨、何二说为是。

李善在征引《淮南子》时存在许、高二《注》称引相混的情况。如《文选》卷二十九张景阳《杂诗十首》："黑蜧跃重渊，商羊舞野庭。"李善注曰："《淮南子》曰：'牺牛，驿毛，宜于庙牲。其于致雨，不若黑蜧。'高诱曰：'黑蜧，黑蚰也，潜于神泉，能致云雨。'"③ 按李善《文选》郭景纯《江赋》

---

① 萧统编，李善注《文选》，上海古籍出版社2013年版，第2289页。
② 刘安《淮南子》卷一，清乾隆五十三年庄逵吉校刊本。
③ 萧统编，李善注《文选》，上海古籍出版社2013年版，第1383页。

注引许慎《淮南子注》："黑蜧，神蛇也，潜于神泉。"①《淮南子》原文注曰："黑蜧，神蛇也。潜于神渊，能兴云雨。"② 陶方琦在《淮南许注异同诂》中已证《文选》张景阳《杂诗》李善误作高注。

李善引文释典所引《淮南子》文有时并非典源，有的时候是释义的需要，引用《淮南子》文更贴近《选》文的文义，或者作者语源所在，在前文论及"释典"和"注释价值"举例时已有涉及，但也有未明原因的条目，这些都是需要去辨别的情况。如《文选》卷十八嵇叔夜《琴赋》："比干以之忠，尾生以之信。"李善注曰："高诱《淮南子注》曰：'尾生，鲁人，与妇人期于梁下，不至而水溺死。'"③ 按此典源出《庄子·盗跖》："尾生与女子期于梁下，女子不来，水至不去，抱梁柱而死。"④

（三）对引文的改易问题

李善引文经常存在节略的情况，又有涉及到因释义而改易引文和改易引文以就《选》文的情况。桂馥云："李善所引《仓颉篇》《三苍》《声类》《字林》诸书，多依随《文选》俗字，非本书原文。"⑤ 古时注书，体例不严，常改字、节选引文，更有不标引文出处的情况，李善虽然皆明出处，但前二者在引文时皆有出现。易字以就《选》文有时候便于注释以及研读，节选可求简明扼要，以免注文流于烦琐。但是，改易文字和以意节引等对于后世的文献引证工作是不利的，有时甚至会对理解原文造成影响。这些情况更多是因为时代所限，包括李善注的文本变迁和材料来源问题，可对于具有重要文献价值的《文选》李善注而言多少是有遗憾的。

四、吴淇《六朝选诗定论》研究（选录）
——刘一锜撰　高明峰指导

摘要：清代吴淇的《六朝选诗定论》是专门就《选》诗评论诠释的一部著

---

① 萧统编，李善注《文选》，上海古籍出版社2013年版，第564页。
② 刘安《淮南子》卷一十一，清乾隆五十三年庄逵吉校刊本。
③ 萧统编，李善注《文选》，上海古籍出版社2013年版，第847页。
④ 郭庆藩撰，王孝鱼点校《庄子集释》，中华书局1985年版，第998页。
⑤ 桂馥撰，赵智海点校《札朴》，中华书局2006年版，第280页。

作。吴淇借此书来宣扬其诗学思想。吴淇的"三际"说,从宏观上划分诗歌史,是中国最早提出的文学断代史的思想。吴淇尊崇"汉道",从体裁、精神、价值三方面对汉道作了界定。同时对骚赋也予以颂扬。吴淇受清代儒学复兴思想的影响,主意不主辞,对至真之情也大加提倡。在尊《经》、尊《选》、尊四圣等批评宗旨的指引下,吴淇通过勾勒诗史、评论作家、解析作品等三方面的内容对《文选》诗进行了评点。吴淇勾勒诗史时主要阐扬"三际"说,吴淇详细地梳理了中国诗歌的源流,对"三际"的界定较为合理、透彻。吴淇在评点时主要运用了知人论世、以意逆志、推源溯流、纵横比较等方法,突出其以文为主、以义理为辅、文理寓之的评点特色。同时,吴淇的《六朝选诗定论》打破《文选》以诗体、内容与用途等次文类分部的次序,改成以时代先后分卷,然后再结合具体诗人的作品而条分缕析。如此体例可谓独见于《文选》评点诸书之中,独树一帜。更有特色的要数吴淇的评点术语,他不仅从经典之中寻求经验,还向同时代的评点人借鉴。吴淇在整理孔子的阅读经验中得出"以约御博之法",从金圣叹点评《水浒传》中吸纳小说评点术语,丰富自己的评点,使其评点更加贴切。

关键词:《六朝选诗定论》;诗学思想;批评宗尚;内容;特色

吴淇《六朝选诗定论》的评点内容与方法

(一)吴淇《六朝选诗定论》的评点内容

1. 勾勒诗史

吴淇在卷二《统论古今诗》《总论六朝选诗》中,用表谱与论述相结合的形式,全景式关照古今诗歌的发展演变历程,并对《诗三百》至齐梁诸体之间错综复杂的承传关系、衍变历程做了细致入微的分析。

吴淇先是以时分诗,将古今之诗分成三段,即"三际":《诗三百》、"选诗"、唐诗。他追本溯源,指出有虞之世始有诗名,"虞庭三歌"乃《三百篇》之权舆。夏、商佚诗不少,只存《商颂》五篇,尽管《三百篇》乃姬周一代之诗,但仍可以代表先秦诗歌作为我国诗歌史的第一阶段,其特点是彰显"王迹","诗之为道,囊括帝王矣"。《诗经》乃"选诗"之源,也是我国诗歌的源头所在。吴淇继而又将六朝"选诗"分为"三会":一曰汉魏,一曰晋,一曰宋,而齐梁为润余。

东周，"王者之迹熄而《诗》亡"，于是楚人始作《离骚》。吴淇认为，《楚骚》与《诗三百》《选诗》之间有着密不可分的传承关系。《总论六朝选诗》云：

> 夫楚《骚》者，周诗之流；汉道者，又楚《骚》之变也。故楚《骚》中具有《三百》之性，而"汉道"中兼有楚《骚》之情。所以诗无"骚"名，而"骚"得与于《风》《雅》之林者，《三百》之性寓乎其中也。①

正由于汉诗既与《诗三百》之性一脉相连，又兼具《楚骚》之情，汉诗因此美而可传。"选诗"是继承了"王迹"的"汉道"，作为我国诗歌史的第二个阶段，其特点是儒家诗教道统贯串其中。中大通三年，昭明太子早卒，由于陈、隋之音靡于齐、梁，"汉道"即此终结。而陈、隋之诗，只是对"唐制"起到发挥先导作用。吴淇认为唐人之盛事在于律，而陈、隋之对偶，实为之驱除。正因为汉以后诗"至梁、陈而衰极，故唐人不得不别创坛宇，然总之亦不离汉道。而梁江淹、沈约、任昉、范云之徒，各自名家，莫适为主。四声八病，声律太苛，遂为唐人律、排、绝句之嚆矢"。于是出现了以近体诗为特征的唐制，成为"选诗"之"流"。"自唐以后，而五代、而宋、而元、而明，都无能出唐人范围之外，是总为一际也。"这是我国诗歌史的第三阶段。可见，在吴淇看来，在王迹—汉道—唐制这三际之中，是以汉道为中轴的。汉道之于《三百篇》，其间存在着不可企及的而又无法重复的差距，而汉道与唐制则是一脉相承。

吴淇用治道来比喻唐制与汉道，"《三百篇》犹之封建也，汉以后之诗，犹之郡县也"。唐制与汉道虽同为郡县，但仍有细微差别，吴淇论曰：

> 在陈、梁之前，其于汉魏踵事而增华，唐世以后为变本而加厉。踵事增华，如夺舍移居，不脱轮回；变本而加厉，如伐毛洗髓，固已别生羽翰矣。此"唐制"所以与汉并驱中原也。五季虽乱，不失唐人典型。至宋而腐，至元而弱。明之初年，风雅稍振，高、杨持其本，何、李弘其干，王、李披其英，斐然著作，垂二百年，要亦不离唐制焉。②

---

① 吴淇撰，汪俊、黄进德点校《六朝选诗定论》，广陵书社2009年版，第45页。
② 吴淇撰，汪俊、黄进德点校《六朝选诗定论》，广陵书社2009年版，第42页。

吴淇论述视野开阔，气势恢宏，超越了明代胡应麟的《诗薮》而为时人所未能及，展现了前所未有的宏观文学观。

2. 评论作家

吴淇论"选诗"，先将古今的诗分为三际，各际之间划分清楚，然后专论"选诗"一际。吴淇在卷二《统论六朝选诗》中把六朝各代的作家按时间顺序，对个人的创作特点作了一个梳理。吴淇说：

> 汉之与魏，犹唐之初盛。然试详论之，周衰，诗变为骚；汉兴，骚流为赋。制作纷起，厥礼孔繁。迨夫韦孟别构四言，遂与周《雅》分源。李陵肇造五言，遂为异代攸宗，此其始也。其后班姬复以五言为歌行，乐府之声调益稳。张衡更用七言约《离骚》，"柏梁"之筋脉斯联。至于《古诗十九首》《古辞》四篇，世代难详，姓里莫考，两京错杂，孰能分之哉？然亦不必分也，道一而已矣。①

吴淇认为周代衰亡，诗变成骚，而汉兴，骚又变成赋，愈加烦琐。于是韦孟创作四言，与前代《诗·雅》分离。李陵创作五言，成为后世文宗。六朝"选诗"正是从这开始的。班姬又用五言写歌行体，乐府声调得以强化；张衡用七言规制骚体，则延续了"柏梁"体格。《古诗十九首》、《古辞》四篇，年代难以详论，作者姓名又无从考证，东西汉创作错杂，不必强加区分。

汉朝末代，天下分崩，群雄崛起，为诗坛又注入了新鲜的血液。

> 魏武不世出之雄才，乘势崛起，为建安之首唱。陈思兄弟，鹤应于庭帏；王粲诸子附之，群相唱和。莫不人昆玉而家隋珠，体格风骨，靡不极至，盖其盛也。文帝受命，虽应、刘凋谢，东阿就藩，而文采风流，居然犹在，是以黄初之风得与建安同称，然微有瑜、亮之欢矣。太和以远，率超浮浅。叔夜四言，变楚傅之风格，托旨清峻。嗣宗五言，合荆臣之思致，寓意遥深。而休琏之直、熙伯之达，咸有杰构，所谓正始之音也。合值建安、黄初，同一魏诗；沂之东京，两京总一汉道也。②

---

① 吴淇撰，汪俊、黄进德点校《六朝选诗定论》，广陵书社2009年版，第43页。
② 吴淇撰，汪俊、黄进德点校《六朝选诗定论》，广陵书社2009年版，第43—44页。

吴淇认为，汉末以来三国纷争，魏武帝以不世雄才，在文坛上建立旗帜，曹植、曹丕二人应和，王粲诸人也依附，君臣唱和，声势盛大、恢弘。文帝曹丕登位后，虽然应玚、刘桢已死，曹植回归封地，但是他们的文采风流依然留存，于是黄初之风和建安之风可以并称。太和以后，文风变得浮浅。嵇康的四言诗，变韦孟《讽谏诗》典则平和之风，意旨清峻。嗣宗的五言诗，内含忠义，寓意深远。正直的应璩，豁达的缪袭，都写出了杰出的诗篇，可谓是正始之音。它与建安、黄初，可以合称为魏诗，若上溯至东汉，则仍是汉诗之余脉。

> 司马应运，犹沿浮薄之习。太康、元康之间，三张二陆两潘一左，勃尔振起，续武前躅，虽采缛于正始，力柔于建安，然亦汉道之中兴也。①

司马氏应运而起，沿袭太和以后的浮薄之习。太康、元康之间，三张二陆两潘一左，踏着前辈的足迹，吸收正始诗歌的缛采，但柔于建安诗歌的骨力，吴淇认为这可以看作是"选诗"一际的中兴。其后永嘉之乱，文坛又是一番别样风景。

> 永嘉之末，家崇黄老，一切篇什，理过其词。迄于南渡，尤剧清谈。孙绰、许询之辈，咸以论宗为诗，《风》《雅》日颓，虽望如王、谢，不能振越。而变创其体者，止赖有景纯隽上之才，与越石清刚之气，较之左、陆，虽曰不同，要皆拔挺而俊矣。故总目为晋诗。②

永嘉之后，人们推崇黄老之术，文人热衷清谈玄理，孙绰、许询尤为代表，《风》《雅》之事萎靡不振。只有郭璞、刘琨的创作清刚挺拔，风气丕变。此为晋诗的概貌。对于晋诗，吴淇依据其对后世的影响，又将之分为东、西二晋：

> 其与汉魏别标为一会，则以六朝之风气，开于西晋。而东晋之刘、郭，一启太白飞扬跋扈之气，一启少陵沉酣抑扬之思，故虽与魏同一汉道，而不得不判为二矣。③

对于被称为"选诗"之末的刘宋诗风，吴淇云：

---

① 吴淇撰，汪俊、黄进德点校《六朝选诗定论》，广陵书社2009年版，第44页。
② 吴淇撰，汪俊、黄进德点校《六朝选诗定论》，广陵书社2009年版，第44页。
③ 吴淇撰，汪俊、黄进德点校《六朝选诗定论》，广陵书社2009年版，第44页。

> 宋代风诗，谢混当清蘋之末，虽原本二张，实接刘、郭之武，力砥当世之浮薄。义熙之中，厥风稍振。①

在宋诗中，只有谢混在努力振起浮薄的世风，但收效甚微。吴淇认为，汉道延展至齐梁，已是衰微之极：

> 梁武帝受禅，全齐之人才，尽入于梁。唯谢朓早逝，得以系齐，然论其标品，亦鲍照之流亚也。梁江淹、沈约、任昉、范云之徒，各自成家，莫适为主。四声八病，声律太苛，遂为唐人律、排、绝句之嚆矢。汉道至此，不绝如线矣。②

如此，吴淇就对“选诗”一际的作家做了一个简要的罗列、梳理，在以后的点评中，吴淇还会在各卷的末篇对作家逐个点评、剖析，其评论大体贴切、中肯。

3. 解析作品

（1）赞赏诗歌妙处

吴淇在评张协的《杂诗十首》中说：“凡诗之妙，不在实字面上，却在几个虚字上，虚字上寻不出，又在虚字中间空处。”由此可见，吴淇评赏时注重把握诗歌妙处，尤其强调字词的使用。如评曹植《赠白马王彪七首》云：

> “秋风”四句，写得苍凉。“孤兽”二句，即食不下咽意。炼语特精。
>
> 此节写情。“丈夫”云云，总是无可奈何，强作自慰之语。“仓卒”二字，写得悲甚、怨甚。③

吴淇强调诗歌词句的精练。在解析“仓促骨肉情，能不怀苦辛”句时，特别拈出“仓促”二字，点出其抒情效果。

再如评陆机《拟古诗十二首》之《拟西北有高楼》：

> 只一声闻，逗得六根皆动。“哀响馥若兰”，耳连鼻动。“顾望”目动，“踟蹰”，身动。“再三叹”，口动。“思驾归鸿羽”，意动。④

---

① 吴淇撰，汪俊、黄进德点校《六朝选诗定论》，广陵书社 2009 年版，第 44 页。
② 吴淇撰，汪俊、黄进德点校《六朝选诗定论》，广陵书社 2009 年版，第 44 页。
③ 吴淇撰，汪俊、黄进德点校《六朝选诗定论》，广陵书社 2009 年版，第 125 页。
④ 吴淇撰，汪俊、黄进德点校《六朝选诗定论》，广陵书社 2009 年版，第 252 页。

只闻一声,六根皆动,吴淇所评可谓精确。

有时,吴淇评诗又不惮词费,如抽丝剥茧般娓娓道来。如评张协《杂诗十首》:

> 此诗前言"蜻蛚"云云,尚未感物,只是感时而思。凡人所思,未有不低头。低头则目之所触,正是昔日所行之地上。房栊既无行迹,意者其在室之外乎?于是又稍稍抬头一看,前庭又无行迹,惟草之萋绿而已。于是又稍稍抬头平看,惟见空墙而已。于是不觉回首向内,仰屋而观,惟见蛛网而已。如此写来,真抉情之三昧。①

人看一物,不过是平看或仰观一种角度而已,但吴淇却注意到张协诗作中的多角度摹写。人思考时总是习惯性低头,低头看到的是平时走的路,房栊上没有痕迹,猜想人可能在室外,于是就顺势抬头,看见远处的前庭也没有人,只见青草蓊郁。于是视角上移,唯有空墙默默,视线被遮,蓦然回首,视角投向屋内,仰头而观,映入眼帘的唯有屋内的蛛网而已。吴淇由此诠释了张协诗作的细腻入微。

(2) 指摘诗中瑕疵

在品评诗歌时,吴淇对于其中的瑕疵也予指出。如评曹植《公宴诗》:

> 首二句递过书宴,从夜游写起。其写法甚类文帝《芙蓉池作》。先"明月"二句,是仰写,次"秋兰"四句俯写,末"神风飚"二句平写,但其佳处,止是练得几个响字。其实,较之《芙蓉池》,风调远不及也。②

吴淇认为曹植的《公宴诗》模仿文帝的《芙蓉池作》,但是妙处只在于有几个响字,但是风调远不及文帝《芙蓉池作》。再如评韦孟《讽谏诗》:

> 述祖德处似太繁,然正要从祖德中带出历代兴亡之故,以为讽谏。潘陆效之,未免有头重之病。③

韦孟的《讽谏诗》述祖德的地方过于繁复,由此引出历代兴亡的缘由,进而予

---

① 吴淇撰,汪俊、黄进德点校《六朝选诗定论》,广陵书社2009年版,第200页。
② 吴淇撰,汪俊、黄进德点校《六朝选诗定论》,广陵书社2009年版,第120页。
③ 吴淇撰,汪俊、黄进德点校《六朝选诗定论》,广陵书社2009年版,第65页。

以讽谏。后世潘岳、陆机效仿韦孟诗，却有头重脚轻之弊病。再看评应贞《晋武帝华林园集诗》：

> 百官会于华林园，只是肆射之事，而前边颂功德过于冗长，此亦晋习。①

吴淇认为应贞《晋武帝华林园集诗》主要写肆射之事，但前边歌功颂德的语言堆砌过多，此为晋朝诗坛之陋习。

（3）指出旧注中的谬误

吴淇在评诗时，不仅能指出作品中用字、结构不当之处，甚至对于旧注中的谬误也加以指摘。如评王粲《公宴诗》：

> 子建、公干《公宴诗》，俱作《夜宴》。此独从初宴起，仲宣应是首唱。首四句纪时，"高会"八句入事，"常闻"四语感恩，"古人"四句颂德，"克符"二句微讽，与刘诗"北面宠珍"同意。此亦侍文帝宴，旧注为武帝，误矣。②

旧注认为王粲《公宴诗》为侍武帝宴所作，而吴淇考察了诗歌的内容，认为当是侍文帝。

又如评《古诗十九首》"冉冉孤竹生"：

> 旧注以此为新婚，非也，细玩其意，酷似《摽有梅》，当是怨婚迟之作。③

旧注以为《古诗十九首》"冉冉孤竹生"诗指涉新婚，吴淇经过体悟把玩，认为此诗与《摽有梅》极其相似，应该是埋怨婚迟的作品。

（4）探讨诗作背景，发掘创作动机

吴淇评诗还注重诗歌的写作背景，通过解释背景，来发掘诗作者的创作动机，使读者能更透彻地解读诗歌。如评王粲《从军诗》：

> 合五诗观之，首篇见小功之不足骄，后四篇大兵不可轻动。此仲宣讽

---

① 吴淇撰，汪俊、黄进德点校《六朝选诗定论》，广陵书社2009年版，第213页。
② 吴淇撰，汪俊、黄进德点校《六朝选诗定论》，广陵书社2009年版，第132页。
③ 吴淇撰，汪俊、黄进德点校《六朝选诗定论》，广陵书社2009年版，第84页。

魏武之微意，而为万世戒也。①

吴淇从整体上评论王粲的《从军诗》，认为五首诗从整体上看，首篇写获得小功绩不值得骄傲，后四篇写兵马不可轻易调动，其中蕴含着仲宣对魏武帝的微讽，可谓万世垂戒。

又如评曹植《美女篇》：

> 乍见美人，何处看起？因其采桑，即从手上看起，次乃仰观头上，次看中间；又从头中间看见，然后看脚下，已备见其容貌矣。却再细看其丰韵光泽，妙有次第。"行途"二句，正借众人之赞慕，以形上文之美，即伏下"嗷嗷"，用以起"高义"。"借问"下盛称其阀阅，"媒氏"下盛称其节操。言容貌如此，阀阅如此，节操如此，为君子者，急宜趁此芳年，寤寐求而琴瑟者，而乃使之长叹于空房乎？末只二语，把前多少好处，都说得弃掷无用，然是可惜。此亦是请自试之意。②

乍见美人，从何处看起，由于美人在采桑，有动作，自然会首先注意她的手，手美，就想看看美人相貌如何，目光落在头上，又看其体态，渐次落入脚上，美人的容貌、体态已遍览，再细看其丰润光泽，妙有次第。如果只写这些，也仅仅是作者一人之观，难免不合众人胃口，于是作者让美人走在大街上，巧妙加入旁人的观察，使对美人的观察更丰富。同时又加入旁人的称赞，如行途人称其"高义"，通过"借问"盛称美人的门第，而借"媒氏"之口述其节操高尚。美人容貌姣好、门第显赫、节操高尚，有君子之德的人应该趁其年轻的时候琴瑟乐之，使其免于空房长叹。吴淇认为最后的两句话极为关键，把前文所写美人诸种好处全都说得弃掷无用，极为可惜，其中隐含着诗人请求自试之意，从而点出作品主旨。

(二) 评点方法

1. 知人论世

吴淇在"诗言志"的主旨下，除了以才与情双轨选诗，还尤其推崇以"知人论世"的方法论诗。其曰："然论志之法，通乎论人论诗。"又曰："苟不论

---

① 吴淇撰，汪俊、黄进德点校《六朝选诗定论》，广陵书社2009年版，第135页。
② 吴淇撰，汪俊、黄进德点校《六朝选诗定论》，广陵书社2009年版，第127页。

其世为何年，安知其人为何如人乎？余之论选诗，义取诸此，其六朝诗人列传，仿知人而作，六朝诗人纪年，又因论世而起云。"由此可知，吴淇的知人论世评诗之法，归源于言志说，是以欲言诗人之志，欲明诗中之志，不得不知人并论世。在吴淇编定的《六朝选诗定论》中，在每一个诗人的下面都有一段像小序似的评点，吴淇如果了解该诗人，又会仿照《史记》的体例而制作一个诗人年表；在卷二《统论古今之诗》中罗列"三际"诗史表，每一际之中又有编年，下面是影响当际重要诗人的大事，正是由"论世"而来。作者如此系年编排诗人，又和《六朝选诗定论》的分卷体例相呼应，如此体例可谓严密至极。

知人论世之说，源自《论语》《孟子》。子曰："不知言，无以知人也。"（《论语·尧曰》）这个"言"字不是专指著作、文章，要了解一个人，还要听他说话，观察他的举动。孟子对万章说："颂其诗，读其书，不知其人，可乎？是以论其世也。是尚友也。"（《孟子·万章》），在这里，言为心声是隐含的前提，而心声的精华是诗文。孟子在认同孔子知言知人的看法下，融合著作、作者之人与其存之世，形成了后代文评家的一个重要主张。吴淇的发论亦源于此，论曰：

> 我与古人不相及者，积时使然。然有相及者，古人之《诗》《书》在焉。古人有《诗》《书》，是古人愚以其人待知于我。我有诵读，是我遥以其知逆于古人。是不得徒诵其诗，当尚论其人。然论其人，必先论其世者。[1]

不能亲识古人，只能解读作品。作品也就成为沟通古人与今人的媒介。就中国文学批评家一贯求"真"而言，最担心作品不能忠实地反映作者的思想情感，因此，在充分理解作品之外，还要加上多方考证，把作品还原到当时的环境中，在大的时代盛衰的背景下深究作者之志。因此吴淇不仅总体评说各际各朝诗，在各诗中又结合作者的悲喜荣辱、性情风格等特点，具体加以诠释。为了全面了解作者的情况，吴淇广泛地考索《文选》《文心雕龙》《诗品》以及胡应麟《诗薮》等著作，最后，还需要身兼读者与评点家双重身份的吴淇做最后的诠释，一次完整的作品解读的历程才算结束。

---

[1] 吴淇撰，汪俊、黄进德点校《六朝选诗定论》，广陵书社2009年版，第35页。

运用知人论世的方法来解读作品确切可行。试看吴淇评颜延之《五君咏》：

> 延年托咏于五者何也？七贤之中，惟嗣宗才识并优……延年盖自负其才识如嗣宗，且嗣宗曾领步军，而延年亦领步兵，嗣宗曾出守东平，而延年亦出守永嘉。嗣宗当猜讳之朝，遇文帝之刻忌，犹称其至慎，其操心也危矣、虑患也深矣。延年忧谗畏讥，恰与相符，故首咏嗣宗以自拟。①

颜延之和阮籍无论在身世上，还是心态上都有许多相似之处，吴淇就利用此点进行对比，以阐释颜延之《五君咏》首列阮籍的原因。这样，评论作品兼顾了二人的时代与情志，可谓精辟。

又如评魏文帝《杂诗》：

> 此二诗有疑惧意，应作于魏武欲易太子时。盖太子国之副贰，不可一刻离君侧也。远出在外，而谗人居中伺隙，危道也。此诗虽云《杂诗》，而后首曰"至吴会"，前首曰"思故乡"，可知非作于邺中者。旧注谓"文帝为太子时曾至广陵"云。②

吴淇从作者曹丕的生平入手，体会诗意，把握作者情志，并参考前人旧注，从而推论出本诗的写作地点。这正是评点者兼合诗才、考据和个人主体判断三者为一体而完成的一次阅读过程。这也是吴淇运用知人论世之法评诗的展现。

2. 以意逆志

想要完成一次完整的阅读历程，并做出精辟的评点，涉及多方面的因素。在知其人，论毕其世以后，最重要的还在于评论应尽量贴合作者之志。于是吴淇又采用了"以意逆志"的方法。其云："论诗者，贵能以意逆志。既得其志，斯知其言，知人论世，通古人之志于无间者。"显然，想要了解诗（言），必须先得了解其志，"知人论世"是通往古人之志的必要方法，而"以意逆志"则是评诗者解诗的途径。

那"意"又是什么呢？对此，吴淇有精详之论，其曰：

> 《诗》有内有外。显于外者曰文、曰辞，蕴于内者曰意、曰志。此

---

① 吴淇撰，汪俊、黄进德点校《六朝选诗定论》，广陵书社2009年版，第318页。
② 吴淇撰，汪俊、黄进德点校《六朝选诗定论》，广陵书社2009年版，第104－105页。

> "意"字，与"思无邪""思"字，皆出于志。然有辨，"思"就其惨淡经营言之，"意"就其淋漓尽兴言之。则"志"古之志，而"意"古人之意，故"选诗"中每每以"古意"命题是也。汉宋诸儒，以一"志"字属古人，而"意"为自己之意。夫我非古人，而以己意说之，其贤于蒙（按：指咸丘蒙）之见也几何矣。不知志者，古人之心事，以意为舆，载志而游，或有方，或无方，意志所到，即志之所在。故以古人之意，求古人之志，乃就诗论诗，犹之以人治人也。即以此诗论之，不得养父母，其志也；"普天"云云，文辞也。"莫非王事，我独贤劳"，其意也。其辞有害，其意无害，故用此意以逆之，得其辞在养亲而已。①

吴淇此言，乃是由孟子回答咸丘蒙之语的评论而来："说《诗》者，不以文害辞，不以辞害志。以意逆志，是为得之。"（《孟子·万章》）吴淇强调，解读者必须凭借自身尽力以"古人之意"求得"古人之志"，要切实地从作品本身去判读作者之志，严格地限制读者个人的臆测。

下面举例说明吴淇的"以意逆志"的评点之法。如其评阮籍、陆机等，论曰：

> 《选》中如阮籍、陆机等人，多不亮其志，吾因其诗合《骚》意，而特表其耿介之志。②

阮、陆二人之志不明，对于阮籍，李善注《文选》云："嗣宗身仕乱朝，常恐罹谤遇祸……虽志在讥刺，而文多隐蔽。百代之下，难以情测。"早就存在其志隐晦的评论；对于陆机，李善与五臣注都没有评论，他的志也不显扬。刘勰《文心雕龙·体性》评陆机曰："失衡矜重，故情繁而辞隐。"然而"触类推及，表里必符"，虽指出"辞隐"的特征，但因为情繁，也能现出"才气大略"。直至后人，尤其是明清时人，指责其文繁累赘，如刘熙载说："刘彦和谓士衡矜重，而近世论陆诗者，或以累句罢之。"陈作明甚至讥讽他说："无实而袭其形"，"士衡无诗"（《采菽堂古诗选》卷十一）。陆机之志不显主要在于被文所累，犹属时人风气。但吴淇却能从作品中解读出阮籍与陆机的诗"合骚意"，因此就有

---

① 吴淇撰，汪俊、黄进德点校《六朝选诗定论》，广陵书社2009年版，第34页。
② 吴淇撰，汪俊、黄进德点校《六朝选诗定论》，广陵书社2009年版，第35页。

像屈原一样的耿介之志，这展现了吴淇的解读高于时人之评，主要原因在于吴淇善于以古人之意逆合古人之志。

3. 推源溯流

推源溯流是点评文章的一种常用的手法，"推源"是指出对前人作品的仿拟与改造之处。"溯流"是指对后代文篇的影响的阐释。

推源溯流一语借自张伯伟《中国古代文学批评方法研究》，正如张先生所云"推源溯流"法偏重于作品与作品之关系的探讨。评诗多谈句法的承前启后，但往往一仿钟嵘《诗品》，先言总体风格，章法、句法之所出，继言其笔力、气格、风度、用语的特色等，最后或言其影响后人文篇的方面，或与前人、后人相关作品及其句式等方面做一比较。

推源溯流作为一种文学批评的具体方法，用于评点《文选》这样一部文学作品总集，是很合适的。吴淇就采用了此法。如评汉高帝《大风歌》：

> 嗣后帝王颇多自制，然其气象实不相及。至唐太宗诸作，亦颇壮观，但多粉饰之词，欲以嗣响云亭，便减真气。①

吴淇在分析刘邦《大风歌》时，不仅指出其从前人处吸取经验，更加注重本诗对后人的影响。指出了后人唐太宗等效仿之作虽多，但都不及汉高祖之作的气势宏大，侧重于溯流。又如评武帝《秋风辞》：

> 武帝《秋风》一辞，全从高祖《大风》来，俱是英雄语，但开创守成，其气象不同耳。起句全用《大风歌》，皆以风云兴起，七字中止争二字。《大风歌》内是"大"字、"扬"字，《秋风辞》内是"秋"字、"白"字。……《大风歌》首句起得雄，二句转得急，故"猛士"句可直接。此辞起二句写景平缓，不能直接下文，故以"兰有秀菊有芳"引起"携佳人"来，言兰菊出草木之类，"秀""芳"，拔兰菊之萃，人中之佳人亦犹是也。"佳人"正与"猛士"相照。高祖创业，故思猛士，武帝守成，故"携佳人"。②

---

① 吴淇撰，汪俊、黄进德点校《六朝选诗定论》，广陵书社2009年版，第63页。
② 吴淇撰，汪俊、黄进德点校《六朝选诗定论》，广陵书社2009年版，第63-64页。

此论不仅将武帝与高祖的渊源做了详细的考证，而且对其仿用也结合其身处的不同时代背景作了恰当的分析，评论贴切、中肯。再如，评苏武《诗四首》（其一）：

> 古人往往爱用"日新"字，汤王用之于治身，左氏用之于形民，苏卿用之于"恩情"。①

吴淇在此指明了"日新"一词在诗中的使用情况，兼有探源的意义。

4. 纵横比较

要想评点一篇作品，除了知人论世、以意逆志、推源溯流之外，还要进行纵横比较，从比较之中解得其妙处。

运用纵横比较之法时，不仅要指出章法、句法源出于何篇，且大多与所出之篇或他篇作比较，以求突出其特色，并且探讨阐说其胜于或逊于彼作的方面与原因。吴淇在评点《文选》时也多次使用纵横比较之法。

如评《古诗十九首》"庭中有奇树"：

> "绿叶发华滋"，专写叶之奇，如《诗》"其叶蓁蓁"，下文"攀条折其荣"，方是指花，《诗》所云"灼灼其花"是也。不曰"花"而曰"荣"，亦含有光润在内也。"将以贻所思"，是折荣之缘起，又著"馨香盈怀袖"，专指所折之荣言。有此奇树，自有此奇香也，无限自珍自惜之意，正反映下文之"何足贵"。"盈怀袖"三字，从"攀"字来，故余香所披也。"路远莫致"，乃是花已折得，不封驿使者。若认作草木之花不可远致，便是呆语。②

此处正是用《古诗十九首》之诗句与《诗经》中的诗句作比较，突出本诗中描写花叶的独特之处。

又如评《古诗十九首》"迢迢牵牛星"一诗：

> 凡诗以远写远难堪，以近写远更难堪。如《诗》之"其室则迩"，与此诗之"盈盈一水间"，俱于近处写远也。盖其室虽近，然望之不能见，语

---

① 吴淇撰，汪俊、黄进德点校《六朝选诗定论》，广陵书社2009年版，第69页。
② 吴淇撰，汪俊、黄进德点校《六朝选诗定论》，广陵书社2009年版，第85页。

之不必闻。至"盈盈一水",则可望而不得语,尤为难堪耳。

此诗与"青青"章俱有"青青素手"四字,但用"出"字与"擢"字有别:"出"字的是写妆,"擢"字的是写织,一丝移动不得。又前诗用在下句,是先见妆后见手;此诗用在上句,是先见手后见织。①

吴淇就诗句的写法、用词,结合前代的《诗经》乃至同时期的《古诗十九首》其他作品加以比较阐发,无疑有助于读者深入把握所评作品的艺术特色。

五、梁章钜《文选旁证》研究(选录)
——李峰撰　高明峰指导

摘要:梁章钜《文选旁证》产生于清代"文选学"复兴的大背景下,兼容并蓄各"选学"名家成果,沉博美富,堪称"选学"扛鼎之作。其内容主要包含校勘和补注。校勘内容涉及《文选》正文、注文、所引相关"选学"著作、史传原文及注文等,校勘方法以他校为主;补注涉及补释地名、补释名物、补引史实及典章制度等。凡引书千余种,旁收各家注解,可供辑佚。虽最终未能尽善尽美,然无愧为"选学"的集大成之作。

本文在前人研究的基础上,结合清代学术背景,联系清代相关"选学"著作,对《文选旁证》作了细致的考察,从梁章钜思想与著述考辨、《文选旁证》成书、《文选旁证》价值及评价等方面作了论述。

文章第一部分指出梁章钜宋学为本、汉学为用、经世致用的学术思想来源于闽省学术氛围、家传与师承。其学术思想有着明显的演变过程,早期以宋学为主,然不废汉学,中期调和汉宋,晚年经世致用。此外,《文选旁证》的作者存有争议,笔者援引多方证据确认了梁章钜对《文选旁证》的著作权。

文章第二部分交代了《文选旁证》产生的政治、学术背景,援引该书序言及梁章钜所述《旁证》成书资料大致勾勒出《文选旁证》的成书过程,最后简述了《文选旁证》的版本、体例和内容。

文章第三部分阐明《文选旁证》的校勘价值在于拓宽校勘范围、丰富校勘方法;补注价值在于补释地名、补释名物、补引史实及典章制度等;辑佚价值

---

① 吴淇撰,汪俊、黄进德点校《六朝选诗定论》,广陵书社2009年版,第87页。

在于《选》注之辑佚、引书之辑佚。在肯定《文选旁证》价值的同时，也指出其轻信成说、繁简失当的缺失。

文章结语部分综合阮元、朱琦、汪鸣銮等人对《文选旁证》的评价，对比许巽行的《文选笔记》、孙志祖《文选考异》、胡克家《文选考异》等相关"选学"著作，对《文选旁证》的价值作了进一步的阐扬。

关键词：梁章钜；《文选旁证》；校勘；补注；辑佚

《文选旁证》价值研究

《文选》研究起于隋朝萧该的《文选音义》，惜已失传，但其作为"选学"第一部著作，实为"选学"之发端，开其先河。唐代"选学"大兴，治《选》名家首推江淮曹宪，著有《文选音义》，以教授为业，弟子李善、公孙罗、许淹等皆为"选学"名家。李善堪称"选学"集大成者，其《文选注》六十卷奠定了"选学"基础，历代流传，使"选学"真正成为一门显学。随后，吕延济、刘良、张铣、吕向及李周翰五人共同完成《文选》新注六十卷，这便是后世所谓的"五臣注"。有宋一代，《文选》研究日趋衰落，无"选学"专著出现，"选学"研究成果散见于文人笔记、诗话等。金元《文选》研究虽只有方回的《文选颜鲍谢诗评》，却开辟了《文选》学评点一派。降至明代，"选学"再兴，著述成果可以分为《文选》评点和《文选》考据两类，而尤以评点为盛，孙鑛的《文选瀹注》便是代表。

《文选》学经历了隋唐的兴盛、宋元的衰退、朱明评点的繁荣，发展到清朝，出现了《文选》考据的兴盛，产生了大量的考据类著作。此外，还出现了涉及文本校勘、字义训诂、选藻选句、删注评点等各类著作，可以说清代是传统《文选》学的巅峰期。这一时期"选学"名家辈出，著述如林，比如校勘类有：胡克家《文选考异》、梁章钜《文选旁证》；文字音韵训诂方面有：余萧客《文选音义》、孙志祖《文选李注补正》、胡绍煐《文选笺证》；评点类以何焯为最，其评点条目主要见于《义门读书记·文选》；综合类有汪师韩《文选理学权舆》、张云璈《选学胶言》等。

而《文选旁证》便产生于清代《选》学复兴的大背景下，兼容并蓄各"选学"名家成果，正如阮元所评价的："博采唐宋元明以来各家之说，计书一千三百余种，旁搜繁引，考证折衷……沉博美富，又为此书之渊海矣。"① 穆克宏在《〈文选旁证〉点校说明》中更是从校勘、注释、考证、评论四个方面对《文选旁证》的价值作了肯定。我们在吸取前人研究成果的基础上，拟从以下几个方面重新探讨一下《文选旁证》的价值。

（一）勘正文本

《文选旁证》主要以校勘为主，其校勘条目约占总条目的百分之八十。校勘所依据的《文选》版本涉及明毛晋刊本、宋尤延之校本、元张伯颜刊本、明袁氏刊本、明茶陵陈氏刊本、明洪楩刊本等；校勘内容涉及《文选》正文、注文、所引相关"选学"著作、史传原文及注文等；校勘方法以旁校或曰他校为主，兼有对校、本校、理校。校勘过程中梁氏认真细致，兼容并蓄各家之说，但不盲从，考订择取各家，所得多为确证。且态度严肃谨慎，于所不知者不强作解释，或载以"未详"，或注以"待考"，或存而不断，于此多见其实事求是之精神。总之，无论是从《旁证》的校勘内容，校勘方法，还是校勘所取得的实际效果而言，《文选旁证》不愧为"选学"校勘的集大成之作。

1. 版本价值

这里所讲的版本价值主要是《文选旁证》校勘所依据的《文选》版本价值。《文选旁证》校勘所依据的《文选》版本，其中涉及李善注《文选》（宋尤延之校本、元张伯颜刊本、明毛晋刊本等）、六家本（明袁氏刊本）及六臣本《文选》（明茶陵陈氏刊本、洪楩刊本）。《文选旁证》校勘即以宋尤延之校本（胡克家重刊本）为底本，杂校各本，所取版本优于清代相关"选学"著作。

具体而言，这种版本优势首先体现在底本之精。嘉庆十四年（1809）胡克家重刊宋尤延之校本，底本是南宋淳熙八年（1181）尤袤刻池阳郡斋本，虽参照了五臣本，且流传过程中屡经修补，但它是当时最好的李善单行注本，而《文选旁证》即以它为底本。相比而言，孙志祖的《文选考异》、许巽行的《文选笔记》、胡绍煐的《文选笺证》所依据的底本为毛氏汲古阁本《文选》，汲古阁《文选》初本刊印于崇祯十四年（1641），主要参以五臣注、六臣注本校改，

---

① 阮元《文选旁证序》，见梁章钜撰、穆克宏点校《文选旁证》，福建人民出版社2000年版，第9—10页。

虽与尤本属同一系统，但与尤袤初本尚隔明唐藩本、元张伯颜本、大德本等版本，加之明人妄改，版本价值远不如胡刻尤本。因此，以毛氏汲古阁本《文选》为校勘底本，就导致了很多条目是针对毛本阙失的校勘，其实是毫无意义，白费笔墨的。

其次，《文选旁证》的版本优势体现在其参校版本，这些版本涉及李善、六家、六臣注系统，各系统内子系统互校不但可明《文选》异文，而且可见《文选》版本流传。相比而言，胡克家的《文选考异》只参照了袁本和茶陵本，导致一些《文选》异文未曾校出，一些条目的判断出于武断，其校勘所得条目少于《文选旁证》，校勘价值逊于《旁证》。

2. 校勘价值

（1）拓宽校勘范围

《文选旁证》的校勘价值首先在于它拓宽了校勘范围。《旁证》涉及《文选》正文、注文、所引相关"选学"著作、史传原文及注文等，相比于孙志祖《文选考异》只校《文选》正文，胡克家《文选考异》只重《选》文，可以说是大大拓宽了《文选》校勘范围。现以《文选考异》与《文选旁证》作对比，举例如下：

A、所引史书经传等的校勘

卷二上《西京赋》：雕楹玉磶。

【善注】《广雅》曰："磶，礩也。"磶与舄，古字通。

《文选旁证》卷二：据注，则正文"磶"当作"舄"。注谓正文之"舄"与《广雅》之"磶"通也。磶之言藉也，履之为舄义，与此同。故《墨子·备城篇》云：柱下传舄。今《广雅·释宫》"础，礩蹾也"，无"磶"字。而本书《景福殿赋》注及《集韵》《类篇》引并有之，是今本《广雅》脱也。①

胡克家《文选考异》：雕楹玉磶，案："磶"当作"舄"。善引《广雅》"磶"而云"磶"与"舄"古字通，谓赋文之"舄"与《广雅》之"磶"通也，其作"舄"甚明。各本所见，盖皆误。②

---

① 梁章钜撰，穆克宏点校《文选旁证》，福建人民出版社2000年版，第47-48页。
② 萧统编，李善注《文选》，上海古籍出版社2010年版，第81页。

【案】对比《旁证》《考异》相同条目可以发现，《旁证》不但校明"碣"当作"舄"，而且还涉及到对《广雅》的校勘。此类条目，在《文选旁证》中尚有多处，校勘所涉及的著述有《史记》《汉书》《后汉书》《说文解字》《文心雕龙》《本草纲目》《尔雅》《山海经》等。

B、所引"选学"著作的校勘

卷四下《蜀都赋》：演以潜沫，浸以绵雒。

【注】沱、潜既道。有水从汉中沔阳县南流至梓橦汉寿县入穴中，通冈山下，西南潜出，今名复水。

《文选旁证》卷第六：《六臣》本"桶"作"潼"，是也。胡公《考异》曰："汉中"二字不当有。"沔"当作"江"，"汉"当作"晋"。《续汉书·郡国志》：犍为郡江阳。刘昭注引赋此注"从县南流至汉嘉县"云云。当据之订正。江阳，《晋书·地理志》属江阳郡。或"汉中"亦"江阳"之误。段曰江阳者，今之泸州，洛水入江之处。潜水在今重庆府入大江。重庆者，古之巴郡江州县，上距泸州约四百里。《水经》所谓江至巴郡江州县东，强水、涪水、汉水、白水、宕渠水五水合南流注之者也。郦《注》云宕渠水，即潜水、渝水矣。倘云江阳至汉寿，则需由今泸州逆流至今广元县，自南而北，水将何入乎？《水经》：潜水出巴郡宕渠县。郦云：潜水盖汉水支分潜出，故受其称。此注汉中沔阳云云，即郦说所本。"汉中沔阳"字本不误，不可删改作"江阳"也。今《续汉书·郡国志》"犍为郡江阳县"下引此注，删去"汉中沔阳"四字。"汉寿"作"汉嘉"，"西南"作"因南"，既误引，又误改，而不知其与地理断不可通矣。又案《水经·漾水注》云"刘澄之云有水自沔阳县南至梓橦汉寿，入大穴，暗通冈山。"又邢昺《尔雅疏》引郭璞《尔雅音义》云"有水从汉中沔阳南流至梓橦汉寿，入大穴中，通峒山下，西南潜出。一名沔水"云云。此皆足为"汉中沔阳"四字不误之证。[①]

【案】此条梁氏首先援引《考异》"汉中沔阳"当作"江阳"之说，而后引段说、《水经·漾水注》、邢昺《尔雅疏》对胡氏《考异》予以订正。事实上，考《唐钞文选集注》、韩国奎章阁藏六家本《文选》、日本足利学校藏明州本六

---

① 梁章钜撰，穆克宏点校《文选旁证》，福建人民出版社2000年版，第136页。

家本《文选》、尤刻李善注《文选》、四部丛刊影宋六臣本《文选》,皆作"汉中沔阳",梁氏所得结论确为的证。梁氏在校勘《文选》的过程中同时对《考异》予以校勘,可谓一举两得。此类条目,《旁证》所涉颇多,如对所引何焯、姜皋、段玉裁等"选学"名家相关条目的校勘等。

(2)丰富校勘方法

《旁证》校勘以旁校(他校)为主,具体方法是先引《文选》正文及注文,然后再摘录"他书"所录原文中与之相对应者,究其异同。除此之外,《旁证》尚有对校、本校、理校,可以说是校勘方法多样。

A、对校

即以《文选》各版本互校,梁氏主要以尤本为底本,杂校以其他李善注本、六家本、六臣本。例如:

卷一《两都赋序》:注或曰朝廷亦皆依违尊者,都举朝廷以言之。

《文选旁证》卷一:《六臣》本及汲古阁毛本"都"上并有"所"字,"举"上并有"连"字。①

又如:

卷四下《蜀都赋》:芬芬酷烈。

《文选旁证》卷六:《六臣》本下"芬"字作"芳",是也。②

【案】梁氏将善本与《六臣》本比照,得出"芬"字当作"芳"字。事实上,考《唐钞文选集注》、韩国奎章阁藏六家本《文选》、日本足利学校藏明州六家本《文选》、四部丛刊影宋六臣本《文选》,"芬"字皆作"芳"字。

B、本校

即以《文选》上下文、李善注、五臣注进行对比,找出思想的差异、文字的异同等。这样《旁证》的本校就涉及到《文选》上下文的对比、《文选》正文与注文的对比、《文选》李善注与五臣注的对比等。举例如下:

卷二十三下《潘安仁为贾谧作赠陆机诗》:吾子洗然。

《文选旁证》卷二十二:"洗"依注当作"洒",铣注乃作"洗"耳。③

---

① 梁章钜撰,穆克宏点校《文选旁证》,福建人民出版社2000年版,第4页。
② 梁章钜撰,穆克宏点校《文选旁证》,福建人民出版社2000年版,第138页。
③ 梁章钜撰,穆克宏点校《文选旁证》,福建人民出版社2000年版,第47-48页。

【案】梁氏依据李善注"庄子曰:'庚桑子之始来也,吾洒然异之。'郑玄《礼记》注曰:'洒如,肃静也。'"得出"洗"当作"洒",所使用的校勘方法便是本校。

C、旁校(他校)

陈垣曾言到:"他校之法者,以他书校本书。凡其书有采自前人者,可以前人之书校之;有为后人所引用者,可以后人之书校之;其史料有为同时之书所载者,可以同时之书校之。"① 可见"他校"之法,即以他书校本书,具体到《文选旁证》而言,即比较《文选》正文及注文与他书所引者,究其异同,核其是非。举例如下:

卷五上《吴都赋》:或涌川而开渎。

【注】武林水所出龙川。

《文选旁证》卷六:《六臣》本作"武林龙川出其垌"。案今《汉书·地理志》钱塘武林山,武林水所出。注当依次改正,"龙川"字不当有,皆涉上节正文而误耳。②

【案】对于《六臣》本疑义,梁氏引《汉书·地理志》相关条目予以校正,此法即为他校之法。事实上考《水经·浙江水注》《旧图经》所云,皆合"武林山出武林水"。梁氏所校确为的证。

D、理校

理校,即用推理之法进行校勘。当发现书面材料确实存在错误,但没有足够的资料可供比勘时,就不得不采用推理的方法加以勘正。在《文选旁证》中梁氏往往是先运用对校、本校、他校,如若仍不能得出确证,则运用理校的方法。举例如下:

卷十九《神女赋》:其夜王寝,果梦与神女遇,其状甚丽。王异之,明日以白玉。玉曰:"其梦若何?"王曰……又玉曰:"状如何也?"王曰:"茂矣美矣!"

《文选旁证》卷十九:沈括《补笔谈》云人君与其臣语不当称白,又赋既

---

① 程千帆、徐有富《校雠广义》,齐鲁书社1998版,第404页。
② 梁章钜撰,穆克宏点校《文选旁证》,福建人民出版社2000年版,第149页。

称"王觉其状",即是宋玉之言。不知"望予惟而延视"者称予者为谁。以此考之,则其夜王寝,梦与神女遇者,宋玉也。明日以白玉者以白王也。王与玉互书之耳。又《西溪丛语》云:楚襄王与宋玉游高唐之上,见云气之异,问宋玉,玉曰:昔先王梦游高唐,与神女遇。玉为高唐之赋。先王谓怀王也。宋玉是夜梦见神女,寤而白王,王令玉言其状,使为《神女赋》,后人遂为襄王梦见神女,非也。今《文选》本"王""玉"互误。案《六臣》本无"果"字。第一"王曰"作"王对曰",此处存"对"字,已可寻"王"与"玉"互误之迹矣。第二"王曰",六臣本校云:善作"玉"。然则李与《五臣》"王""玉"互换,此又其明验也。今尤本"王曰:状何如也""玉曰:茂矣美矣",二处尚补误。①

【案】到底是楚王梦见神女,还是宋玉梦见神女,梁氏先引沈括《补笔谈》、姚宽《西溪丛语》点出世人对"王""玉"互误之疑,然后由《六臣》本"王曰"作"王对曰",所存"对"字探寻出"王"与"玉"互误之迹,最后由《六臣》本校勘所存善注(善作"玉")言明李与《五臣》"王""玉"互换,推出"王"与"玉"互误,即是宋玉梦见神女。

当然,在校勘过程中,各种方法往往不是独立实施,而是综合运用,《旁证》当然也不例外。梁氏在校勘过程中往往是先以对校校明版本文字异同,然后佐以本校、旁校等,如若仍未能得出结论,则运用理校归纳、推理最终得出结论。值得一提的是,梁氏在校勘过程中并不拘泥于具体哪种校勘方法,而是灵活运用,在传统校勘的基础上又有所创新。例如,梁氏运用音韵、文字学等方面知识校勘《文选》,取得了不俗的成果,此类校勘在《旁证》中不胜枚举。例如:

卷五下《吴都赋》下:杂插幽屏,精曜潜颖。

《文选旁证》卷七:"屏"字与上下不叶韵,恐有误。"颖",《五臣》作"颎"。翰注:虽在幽僻之处,常颎然有异光也。朱氏珔曰:"屏"字不叶韵,诚然。但江氏永古韵标准所举隔韵、遥韵之法,如《诗·楚茨》《生民》等章,亦可通。则此处"谷"与"朴""玉"下"黩""绿"韵,中"屏""颖"二句

---

① 梁章钜撰,穆克宏点校《文选旁证》,福建人民出版社2000年版,第494-495页。

自为韵,亦可姑存,俟考。①

【案】以韵校勘,运用的是上下文字间的叶韵关系。梁氏先以"屏"字与上下不叶韵,提出疑问,然后引用朱珔条目,指出可能是由于隔韵、遥韵之法的存在,致使上下不叶,但最终在无法确定的情况下,还是存旧文,待博学之士考之。于此,亦可见梁氏校勘严谨认真之态度。

难能可贵的是,梁氏在校勘过程中,注意对李注义例的总结,以此来指导校勘,取得了令人信服的成果。李注义例即是李善在注释《文选》过程中引书、注音等方面的规则、规律,以之作为校勘中判断是非之准绳,对照各本差异,考察其是否为李善原注,或是否存在讹误,或何者为讹误。李善注中明确揭示注例者颇多,如"诸释义,或引后以明前,示臣之任不敢专,他皆类此"(《两都赋》序四)。现考察义例校勘在《旁证》中的运用:

卷一上《西都赋》:度宏规而大起。

【注】小雅曰:羌,发声也。度与羌,古字通。度或为庆也。

《文选旁证》卷一:按注则正文之"度",及注中两"度"字,并当作"庆","庆"字当作"度"。庆,与羌古字通者,谓正文之"庆"与《小雅》之"羌"通也。庆或为度者,今《后汉书》作"度"是也。铣注云:度,大规矩。是《五臣》本亦改庆为度。后来合并,因误倒此注以就之耳。《小雅》系《小尔雅》,此所引《广言篇》文。凡李注引《小尔雅》并作《小雅》。系放此。②

【案】"《小雅》系《小尔雅》",此便是李善注义例之一。此类凡例条目《旁证》中尚有多处,例如:凡人姓名及事易知而别卷重见者,云见某篇,亦从省也。他皆类此;按李用旧注,皆题本名,而补注则别称李善曰;按本书注所引各书或阙"篇"字、"传"字、"注"字、"序"字,多类此;李注义例,凡异字必释明;等等。

(二)补正《选》注

补正《选》注,包括两个方面:其一"补",主要包括补注文未详、补注

---

① 梁章钜撰,穆克宏点校《文选旁证》,福建人民出版社2000年版,第156—157页。
② 梁章钜撰,穆克宏点校《文选旁证》,福建人民出版社2000年版,第8页。

文未释词语、对注文较略的条目进行具体诠释补充、补引可阐释《选》文出处而注文漏引之文句等；其二"正"，主要包括正李善引书之不当、李善引书之脱讹、李注训诂之错误、善注旧注混淆等。对于补充《选》注，笔者在他处阐明《文选旁证》内容时已略作说明，此不赘述。对于校正《选》注，从上文对《文选旁证》之"校勘"的有关论述也可见一斑。这里，我们着重就补注的价值略作探讨。

《旁证》补注内容约可分为补释地名、补释名物、补引史实及典章制度等。《旁证》补注价值也相应体现在这几个方面：

1. 补释地名

《文选旁证》补注条目有多处涉及补释地名，这些补注条目多来自地理之书，如史书地理志、《水经注》、方志诸书，以及对这些书的校正考证诸书等。这些地名涉及《文选》正文、注文以及所引补释条目的相关地名等，可以说，只要是与理解《选》文有关，且旧注、李善注、五臣注所未涉及的相关地名，梁氏都旁搜繁引、不厌其烦地给予考释，且多见精审条目。例如，王粲《登楼赋》所涉及到的一个问题，王粲当年所登之楼在襄阳还是在当阳？梁章钜经过细密、审慎的考证得出在当阳，其云："予考之，当阳为的。赋云挟清漳，倚曲沮。按漳水出于南漳，沮水出于房陵，而当阳适漳沮之会。又西接昭邱，即楚昭王墓。康熙初，士人曾掘得之，有碣可考。距昭丘二十里有山名玉阳，一名仲宣台，谓即当年登临处也。"[①] 此外，梁氏在补注地名的同时，还对地名的源流衍变给予一定的说明，《选》文迄自东周至南朝梁约八百年，文章所涉地名多有衍变，梁氏对比今古地名，一一说明，对于地名源流衍变的梳理有助于还原历史，有助于学者理解《选》文。一定意义上，梁氏对于地名的补释，对后来相关《选》学著作产生了重要影响。例如，朱珔《文选集释》强调对于地理的考释，而梁氏对朱珔《文选》"地名学"的建立做出了一定贡献。

2. 补释名物

《文选旁证》补注条目有多处涉及补释花鸟鱼虫、宫观台阁、书籍乐曲等，我们统称为补释名物。这些补注条目多来自《尔雅》《尔雅注》《博物志》《说

[①] 梁章钜撰，穆克宏点校《文选旁证》，福建人民出版社2000年版，第322页。

文》《山海经注》等。由于《选》文特别是赋作涉及到许多古代名物，这些名物或来自上古神话，或《诗经》《楚辞》，时代渺远，多为时人所不识，虽有《选》注，但所释多有缺漏，有鉴于此，梁氏援引《尔雅》等文，予以补释。补释条目多首引名物出处，次及名物释义、释音、源流演变，援引《尔雅》而不耽于《尔雅》，凡与名物有关篇什，多有涉及，可谓兼容并蓄。补释名物不仅有助于完善《选》注，益于学者理解文意，而且对"名物学"的发展起到一定推动作用。自《尔雅》在汉代受学者重视以来，名物学蓬勃发展，历代均有名流学者及著述出现，如晋张华《博物志》、郭璞《尔雅注》，宋郑樵《尔雅注》、宋祈《益部方物略记》、明陈禹谟《经言技指》，逮至清代，名物学大盛，仅《尔雅》相关研究著述就达20余种。《旁证》正是立足于此，援引多书，补释名物。当然，其补释工作对朱珔《文选集释》"名物学"的建立也产生了一定影响。这种影响一方面表现在《集释》对《旁证》补注成果的直接收录；另一方面表现在《集释》为有别《旁证》，而对《旁证》补注缺漏的增补。其中，第二点或许是朱珔在《集释》中鲜引梁氏条目的原因。

3. 补引史实

《文选旁证》补注条目有多处补引史实，这些条目多来自史书人物传记，如《史记》《汉书》《后汉书》等。引史主要有补释人物、补释历史事件、补释历史典故等几种形式。其作用主要就是引史以明文。这里包括对于文章写作背景、文章主旨的交代，对于历史事实的还原等。例如《曹子建赠丁仪》一诗，梁氏补注云："向注云：《魏志》仪有文才，子建赠有此诗，有怨刺之意。"[1] 梁氏补引向注点明此诗的写作宗旨在于怨刺。又《重赠卢谌》："白登幸曲逆，鸿门赖留侯。"梁氏补注云："《晋书》琨为匹磾所拘，自知必死，神色仪如也，为五言诗赠其别驾卢谌云云。琨诗托意非常，抒畅忧愤，远想张、陈，感鸿门、白登之事，用以激谌，谌素无奇略，以常词酬和，殊乖琨心。"[2] 梁氏补引《晋书》言明"刘琨被段匹磾所拘"的历史事实，而后点出诗文中刘琨所寄寓的"忧愤"，以及卢谌"以常词酬和，殊乖琨心"的事实。除此之外，条目中对于

---

[1] 梁章钜撰，穆克宏点校《文选旁证》，福建人民出版社2000年版，第232页。
[2] 梁章钜撰，穆克宏点校《文选旁证》，福建人民出版社2000年版，第611页。

历史典故的补引也占有重要位置，如"画地成川""赤灵解脚""猩猩啼而就禽"等。毫无疑问，补引史实有助读者了解文章创作背景、创作宗旨，对文章把握理解大有益处。

4. 补引典制

《文选旁证》补注条目有多处补引典章制度，这些条目多来自史书中的"志""录"，典制方面的专书，如《文献通考》《通典》《通志》等。《选》文所录文章多为其时代产物，时代更替，各朝各代典章制度亦不相同，这就对《选》文的理解产生了一定的困难。梁氏援引各时代典章制度，有助于学者理解《选》文。例如《蜀都赋》："江珠瑕英"。梁氏补注云："洪氏亮吉曰：珠字从玉，古人之珠皆以玉为之。《续汉书·舆服志》：冕系白玉珠为十二旒。三公诸侯七旒，青玉为珠。卿大夫五旒黑玉为珠。"① 又如《藉田赋》："属车鳞萃"。梁氏补注云："林先生曰：《通典》：晋属车因后汉制。东晋属车五乘，加绿油幢，朱丝络。"② 以上梁氏所引洪亮吉、林茂春条目，分别援引《续汉书·舆服志》《通典》对其所涉典章制度予以说明，有益于学者了解古代典章制度，进一步理解文意。

以上四点之外，《文选旁证》补注条目有些涉及到文体的源流演变，亦值得重视。例如《藉田赋》："潘岳作《藉田颂》。"梁氏补注云："先通奉公曰：此篇赋多颂少，自宜为赋。然古人赋颂通称，古臧荣绪云尔。何义门谓王褒《洞箫赋》，《汉书》亦谓之颂，是也。"③ 此条目涉及赋颂源流演变，值得重视。又《缪熙伯挽歌诗》："注高帝召田横，至尸乡自杀，从者补敢哭，而不胜哀，故为此歌。"梁氏补注云："何曰：《风俗通义》言汉末时宾婚嘉会皆作魁礨，酒酣之后，续以挽歌。又《后汉书·周举传》：大将军梁商大会宾客，谯于洛水，酒阑唱罢，继以《薤露》之歌。盖汉末尤尚之。故魏武父子皆有此作。《纂文》云：《薤露》今挽歌也。宋玉《对问》已有《阳阿》《薤露》矣。推而上之，《左传》：公孙夏命其徒歌《虞殡》。杜注：送葬歌曲也。谓挽歌始于田横宾客，恐不然矣。"此条目涉及到挽歌的起源，值得重视。

---

① 梁章钜撰，穆克宏点校《文选旁证》，福建人民出版社2000年版，第133页。
② 梁章钜撰，穆克宏点校《文选旁证》，福建人民出版社2000年版，第133页。
③ 梁章钜撰，穆克宏点校《文选旁证》，福建人民出版社2000年版，第231页。

除此之外,《旁证》补注条目尚有一些评论条目。数量不多,但颇为精审。例如《鹪鹩赋》李善注:"慨然有感,作《鹪鹩赋》。"梁氏补注云:"《晋书·张华传》云:初未知名,著《鹪鹩赋》以自寄。陈留阮籍见之,叹曰:王佐之才也。由是声名始著。《东坡志林》云:阮籍以华有王佐之才,观此赋,独欲自全于祸福之间耳,何足为王佐乎?华不从刘卞言,竟与贾氏之祸,畏八王之难,而不免伦秀之虐,此正求全之祸,失鹪鹩之本意。"①梁氏援引《东坡志林》首先对张华"王佐之才"的美誉予以质疑,然后结合张华的遭遇评到其最终"失鹪鹩之本意"。此条目涉及作家文格与人格问题,值得重视。

(三)可供辑佚

《文选旁证》引书一千三百余种,涉及经史子集笔记小说各个领域,几乎将唐宋元明及清代的有关内容网罗殆尽;其校勘、注释所引清代相关《选》学专书二十三种,非全书校本十四种,可谓旁搜博引各家注解,沉博美富,实为"选学"著作之渊海。具体来讲,其辑佚价值主要体现在以下两个方面:

1.《选》注之辑佚

李善注和五臣注的合并导致六家本、六臣本《文选》的出现。但《选》注的合并在方便读者的同时也产生了一定问题。比如,合并过程中混淆注文、妄删注文、妄改注文等,这就导致旧注原貌、李善注原貌、五臣注原貌各非。学者"尊李善而贬五臣",但单行李善注本已不复存在,所以,许多学者旨在还原李善注原貌,梁章钜当然也不例外。他在《文选旁证·自序》中谈道:"《文选》自唐以降,乃有两家:一李注,一五臣注。李固远胜五臣,而在宋代,五臣颇盛,抑且并列为六臣,共行于世,几将千年。近者何义门、陈少章、余仲林、段懋堂辈,先后校勘,咸以李为长,各申厥说。但阅时已久,显庆经逃,原书竟坠;淳熙添坎,重刊孤传。居乎今日,将以寻释崇贤之绪,不綦难哉!"②可见,梁氏作《文选旁证》乃有感于《文选》李注的阙失,欲还李注原貌。事实上《文选旁证》四十六卷,条目上万,对《选》文的校勘涉及到校字、校句、校脱讹,其校勘可谓认真细致;对《选》注的补释涉及补未释词语

---

① 梁章钜撰,穆克宏点校《文选旁证》,福建人民出版社2000年版,第393页。
② 梁章钜撰,穆克宏点校《文选旁证》,福建人民出版社2000年版,第13页。

和事件、补较略的条目、补可释《选》文出处而注文漏引之文句，其注释可谓确切详赡。梁氏的这一工作对于还原《选》文，特别是《选》注原貌具有重要意义，正如许应荣在《重刊〈文选旁证〉跋》中所谈到的："学者欲窥萧统之曩规，畅崇贤之繁绪，以覃研训诂，上逮群经，非是书莫由阶梯而度伐也。"①

2. 引书之辑佚

上面谈到，《旁证》引书极为广博，涉及经史子集笔记小说及其清代相关"选学"著述数十种。梁氏引书以明文，其所引内容可作为《旁证》校勘补释之佐证，而《旁证》同时亦可作为所引书籍之校本，取今本相关书籍和《旁证》所引相应内容对比，便能明今本得失。事实上，《旁证》在校勘的过程中已涉及引文的校勘，前面讲到这些校勘涉及《史记》《汉书》《后汉书》《说文解字》《文心雕龙》《本草纲目》《尔雅》《山海经》等，而行文对于时贤"选学"著作的校勘，更是不胜枚举。由于清代幕府制的存在，幕府文人帮幕主著述的现象时有发生，诸如姜皋，其观点散见于《文选旁证》，亦借此得以保存。另外，段玉裁评校《文选》、林茂春《文选补注》未见传本，它们皆借《旁证》得以传世。除此之外，还有一些学者并非"选学"名家，其涉及"选学"的只言片语，也借《旁证》得以保存。客观地讲，《文选旁证》对这些书的辑佚具有重要意义。

当然，《文选旁证》也并非尽善尽美。我们在对《文选旁证》的校勘、补注及其辑佚价值肯定的同时，也应看到它的缺失。在笔者看来，其缺陷主要体现在以下两个方面：

1. 轻信成说

梁章钜在校勘过程中有时过于武断，轻信成说，导致出现了一些错误，拟举例如下：

卷二十七下《班婕妤怨歌行》：《怨歌行》。

《文选旁证》卷二十四：《玉台新咏》作《怨诗》。有序云昔汉成帝班婕妤失宠，供养于长信宫，乃作赋自伤，并为《怨诗》一首，乃郭茂倩《乐府》题

---

① 梁章钜撰，穆克宏点校《文选旁证》，福建人民出版社2000年版，第1294页。

为颜延年作。《沧浪诗话》已论之。①

【案】考中华书局1979年版《乐府诗集》卷四十二《相和歌辞》十七《怨歌行》，作者题署"班婕妤"，不见有颜延年的《怨歌行》。上海涵芬楼影印明汲古阁本原书本、同治甲戌湖北崇文书局重雕本、《四库全书》本等，均与中华书局本同，不载颜延年《怨歌行》作品。严羽《沧浪诗话》"考证篇"，提及"班婕妤《怨歌行》，《文选》直作班姬之名，《乐府》以为颜延年作。"但此《乐府》是否为郭茂倩《乐府诗集》值得怀疑，严羽《沧浪诗话》引用态度严谨，引用《乐府诗集》多著"郭茂倩"，此处提及《乐府》未有标署郭氏，当不是郭茂倩《乐府诗集》，事实上的确有另一本《乐府》的存在，即刘次庄《乐府集》，此处《乐府》也应为刘次庄《乐府集》。梁氏在校勘过程中过于武断，以为《乐府》即为郭茂倩《乐府诗集》，犯了经验主义错误。

又卷四下《蜀都赋》：其沃瀛。

《文选旁证》卷第六：段曰：《山海经》是惟瀛土之国。郭注：瀛，沃衍也。是"瀛"当作"嬴"矣。②

【案】胡绍煐曰："瀛"为池泽中，故下列蒋、蒲、菱、莲、蕰、藻、蘋、蘩等水草。段据《大荒东经》读"沃瀛"为平列字，而改"瀛"为"嬴"，即背正文，又违注义，失之。事实上考《唐钞文选集注》、韩国奎章阁藏六家本《文选》、日本足利学校藏明州本六家本《文选》、尤刻李善注《文选》、四部丛刊影宋六臣本《文选》，皆作"瀛"。梁氏轻信段说，校"瀛"作"嬴"，失之。

2. 繁简失当

《文选旁证》兼容并蓄各家注解，沉博美富，但同时又有嗜博贪多、繁简失当之病。清代"选学"兴盛，著作成林，这为研究者提供了丰富的资料，但同时又容易造成学者贪图资料、枝蔓繁杂之弊，梁氏也未能幸免。《旁证》部分条目引录烦琐，徒费笔墨。与此同时，《旁证》部分条目过于简略，论证缺乏必要的证据，或未能阐明问题。兹举例如下：

卷三十四下：《七发》：并往观涛乎广陵之曲江。

---

① 梁章钜撰，穆克宏点校《文选旁证》，福建人民出版社2000年版，第653页。
② 梁章钜撰，穆克宏点校《文选旁证》，福建人民出版社2000年版，第139页。

【注】《汉书》广陵国，属吴也。

《文选旁证》卷第二十九：汪氏中曰：广陵，汉县，今为甘泉及天长之南境。江，北江也。本篇李善引山谦之《南徐州记》：京江，《禹贡》北江，春秋分朔，辄有大涛至江乘，北激赤岸，尤更迅猛。《南齐书·州郡志》：南兖州，广陵郡，土甚平旷，刺史每以秋月多出海陵观涛，与京口对岸，江之壮阔处也。……文人兴到推广言之，不必泥也。①

【案】本条旨在阐述广陵所属，梁氏援引汪中、山谦之说足以得出结论，然条目又多加引录朱检讨之说，对其"广陵钱塘"说予以驳斥，足足一千五百字，可谓啰唆繁复、枝蔓芜杂。《旁证》专于校勘，然校勘重在《选》文，结论贵简，此类条目过于繁芜，有失校勘之旨。此外，《旁证》卷三十八的《尚书序》的"孔安国"条和《春秋左氏传序》"春秋左传"条，大段引录《四库全书提要》。《旁证》并非经学常识课本，基础知识抄录如此之多，实在是毫无意义，徒增卷帙罢了。

另外，与此相反，《旁证》部分条目过简略，不能说明问题，兹举例如下：

卷二下《西京赋》：传闻于未闻者。

《文选旁证》卷第三：《六臣》本"者"作"口"。②

【案】梁氏只言《六臣》本"者"作"口"，未加断语，未言证据。考《唐钞文选集注》、尤刻李善注《文选》作"者"，韩国奎章阁藏六家本《文选》、日本足利学校藏明州本六家本《文选》、四部丛刊影宋六臣本《文选》作"口"。据高步瀛《文选李注义疏》："五臣'者'作'口'，胡绍煐曰：按'者'字与下睹、五、土、苦，古音同在鱼部，口则侯部之字。"

此外，同卷"曳云梢"条，梁氏只校出"梢"当作"旓"，未点名任何证据，事实上，扬子云《河东赋》有"被云梢"；《扬雄传》颜师古注有"'梢'与'旓'同"，梁氏可引而未引。

---

① 梁章钜撰，穆克宏点校《文选旁证》，福建人民出版社2000年版，第796页。
② 梁章钜撰，穆克宏点校《文选旁证》，福建人民出版社2000年版，第482页。

主要参考文献

李学勤主编《十三经注疏》(标点本)，北京大学出版社1999年版。
段玉裁《说文解字注》，江苏广陵古籍刻印社1997年版。
萧统编，李善注《文选》，中华书局1977年版。
萧统编，吕延济等注《日本足利学校藏宋刊明州本六臣注文选》，人民文学出版社2008年版。
周勋初辑《唐钞文选集注汇存》，上海古籍出版社2000年版。
严可均辑《全上古三代秦汉三国六朝文》，中华书局1958年版。
刘勰著，范文澜注《文心雕龙注》，人民文学出版社1958年版。
刘勰著，詹锳义证《文心雕龙义证》，上海古籍出版社1989年版。
吴讷著，于北山校点《文章辨体序说》，人民文学出版社1998年版。
徐师曾著，罗根泽校点《文体明辨序说》，人民文学出版社1998年版。
吴淇《六朝选诗定论》，广陵书社2009年版。
梁章钜著，穆克宏点校《文选旁证》，福建人民出版社2000年版。
黄侃《文心雕龙札记》，上海古籍出版社2000年版。
黄侃《文选平点》，中华书局2006年版。
骆鸿凯《文选学》，中华书局1989年版。
王元化《文心雕龙创作论》，上海古籍出版社1984年版。
[日] 清水凯夫《六朝文学论文集》，重庆出版社1989年版。
赵福海主编《文选学论集》，时代文艺出版社1992版。
游志诚《昭明文选学术论考》，台湾学生书局1996年版。
中国文选学研究会、郑州大学古籍研究所合编《文选学新论》，中州古籍出版社 1997 年版。

俞绍初、许逸民主编《中外学者文选学论集》，中华书局 1998 年版。

穆克宏《昭明文选研究》，人民文学出版社 1998 年版。

顾农《〈文选〉与〈文心〉》，贵州人民出版社 1998 年版。

傅刚《昭明文选研究》，中国社会科学出版社 2000 年版。

傅刚《文选版本研究》，北京大学出版社 2000 年版。

胡大雷《文选诗研究》，广西师范大学出版社 2000 年版。

吴承学《中国古代文体形态研究》，中山大学出版社 2000 年版。

[日] 冈村繁《文选之研究》，上海古籍出版社 2002 年版。

范志新《文选版本论稿》，江西人民出版社 2003 年版。

王立群《文选成书研究》，商务印书馆 2005 年版。

汪习波《隋唐文选学研究》，上海古籍出版社 2005 年版。

郭英德《中国古代文体学论稿》，北京大学出版社 2005 年版。

顾农《文选论丛》，广陵书社 2007 年版。

王书才《明清文选学述论》，上海古籍出版社 2008 年版。

赵昌智、顾农主编《李善文选学研究》，广陵书社 2009 年版。

胡大雷《〈文选〉编纂研究》，广西师范大学出版社 2009 年版。

陈延嘉《〈文选〉李善注与五臣注比较研究》，吉林文史出版社 2009 年版。

郭宝军《宋代文选学研究》，中国社会科学出版社 2010 年版。

李乃龙《文选文研究》，广西师范大学出版社 2013 年版。

赵俊玲《〈文选〉评点研究》，上海古籍出版社 2013 年版。

林英德《〈文选〉与唐人诗歌研究》，知识产权出版社 2013 年版。

王小婷《清代〈文选〉学研究》，上海古籍出版社 2014 年版。

王立群《〈文选〉版本注释综合研究》，河南大学出版社 2015 年版。

刘跃进、柳宏主编《现代学术视野下的〈文选〉研究》，中国社会科学出版社 2016 年版。

冯莉《〈文选〉赋研究》，北京语言大学出版社 2016 年版。

刘跃进著，徐华校《文选旧注辑存》，凤凰出版社 2017 年版。

赵俊玲辑著《文选汇评》，凤凰出版社 2017 年版。

后　记

梁代昭明太子萧统主持编纂的《文选》，是现存最早的诗文总集。自隋代萧该《文选音义》始，"文选学"的诞生已将近一千五百年。期间，"文选学"历经唐宋的兴盛、元明的中衰、清代的复兴以及二十世纪的沉寂和近四十年的崛起，可谓与世浮沉，波澜陡生。

在"文选学"名家顾农师的指引下，笔者对《文选》产生了浓厚的兴趣，并陆续写出一些读书心得，发表于《中国文学研究》《广西师范大学学报》等学术刊物或在"选学"研讨会上宣读，得到同行专家的肯定。在教学工作中，因为有感于《文选》这一"富矿"的重大学术价值，陆续开设了"《文选》精读""《文选》与《文心雕龙》研究"等课程。既得师生切磋之乐，复收教学相长之效，收入本书的《〈文心雕龙〉与〈文选〉哀祭类文体探究》《浅析〈文心雕龙〉的小说观》《从〈文心雕龙·辨骚〉看六朝文学批评的两个特点》《第十三届"文选学"国际学术研讨会综述》《〈文选〉与〈文心雕龙〉国际学术研讨会综述》即是分别与学生刘可、马雪芳、王诗瑶、赵焱、高晨合作之产物，而《〈文选〉与宋初诗歌》等硕士学位论文更是师生努力探研"文选学"之结晶。

为了对近二十年研治"文选学"而得的成果作一总结，也为了纪念因"文选学"而成之种种因缘，特奉献此小书，为当前方兴未艾的"文选学"研究添砖加瓦。全书内容涉及《文选》的编纂、体类、学术史及《文选》与《文心雕龙》比较等方面，限于学识，或有不当之处，敬请方家批评指正。

本书得以顺利完成并出版，要感谢"文选学"名家、《文选》学会会长傅刚先生。2017年秋，笔者作为访问学者来到北京大学中文系，在合作导师傅先生的指导下，就《文选》文体展开专题研讨，获益良多。此外，还要感谢业师田汉云、汪俊、顾农诸先生对我的教导与关怀，感谢学界师友如四川大学罗国威、苏州大学范志新、广西师范大学力之、辽宁师范大学张庆利等先生的指教和扶持，感谢我的研究生吴坤檑等协助完成文字校对。最后，感谢爱人李成荣长期以来的无私奉献与大力支持！

高明峰
辛丑春节记于大连